庫 SF

〈SF 1829〉

海軍士官クリス・ロングナイフ

防衛戦隊、出陣！

マイク・シェパード

中原尚哉訳

早川書房

6927

KRIS LONGKNIFE: DEFIANT

by

Mike Shepherd

Translated by

Naoya Nakahara

First published 2011 in Japan by

HAYAKAWA PUBLISHING, INC.

This book is published in Japan by

arrangement with

DONALD MAASS LITERARY AGENCY

through OWLS AGENCY, INC., TOKYO.

他に道はないときに、行くべき道を行った勇敢な男女へ

ウィンストン・チャーチルは、対岸でドイツ軍の猛攻にさらされる自国軍兵士を救出すべく、国内のあらゆる船舶に協力を求めた。彼らはダンケルクの煙をめざして出港し、約三十万の英仏軍兵士を救出した。だれもその代価を求めなかった。

一九四四年、サマル島沖で逃げまどう六隻の護衛空母がいた。三隻の駆逐艦は命令に反論することなく、日本の連合艦隊に突撃していった。彼らは二度と帰らなかった。

そしてあの九月十一日、巨大な柩《ひつぎ》から立ち昇る黒煙を見たアメリカの船舶所有者たちは、何十万人もの人々がマンハッタン島から脱出するすべを求めていることを理解した。だれからも、どんな命令もされないまま、彼らは行動を起こした。フェリー、タクシー船、観光船、タグボートなど、水面を渡って人を運べるあらゆる船が、疲れた労働者たちに帰宅の手段を

提供すべくバッテリー公園の突堤に集まった。

そのとき上流ではプロのダイバーたちが橋脚で作業中だった。彼らは、それだけ多くの船が集まったら、どこかの船のロープがべつの船のスクリューにからまる事故がかならず起きるだろうと考えた。ダイバーたちは、指示を受けず、支払いの約束もないまま、作業を中断して黒煙の下へむかった。
六、七往復で彼らの仕事は完了した。数十万人のうちの何割かはその日のうちに帰宅できた。
おなじ日、九三便の乗客たちは最後の電話をかけた。家族は、愛する彼らの帰宅を願いながらも、その道に大きな障害が立ちはだかっていることを伝えるという重責をはたした。九三便のチケットを買ったことをのぞけば、他の三億人のアメリカ国民となんら変わりない乗客たちは、その後、自由な男女の真の気概をしめして世界を驚かせた。

われわれは行くべき道を行く。他に道はないからだ。

謝辞

《マーチ・オブ・キャンブレドス》の歌詞を本書に引用することを許可してくれたヘザー・アレクサンダーに心から感謝したい。百人以上のファンが〝殺せるだけの敵を殺せ！〟と大合唱するさまを聞いたことがない人は、人生の大事な瞬間を失っている。《マーチ・オブ・キャンブレドス》を入手するには、www.heatherlands.com を訪れて、アルバム《ミッドサマー》を注文すればいい。全作品を注文してもいいくらいだ。わたしはそうした。しかも繰り返し。子どもたちがわが家から独立するたびにわたしのヘザー・コレクションを持っていくので、定期的に買いなおす必要があったのだ。

さらに第一次世界大戦研究グループの人々にも感謝したい。一九一四年七月にイギリス政府がアイルランド問題で妥協し、そのあと第一次世界大戦勃発に直面していたらという仮定の疑問をわたしに持たせてくれた。とりわけイギリスとカナダの政治体制について新知識をさずけてくれたシド・ワイズと、オーストラリアの場合を教えてくれたルーク・ティパーとジェフリー・ミラーに感謝している。それらの知識はウォードヘブンのモデルに借用している。もちろん改変や誤りはすべて著者が責任を負う。

防衛戦隊、出陣！

1

クリス・ロングナイフ大尉は口もとに凶暴な笑みを浮かべていた。二・五G加速中にはそれだけでも大仕事だ。うなじの毛がピンと立っている。直立不動で敬礼までしている。恐怖で口のなかはカラカラ。それでも最高に楽しかった。

今日は火曜日。マンダンティ代将が組んだローテーションによって、クリスは四隻の小型高速パトロール艦からなる第三分艦隊を指揮していた。いまは前方の戦艦サイズの標的に突進している。そしてうなじの毛の感覚を信じるとすれば、クリスが初めて指揮するPF－109と三隻の僚艦は、代将の旗艦クッシング号の防空レーザー砲の照準にぴたりととらえられている。

PF艦を新たな回避パターンにいれなくてはいけない。さもないと撃ち抜かれて動力を失い、宇宙を漂うはめになる。第一、第二分艦隊の計八隻はついさきほどその運命をたどった。

PF艦がすべてやられたら、彼女と残り十一人の艦長は代将の砲手たちにビールをおごらなくてはいけないのだ。

もう一つ、気がかりなことがあった。小型であつかいやすく、簡易型スマートメタルを採用したおかげで建造期間も短いこのPFシリーズだが、設計上の欠陥があるという重大な報告が上がっていた。惑星を外敵から守ることはできないと報告書は結論づけている。もしそれが事実なら、創立まもない知性連合の惑星は、それぞれの軌道上にフル装備の艦隊を持たねばならなくなる。そうしないと、この不安定な時代に頻発する不測の事態を乗り切れないからだ。

ウォードヘブン首相の娘にして、九十の惑星をたばねる知性連合の王レイモンド一世の曾孫であるクリス・ロングナイフは、その政治的影響がいかに大きいか理解できた。惑星防衛はPF艦のような小型艦数隻にまかせ、大型戦艦は連合全体の問題にあたらせるほうがはるかに好都合なのだ。

また頭を使い過ぎだと、クリスは考えた。よけいな思考はやめて、戦艦のケツを叩きなさい、ロングナイフ。

クリスは親指で通信ボタンを押して、短い命令を発した。音声は即座に暗号化されて伝えられた。

「第三分艦隊、回避パターン5に切り換え用意。こちらの命令で実行開始」

それからしばらく待った。ブリッジの女性操舵手が新たなパターンに切り換え、他の三隻でもおなじように切り換えがおこなわれている。

「用意できました」

フィンチ三等兵曹が狭いブリッジのクリスの隣から答えた。黒髪で小柄な彼女の声は、大加速のせいで苦しそうだ。クリスは僚艦のパターン切り換えをじりじりしながら三秒待った。

(実行準備ができたはずです)

ネリーがクリスの脳内へ直接伝えた。クリスの肩に装着されたこの小型コンピュータを、たんなるスーパーコンピュータと呼ぶのは、最近いちじるしく伸長してきたその自尊心を傷つけるだろう。ネリーの最新アップグレードにクリスがかけた費用は、この演習で射撃目標にしている戦艦一隻をまるごと買えるほどなのだ。

(実行命令を送信)

クリスは命じた。ネリーは四隻に命令を送信すると、一ナノ秒も遅れずに新たな回避パターンを開始した。人間にはとうてい不可能な芸当だ。

このように命令実行にコンピュータを関与させるのは海軍の標準的方法ではない。認められるまでは紆余曲折があった。クリスと分艦隊の艦長たちは先週将校クラブに集まって、ネリーの熱心な協力を得ながら攻撃計画を練り上げた。その計画では、ネリーを実行に関与させることが不可欠だった。

「回避パターン5を実行中」フィンチが報告した。

短い命令と同時に、クリスの体は耐加速シートの左側サポートに叩きつけられた。それまでのゆるい左旋回が急激な右旋回に変わり、さらに艦首下げも加わった。

クリスは歯を食いしばり、腹筋を引き締めた。これで何度目か。

分艦隊は距離十五万キロから突進をはじめた。まだ十八インチ・レーザー砲の射程より外だ。加速は一・五G、二・〇G、二・五Gと上がっていく。速度上昇に加えて、上下左右に不規則に振られる。急旋回も緩旋回もその中間もある。予測がつかない。

高速パトロール艦は、攻撃目標の大型戦艦にくらべて蠅のように小さい。いまはまさに五月の蠅のようにうるさく飛びまわっている。

しかしうまく飛びまわれば、蠅は生き延び、戦艦は死ぬのだ。

この蠅は小さくても強力だ。PF艦は十八インチ・パルスレーザー砲を四門そなえている。連射が命中すれば、巡洋艦クラスなら貫通されるし、戦艦でも氷装甲に大穴があく。状況しだいでは下層の兵器、機械類、乗組員まで届く。

そこで巡洋艦や戦艦は、高速照準性能と連射性能の高い副砲をそなえ、接近するPF艦を撃墜しようと狙う。さらに巨体をロール回転させて氷装甲の損傷を分散し、内部への被害を防ごうとする。

対策に対策があり、そのまた対策がある。何重にもなってきりがない。人類が同胞と殺しあいをするようになった原始時代から連綿と続いている。速い艦船、優秀な武器、強固なチームワーク。しかしそれだけでは勝てない。戦略と技術と……幸運が必要だ。

そう説いたのはフィルだ。一週間前、艦長たちを招いた将校クラブでのことだった。

海軍本部から二ブロックのところにあるウォードヘブン将校クラブは、クリスの曾祖父のレイが新任少尉だったころからすでに古色を帯びていた。毛脚の長いカーペットと分厚いカーテンで仕切られた店内は、戦争のあいまに美食を楽しむ場として最適だ。壁にはウォードヘブン星がリム星域の諸惑星と最初に兵刃《へいじん》をまじえた時代の戦利品がかかっている。豪華な油彩画に描かれているのは、人類が宇宙に進出した四百年前よりさらにさかのぼる陰惨で血塗られた地球時代における戦いと勝利の図だ。

クリスはここに来ると酒など必要なかった。雰囲気だけで高揚する。

しかし白いお仕着せのウェイターは、十二人の下級将校を中央の食堂からはずれた小部屋に案内した。そこは壁のペンキの匂いと新しく安っぽい絨毯の匂いがした。

「なぜこんな仕打ちを受けなくてはいけないの？」クリスは顔をしかめた。

フィル・タウシッグはいつもどおりの笑顔だが、改装されたばかりの部屋の接着剤臭さはさすがにやや不快そうだった。

「おれたちが狙い撃ちにされているわけじゃないだろう。この豪勢な店の主人から見れば下級将校なんか豚以下の存在で、晩飯はこの程度の部屋で食わせておけばいいと思っているんだ」

ハートフォード星の裕福な一門出身であるバブズ・トンプソンは、美しい顔の眉間に皺を寄せた。

「腹が立つわね」

「じつは部屋を改装するはめになったのは、どこかの下級将校のグループが狼藉を働いたせいかもよ」

そう答えたのはヘザー・アレクサンダーだ。彼女も裕福な家の子女で、なんらかの理由で第八高速パトロール小艦隊へ飛ばされてきた。

戦争が迫る情勢のなかで、数多くの若い男女が星を守る義務のために名乗りをあげていた。しかしその一部は鼻っ柱の強さゆえに軍の指揮命令系統になじめず、統合参謀本部議長のマック・マクモリソン大将の頭痛の種になっていた。

なかでも任務中にあからさまな反乱行動を起こしたクリスは厄介者の筆頭だった。といっても、正式に訴追されていないので、形の上では反乱者の汚名を着てはいない。戦争に突入する寸前の状況で彼女が当時の艦長の指揮権を奪ったのは、究極的には正しい行動だったと非公式に認められている。

それでも、マックがクリスの二人目の（実際には三人目の）上官を選ぶのは簡単ではなかった。とりあえず放りこんでおく場所として、無謀な元軌道スキッフレーサーばかりが集まる第八小艦隊は手頃だったわけだ。気の強い下級将校たちを一ヵ所にまとめておけば、高い鼻をおたがいに短くしあって、謙虚さや礼儀作法や軍人らしい態度を多少なりと身につけるだろう。乱暴な若者たちにあたえて危険にさらされる海軍の装備といえば、艦隊から見ればおもちゃのような小型艦――そしてマンダンティ代将の頭にわずかに残った頭髪だけだ。

ウォードヘブン首相であるクリスの父親も、厄介事はひとつの小部屋に押しこんで競わせ、角がとれて丸くなるのを待つのが得策だとよく話していた。クリスはいま、そんなふうにだれかの厄介事のひとつになっている状況を楽しみながら、同僚の艦長たちを見まわしていた。マックと高級将校たちの鼻を明かしてやれるか……あるいは老将たちの狙いどおりに丸くなってしまうか。

ディナーを注文し、食事がはじまった。十二人はおたがいの品定めを再開した。かつてスキッフレース選手権で鳴らした名前がほとんどだ。薄い耐熱殻一枚の競技艇に乗り、軌道から最小限の燃料を使って地表の一メートル四方の目標内に降下する競技を通じて、弾道飛行のエッセンスを体に叩きこんでいる。とはいえスキッフレースでは十五人もの乗組員を指揮しない。十二隻の艦隊の一員として行動することもない。

クリスはテーブルを飛びから辛辣な冗談を受け流しながら、自分のもとに優秀な乗組員たちが配属された事務的な幸運に感謝していた。

副長はトム・リェン。鉱山小惑星群を有するサンタマリア星出身の若者は、士官学校時代からの友人で、順調なときも逆境にあるときも変わらずクリスの掩護をしてくれた。乗組員たちのなかで実戦経験があるのはクリスとトムだけだ。トムは本物の銃撃戦で狙われたことがある。クリスの暗殺未遂事件で流れ弾が飛んできたのではない。

先任伍長のスタンこと、スタニスラスは、礼装軍服に年功袖章をつけるただ一人の乗組員だ。海軍生活十年で、まもなく士官学校に行くだろう。それまではＰＦ－１０９を海軍らしい艦として維持するために働いてもらわなくてはいけない。金持ち子女の遊び船とメディアに呼ばれるのはがまんならない。

問題はその他のPF‐109乗組員だ。若くて未経験な者ばかりだった。彼らを多少なりと訓練された水兵に仕立てるのがクリスとトムの目下の仕事だ。

たとえば操舵手のフィンチ。彼女は弾道飛行の天才で、海軍の適性検査では飛び抜けた高得点をマークする。ただしそれは……固定した椅子にすわってやるコンピュータゲームのような試験での話だった。実際の彼女はオートバイより大きな乗り物を動かしたことがなかった。惑星の外へ出たことさえ生まれてから一度もなかったのだ。

フィンチの教育はじつは簡単だった。クリスはいっしょにウォードヘブン宇宙ヨットクラブへ行き、二人乗りレーシングスキッフを借りて、後部座席に彼女を乗せて軌道から降下した。半分降りたところで、クリスは艇内で見せないようにしていた予備の操縦桿をしめしてこう言った。

「これから着陸しようと墜落しようと、おまえしだいだ」

「わかりました」

フィンチは操縦桿から目をそらしながら答えた。それでもなんとか着陸は成功させた。目標地点からのずれはわずか一マイル強。そこはウォードヘブンで最高級のカントリークラブの三番グリーンのわきだったが、焼け焦げた芝生の面積が最小限だったのは不幸中のさいわいだった。

まだ熱いスキッフの船体をかついでコースから急ぎ足に逃げ出しながら、フィンチは言った。

「申しわけありません。次はもっとうまくやります」

「今回のことは内緒よ」

クリスは言った。内緒ですんだのはつかのまで、五時のニュースでは二人の所業が大々的に報じられた。

それでも二度目の降下でフィンチはもっと優秀な結果を出した。クリスはフィンチをウォードヘブン・スキッフクラブの会員に推薦し、初年度分の会費を払ってやって、あとは好きにさせた。

もちろん、楽でない仕事も多かった。ＰＦ艦の狭い艦内にはレーザー砲や電子制御系やモーターやセンサーがぎっしり詰まっていて、それらのメンテナンスと調整にはいつも苦労させられた。

そろそろデザートが出るころに、フィル・タウシッグが水のグラスをスプーンで軽く叩いた。ほとんどの者は話をやめたが、テッド・ロックフェラーとアンディ・ゲイツだけは最後の決定権について白熱した議論を続けていた。十人の他の同僚たちが黙ってにらんでいるのに気づいてようやく口を閉ざした。

フィルは話しはじめた。

「いまさら言うまでもないことだけど、ウォードヘブンの惑星軌道に敵がやってきたら、おれたちが最終防衛線になるわけだ」

「きっと最悪の防衛線ね」バブズが口をはさんだ。

「自分のことだろ」アンディが茶化した。

軽口をさえぎって、フィルは続けた。

「とにかく、おれたちが戦艦をやっつけられるところを見せてやりたい。この小艦隊の名前の由来になった何世紀も昔の雷撃隊のようにならずに、全滅しないで任務を達成したい。第八雷撃隊のエピソードは一、二度話したよな」

「かぞえきれないくらい聞いたわよ」とバブズ。

フィル・タウシッグは、裕福な家庭の出身者ばかりというこの小艦隊のパターンからはずれた一人だ。出身は海軍一家。それも海軍が水の上のものだった時代にさかのぼるというから、たいした伝統だ。統合参謀本部議長のマックは、このならず者集団における教育的要素として彼を加えたのかもしれない。

フィルの貢献の一つは、第八雷撃隊のエピソードを発掘して語り伝えたことだ。艦上雷撃機による飛行中隊であり、その意味では現在の彼らと共通点がある。第八雷撃隊は洋上の戦艦にいどみかかり、全滅した。生存者はほぼゼロだった。バブズはまたその話かという顔をした。しかしいつも浮かれたアンディ・ゲイツも、このときばかりは真剣にフィルを見た。

フィルは続けた。

「いうまでもなく、おれたちがやるべき仕事はいくつかの段階に明確に分かれる。敵の発見、敵への接近、敵の撃破、そして生きて戦闘圏から離脱すること」フィルは指を折りながら話した。「この四つだ」

アンディ・ゲイツが言った。

「戦艦の発見は簡単だな。ぼくらのＰＦ艦は星間ジャンプをできない。惑星周辺の軌道にたむろして、大型艦のご来着を待つしかないんだから」

だれも笑わなかった。

チャンドラ・シンが歌うような独特の口調で言った。

「無事に接近するのはかなりの幸運を必要とするわよ、フィル。レーザー砲を撃つところまで生きてたどり着けなければ、それまでの努力は水の泡なんだから」

黒い瞳のチャンドラは例外の二人目だ。まず、他の艦長たちより年長だ。それどころか艦隊が出港するとき、埠頭には見送る夫と二児が立っている。そもそもチャンドラは水兵からの叩き上げだ。下士官として階級を昇りつめ、将校に任官した。それも現在の戦時体制になって、海軍本部がクリスのような士官学校を出たばかりの若造たちを感化するために、経験豊富な上級兵曹たちを積極的に昇進させはじめるよりまえの時代のことだ。

「ＰＦ艦は小さな標的だから狙いにくいはずだ。図体のでかい戦艦がぼくらに照準をあわせるのはかなり苦労すると思うな」

テッド・ロックフェラーがそう意見を言った。ピッツホープ星の彼の信託財産は、クリスのほどではない。顔はいいが、頭は悪い。その証拠にたいてい誤った結論に達する。

そのテッドをアンディ・ゲイツが肘でつついた。

「おまえみたいな射撃下手だったらそうだろうけどな」

チャンドラも追い打ちをかけた。

「わたしがドライバー一本で分解できる程度の砲撃管制システムがあれば、あなたの艦をすぐに捕捉できるのよ」

ゲイツは続けた。

「だから、よけるんだよ。マンダンティ代将がいつも言ってるだろう。よけてよけまくれ。五秒以上はまっすぐ飛ぶなって」

するとフィルがクリスを見ながらさえぎった。

「その助言に従ったら、三秒でおだぶつだ。そうだろう、クリス？」

「二秒よ」

テーブルはしんと静まりかえった。クリスは水のコップをおきながら続けた。

「代将は立派な人よ。でも一度退役して養鶏農場での隠居生活を十五年送っていた。今回わたしたちのような若い跳ねっ返りのお目付役として久々に復帰したのにすぎないわ」

ＰＦ艦隊の指揮官を彼らはそう評していた。代将自身の耳にもはいっているだろう。

「軍艦の形はこの五、六十年、なんの変化もなかった。イティーチ戦争時代のままよ。変わる必要はなかった。人類宇宙の平和は人類協会によって守られていたから。でも、いまや人類宇宙は分裂してバラバラ……あとは言うまでもないわね」

みんなうなずいた。戦争のニュースとその噂は日常会話として飛びかっている。

「長い平和の時代に開発された技術は、じつは軍艦の艦内にたくさんはいってきている。とくにこの十年で変わったわ。チャンドラ、あなたは整備技術の面からよく知っているはずね」

かつて上級兵曹だった大尉はうなずいた。クリスは皮肉っぽく続けた。

「わたしの曾祖父はその新しい技術製品で一財産築いたわ。彼だけではないはず」

シニカルな笑みを同僚たちにむけた。彼らはうなずいた。技術の進歩によって経済は長く活況を呈してきた。平和な時代のおかげだ。しかしいま、その平和の鋤《すき》のかわりに戦争の剣《つるぎ》が打ちこまれている。ロングナイフ家が平時に築いた富のもとが、その末娘を殺す刃《やいば》として迫りつつある。次のクリスマスのディナーにぴったりの話題だ。

「とにかく、よけるなら、はげしくよけなくてはいけないわけね」ヘザーが話題を引きもどした。

「軍事用語でいう回避機動よ」クリスは言って、フィルがうなずくのを見た。「それをどんな人間の思考より早く、どんな砲撃管制システムも解析できないほどランダムなパターンでやらなくてはいけない。すこしでもそれが遅いと、あるいはすこしでも予測しやすいと、一巻の終わり。艦も、乗組員たちも」

ウェイターたちがデザートのパイ、ケーキ、アイスクリームのボウルなどを運んできた。しかしテーブルの雰囲気は沈んだままだ。店員はこれほど悲観的な下級将校の集団を見たことがないらしく、驚いていた。ウェイターたちが退がっても、テーブルではだれも食欲がもどらないようだった。

そのとき、クリスの首のあたりから明るい声がした。

「発言させていただいてよろしいでしょうか？」

クリスは白い通常軍服の上のボタンをはずした。襟を大きくはだけたが、胸囲は残念ながら小振りなので、テーブルの半分を占める男性の同僚たちの視線を気にするまでもなかった。

「わたしの秘書コンピュータのネリーが議論に参加することに、異議はある？」

「むしろ期待していたわ」チャンドラが言った。

フィルは質問の口火を切った。

「教えてくれ、ネリー。きみは充分にランダムな接近コースを提示できるのか？」

ネリーは答えた。

「その設問については検討をはじめていました。この分野のエキスパートであるわたしに、いずれ声がかかると思いまして」

クリスはあきれて天井を見た。ここにいる十人の裕福な子女たちも謙遜などしない性格だが、コンピュータに謙遜を教えるのはさらに難しそうだ。まして大金をかけて最高の性能を維持され、その事実を自分でよく知っているコンピュータなのだ。

年長のチャンドラはこういうときにふさわしい格言を知っている。すなわち、人生には耐えなくてはいけない痛みがある……。

もちろん、叩き上げの士官の彼女は、部下たちをそう諭したあとに、みずから工具箱を手にして、彼らがなおせないと言っている箇所を鮮やかな手つきでなおしてみせるのだ。

「とにかく、そのコースを見せなさい」クリスは指示した。

ネリーはすぐにホロ映像を投影した。一方に戦艦があり、反対に小さなPF艦がある。PF艦は接近をはじめた。エンジン全開で最大限の回避機動をしている。上下左右にすばやく、あるいはゆっくりと針路を振る。螺旋のようにグルグルとまわる機動を見せられて、若い艦長たちの何人かは早くも船酔いの表情になっていた。

チャンドラが問題点を指摘した。

「初期は弱い加速にしたほうがいいわ。PF艦のエンジンは小型なのよ。放熱のためにラジエターを展開すると、標的としての投影面積が大きくなる。でもラジエターを展開せずに長時間の全開機動をしていると、今度はオーバーヒートの危険がある。接近の初期段階は一・五G加速程度にして、だんだん上げていくのがいいと思う」

ゲイツが異論を呈した。

「どうかな。最初から全速力にしたほうがいいんじゃないか」

クリスはチャンドラの意見を採用しようと頭のなかでメモした。

テッド・ロックフェラーが言った。

「とにかく、それぞれ独自パターンの回避機動をやりながら接近するわけだな」

「そうじゃないわ」クリスは言った。

ヘザー・アレクサンダーが訊いた。

「どういうこと？　まさか、全艦がおなじ回避機動をやるの？　敵に読まれにくいようにという基本に反するわ」

クリスはテーブルの面々を見まわした。みんなけげんな表情だ。今度ばかりはフィルもわからないという顔をしている。

彼らはおおむね頭はいい。しかし敵から撃たれた経験はない。考え抜いたつもりの作戦が敵前で崩れ去ったときの恐怖を知らない。ああすればよかった、こうするべきだったと歯がみしながら、銃弾の雨のなかで伏せたり逃げたりしたことがない。

クリスは深呼吸し、全員の支持を得るまで時間がかかるだろうと覚悟した。一人は全員のため、全員は一人のためだ。

「わたしが右へ振ってよけたのに、あなたが左へ振ってその空間にはいったら？　わたしを狙ったレーザーがあなたに当たるわ」

クリスは両手で艦の動きをしめした。するとゲイツが吐き捨てた。

「そんな確率は万に一つだ」

「万に一つでも、そのときおまえは死ぬんだぞ」フィルが言った。しばらく唇をかんで続ける。「おれたちは初戦でも失敗しないように訓練されてる。毎回確実にやれるように。それでも戦場に不運はつきものだ。ネリー、十二隻全部に異なる回避パターンを割りあてながら、それぞれが完全にランダムで、しかも隣接したタイミングで領域が重ならないようにできるか？」

ネリーは普段ありえないほど長く沈黙した。こういう長い沈黙が起きるのは、人間の場合とおなじく問題の広さと深さを把握するのに手間どっているときだ。たとえスパコンのネリーでも、問題の範囲が巨大であれば答えを出すのに時間を要する。

「はい、可能です。ただしそのためには、十二隻はそれぞれ大きく離れた位置から攻撃を開始しなくてはなりません。代将は通常、ＰＦ艦は旗艦の背後に一列に並ぶように命じます。そこからの機動開始では困難です」

「いい分析だわ、ネリー」クリスは言った。

たしかに称賛に値する洞察力だ。最新アップグレードのおかげだろう。あるいは、サンタマリア星の石のかけらから採取した自己組織化回路のおかげか。ネリーには中身の調査を禁じていたはずだが……。とにかく、海軍が採用したつもりのない若い跳ねっ返りがここにもう一人いるようだ。

フィルがクリスの耳もとに顔を寄せてささやいた。

「ネリーのことは噂に聞いてたよ。話すところを見たのは初めてだけど、たいしたものだ」

「役に立ったという話ばかりでしょう」

「そうだけど」

「よく見ていて。ここで回避機動のパターンは、十二隻それぞれに五種類必要になる」

クリスは声を大きくした。演算能力を遊ばせておくのはもったいない。そもそもネリーを遊ばせておくと、ろくなことがないのだ。クリスは続けた。

「べつのランダムなルートに切り換える必要が出てこないとはかぎらない。そうでしょう、ネリー。敵もコンピュータを持っている。あなたのランダムなルートの一つを読まれたら、予備に切り換えなくてはいけない。それが読まれたらさらに予備と、順繰りにね」

「同意します。奴隷のようにコンピュータをこき使うプリンセスに」ネリーは答えた。

テーブルのあちこちで吹き出しそうになる口もとを手が押さえた。同僚の艦長たちにとってクリスの肩書きはいつも大尉だ。艦上でも陸上でも彼女は海軍軍人であって、プリンセスと呼ばれることはない。ところがその秘書コンピュータの態度は……。クリスにとっては飼い犬に手をかまれたようなものだった。

「もう一つ考慮すべきことがあるわ」クリスはひるまずに続けた。「わたしたちの武器は十八インチ・パルスレーザー砲。強力なエネルギーを標的にむかって一連射できる。でも二連射目はない。PF艦が積んでいるエンジンはあくまで駆動用。キャパシター充電専用の反応炉はないのよ。一度撃ったらそれっきり」

全員がうなずいた。みんなマニュアルはよく読んでいる。

「わたしたちは一撃で敵を叩かなくてはいけない。そのためには接近ルートを協調させておいたほうが成果を上げやすいわ」

フィルとチャンドラは身を乗り出した。他の者たちは腕組みをした。簡単には説得できないだろう。クリスはアイスクリームが溶けるのもかまわず、売り込みモードにはいった。

「標的まで三万キロ。副砲の射程にはいるぞ」トムがクリスの隣の兵器管制席から報告した。ここまで接近すると、戦艦の索敵照準システムが持つレーダー、レーザー、磁気、重力などあらゆるセンサーが高速パトロール艦をはっきりとらえているはずだ。その射撃プログラムを混乱させてやろう。クリスは命じた。

「分艦隊は三Ｇに加速。こちらの合図で第一回避パターンを開始。攪乱作戦」僚艦の反応を待って合図した。「——開始！」

第一回避パターンは、最大限の回避機動だ。ＰＦ艦は強烈な方向転換をくりかえし、さらに攪乱のための材料も放出した。方向転換のたびにチャフと呼ばれる金属片、アルミ箔、発光ペレットなどを打ち出す。これらのチャフは古いコースにそって飛び、ＰＦ艦は戦艦のほうへ針路を変える。チャフがレーダー、レーザー、赤外線、磁気センサーを引きつけているあいだに、ＰＦ艦は舳先《へさき》を戦艦にむけるのだ。

戦艦は副砲のレーザー砲でチャフを撃ってくる。チャフはレーザーを浴びると鮮やかな色で輝く。ＰＦ艦がいない空間をレーザーが通過した証拠だ。

惑星大気圏でのレーザー戦は色とりどりの花火大会だが、宇宙空間での海軍の砲撃戦は目に見えない。十数隻の戦闘艦による熾烈な撃ちあいも、視覚的には暗く、地味だ。戦闘艦があちこちへ移動するだけ。すくなくとも最初はそうだ。

やがてレーザーが氷装甲に当たるようになる。命中したところからは蒸気が噴出し、すぐに再凍結する。この氷の雲はレーザー光線を反射し、屈折させる。恐ろしい死のエネルギーを、詩的で美しい光景に変える。芸術家がこの状況を生き延びれば、戦場で見た光景を絵画や鉄の彫刻やグラフィックアートで表現しようとするだろう。充分に長生きできればの話だ。せめて二十五歳まで。

しかし、クリスが乗っているPF艦に氷装甲はない。チャフにレーザーが当たって放つ光で、自分たちが生き延びていることを知るだけだ。

「うわっ、すごい眺め」

フィンチが正面スクリーンを見てつぶやいた。近くをかすめたレーザーが周囲のチャフを色鮮やかに輝かせたのだ。

「艦内放送でみんなに教えてやったら？」

クリスは言ってやった。敵艦にむかって突進するあいだ、乗組員にできることはほとんどない。待つのは演習上の死。死ぬのはこちらか、戦艦か。やるかやられるか。乗組員たちは表示がグリーンのまま続くように祈るしかない。失敗すれば他の二個分艦隊とおなじ末路をたどる。

「距離二万キロ。レーザー砲は四門とも正常、発射準備よし」トムが言った。

「分艦隊、第六回避パターンへ移行。機動しながら、こちらの合図で一斉攻撃する」クリスは通知した。

「準備よし。行けます、みなさん」ネリーが、命じられていた沈黙を破って言った。

クリスは分艦隊の準備を待って、命じた。

（ネリー、開始）

分艦隊は散開した。戦艦に対して上位、中位、下位へと位置を分散させる。上下左右への針路変更でクリスの頭はヘッドレストのあいだで振りまわされた。そして、そのときが来た。

「発射！」

クリスは自分の口から命じた。ネリーが正常にシーケンスを処理していれば、口頭による命令は必要ない。しかし、指揮官はクリスなのだ。必要なくても命令してなにが悪い。

トムが報告した。

「レーザー発射。四門とも、距離一万六千キロで。タイマーに従って発射した」

「離脱機動開始！」

クリスは命じて、息を詰めた。戦艦はまだいるか。爆発したか。損傷を受けてはいても、まだ戦闘可能か……。

「おまえたちいたずら小僧はいったいなにをやらかしたんだ？」

司令回線から声が流れた。今日のマンダンティ代将は、若い艦長たちを〝厄介者〟ではなく〝いたずら小僧〟と呼んだ。

「協調攻撃です、代将」

クリスは答えた。今日は火曜日で、彼女が分艦隊の指揮官だ。自分とフィルとチャンドラが話しあって決めたことを説明する責任がある。ヘザーは最初は懐疑的だった。しかしやるなら分艦隊としてまとまって動かないと成功しないので、説得して協力をとりつけたのだ。

「もういい、飛びまわるのをやめて減速しろ。そして今日の担当指揮官は、その協調攻撃とやらがなんなのか説明しろ、大尉」

「はい、代将。分艦隊は回避機動を中止。旋回して一・五Gに減速しろ。機関、ラジエターを展開」

命令への応答が返ってくると、クリスは一息ついて、用意していた説明をはじめた。

「代将、十八インチ・パルスレーザー砲は、マニュアルを読むかぎりは非常に強力です。しかし、どんな小さな戦艦でも分厚い氷装甲をそなえています。そして頻繁にロール回転しているため、こちらのレーザーが短時間で装甲を貫通するのは困難です」

「巨艦に立ちむかう小型艦の悲しい宿命だな」

「はい。しかし、わたしたちのパルスレーザー砲が戦艦のおなじ箇所に同時に命中したらどうでしょうか」

「〝わたしたち〟ときたか。その話法はプリンセスとしてのものか、それとも海軍大尉としてか？」

クリスは歯ぎしりした。代将がクリスをプリンセスとからかったことはまだ二、三度しかない。クリスは問いに答えようとした。しかし、その必要はなかった。

「その〝わたしたち〟とは、自分をふくめた意味です」フィルが言った。

「わたしもです」とチャンドラ。

「わたしもふくみます」とヘザー。

フィルは続けた。

「全員で話しあった末に、われわれ若造がいくら決死の覚悟で挑んでも――」

「……年増も約一名まじっておりますが」チャンドラが軽口を叩いた。

「――戦艦を沈められなければ意味がないという結論に達しました。しかしこのように協調して回避機動をとれば、おたがいのコースが重なることはありません。戦艦の砲手から見て一石二鳥とか、流れ弾に他の艦があたってもうけものといった事態にはならずにすみます。そしてクリスの考えに従えば、最終アプローチを協調してやることによって、戦艦に同時に攻撃を命中させることができる。そうすれば装甲を貫通して、内部のもろいところへビームを届かせられるというわけです」

クリスは説明をフィルにまかせた。どうやって敵を殺すかという説明のしかたには、海軍の独特のやりかたがあるようだ。海軍一家に育った若者は年長の軍人への話しかたを心得ている。おなじ言葉をしゃべっていても自分の口からではうまく通じないのだとクリスは思った。フィルとチャンドラに説明してもらうほうがずっといい。

代将は答えた。

「なるほど。よくわかった。デコイに十六発中十三発が命中していれば合格点をやるつもりだったが、おまえたちはみずからハードルを上げたわけだな。同時命中とかぞえられるものが何回成功しているか、調べてみよう」

クリスの隣の席でトムがささやいた。

「やべえぞ。じいさんはクリスマスツリーの下にできたクソの山をひっくりかえして、サンタクロースが来た証拠のトナカイのクソを探すつもりだぜ」

するとスタンことスタニスラス先任伍長が言った。

「もちろんそうしますよ、リェン中尉。お客さんが来るかもしれないのに、玄関にトナカイのクソを残しておくのは海軍のやり方じゃありませんからね」

あちこちで笑い声があがった。艦内だけだ。司令回線には伝わっていない。

しばらくの沈黙のあとに、代将の声が返ってきた。

「ふむ、ハードルを上げても成績は悪くないようだな。五番デコイはおまえたちの試みを正確に評価できる計測機材を積んでいない。しかし命中十発は、時間と位置においてかなり接近していたようだ。つまり、同時命中五回と評価できる。プレジデント級戦艦のどてっ腹を貫通するには充分だ。今夜のビールはわたしがおごろう。

さて、第一、第二分艦隊の諸君に質問したい。第三分艦隊の艦長たちが今回の謀議をしている場にいあわせたにちがいないにもかかわらず、おなじやり方を採用しなかったのはどういうわけだ？　そのせいでおまえたちは安いボール紙にピン留めされた蝶の標本のように、五番デコイやわが艦の砲手によってやすやすと撃ち抜かれたわけだぞ」

クリスは笑いを噛み殺した。艦内の乗組員たちもおなじだ。

やや長い沈黙のあとに、代将は続けた。

「まあいい。今夜ビールを飲みながらゆっくり説明してもらおう。全分艦隊はこれより三時間後に針路と速度を旗艦にあわせろ。帰港は一七〇〇《ヒトナナマルマル》を予定。パーティは二一〇〇《フタヒトマルマル》からだ」

司令回線は沈黙した。隣でトムが中央通信パネルを操作して、PF‐109の艦内ネットを司令回線から切り離した。とたんに艦内に大歓声が響き渡った。

クリスはその歓声にむけて言った。

「ご苦労、よくやったわ。とくにトノニ、アプローチ中によく機関の過熱を抑えられたわね。いい働きだったわ」

「熱くなりすぎたエンジンに、また山羊の小便をかけて冷やしたんですよ」

機関員たちの話にいつも出てくる架空のペットが功労者らしい。

「先任伍長に怒られないように整理整頓できていれば、機関室でなにを飼っても文句はないわよ」

スタン先任伍長は戦闘配置でトムを支援する席にいる。そこで顔をしかめてみせた。厳格な先任伍長という評判が危機にさらされているが、それほど危険なしかめ面ではなかった。

「代将のご命令は聞こえただろう。桟橋に着いてからパーティの準備まで四時間しかないぞ。艦内の整理整頓は今のうちからやっておけ」

クリスの座席は耐Gのために張り出した状態から、標準加速時の仕様にもどった。クリスは床に足をつけて立ち上がり、操舵手のほうにむいた。

「旗艦へのコースは計算できている？」

フィンチは答えた。

「旗艦は〇・八五Gでのんびりステーションへもどっています。その後方にちょうど三時間後に並ぶコースをコンピュータが出しています」

(どうなの、ネリー?)

クリスは秘書コンピュータに問い合わせた。ネリーとは思考レベルで直接やりとりができる。接続が容易すぎることによるリスクもないわけではないが、頭に銃を突きつけられるような緊急事態に口を動かす無発声命令には頼りたくなかった。

(海軍支給のコンピュータは愚かで役立たずですが、その程度の弾道計算なら算盤を使うサルでもできるでしょう)

(そんなことを声に出してフィンチに言わないように)

(社交能力はそなえていますのでご心配なく、プリンセス。ただ、問題解決に努力しながら、同時に人間の感情とやらを傷つけないように配慮することが、ひたすら時間の無駄だと感じるだけです)

(ある種の様式美だと思いなさい。さて、艦内を調べて故障箇所のリストをつくって。あなたがつくるリストは、乗組員が自力で発見する箇所のリストの一・五倍には届かないと思うけど)

(賭けますか? わたしが勝ったらどうします?)

(それはあとで検討する)

(サンタマリア星でみつかった例の石のかけらの調査をまたやらせてもらいたいですね。あ

のチップはまだわたしのマトリクスに接続しています。異星人が残したデータを調べても、わたしが停止する心配はないはずです）

（そういう賭けはしないわ。さあ、ネリー、悪いけどわたしは艦の指揮をしなくてはならないのよ。無駄口は終わり）

（了解しました、艦長）

海軍の規定ではＰＦ－１０９の定員は十四人だ。しかしクリスは十五人だと思っていた。その十五人目は多くの場面で力になってくれるが……扱いが厄介でもあった。

クリスはトムと先任伍長のほうをむいた。

「機動中に頭をかなり振りまわされたけど、あなたたちはどう？　わたしの頭が小さいのか、耐加速シートの調整が必要なのか」

先任伍長は首を振った。

「シートは問題がありますね。全員にヘルメットを配ったほうがいいかもしれない。それよりもっと大きな問題があります。戦艦からの迎撃レーザーです。海軍ではおもてむき、デコイも実働戦艦と同等の迎撃システムをそなえていることになっていますが、充分な能力を発揮しているとは思えません。それでも至近距離をかすめたレーザーが何本もありました」三十代にはいったベテランの先任伍長は肩をすくめた。「実戦で幸運がつづくとはかぎりませんよ」

「あんまり聞きたくない話だな」トムは祖母伝来のアイルランド訛りになった。

「先任伍長、ヘルメットの手配はまかせるわ。わたしはネリーといっしょに耐Gシートを乗組員の体格にあわせて調整する。ヘルメットなどの装備をつけた状態でね」クリスは首を振った。「すくなくとも今回の演習では、この小型艦で戦艦に挑むのがさほど無謀ではないことがわかった。この小艦隊に配属されたときほど恐怖は感じなくなったわ」

するとトムが反論した。

「ウォードヘブンを守って戦艦に挑むとき、そんな悠長なことが言えるとは思えないな。おまえの親父がよそに派遣してる艦隊の規模を考えろよ。あれに匹敵するのがやってきたら、おれたちはあっというまに押しつぶされて舳先の……人形にされちまうぜ」

「船首像」クリスと先任伍長は声をあわせて教えた。

スタニスラス先任伍長はクリスにむきなおった。

「自分はそろそろ失礼して、演習中に艦内がどうだったか調べてこようと思います。艦長は艦長らしくブリッジに腰をすえていただけるとさいわいです」

クリスはその言い方をしばらく考えて……ベテラン先任伍長が若手将校にむかって言う賛辞だと思うことにした。

「わかった、先任伍長」

その背中を見送ったクリスの視線は、艦長席の裏にある無人の座席にとまった。

「どこかから情報《でも》管制《の》コンソールを調達してきたようね、トム」

「見逃せない出物があったからな」トムは自分の兵器管制席から移動して、その真新しい座席に腰を下ろした。「トゥランティック星から脱出するときにおまえが……なんていうか、拝借したヨットでは、情報管制席にペニーがすわってたおかげで助かっただろう。そんなことを思ってドックをぷらぷら歩いてたら、予備のコンソールが一セットころがってたんだ。だれも所有権を主張してないみたいだったから、大急ぎで運んでここにとりつけたわけさ」

片頬の笑みがこれまでにないほど大きく左に傾いてあらわれた。

「つまり、盗んだのね」

「おまえほどポケットマネーが豊富じゃないからな、クリス」

冗談めかした笑み。しかし笑みがなくてもグサリときた。たしかにクリスは昨年の年収でその気になれば小艦隊を買えるだろう。それも信託財産の元金には手をつけず、利子収入だけで。ロングナイフ家に生まれたことによる役得だ。

「ペニーは明日の朝食に来るの？」クリスは訊いた。

トムの笑みはさらに大きくなった。その口はもはや耳のうしろまで伸びて、うなじのあたりで接しているかもしれない。それはそうだろう。将来の花嫁の話題なのだから。クリスのまわりではよくある話だ。クリスが知りあう男たちは、やがてクリスの知りあいの女たちに求婚する。クリスはその花嫁予定者から、結婚式で介添人をやってほしいと頼まれるのだ。

自分のまわりに幸福なカップルを次々と誕生させてしまう。なぜそんな強力な触媒になってしまうのか。考えたことはないし、考えないようにしていた。すくなくとも木曜日までは考えない。

トムはうれしそうに話した。

「ヌー・ハウスの庭園を結婚式会場にっていうおまえの提案を聞いて、ペニーはほんとによろこんでたぜ。あいつのママはいまの旦那といっしょにカンブリア星に住んでる。おれの家族はみんなサンタマリア星だ。どっちも家と呼べる場所がない。でも、レイモンド王とリタが結婚した庭で挙式っていうのは、クリス、そりゃすごい話だ」

いろいろな返事が頭に浮かんだが、クリスはこういう答えにとどめた。

「両家のために落ち着いた会場を提供できればさいわいだわ」

「ああ。でも実際には、出席者は艦隊の連中だけになるんじゃないかな。サンタマリア星からここまでの船賃はうちの家族には高すぎる。ペニーの親父は——」肩をすくめて、「ペニーは三日前にメールを出したんだけど、まだ行方知れずだ。どうやら軍人ばかりの静かな式になりそうだ」

「軍刀を交差させる儀式をやってほしい？」

「ペニーはよろこぶだろう。まあ、あいつが白いドレスを着るつもりなのか、それとも白の礼装軍服にするのか知らないけどな」

「なににしても、母に秘密にしておいてよかったわ。もし耳にはいったら……」

母親が仕切る結婚式を思い浮かべただけで身震いする。独身生活をとうぶん続けたほうがいい。クリスは情報管制席に目を移した。

「ところで、ここにはだれをすわらせるつもり？」

「ペニーじゃだめか？」トムは本気で言っているらしい。「ウォードヘブンが対峙する可能性のある軍艦についてなんでも知ってる。情報収集の技術はだれにもひけをとらない。それに、現状であいつはおれたちを〝反乱者〟として尋問する立場だぞ」

「その言葉は冗談でも使わないで」クリスはげんなりした顔で言った。

「だったら、タイフーン号でおれたちがやったことを的確にあらわす短いフレーズをどこかの広告代理店にひねり出させろよ。まあとにかく、ペニー並みの技能を持ったやつが必要なんだろう？　だったらペニー本人を呼べばいい。地上勤務はあきあきして、そろそろ艦上勤務にもどりたいころさ」

トムにしてみれば新婦を背後にすわらせて勤務できれば楽しいだろう。大尉という階級においてペニーはクリスより一年先任なのだが、ＰＦ‐１０９のような小型艦の指揮命令系統ではたいした問題ではない……。

そうだ。そういうことだ。

トゥランティック星でクリスが生命の危機にさらされたときに、ペニーは最高の仕事をしてくれた。ペニーが支援してくれなければもっとひどいことになっていたかもしれない。先任伍長の言うとおりだ。本物の敵はもっと強力な迎撃をしてくるはずだ。代将が演習に使う旧式デコイのしみったれた攻撃ですむわけがない。

とはいえ……ＰＦ艦でウォードヘブン防衛？　冗談にもほどがある。訓練が終わったらどこか僻遠の惑星に飛ばされるだろう。守るべきものもろくになく、よほどの緊急事態でなければ敵など来ないような場所で防衛任務に就くはずだ。

まあ、どこでこのおもちゃの小舟が戦うのでも、有能な情報担当士官から一級の情報レポートを受けとるのは有益だろう。

三時間後、小艦隊は旗艦の後方で子ガモのように整列した。旗艦クッシング号は老朽駆逐艦だ。同級艦のなかで一隻だけ破砕機送りをまぬがれたあとの最後のご奉仕が、安価な小型艦でフル装備の大型戦艦を沈めるという妄想めいた計画に挑戦する若手士官の訓練任務だった。

スタン先任伍長が艦内の故障箇所のリストを持ってきた。かなり長かった。ネリーのリストのほうがさらに長かったが、先任伍長のリストの一・五倍には四項目たりなかった。

「ネリー、あなたのリストを先任伍長へ」

スタンは自分のより長いリストを渡され、口をへの字にして目を通した。

ネリーはコンピュータなりに悲しげな口調になった。

「つまり、石のチップを調べることはできないようですね。ジャンプポイントを建設した三種族の秘密をこのデータ容器から回収できたら、トゥルーおばさんはたいへんよろこんだでしょうに。チョコチップクッキーを一皿焼いてくれたかもしれません」

くどくどと言われるのはうんざりだ。

「はいはい、その話題は一カ月封印よ」

「一週間にしてください。賭けをしたときに期間は特定しなかったはずです」

「じゃあ二週間」

ネリーは思考レベルでも黙った。コンピュータがすねているのが脳裏の感覚でわかるのは奇妙なものだ。

「なあ、そうやってるのか？」トムが訊いた。

「なにが？」

「そうやってネリーに手綱をかけてるのか？」

「かけてないわよ」

「かけられておりますよ、こちらの御者に」ネリーが答えた。

「訊いて悪かった」トムは笑いを噛み殺した。

「ネリー、乗組員に最適なヘルメットを調査して。高Gがかかる回避機動中に脳の損傷を防ぎ、首の負担を減らすことが目的よ。そして戦闘配置中のシート形状を再プログラム。頭部と頭部をヘルメットごと固定できるように。今日のように振りまわされてはまずいわ」

「わたしに操艦をすべてまかせて、みなさんはご自宅で休んでいるという方法はいかがですか？」

ネリーの提案を耳にして、操舵手のフィンチがぎょっとしたようすでこちらを見た。

「そうね、ネリー。でもそういうところは海軍は保守的なのよ。あなたは指示どおりにしなさい。そうすればうまくやっていける」

その後の飛行は順調だった。全員が働き、先任伍長がリストアップした故障箇所の多くをドックに頼らず自力で修理した。係留作業の準備にはいるころにはリストはかなり短くなっていた。

フィンチの操艦をクリスは肩ごしに見守った。PF艦はきれいに栈橋にはいり、固定装置に艦首を一発でいれてロックした。艦体が静かに栈橋に寄る。

「お見事」

クリスはフィンチの肩を叩いてねぎらった。

艦体中央部にある船外作業班の持ち場から、先任伍長が報告した。

「電源ラインを埠頭へ渡しました。空気と水の配管、通信ケーブルを接続。ハッチを開きます」

艦内の気圧がかすかに変わった。出港から帰港まで一日でも、ステーションとのあいだにわずかな気圧差はできる。

「艦長、いま——」スタンの報告が途切れた。

「先任伍長、どうしたの?」

クリスは訊き返しながら、コンソール上に目を走らせた。表示はすべてグリーン。艦内に異状はない。ここで見るかぎりは。

(ネリー?)

すると秘書コンピュータは驚いたように答えた。

「妨害を受けています。これは……」

クリスは艦長席の椅子をまわした。陸軍のカーキ色の軍服を着た五人の憲兵がブリッジにはいってくるところだった。先頭は少佐だ。

「おまえがクリスティン・アン・ロングナイフ大尉、あるいはプリンセスと称する者か？」

人生の重大な瞬間はだれでも気づくものだ。たいていはそのあとに死が待っている。子どもでもわかる。どんな場面にそれを感じるかは育った環境で異なるだろう。農家の子の場合は、例年にない大豊作の収穫期にやってくるイナゴの大群か。軍人の家の子にとっては、どこかで戦争がはじまり、やがてその戦争に巻きこまれて自分が死ぬという直感だろうか。

クリスは政治家の娘だ。自分のそういう瞬間をいつも予想していた。九歳のときにマリー・アントワネットのビデオを見て、ギロチン台へと続く道の第一歩である逮捕の瞬間に彼女はどう感じただろうと思っていた。

自分にその瞬間が訪れたらどう対応すればいいか。子どものころからずっと考えていた。ついにそのときが来て驚く自分と同時に……冷静な自分もいた。

クリスはまっすぐに立って告発者を見て、簡潔に答えた。

「わたしはクリス・ロングナイフよ」

肩書きをすべてはずすと奇妙な感じがした。少佐は言った。

「おまえを艦長職から解任し、逮捕せよとの命令を受けてきた。軍曹、手錠を」

クリスは必死に考えた。なにをすべきか。トムのほうをむく。

「操艦指揮をまかせる」

指揮権は明確に委譲しておかなくてはならない。それが海軍のやり方だ。それからブリッジに侵入してきた陸軍兵士たちにむいた。

「理由を尋ねてもいいかしら」

クリスは両手を脇にたらしていた。抵抗は無駄だ。むしろ悪い結果を招き、威厳をそこなう。とはいえ協力してやることはない。

海兵隊でも海軍でもない陸軍軍曹は、手錠をとりだし、トムを押しのけてクリスに近づいた。海軍中尉のトムは暴漢につかみかかろうとした。

「やめなさい」

クリスは命じた。トムは従った。

しかし小柄なフィンチがまえに出て、クリスの反対側から近づこうとしたべつの軍曹の行く手をはばんだ。少佐は拳銃を抜いた。その背後にいる二人の憲兵も同様にした。

クリスは語気を強めて命じた。

「やめなさい。わたしも乗組員も武装していない。抵抗はできないし、するつもりもない。フィンチ、彼らを通しなさい。許可なく乗艦してきた者たちだとはいえ」

クリスは夢のなかでも白昼の思考のなかでもこの場面を頭に描いてきた。平和的に進行するときもあれば、そうでないときもあった。どちらがいいかはいうまでもない。

憲兵たちは銃を抜き、ブリッジの乗組員たちを用心深く見ている。

クリスは懐柔するように言った。

「少佐、このブリッジで武装しているのはあなたたちだけよ。だれも抵抗しない。だから落ち着いて。でも、理由は説明してほしいわ」

「われわれは命令に従って来た。貴様を逮捕しろというだけで、理由は聞いていない。こちらは命令を聞いて実行するだけだ。さあ、同行するのか、それとも連行されたいか？」

しばらくまえにクリスは戦争勃発を瀬戸際で止めた。その事実をだれもが歓迎しているわけでないという話を、マックから聞いていた。この憲兵たちを動かしている黒幕は、すくなくとも歓迎しているグループではないようだ。

とにかく、今日一日をどう生き延びるかが問題だ。クリスの両側と少佐の背後には大柄な兵士たちが待ちかまえている。力ずくで連行したがっているようだ。その手がクリスの肩にかかったあとに、すこしでも抵抗すれば、最大限の武力行使と拘束が法的に許可される。

「わたしは海軍だけど、歩き方は知っているつもりよ、少佐」

軍曹はクリスの両手をつかんで背中にまわし、手錠をかけた。クリスは心細くなった。とても不安になった。それでも歩くことはできる。

足を踏み出した。憲兵二人がうしろにつき、二人が前で先導する。もと来た道をもどりはじめた。少佐は軽く背中をかがめている。ＰＦ艦の設計は身長百八十センチ以上の乗艦者を考慮していないのだ。

「足下にも気をつけて」クリスは注意した。「トム、実家のハーベイに連絡を」

「はい、殿下」

副長のトムは返事をした。みんなわかっている。これは政治の舞台であり、一人一人が役をあたえられているのだ。正しく演じれば孫子《まごこ》の代まで自慢話になる。

緊張して後部甲板まで下りた。なんとか膝を震えさせずにすんだ。銃を手にして敵と撃ちあう恐怖は経験ずみだが、手錠をかけられて憲兵に歩かされるのはべつの恐怖がある。

ハッチのところでは先任伍長と船外作業班が持ち場についていた。スタンは悔しそうな表情だ。

「残念です、艦長」

「いいのよ、先任伍長。代将に、今夜のビールパーティに出席できなくて申しわけないと伝えておいて」

「はい、艦長。上着を……お貸ししましょうか」

クリスは寒くなかった。しかしすぐにカメラのシャッター音とフラッシュに気づいた。ハッチの外には二、三十人のカメラマンが待ちかまえている。先任伍長が上着をと言ったのは保温のためではなく、顔を隠すためだ。

「結構よ、先任伍長。訓練の一部だから」

クリスは顔を高く上げ、しっかりとした足どりで連絡橋に踏み出した。ここは重要だ。犯人のような恰好はしない。そのような印象をあたえてはいけない。この瞬間を思い浮かべるときにいつもそう考えていた。

憲兵たちが歩き、クリスも歩調をあわせる。レポーターが容疑者として報じるのはしかたない。しかし映像だけ見れば、プリンセス・ロングナイフが儀仗兵をしたがえて民衆のまえに出てくるようにしなくてはならない。表情は笑顔ではなく、渋面でもない。かといってうつろな無表情でもない。

利用される絵になってはいけない。とにかく膝が震えないことを祈った。

一切反応しないというポリシーをつらぬいたが、一度だけ例外があった。左手の報道陣の列の奥に、チャンドラ・シンの夫君とその男女二人の子どもがいた。目を丸くしてクリスを見ていた。その表情は恐れか、それとも驚きか。三歳と五歳の目にこの光景はどう映っているだろう。

クリスは石のようにこわばった口もとを、そのときだけはわずかにほころばせ、彼らのほうに一センチだけうなずいてみせた。子どもたちはプリンセスの挨拶によろこんで大きく手を振った。ゴラン・シンは親指を立てて合図をした。

まもなく、ステーションの移動用カートのドアのまえへ来た。なかへはいり、外へむきなおる。カメラの砲列にむかってプリンセスらしい笑みをむける。王室の日常風景のように。

軍曹が不必要なほど乱暴にドアを閉めた。憲兵とクリスだけを乗せて電動カートは静かに動きだした。

さて、カメラは去った。クリスは朝まで生き延びられるかどうかを真剣に考えはじめた。

2

「よう、プリンセス……ロンガーナイフ？」看守が声をかけた。

クリスは疲れた顔を上げ、間口三メートル奥行き四メートルの営倉をもう一度見まわした。冷たく、すべて灰色だ。床も壁もコンクリート。ベッドは硬い板。便座のないトイレ。古い嘔吐物の悪臭がするが、いまいれられているのはクリス一人だ。

両膝を伸ばした。すこしでも人間らしく暖まるために膝を抱えていたのだ。眠れないままそうやって横になっていた。

青い艦内服を見れば海軍大尉であることはわかるはずだ。右胸の名札にはロングナイフと書かれている。クリスの頭に辛辣な返事がいくつか浮かんだが、どれも看守が愉快に聞くとは思えないので、口に出すのはやめた。

「わたしはクリス・ロングナイフだ」

「だれかがおまえの書類にサインしにきたようだぜ」

看守の伍長はあざけるように言うと、監視カメラにむかって合図した。モーター音とともに勾留室のドアが解錠された。

監視カメラに映る映像はすべて、自分や、首相である父や、王である曾祖父のレイの印象をおとしめるためにメディアに利用されることを思い出した。飢えて疲れ、正気さえ失いかけているが、なんとか威厳をたもって立ち上がった。節々の痛みに耐えながらドアにむかい、慎重に足を進める。

「ありがとう」

まるで看守が王室のために立派なサービスを提供したかのように声をかけた。

「どういたしまして」

看守は思わず返事をしてから、監視カメラを見上げて渋面になった。できることなら発言を取り消したいようだ。仕返しの方法はいくらでもあるとクリスは思った。

看守は自分の失態に苛立って、クリスの肘をつかんで乱暴に連行しはじめた。しかしクリスは疲れ、体のあちこちが痛み、他にも問題をかかえている。看守の歩調についていけなかった。

「もうすこしゆっくり歩いてくれないかしら。靴紐のない靴だから、急ぐと脱げてしまいそうなのよ」

看守はクリスの足下を見て、歩調をゆるめた。

「ああ、すまんすまん」

この看守の上司が聞いたら怒り出しそうな返事だ。しかし、最悪の状況で人間的な情を見せると、相手もしばしば情を返してくることをクリスは知っていた。今日はそれがうまくいった。明日は明日でわからない。

昨夜引っ立てられてきた迷路のような通路を逆に歩いて、事務手続きの部屋に出た。昨夜とはちがう内勤の軍曹が一人いて、ディスプレイと監視カメラ映像を見ている。クリスのほうはわざと無視している。

(ネリー、記章の番号は記録した?)

(もちろんです)

職業は海軍士官だが、育ちは政治家の娘だ。今回の仕返しはかならずする。

軍曹がはいっているボックスのむこうに安っぽいプラスチック製の椅子が並んでいる。そこから見慣れた二人の人物が立ち上がった。

一人はもちろん、ジャックだ。ウォードヘブン検察局所属の警護班長であるジャック・モントーヤは、その身分証を提示するだけで即座にクリスを保釈させられるはずだ。しかし今回は身分をしめす記章をつけていなかった。

その隣で立ち上がったのは、曾祖父のトラブルだ。本名はあるのだが、長い海兵隊勤務のうちに敵だけでなく多くの人々からニックネームで親しまれ、いまではクリスの母親もトラブルと呼んでいる。事実上の本名だ。複数の惑星の統合参謀本部議長を経験して、現在は半引退状態。今日はスラックスにスリーボタンのシャツというカジュアルな服装をしている。しかし、まっすぐに伸びた背中とクルーカットの頭からただの退役将校だと思ったら、あとで痛いめにあう。

クリスは訊きたいことが山ほどあった。しかしジャックとトラブルの表情からすると、監視カメラのある部屋では一言も話すつもりはないようだった。

（ネリー、なにか新しい情報は？）

（まだネットに接続できません。メールやニュースどころか、無線チャンネルの一本もつかまえられません。全周波数帯向けの近距離電波妨害装置が、逮捕されたときからつねに近くにあります。突破できません。それだけの電力がありません。試みますか？　失敗した場合は最小電力でのホールドモードにはいりますが）

（やらなくていい。もうすぐ保釈されるから。そうしたら状況がわかるわ）

クリスは口をつぐんで待った。

軍曹はトラブルのＩＤカードを機械に通した。結果を見て……顔面蒼白になった。ボックスの反対側に飛んでいき、クリスの保釈手続きを交代した。新たにやってきたのは四等特技兵の階級章をつけた快活な女性兵だ。クリスにわずかな笑みさえむけて、あずかっている私物を出した。

「今回のことは残念です。本件への対応については統合参謀本部からはっきりとした命令を受けましたので」

「マックから？」

マクモリソン大将の頭痛の種になったことは一、二度あるが、ここまでされる覚えはない。

「いいえ、ペニーパッカー海軍大将です。新しく就任された参謀本部議長です」

現役の高級将校の名前はほとんどそらんじているつもりだが、ペニーパッカーという名前は記憶になかった。曾祖父のほうを見た。

そのトラブルは四等特技兵に強い口調で言った。

「大尉の保釈手続きを急いでくれないか。ミスター・モントーヤもわたしも暇な体ではないのだ」

「はい、失礼しました」

ジャックを警護官ではなくミスターとしたことに、クリスは驚いた。

四等特技兵はクリスの書類入れをあらためた。

「外交官パスポートを二十四時間以内に返納するようにとの命令が出ています」

「どこへも行きようがないでしょう、船に乗れないのに」クリスはやり返した。

「そのような命令が出ているということです。明日から一週間後に公判前手続きの予備審問があります。日時と場所は送付される訴状に記載されています。弁護士を雇う費用をまかなえなければ、海軍選任の弁護士がつきます」そこでファイルに目をやって、「失礼しました、ロングナイフ家の方には不要な助言ですね」

「海軍選任の弁護士を希望するわ」

弁護士は自分でも雇うつもりだ。しかし海軍がよこす弁護士の程度をみれば、軍法会議の判決がある程度予想できる。

さらに五分間、苛立ちに耐えた。そしてようやくジャックが外へのドアをあけてくれた。

すると……そこに立っていたのは世界で一番見たくない人物だった。アドーラブル《魅力的な》・ドーラ。メディア番組〈町の噂の真相――二時〉の司会者が、行く手をさえぎるように立っていた。

インタビューの相手に最近折られた鼻は、腕のいい外科医によって完璧に修復されたようだ。大きな体に似あわない小さなカメラをかまえた二人の男が両側からドーラを守っている。

クリスはこの女を殴り倒したい気分ではなかった。疲れているのだ。早く家に帰って静かな場所に潜りこんで、一、二時間じっとしていたい。しかしその静かな場所へ至る道にこの女が立ちふさがるなら、優先順位を考えなおさなくてはいけないだろう。

「お父上が農業者を軽視していることについてはどう思いますか？」

「そういう話は初耳です」

練習どおりの笑みを浮かべて答えると、左へよけた。トラブルがドーラとクリスのあいだに割りこんでくれた。クリスは二歩進んだが、今度は大男の一人にぶつかった。

そもそも、外へ出たはいいが、どこへ行けばいいのかわからなかった。駐車場にリムジンは見あたらない。ヌー・ハウスの警護任務にいつも割りあてられる防弾仕様の乗用車もない。

「あのレンタカーです」

ジャックがクリスを追い越し、カメラの大男をさえぎって、五年前の型式の薄青色の乗用車を指さした。クリスは開かれた突破口から急ぎ足でその車へむかった。しかしドーラが隣に追いすがる。

「政府資金の不正流用で元上官から告訴されて、どんなお気持ちですか？」

クリスの歩調が乱れた。そのすきにドーラと二人のカメラマンは陣形を築きなおした。ジャックは天を仰いでいる。クリスはそれを一瞥してため息をつき、あえて訊いた。

「その元上官の名前はわかりますか？」

クリスの元上官は何人もいて、一部はまだ生きている。立派に現役の者もいる。

「オリンピア星での上官、ピアソン大尉です。飢えた農民や市民に食糧援助するための緊急資金から、あなたが大金を横領したと訴えています」

クリスの歩調はまた大きく乱れた。そのおかげでジャックが追いついた。カメラマンの一人を乗用車のまえから押しのける。トラブルがドアをあけた。早くインタビューを終わらせて車内にはいらなくてはならない。クリスは深呼吸し、疲れてふらつく頭で考えをまとめた。

「ピアソンは任地における同僚でしたが、上官ではありませんでした。彼女は救援方針の策定を毎日やっていて、いつまでたっても終わりませんでした。物資の配送はわたしが実行し、食糧を人々の手もとに届けました」

クリスは車内に引っこもうとした。しかしドーラは終わらせない。

「多くの口座から資金が消えた証拠があるとピアソンは主張しています」

クリスはドアにつかまって姿勢を起こした。

「彼女の部隊が費用の無駄だったのは事実だと思います。ピアソンは事務室にこもりきりで、現場を見ようとしませんでした。救援活動よりデスクワーク優先という人でした。わたしは自分のポケットから資金を出して、泥にまみれた人々を助け起こし、仕事に復帰させました。

所得申告書を見ればわかります。公文書に記載されています。さて、申しわけありませんが、疲れているのでインタビューはこれくらいで」

「お父上は次の選挙に勝てると思いますか？」

これは考えなくても答えられる。

「もちろんです。与党はウォードヘブンの人々の希望と期待をもっともよく体現しています」クリスはドアを閉めた。

ジャックが運転席に滑りこんだ。

「申しわけありません」そして車にも手を振って、「こんなものしか用意できなくて。適切な防弾と安全装備があって短時間で手配できる車両はこれだけだったのです。新型車はお父上とお兄さまがご使用中です」

クリスは歯を食いしばった。

「とにかく説明を。早く教えてもらわないと、今月は人を殺さないという兄との誓いを破りかねない気分よ」

「もうしばらくお待ちを」

ジャックは盗聴器発見装置と処理装置をとりだした。ネリーが言った。

「盗聴器は三個あります。二個はメディア関係者が使う標準タイプですが、一個は高価な仕様です。クリス、ニュースをネットからすべてダウンロードしました。要約を聞きますか？」

空中で二つの火花が散った。ジャックが処理したのだ。残るはあと一個。クリスは歯がみしながら待った。ネリーのニュースにも興味はある。しかし本当に知りたいことを知っているのはジャックだ。質問しなくても話してくれるはずだ。

ようやく三個目のナノガードが火と煙の尾を引いてカーペット敷きの車内の床に落ちた。

「ジャック、おじいさま、なにがあったの？」

クリスは自分でも驚くほど冷静な声で訊いた。ジャックがすぐに答えた。

「昨日の午前十時半に、お父上の政府は信任投票に敗れました。問題になったのは農家助成金制度の削減方針です。首相は防衛費増大にともなう赤字幅圧縮のために、助成金削減を進めていました」

「おかしいわ。父は党の農業部会の理解をとりつけて、削減支持で固めていたはずよ」

クリスは朝から晩まで海軍ですごしているが、プリンセスとしての社交カレンダーを閉じてはいなかったし、予算や農業部会という重要な政治問題については最新情報に注意していた。

トラブルが言った。

「農家はわたしの孫が信じるほど一枚岩ではなかったわけだな。首相にとっては不意打ちだったようだ」

「つまり、総選挙までは野党が暫定内閣を組むわけね」

クリスはつぶやいて、シートに背中を倒した。政治制度はよくわかっている。政治学の基本は、朝食のポリッジの食べ方といっしょにおむつがとれるより先に学んだ。しかしクリスにとっては父も祖父もずっと首相の座にあった。野党は後方席から聞こえる遠い野次でしかなかったのに……。クリスは自分の知識で考えた。

「暫定内閣に政策変更は許されないはず……ましてペニーパッカーなんて新しい参謀本部議長を任命するのは……」

ジャックが陰気な口調で説明した。

「いまの暫定内閣は絶対多数を確保しているので、人類宇宙の緊迫した情勢に関連する事項は強行採決できるんです。議決が背景にあればレイ王は承認せざるをえない」

「父は？」

「もちろん、こころよく思ってはいらっしゃいません」とジャック。

トラブルは軽く笑った。

「というより、悪態を吐き散らしている。ひどいものだ。信任投票には絶対に負けてはならないという、将来へのよい教訓だな」

「ロングナイフ家の人間は敗北の経験が少ないから」

クリスは皮肉っぽく言った。ジャックは辛辣な言葉をやりすごして続けた。

「野党にも一理はあるのです。風雲急を告げるこの時期にウォードヘブンの政治の停滞は許されない。お父上の支持者の多くもその点は認めています。彼が組閣できる立場に復帰したあかつきには首相指名選挙で投票すると言いつつ、現状は暫定内閣に協力せざるをえないと。

レイモンド王もおなじ立場から内閣の任命と政権の承認をなさっています。とにかく、来るところに来たわけです」

「なにが来るところに来たの、ミ、ス、タ、ー・モントーヤ？」

ジャックは鼻白んだ。

「その呼び方はやめてください。あなたはもう首相のご令嬢ではいらっしゃらない。警護対象からはずれたわけです。わたしは呼びもどされ、新首相の末娘の警護を新たに命じられました」

クリスは腕時計に目をやった。ネリーに時間を尋ねるより早い。

「次の勤務時間はいつから？」

「わたしは新たな任地を拒否して辞表を提出し、現在は有給休暇を消化中の身です」ジャックは冷静に答えた。「お父上が再選なされたら辞表は撤回するつもりですよ、プリンセス。そもそもあの洟たれ娘のティリ・パンドーリを、この身を挺して銃弾から守りたいとは思いません」

パーティで野党党首の娘のくだらないおしゃべりを何時間も聞いているクリスは、ジャックの辟易に同感だった。しかしこの警護官のプロ精神にも限度があるらしいことを今回初めて知った。そして、ジャックは好きこのんでクリスの警護についているのか、それとも命令だからやっているのか、どちらなのだろうとも思った。

話題を変えたほうがよさそうだ。

「わたしは本当に政府資金の不正流用で告訴されているの？」冷静な声で言おうと努力し……なんとか成功した。「あの沼地の惑星での最悪のミッションのために一財産使ったのに」

それどころか命も落としかけた……二度も。

ジャックが答えた。

「告訴は事実のようです。ピアソンはあちこちのトーク番組に出演してそう言っています。証拠のプリントアウトだという紙を振りまわしてね。でもその紙をだれにも読ませない」

クリスは首を振るしかなかった。

「正直者が馬鹿を見るというわけね。たしかにわたしは寄付した分の所得控除を受けた。でも、難民むけの米や豆や非常用ビスケットを横取りしたなんて……。銃弾をかいくぐってそれを農民たちに届けたのはわたしよ。ネリー、オリンピア星のルース・エドリス被災農業者基金の近況は？　まだ毎月送金してる？」

「いいえ。現在は支出より多くの寄付が地元から集まっています。そこで理事会に対して、基金を閉鎖するか、もしくは被災者の起業や休耕地における住宅再建を対象にした低金利融資をはじめるか、検討すべきだと提起しました。理事会は融資事業に乗り気になりました。近日中にこちらに対して、基金から消費者信用組合への改組をともなう事業提案があるはずです」

「父が政治生命の危機に瀕しているときに、ピアソンが世論に対してこういう主張をするのなら、こちらも対応が必要ね。ネリー、エスターかジェブに事情を説明して、オリンピア星の地元メディアにインタビュー番組を流すように手配させて。出演者はあのときいっしょに活動した各宗教団体の代表がいいわ」

しかしトラブルは首を振った。

「敵が中央でトーク番組まわりをしているときに、五十光年離れた田舎の惑星で提灯記事のようなインタビューを流してもなんの効果もないぞ」

「ネリー、いまのは取り消し」トラブルの言うとおりだとわかった。疲れて頭がまわらないのだ。それはしかたない。「四、五人分の旅費と日当相当の小切手をエスターに送って、ボランティアを何人かよこしてもらうというのはどうかしら」

「足代をもつと、そこを叩かれかねませんよ」ジャックが言う。

「払わないと悪人に見える、払えば傲慢に見える。どうすればいいのよ。とりあえずわたしに必要なのは朝食と仮眠とシャワー。順不同でいいから。本当に最悪の朝だわ」

「ピアソンという女がそのびしょ濡れ惑星におけるおまえの上官でなかったのなら、べつのだれかが証言台に立ってくれるのではないか？」トラブルが尋ねた。

「上官はハンコック中佐。直属だったわ。彼はピアソンの下になるべく人を配属しないようにしていたから」

「賢明な人物のようだ」トラブルの口から賛辞が出た。

「ハンコック中佐……」

ジャックが記憶を探るようにつぶやいた。クリスはうなずいた。

「そうよ。人類協会海兵隊ジェームズ・T・ハンコック中佐」

「ああ、あの！」トラブルは声をあげてから、首を振った。「敵のトーク番組の司会者が口をきわめてののしりそうな人物は、性格証人にふさわしくないな」

ジャックが車の進行方向から目をそらして訊いた。

「どういうことですか？　海兵隊中佐なら立派な性格証人になると思いますが」

「有罪ではないが無罪でもないとされた中佐では、そうもいくまい。なにしろ暴動鎮圧に機関銃を使ったという噂がある」

「ああ、あのハンコック中佐ですか」ジャックは前方にむきなおった。「ピアソンをほめ殺しにしてもらうほうが効果がありそうですね」

トラブルは無言だったが、返事としては充分だ。クリスは言った。

「それなりに理由があって彼はオリンピア星にとどまっているはずよ。あそこから出ることはないし、本人もそのつもりはないでしょう。そうね、オリンピア星でわたしのそばにいた証人は他にもいるわ。たとえばトム。いっしょに倉庫へ行った。すべて見ている」

するとジャックは指摘した。

「お屋敷で結婚式を挙げる予定のトムですか？　厨房はどんなウェディングケーキを焼こうかという話題でもちきりですよ」

むむっ。たしかに公平な立場の証人とはいえないかもしれない。

「まあ、まだ一週間あるわ」

「そうともいえませんよ」ネリーが口をはさんだ。「最近のニュースを調べてみましたが、いまのメディアは報道合戦の状態です。ためしに何本か見てみますか？」

クリスはトラブルを見て、もの問いたげに眉を上げた。

「そんなにひどいの？」

「敵の狙いは、おまえをメディア裁判にかけ、首相を一番目立つ場所で吊し首にすることだろうな」

クリスはプリンセスらしからぬ悪態をついて、座席に背中を倒した。

トラブルは街なかの別邸で降ろした。賢明な判断だった。ヌー・ハウスの正門前はメディアに占拠されていたからだ。中継トラックとカメラが敷地の入り口にびっしりと並んでいる。鋼鉄製のゲートと高さ二・五メートルの煉瓦塀、および目立たないセキュリティシステムがなんとか彼らの侵入を防いでいた。

クリスは車の防弾装備を信頼して、まっすぐ正面をむいてカメラの砲列のまえを通過した。邸《やしき》の正面玄関に車が近づいてから、今朝はペニーとトムが結婚式の段取りの相談に来る予定だったと思い出した。あのメディアの戦陣を突破しなくてはならないとはかわいそうに。怪我をしなければいいのだが。小艦隊の仲間たちが逮捕の話をどう聞いたかも気になるところだ。

ヌー・ハウスの玄関に近づくと、扉は勝手に開いた。奥からあらわれたのは、この状況で一番顔をあわせたくない人物だった。

お父さま！

ウィリアム・ロングナイフ。政治家として親交のある多数の人々からビリーと呼ばれる男は、嵐のような勢いでクリスに近づいてきた。朝っぱらから真っ赤な顔。ワイン棚のまえにいたのだろうか。

そのうしろから、玄関ホールの黒と白の渦巻き模様のタイルの上を歩いてくるのは、いつも影のように付き従うホノビだ。兄が背負わされた運命にクリスは同情していた。しかし政界で父の足跡をたどることに最近はなじんでいるようだ。

妹のクリスは家業に背をむけて宇宙まで逃げた。もっと遠いところがあればそこへ逃げただろう。しかし目のまえの光景からするとまだ逃げきれていなかったようだ。

「いったいおまえはどういうつもりなんだ！」

父親は大声でただした。クリスの正面で仁王立ちし、まばたかない目で返答を求めている。鼻をぶつけんばかりに顔を寄せ、クリスの個人空間に侵入している。たしかにワイン臭い。悪い状況がますます悪い。

クリスは、あとずさりたい本能をこらえた。五年前ならあとずさっただろう。一年前でもそうだ。しかし今日は退かない。戦艦や暗殺者とさえ対決したのだ。怒った政治家くらいで怖じ気づかない。

しかし戦いたくはない。いまはよくない。選択肢を検討して、衝突を避ける道を選んだ。

精一杯の笑顔で言う。

「朝食をいただきに来たつもりよ。昨夜は留置手続きが夕食までに終わらなくて、今朝はお腹ぺこぺこ。それからお父さま、この星の営倉の設定温度を一度調べてみたほうがいいわ。昨夜はこごえそうだった」

答えたのは兄だった。

「ああ、調べるよ。政権に復帰したらね」

「話をそらそうとする相手に乗るな、ホノビ。クリス、わたしの再選をはばむつもりか？」

「いいえ、お父さま。だって――」肩の記章をしめして、「――わたしは海軍軍人。政治にはかかわらない」

「たわけたことを。おまえを狙ったこの攻撃は――」

「すみやかに対応し、終息させるわ」

「そうはいかないようだ、クリス」ホノビが言った。

「どういうこと？」

クリスは兄を見つめた。いや、全面的な注目ではなかった。左手の応接間である薔薇の間の開いたドアのむこうから、会話がとぎれとぎれに聞こえてくるのだ。結婚式という単語が頻出する。しゃべっているのはほとんど母の声。しかしトムやペニーが相づちを打つ声もときどきはさまるようだ。

ホノビは説明した。

「海軍法務総監名で公判スケジュールの通知が来た。それによると、おまえの予備審問は二週間遅れになる」

「なんですって！」

疲れて空腹で平常心を失っているクリスは、思わず大声を出した。しかしだれに対して声をあげているのだろう。妹あての手紙を勝手に開封した兄か。それともこの苦悩を長引かせる海軍か。

あるいは、花嫁の付添人は八人必要だとペニーに話している母親だろうか。

「最低でもそれくらいは必要よ。絶対に」

芝居がかったおおげさな話し方が、黒板でチョークをきしらせるように耳ざわりに響く。

ホノビは妹に対して言った。

「すまない。手紙は邸に届いたんだ。開けてみたほうがいいとぼくが判断してね」

父親は息子を押しのけるように話しだした。

「いいか、敵は選挙関連の一連のニュースにおまえの話題を組みこむつもりだ。連日おまえをさらし者にして、間接的にわたしを攻撃するという仕掛けだ。こうなってはもはや打つ手はない。海軍を退役し、わたしのチームで働け」

「いいえ！」

クリスは今度は本気で大声を出した。士官学校で訓練教官から教わった発声法によるクリスの「いいえ！」は、邸中に響いた。壁のあいだでこだまし、歴史ある空間に残響がしみこんだ。

さらにクリスは左手に二歩進んで薔薇の間の入り口に立ち、ふたたび「いいえ！」と発声した。

「お母さまはペニーとトムの結婚式を仕切らないで」そして父親にむきなおる。「そしてお父さま、わたしは政治家のまわりで命令を待っている取り巻きではないのよ。自分の力で自分のキャリアを歩んでいる。その道をはずれるつもりは絶対にないわ」

自己の立場を明確にしたあとは、両親の抗議にひたすら耐えた。

父親に反論するところはない。たしかに今回の選挙は、レイおじいさまによるウルム大統領暗殺（そう、あの偽りの出来事）でウォードヘブンが統一派のくびきから解放されてからのこの八十年間で、もっとも重要な政局だろう。しかし、父の巨大な政治的舞台に自分が上がって役柄を演じるつもりはない。

母親は、〝レイ王とリタが結ばれた庭〟での盛大な春の結婚式を、今回の選挙に結びつけて何十万票もの価値があると主張した。それでもクリスが屈しないと、母親は切り札らしい一言をぶつけてきた。

「わたしがなにもしないでぼんやりしているわけにはいかないじゃないの。だって、わ、わたしの家でやる結婚式よ」

「お母さまの……家？」

クリスは不愉快な口調で訊き返した。大学進学と同時に首相官邸を出てから、このヌー・

ハウスを自分の家だと思って住みつづけてきた。それまで住んでいた官邸の部屋は父親の命令でさっさと事務室に改装され、二人の新人秘書かだれかが使っている。母親はそれに気づいてさえいないようだ。

「そうなのよ。昨夜のうちにバタバタと官邸から引っ越させられたの。パンドーリ家が今朝入居したいと強く言ってきたせいで。あなたの部屋はそのままでいいわ。でも今日からここはわたしたちの家でもあるのよ」

この母親と父親、そしてあわれな兄とその新婦と一つ屋根の下で住むなど、考えられない。

「出ていく」

「そんなことはできないわ」母親が言い、父親も声をそろえた。

「どちらへいらっしゃるのですか？」

そう訊いてきたのは、四カ月前にクリス付きのメイドに雇われたアビーだ。質素な服装の長身のメイドが階段下に立っていることに、クリスはそのとき初めて気づいた。

ジャックは、飛んでくる銃弾からは身を挺してクリスを守ると誓っているくせに、父親の言葉を防ぐつもりはないらしく、斜めうしろにとどまっている。

クリスは両親への主張を続けた。

「できるわ。すぐに出ていく。わたしは大人で海軍士官。自分のアパート代くらいまかなえる」

父親は鼻を鳴らしただけ。母親はつんと鼻を上げて尋ねた。

「あなたの社会的地位にふさわしい物件がすぐにみつかると思うの?」

その質問は失敗だろう。クリスは学んだのだ。トムをトゥランティック星の誘拐犯の手から救い出したときに。トムが悪いわけではない。彼はクリスを罠にかけるための餌として利用されたのだ。しかしその救出作戦のさいにクリスはトゥランティック星のすさんだスラム街を歩いた。そして、ウォードヘブンにもこんなふうに醜く、希望のない場所があるのだろうかと疑問を持った。

帰ってから調べてみた。簡単だった。父親が娘を選挙活動に送りこまなかった場所を探せばいいだけだった。

たしかにウォードヘブンにもスラム街があった。ネリーにその場所の不動産を調べさせた。複雑にもつれあった所有関係を読み解き、分析していった。賃料を集めている取り立て屋の固い口を割りながら、金の流れを上へ上へとたどっていった。そしてついに、曾祖父のアルと自分自身の信託財産がそこから巨額の収入を得ていることをつきとめたのだ。

アルには大量の添付文書をつけた質問状を送った。返事はまだない。

ならば、今回はこの問題をつつく絶好の機会ではないか。

「今日すぐに借りられる空き物件がエジャータウンにいくつかあるはずよ」

「エジャータウンですって」母親は不愉快そうに言った。

「なぜそんなところに住みたがる?」

そう尋ねる父親の眉は、喧嘩か交尾をはじめる二匹の毛虫のように寄っていた。

「なぜなら、わが家が所有している物件だからよ、お父さま。正確にはおじいさまが所有している。不愉快な詮索を避けるために何重にも仲介業者をはさんでね」

するとと兄が口をはさんだ。

「クリス、いまはそういうことを考えるのに適切な時期ではないよ」

「考えてはいないわ。このままタクシーを呼んで出ていく」

ジャックが進み出た。

「わたしが運転します、クリス」

「きみは退がれ」父親が命じた。

「失礼ですが、元首相の指揮命令下にはありません。首相ご在任中でも、わたしは公務員規則に従って勤務していました」

父が本気で怒ればそんな規則はすぐに吹き飛ぶはずだと、クリスは思った。

有給休暇中の警護官は続けた。

「それに、お嬢さまが部屋探しをするとおっしゃっているのは、あまり治安のよくない地域です。一定の権限を持つ者が――」上着を開いて公務用の拳銃を見せた。「――おそばについていくほうが安心ではないでしょうか」

「話はまだ終わっていないぞ、娘よ」

父親が憤然と言うのを無視して、クリスはまわれ右をして玄関にむかった。ジャックとアビーも急ぎ足で追った。

　玄関から出て二歩で、膝にまた力がはいらなくなった。クリスは石の階段にしゃがみこんだ。ずっと昔、学校帰りにすわったのとおなじ場所だ。当時は家のなかにはいるのがいやで、両親と顔をあわせたくなくてそうしていた。いまは体力の回復を待つためにしゃがんでいる。似たようなものだ。

「空腹ですか？」ジャックが訊いた。

「ぺこぺこよ」

「防弾仕様で目立たない車を探したら、どこかで食事にしましょう」

　クリスは自分の身なりを見た。艦内服のままだ。戦艦への攻撃で汗まみれになり、海軍営倉でひどい一夜をすごし、家族と最悪の再会をするところまで、これ一着で通したわけだ。

「そばにいてくれるの？」

「三メートル以内に近づくつもりはありませんでしたけどね。そして風上に立つつもりもなかった。あくまで有給休暇中です。今日飛んでくる銃弾はご自分で受けてください」

「忠告ありがとう」それからアビーのほうを見た。「あなたはなぜ？」

「わたしが生まれ育ったような界隈へ行こうとなさっているからです。勝手のわかる者が必要でしょう。お嬢さまでは右も左もわからない。へたをすると上も下もわからないかもしれない」

　あいかわらずわけのわからないことを言うメイドだ。こういうときは肩をすくめてこう返事をするのが一番だ。

「そうね」

「というわけで、ママ・アビーはお嬢さまが帰宅なさるとうかがった時点でサバイバルキットを用意しておきました」

おおげさな身ぶりでアビーはハンドバッグを開いてみせた。アビーの持ち物とは思えないほど大きい派手な縞模様のバッグだ。なかにはいっているのは薄青色のセーターと茶色のスラックスと……ボディスーツだった。

「防弾仕様？」

「そうでなければ着る意味がないでしょう、お嬢さま」

「きみの下着も防弾仕様なのか？」ジャックが訊いた。

「必要ないように心がけているわ。貧しく平凡な人生を送るのよ。暴力的に終わらせようなどとはだれも考えないように」

ジャックの私用の車に乗り、クリスが大学時代に常連だったスクリプトラム亭へ行った。食事をし、アビーがクリスの体を簡単に拭いて着替えをすませているあいだに、ジャックは車を用意してきた。

アビーはそのポンコツを白い目で見た。

「廃車寸前のこんな車でわたしの領分にはいろうなんていい度胸ね。道のまんなかでエンストしたら、お嬢さまにヒッチハイクをさせるの？」

「アビー、偽装の天才はきみばかりじゃないんだ。乗ってくれ。ところでミス・ナイチンゲール、地球できみの経歴調査をやりなおさせた結果が返ってきたぞ」

ジャックは運転席にすわり、アビーはその対角線上の後部座席にさっさとすわった。クリスは自分でドアをあけて乗りこんだ。プリンセスという地位をこの二人がたいした出世とみなしていないことに、クリスはすでに慣れていた。首相の娘から王女に肩書きがくりあがってから一年未満だが、どちらかといえばわずらわしいことが多かった。トゥランティック星では多少役に立ったが。

しかしアビーの経歴という話には興味をそそられる。

「なにが書かれていたの？」

「なにも。本人の話と寸分たがいません。履歴書にいっさい穴はありませんでした」

アビーは鼻を鳴らし、質素な灰色のスカートをなおした。そのなかに今日はどれだけ武器が隠されているのだろうと、クリスは思わずにいられなかった。

「当然でしょう」

ジャックは言った。

「完璧です。完璧すぎて不自然だと、調査の担当者たちが言うくらいに。引き続き調べると言ってきました。かなり興味を持ったようですね。きみは彼らをからかって楽しんでいるのか？」

アビーはふんと息を吐いた。

「まさか。わたしはこのとおりのわたし。あわれな労働者階級の女のプライバシーを詮索するほうがまちがっているわ」

「だれに雇われているのかを話してくれれば詮索しないさ」

「わたしを雇っているのは奥さまよ」

クリスは言った。

「母はさっきの話のなかで実質的に解雇通告をしたんじゃないかしら。これから六週間、娘をいじめ抜こうと手ぐすね引いていたのよ。その魔の手からわたしを救い出したことをこころよく思うはずがないわ」

「部屋探しにお出かけになるお嬢さまをお手伝いするとは申しましたが、契約書にサインするところまで行くとは思っておりません。失礼ですが、プリンセス、本気でスラム街に引っ越すおつもりではないでしょう」

するとジャックが言った。

「このお姫さまは本気だよ。クリス、物件の住所をネリーから送信してもらえませんか」

「ネリー、ジャックの言うとおりに」

ネリーが答えた。

「すべて送信しました。このポンコツではその半分もまわれないと思いますが」

クリスは車内を見まわした。ひどいものだ。レザーシートは全体にすりきれ、あちこち破れている。その破れた傷に指先をすべらせてみた。いや……破れていない。そのように描かれているだけだ。

ダッシュボードをよく見た。大量の埃をかぶっているが、その下にあるのは最新鋭の電子機器だ。

「ネリー、この車のコンピュータに応答を求めて」

「応答って……おや、ずいぶん高性能なコンピュータを積んでいますね。どこでこんな車を調達したのですか、ジャック？」

クリスははっとした。秘書コンピュータは自分たちが乗せられた車の質問を切り口にして、ジャックのプライベートを聞き出そうとしている。それはクリス自身が質問したいことでもあった。

「退役軍人の友人が車の改造ビジネスをやっているんだ。武装や装甲の追加、不審人物を寄せつけない安全装備。それだけでなく、特殊用途の偽装車両も用意してる。たとえば張り込み用とかな」

アビーは平然としている。

「便利な車ね。お嬢さま、ネリーが空き物件を検索するときに、隣接した二部屋を借りられるという条件を追加させてください。メイドはお隣に住まわせていただきます」

「必要ないわ」

「必要です。すくなくとも二つの理由があります、プリンセス。第一に、舞踏会の豪華衣装を脱ぐお手伝いのために、道を何本もへだてた部屋で夜遅くまで待っているのはごめんです。

第二に、わたしの領分である地域でお嬢さまが途方に暮れたり厄介事に巻きこまれたりしたときに、問題を解決できる者がおそばにいるべきです」

「ジャック……」

クリスは警護官を呼んだ。はっきりした理由はなかったが、なにか救いの手をさしのべてくれそうな気がしたのだ。しかしジャックはこう言った。

「ネリー、隣接した三部屋で検索しろ」

「三部屋！」

後部座席の女たちは声をあげた。さらにクリスは言った。

「お守りなんかいらない。撃たれた経験だってあるわ。そんなときは撃ち返すだけよ」

メイドはたしなめた。

「いけませんね、そのような態度は。撃たれると思って警戒するから撃たれるのです。おなじ階と真下の階の住人には笑顔で挨拶まわりをしましょう。そうすれば親切にしてくれますよ、お若い方」

「おなじ階と真下の階の住人がそれほど気さくな人たちなら考えないでもないけど。とにかくジャック、どういうつもり？　あなたまで隣に住む必要はないわ。もうわたしの警護官ではないでしょう」

「そうですね」ジャックはむっとしたようすで答えた。

「それどころか、父が再選されなければいつまでも無職のままよ。再選されてもそうかもしれない」

「だからこそ家賃の安いアパートに興味があるんです。ネリー、検索結果はどうだ？」

「三部屋隣接の空き物件はいくつかあります。その他の条件がよいとは思えませんが、それによって人間的な問題が解決するのであればしかたないでしょう。クリス、せめてわたしが盗まれたり壊されたりしないように配慮してください」

ネリーの声はおびえているようだ。

「状況しだいよ」

クリスは答えた。ネリーは黙りこんだ。

最初の候補地は、エレベータのない建物の四階だった。掃除と塗装と配管修理が必要で、数種類の害虫駆除業者も呼ばなくてはいけないようだ。二軒目はもっとひどかった。

三軒目のまえにジャックは車を停めた。外観からするとこれまでの二軒と変わりなさそうだ。ジャックはクリスのほうに振り返った。やめると宣言する気になりましたかと問いたげな顔だ。クリスはアビーを見た。この軽率な行動をいつまで続ける気ですかという問いが顔に書いてある。

「クリス、レイモンド王からメッセージがはいっています」

ネリーが通知すると同時に、ジャックのリストユニットが小さく着信音を鳴らした。クリスは眉を上げて警護官を見た。ジャックはリストユニットに目をやった。

「可及的すみやかにレイモンド王の御前に参上せよとの要請もしくは命令を受けました」

アビーが訊いた。

「これがあなたがたの日常なのですか？　舞踏会ならわたしはなんとでもできます。でも、目に見えない電子の網に縛られて右へ左へ走らされ、王の呼び出しがあればなにをおいても駆けつけろとは。大変ですこと」

「レイおじいさまはときどき孫娘を抱きしめたくなるだけよ」

クリスはそう答えた。しかし曾祖父が現在かかえている問題は、明日のチャリティオークションの席で出すデザートの種類ではなく、イティーチ艦隊の殲滅とか、将来の人類政治といったレベルの話だろう。

最初は軍を率いる将軍で、イティーチ戦争が激化した時代に人類協会大統領をつとめたレイは、それから八十年間の人類政治の礎《いしずえ》を築いた人物だ。彼とトラブルによる業績を書いた本は書棚何本分にもなる。幼いころのクリスにとっては手の届かない伝説的な人物だった。

しかし最近になって、伝説のとばりをめくって生身のレイに対面した。自分の曾祖父として話し、王位戴冠を説得した。人類宇宙の六百の惑星がバラバラになりかけているときに、ウォードヘブンを中心にできるかぎり多くの惑星を同盟としてつなぎとめてほしいと求めた。

「艦長職を解任された不名誉な海軍士官に、王がいったいなんの用でしょうか」とアビー。

「もうすこし穏やかな表現にしてほしいわ」クリスはため息をついた。

「この物件を見てからにしますか？　それとも宮殿に直行しますか？」とジャック。

「宮殿？　ただのホテルよ」クリスは指摘した。

アビーはため息をついて教えた。

「お嬢さま、王が住んでいれば、たとえあばら屋でもそこを宮殿と呼ぶのです。家族の内輪話ではなく、わたしたち庶民の視点にそろそろ立てるようになってください」

「では宮殿へ、サー・ジョン」

「ジャックです」運転手は呼び方を訂正した。

「たしかにわたしは艦長職を解かれて営倉に放りこまれたけれども、プリンセスの地位は保持しているわ。そのプリンセスが身辺警固のために無職のガンマンを雇ったら、その男は騎士《ナイト》ではないかしら。つまり爵位持ち。自分が職を投げ出したことを思い出しなさい」

「一理あるわね、ジャック」アビーも同意した。

「ティリ・パンドーリのバカさ加減が、だんだんとましに思えてきました」時計に目をやって、「いまからでも最初の出勤にまにあいますかね」

「まずレイおじいさまのところへ行ってみましょう。もしかしたら賄い付きで部屋を用意してもらえる話かもしれないわよ」

3

「殿下、お待ちしていました」

レイが住む最上階のスイートのドアにクリスが近づくと、警護官がそう言った。続いてクリスの警護官の名前がリストにあらわれると、眉をひそめた。

「ジャック、きみは休暇中ではなかったのか？」

「そうだったんだけどな。ロングナイフ家付きになると不意の呼び出しはしょっちゅうだろう？」

「たしかに」王付きの警護官は同意した。

「わたしは雑誌でも読んでお待ちしております」

アビーは待合室の椅子へむかった。しかしクリスは警護官に告げた。

「彼女も同行するわ。アビー・ナイチンゲールよ」

「その名前もリストにあります」

警護官は認めた。アビーは芝居がかったしぐさで喉を押さえた。

「わたしが？　いやしいメイドでございますのに」

「武装解除に三十分かかるぞ」ジャックがぼそりと言った。

「なんて誤解を招くことを！」アビーは口をとがらせた。

「武装解除はみなさん必要ないと申しつけられています」

警護官はずいぶんほっとしたようすで言った。ジャックは顔をしかめて職務上の不快感をしめした。警護官は弁解した。

「陛下のお言葉によると、クリス王女の身辺でメイドに大量の武器弾薬を携行させるのは自分の望んだことであり、今回の謁見にかぎってボディチェックを強制するのは矛盾を感じる、とのことです。どうぞそのままご入室を」

「大量の武器弾薬なんて身に覚えがないわ！」

アビーは反論した。ジャックはまだ納得がいかない顔だ。しかしクリスは納得した。

「おじいさまらしいわ」

そのクリスの背後でエレベータが開いた。あらわれたのはペニーとトムだ。

「これでおそろいになりましたね」と警護官。

ペニーは興奮したようすだ。

「呼び出しを受けてこんなにうれしいのは初めてだわ」

クリスは言った。

「レイおじいさまからの呼び出しでなければ、母はあなたをはなさなかったはずよ」

トムが顔をしかめた。

「たしかにそんな雰囲気だった」

警護官が自分の机にもどりながら言った。

「陛下は書斎にいらっしゃいます。案内はご自分の秘書コンピュータでどうぞ」

ネリーが右へ行け、左へ行け、その入り口をはいれと指示した。スイートは普通のホテルの内装とは異なっていた。ある部屋は床から天井まで届く棚に、イティーチ戦争時代の宇宙艦や装甲宇宙服や地上車両の模型がびっしりと並んでいた。背景は戦場風景を描いた絵画だ。部下たちの写真も並んでいる。戦闘を生き延びた者も、潮流から男女の難民を守ろうとして死んだ者たちも、ひとしく並べられている。

アルは普段から自宅にこういう一室をもうけているのだろうか。政治の舞台に復帰して、訪問者に印象づけるための装置が必要なのか。それとも自分自身が忘れないためか。

曾祖父に尋ねてみるべきかどうか、クリスは迷った。

ネリーの案内でたどり着いたのは、仕事部屋だった。装丁された本物の本が並ぶ書架もいくつかある。しかし壁の大半はスクリーンで埋められ、ネットワークの公共ニュースや非公開ニュースが映されている。大きな木製のデスクには紙の書類やリーダーが山積みになっている。デスクのまえではソファや椅子が丸く並べられ、談話スペースになっている。中央のテーブルは一見すると木製のようだが、実質は異なりそうだ。

レイはスラックスに半袖シャツという服装だった。百二十歳という年齢相応か、やや老け気味に見える。視線の先にあるのはレポーターが映されたスクリーン。画面は切り換わって、頭上の軌道ステーションにある海軍造船所になった。艦隊が入港しているが、物資を積んだトラックが走りまわっている。艦隊はどこかへの出発準備をしているようだ。

レイは顔をしかめてスクリーンの音声を消し、訪問者たちにむきなおった。クリスを見るとたんに笑顔になり、五十歳くらい若返ったようだ。

「老人のために急いで来てくれて感謝するよ」

そしてソファなどを手でしめすと、自分もデスクの横をまわって談話スペースの快適な椅子にすわった。

「どんな話かによるけど」

クリスは言って、レイのむかいの椅子に腰を下ろした。

ペニーとトムはソファに並んですわった。アビーは彼らと反対のソファ。ジャックはクリスの背後に立って、三つのドアのうち二つを視界におさめている。三つすべてを同時に見張れないのが不満なようだ。いや、電源を落としたスクリーンに三つめのドアが反射して映っている。どうやらジャックは三カ所すべてを監視できる位置をみつけたようだ。

クリスは曾祖父と気軽に話せない話題はあまりないつもりだ。しかし、父親の選挙戦のじゃまをするなとか、アルおじいさまをスラム街の悪徳家主として暴露するのはやめろとか説教するために呼び出したのなら、レイとは初めてここで対立しなくてはならない。

「ふだんは自分が年寄りであることを忘れている。しかしこういうメールを受けとると思い出さざるをえないな」

レイはデスクから持ってきたリーダーの一枚を指先でつついた。

「初期のイティーチ紛争で、なにが起きているのかよくわからず、一介の将軍として海賊集団と戦っているつもりだったわたしは、特殊部隊の一隊をあずかっていた。彼らの仕事ぶりはきわめて優秀だった。ヒキラはまだ新興の惑星で、そなえている軍隊の規模は小さかった。しかし創意工夫と鉄の意志で数の劣勢をはねかえそうと創設された、特殊艇小艦隊があった。艦隊は優秀だった。わたしは彼らを使った。徹底的に使った。その一部が生き残ってのちに臨終の床への招待状を送ってくるとは、当時は思わなかったな」

レイは鼻を鳴らして、続けた。

「しかしハイクラニ女王は、彼女を横死させまいと五十人の男たちが命を投げ出すような女だったのだ。その彼女がいまのこういう不動産業を見たらどう思うかな」

レイは最後をつぶやくように言った。

クリスはこんな個人的な話を聞かされて困惑した。目をそらしたかった。トムとペニーはそうしている。アビーもだ。しかしクリスはこらえた。ロングナイフ家の人間なのだ。自分が曾祖父とおなじ道を歩んだら、百年後におなじ疑問をつぶやいているだろう。当時の自分は望んでやったのだろうか。退場すべきときがやってきたのだろうか、と。

レイははっとして顔を上げ、他の客たちを見た。そして疲れた笑みを浮かべた。

「すまん。こんな緊迫した情勢でなければ、一週間休暇をとって、かつての戦友の枕元へ行きたかった。そして彼女をあの世の幽霊たちのもとへ送る準備を手伝っただろう。わたしのような老人にとってそれは最優先の義務だからな」

レイはクリスに悲しげな笑みをむけた。

「しかしわたしは、ある愛する者の頼みでふたたび昔の武具をつけた。いまウォードヘブンをおさめているのは暫定政府だ。文字の読み書きもその限度も知らない連中だ。さらにボインントン星には、来歴不詳の艦隊が意図をあきらかにせず接近しているらしい。ウォードヘブンの暫定政府から聞いた最新の噂によると、艦隊の一部ないし全体がまもなくボイントンにむかって進行をはじめるという。こんなときにわたしが休暇をとるわけにはいかない。どう思うかな、クリス」

クリスは喉になにかがつかえるのを感じた。現在九十星にのぼる惑星連合を統べる王位に就くことを曾祖父に求めたのはクリスだ。しかし当時はここまで考えなかった。ただ名誉だと思った。あいまいでつかみどころがないが、それでもこの名誉が必要なはずだった。人類協会が崩壊して頼りを失った九十の惑星の人々を支援することになると思った。しかし、レイの視点からは充分に見ていなかったかもしれない。すくなくとも、自分がプリンセスという肩書きになるマイナス面には気づいていなかった。計画をたてるあいだにはさまざまなことが起きていることを知るものだ。

「おじいさまはここにいるべきだと思うわ」

レイは焦点のさだまらない目になった。

「となると、代理にだれかを送って旧友の死を看取らねばならない。用件は他にもある。ヒキラ星はこの五十年で大きな経済成長を遂げた。知性連合に加盟すべき時期だ。決議はまだおこなわれていない。新女王の戴冠式はそれを呼びかけるいいタイミングだ」

クリスはうなずいた。

「わたしが行って加盟をうながすわ」

「トゥランティック星での騒動がなければよかったのだがな。宇宙ステーションとエレベータの修理費用をどこが負担するかで、保険会社の一部は訴訟をはじめているようだ」

クリスは苦笑した。

「昔だったら、うるさいことを言う相手は蹴飛ばしてやるだけでよかったのにね、おじいさま。いまは訴状を書いて宣誓証言をして……一週間がかり」

「場合によっては三年がかりだ」レイ王は楽しそうに鼻を鳴らした。「クリス、おまえがヒキラ星に行くなら政治情報が必要だ。そのためにペニーを無理やり呼び出した。結婚式目前なのに申しわけないが、よその惑星へ飛んでくれるか?」

「かまいませんわ、陛下。庭園での結婚式については細かい点までクリスのお母さまが手配してくださっていますから」

王はうめいた。

「あの女に結婚式を仕切らせるのは最悪の事態だぞ」

「そう思うなら、王の命令でやめさせてほしいわ」クリスは言った。

「おまえの父親には警告したのだ、鉄の気まぐれ心を持つ女と結婚するのは考えなおせと。

あいつは冗談だと思って笑い飛ばした。しかしその後は妻のいる場で笑うことはなくなった。いや、こうなってはペニーを他惑星へ行かせるしか道はないと思う。そうすればおまえの母はまた気まぐれを起こして、結婚式のことを忘れるかもしれん」

ペニーは王に頼みごとをした。大尉の分際で……。

「トムもいっしょに行っていいでしょうか。トゥランティック星では最高のチームでした」

クリスは首を振りかけたが、レイは皮肉っぽい笑みを浮かべた。

「じつはそのほうが都合がいい。クリス、おまえはあの小型艦を気にいっているようだが、政府から聞こえてくる噂によると、パンドーリ新首相はあれを個人用のボートとして売り払うつもりらしいぞ」

クリスは驚愕した。しかし先にトムが訊いた。

「さっきの話じゃ、ボイントン星に艦隊をむかわせてるんですよね？　そのあいだウォードヘブンの守りはどうなるんですか？」

アルはパンドーリの真似をして手を振り、その発言を引用した。

「〝ウォードヘブンを攻撃しようとする者などいませんよ〟」

「そんな愚かな連中におじいさまは全権をあたえてしまったのよ」

クリスは指摘した。アルはため息をついた。

「議決を報告しにこの宮殿へ来たときは、そんなことは言っていなかったがな。たんに議会で五十三パーセントの多数を占めたと。そのときはそうするしかなかった」

アビーがペニーたちに助言した。

「くれぐれもお気をつけください。呪われたロングナイフ家の者のそばにいると危難がふりかかるという噂ですから」

「あなたも行くのよ」とクリス。

ジャックは笑いを嚙み殺している。

「自走式トランクがひとりでに増えて、意外な装備が飛び出すのが楽しみだ」

ペニーも言った。

「わたしが行く理由もないかもしれませんね。どうせロングナイフ家の人は忠告に耳を貸しませんから」

「あいたた」王と王女は同時にうめいた。

レイはすぐにクリスに言った。

「行くなら急げ。王専用に配属されたホールジー号があるが、早く出港させないと別命が下るかもしれん。そうなるとわたしはペニーパッカーのところへ行って、ロングナイフ家の名前をいくつも出して交渉しなくてはならない。しかし結果はどうころぶかわからないぞ」

「まるで海賊王だ」

トムが楽しそうに言うと、レイ王はすまし顔で答えた。

「きみも一度経験してみるといい。それから、クリス、ホールジー号の艦長はサンディ・サンチャゴという。あのサンチャゴ家の子女だ。おまえの安全を守ってくれるだろう」

「あの……」クリスは小声で嘆息を漏らした。

政治家としてのレイの経歴は、統一派の支配者だったウルム大統領を暗殺し、生きて帰ってきたときからはじまった。あらゆる本にそう書いてある。しかし自爆テロを敢行したはずの曾祖父がどうして生き延びたのか。その真相をクリスは最近になって知った。実際に爆弾を運んだ男の家族では、この話はどう語り伝えられているのだろう。その末裔からじかに聞くのは興味深そうだ。

ジャックとアビーは荷づくりのためにヌー・ハウスへもどった。ペニーとトムも同様の目的でいったん帰宅した。

クリスは彼らを見送って、椅子に腰を落ち着けた。

「呼び出されたときには、父とアルおじいさまのことで説教されるのかと思ったわ」

「きみの父親が難儀しているのは知っている。わたしの息子が怒る理由がなにかあるのか？」

クリスは自分がスラム街の家主になっていると知った経緯を説明した。

「なるほど、ホッホッホ」レイは声をたてて笑った。「あいつは仲介業者への口止め料をケチったようだな」

「仲介業者？」

「クリス、ちょっとしたビジネスの秘訣を教えてやろう。わたしは一人で全部はできない。おまえも一人で全部はできない。わたしの息子も、本人は否定するだろうが、一人で全部の仕事はこなせない。なのにやろうとしている。アレックスは、こまかい指示出しが多すぎるマイクロマネジメントの典型例だ。とはいえ隅々まで目は届かない。だから二段階下、あるいは三段階下の副社長は手を抜きはじめる。そういうものだ。発見して解雇して新しい者を登用しても、結局はくりかえしになる。息子が今回のことを教訓にしてくれるとよいのだがな」

そこへ仕事の連絡がはいってきて、家族の時間は終わった。レイは九十の惑星から飛びこんでくるさまざまな話を聞いて、次々と助言をしていった。

「助言だよ、クリス。命令はするな。助言だけでいい」

仕事のあいまにイティーチ戦争の思い出話をした。ハイクラニと彼女の特殊艇小艦隊を送った作戦のことが重く心に残っているようだ。惑星や戦死者の名前が昨日のことのように出てきた。

しかしクリスにとって気がかりなのは現在だった。

「だれかがわたしたちを狙っているのよ。惑星と惑星のあいだに不平不満があると、両者はいきなり軍艦を出して決着させようとする」

「いや、惑星間ではないんだ、クリス。人間だ。あるグループとべつのグループのあいだに対立が起きる。出来事の裏で動いている組織を見るようにしろ。じつはほとんどは自己顕示と脅迫でしかない。銃を撃つより脅すほうがよほど効果がある」

レイは指摘を続けた。

「フラン星も、ヤコルト星もそうだ。つい先週のマンダン星もそうだ。グリーンフェルド星は彼らに同盟関係と支援を申し出る。そして……その軌道に艦隊を送って威圧する。ピータ－ウォルド家は大砲を一発も撃たずに惑星を手にいれられるわけだ」

「パンドーリがポイントン星に艦隊を急派しているのもそのため？」

レイは首を振った。

「ポイントン星は実質的にわれわれの同盟星だ。威嚇ではなく、保護したい。だが、そのためだとしても、あれほど大きな艦隊はいらない。パンドーリは今回の選挙での集票が目的なのだろう」

「ヒキラ星は？」

「彼らは手を握ってはげましてやればいいだけだ。わたしはわかっている。彼らはわたしたちとよく似ている。ああ、しかしだまされてはいかんぞ。見た目は原始的かもしれないが、目をこらし、追加の質問をすれば、きっと驚かされるはずだ」

そこへジャックが報告してきた。荷づくりが完了し、下の階まで運んできたという。クリスは警護官とアビーに合流した。

「トランクはいくつ？」

「家を出たときは八個でした」ジャックは言った。

「今回はだれかの救出作戦ではありませんから」アビーはふんと鼻を鳴らした。

「セキュリティを通過するときにもう一度かぞえておいて」クリスは指示した。

ところが軌道エレベータでクリスはひっかかった。ペニーとトムはすんなり通過できたのに、クリスが自分の身許確認と料金支払いのためにＩＤカードを通そうとすると……ビープ音が鳴った。

「カードがおかしいのでしょう」

ゲートの若い職員に従って、クリスはもう一度カードを通した。しかしまた鳴る。

「いえ、カードではありませんね。問題はご本人です。軌道へ上がることを許可されていません。惑星外への移動を禁じられています」画面を回転させてクリスとジャックに見せた。

「このとおり、惑星間渡航が制限されています」

クリスは自分についての資料を見ながら言った。

「レイ王の命令による外交任務で渡航するのよ。もちろん公判日までには帰るわ。ええと……三週間後ですって！」

「また延期されていますね」とジャック。

「よっぽど引き延ばしたいみたいだな」トムも。

職員はクリスに話しかけた。

「プリンセス・ロングナイフでいらっしゃいますね。昨夜のニュースで見ました。オリンピア星でたくさんの慈善をなされたのに、今回の仕打ちは卑劣だと思います」

「オリンピア星に詳しいの？」

「大学の夜間部でレポートを書くために調べました」職員はまた画面を見た。「三週間ですか。どちらへ？」

「ヒキラ星よ。二週間で帰るわ。できればもっと早く」

「うしろの方と同時にゲートを通るというのはどうでしょうか。二人並んでいっぺんに」

「そんなことをして、あなたが厄介なことにならない？」

「公判日までに帰ってこられれば厄介などないでしょう」

クリスは職員の名札を見て呼びかけた。

「ジョーイ、わたしに近づく者はみんな厄介事に巻きこまれるのよ」

背後でジャックが大きくうなずく。しかし職員は答えた。

「どうぞお通りください。レイ王の命令なのでしょう？　ウォードヘブンの交通機関の一介の職員が妨害なんてできません」

ジャックは検察局のバッジを見せながら自分のカードを通した。ジョーイは金属探知機のスキャン結果を見て口笛を吹いた。

「これだけ厳重に警護されていれば安心ですね」

クリスが通ったあとに、アビーが八個の自走式トランクを率いてきた。クリスは通過するのを見ながらかぞえた。彼らが乗りこむとすぐにエレベータのゲートは閉まった。

ホールジー号の舷門も、担当の中尉に乗艦を報告してすぐに閉じられた。中尉はトランクの列を見て眉をひそめると、補給班を呼んで保管を指示した。アビーはトランクの一つから自分とクリスのための小型のバッグを出した。そして中尉の案内で士官室へむかった。

「出港までここでお待ちいただくようにとのことです。サンチャゴ艦長は出港後に挨拶にまいります」

中尉はそう言って退室した。

「ごちそうで歓迎するつもりはなさそうですね」

アビーは意見を述べると、リーダーをとりだして読書にふけりはじめた。ジャックは電磁的な調査を実施して、この駆逐艦の防諜上の安全を確認すると、自分もリーダーを出して読書をはじめた。

ペニーとトムは静かな席に引っこみ、公共の場での過剰な愛情表現をいましめる海軍の規則内でおたがいを見つめはじめた。

クリスはしかたなく、一人で士官室のなかを歩きまわった。クッシング号の士官室より広く新しい。おなじように清潔で、共用のリーダーと雑誌がおいてある。やがてエーシーデューシーのボードをみつけてネリーを相手に遊びはじめた。

そうやって一時間以上たったころ、中背で灰色がかった茶色の髪の女が士官室にはいってきた。青い艦内服の肩章にはいった三本線からこの艦のトップであることがわかる。コーヒーのカップを手にとると、クリスがジャックやアビーとともにすわっているテーブルにやってきた。ペニーとトムも見つめあいをやめてテーブルに加わった。

やってきた女は言った。

「サンチャゴ中佐です。このホールジー号の艦長です。レイモンド王からあなたをヒキラ星へお送りするように命令を受けました。一・二五G航行に設定しています。ご不快でなければこの加速を維持します。駆逐艦なので艦内は手狭です。女性のお三方はわたしの入港時用船室を使っていただきます。男性お二人は通路のむかいの船室です。なにか不足がありますか？」

クリスは首を振った。ジャックが言った。

「なにもない」

艦長はしばしクリスを見つめた。最初に士官室へ案内してきた中尉が、ドアから顔をのぞかせた。

「お呼びでしょうか、艦長」

「ロバーツ、こちらの方々を船室にご案内しろ」

「みなさん、こちらです」ロバーツ中尉は快活に言った。

彼らが退室しはじめたときに、サンチャゴが声をかけた。

「プリンセス、すこしお時間を」

クリスは仲間たちが出ていくのを待った。サンチャゴは言った。

「今回の渡航にどんな期待をされているかわかりませんが、こちらからはっきり言っておきます。行って帰るだけです。純粋にそれだけで、よけいなことはしません。ロングナイフ家が引き起こす混乱には部下の乗組員をかかわらせません。ロングナイフ伝説の裏ではこれまでに多くの船乗りが命を落としています。サンチャゴ家の者もこのホールジー号も、その長い名簿に加わるつもりはありません。いいですね？」

「もちろん」クリスはショックとこみあげる怒りをこらえた。

「乗組員には近づかないでください」

「反乱を煽動しようとは思っていないわ」

　中佐はふんと鼻を鳴らした。

「だれもあなたの話に耳を貸しませんよ。部下たちは賢明ですから。しかし命令に従っている部下たちの仕事をやりにくくされては困る。無用の混乱を起こされるようなら、あなたを孤立させるしかない。ご理解ください、プリンセス。わたしは火中の栗を拾うつもりはない。乗組員にも拾わせない」

「ヒキラ星へいくのは、曾祖父の旧友で臨終の床にある方の手を握ってあげるためよ。戦争をはじめるつもりはないわ」

「そうですか。こちらは覚悟していただきたいだけです。よけいなことをなさったら――いいえ、きっとなさるでしょうが――そのときは孤立無援になると」

「もういいかしら、中佐」

「ええ、大尉」

　クリスはドアの外へ歩を進めた。

「もうひとつ、ロングナイフ家の方」

　クリスは振り返った。サンチャゴは言った。

「わたしの娘は今年、士官学校に志願する予定です。これまで三世代にわたってサンチャゴ家の者は、士官学校入学にあたってレイ・ロングナイフの推薦状を提出してきました」

「そうね」

レイがそうしているのをクリスは知っていた。ロングナイフ家とサンチャゴ家の長年にわたるしがらみだ。

「しかし、わたしの娘はロングナイフ家からの推薦なしに入学する予定です。ロングナイフ家は長らくわたしたちの血を吸って肥え太ってきた。わたしの代でそれは終わりです。娘は独力で道を拓いていきます」

「娘さんは立派な士官になれると思うわ。もちろん独力で」クリスは言った。

長い旅になりそうだ。たとえ高G航行であっても。

4

ホールジー号の連絡船は、ヒキラ星の宇宙ステーションに係留された駆逐艦から離脱して降下しはじめた。むかう先はヌイヌイ島だ。クリスは二人のパイロットの真後ろの席にいるおかげで、惑星表面がよく見えた。どこまでも広がる水、水、水。ビッグアイランドと呼ばれる最大の大陸は地球のユーラシア大陸くらいの大きさだが、連絡船の舳先はそれよりずっと北にむいている。

ホールジー号から離れてほっとした。

艦内では一部の士官と海兵隊の分遣隊が、階段や甲板で毎日ジョギングしていた。クリスもそこに参加した。海兵隊をたばねる軍曹はタイフーン号時代に見知った顔だった。当時は伍長、現在は軍曹に昇進したリーだ。

クリスがこの日課をはじめた翌日には、サンチャゴも参加してきた。クリスは気がねしてろくに昔話もできず、黙々と運動するしかなかった。

士官室の食事でもつねにサンチャゴ中佐の目が光っていた。クリスは艦長のテーブルに招待されたが、豪華客船トゥランティックプライド号のメインテーブルとはかなり雰囲気が異なっていた。話題はサンチャゴが決め、それ以外はほとんど禁じられた。他の士官が会話をはじめようとして制止されるパターンから推測すると、歴史、戦略、時事的話題が禁止事項らしい。艦長の意向に逆らう者はいなかった。

クリスにとっては自分のすべてが禁止事項になっているようなものだ。そんな食事が楽しいわけはない。

連絡船は、大きな島から小さな島が一列に伸びているところへ降下していった。高度が下がるにつれて、濃い緑におおわれた島の姿がはっきりしてきた。多くは火山をいただき、一部からは噴煙が立ち昇っている。周囲には珊瑚礁と真っ青な海が広がっている。かつての地球の太平洋の島民たちが失われた暮らしを再建するためにこの惑星を選んだのは当然だろう。

連絡船は大きな礁湖《ラグーン》に着水した。すぐにアウトリガーカヌーが近づいてきた。漕いでいるのは花輪《レイ》を首にかけた人々だ。連絡船を曳航するエンジン付きのタグボートもやってきた。

連絡船のパイロットがクリスに訊いた。

「このまま乗っていきますか？　それとも地元民の船に乗り移りますか？」

「カヌーは歓迎の儀礼です」ペニーが助言した。

「そうね。ハッチをゆっくり開けてもらえるかしら」

コパイロットが操作した。クリスは、揺れる連絡船から揺れるカヌーへよろけながらも無事に乗り移った。

青緑色の腰布《サロン》を巻いた若く美しい娘が近づいてきて、礼装軍服姿のクリスの首に歓迎の花輪をかけた。娘の腕と肩にはやわらかな黄色とピンクの花の図が刺青され、その上から花輪がかかっている。

「プリンセス・ハイクアホロです。友人たちからはアホロと呼ばれています」

「プリンセス・クリス・ロングナイフです。どうかクリスと」

「わたしはジャックです」

警護官も金属製の連絡船から木製のカヌーに乗り移ってきた。そしておなじく歓迎の花輪をかけられた。

二人のカヌーはいったん離れ、連絡船のハッチにはべつのカヌーが横づけされた。そこにペニーとトムが乗り移って歓迎を受けた。つつましいアビーは移乗したがらないだろうと思ったが、意外にも灰色のワンピースのAラインの裾をたくしあげて、まだ衰えていない脚線美を漕ぎ手の男たちに見せつけつつ、三隻目のカヌーに乗り移った。歓迎の花輪は男性からだった。

着陸艇から離れると、ペニーのカヌーの漕ぎ手の一人が大声をあげた。どうやら〝岸まで競争だ！〟という意味らしく、三隻のアウトリガーカヌーの漕ぎ手たちは猛然とオールを動かしはじめた。むかう先は真っ白な砂浜。追い風が吹き、高さ五十センチの波がカヌーを運んでいく。まさに楽園への到着だ。

勝ったのはアビーのカヌー。勝者も敗者も陽気だ。

クリスは、礼装軍服の靴とズボンの裾が砂と海水で汚れそうだと思った。しかし抱きかかえられて上陸するわけにはいかない。思いきって足を踏み出した。すると、砂地は特殊な処理で固められているらしいとわかった。砂浜もそうだ。歩くと靴は砂にやや沈むが、汚れることはない。ハイテクで管理された楽園だ。

「母の祖母がお待ちしています」

アホロは言って、小型の電動カートをしめした。宇宙ステーションで使われるようなタイプだ。座席がむきだしで風が通る。色鮮やかな魚の柄の天幕が頭上に張られている。アホロが運転席にすわり、クリスに隣の席をしめした。他の者はうしろの席。アビーだけは居残った。

「荷物が着くのを待ちます」

かわりに漕ぎ手の一人が乗ってきた。

「アホロの兄のアファです」

やがてカートは出発した。道は砂地だが、やはり硬化処理されている。歩行者は浅い足跡を残し、カートも浅い轍をつけていく。道の左右でヤシの葉が風に揺れる。たくさんの花や鳥が色彩の乱舞に加わる。

(鳥や植物の種類を解説しますか、クリス?)

(いらない。見るだけで楽しんでるから)

カートは上り坂にさしかかった。通りすぎる家々は木材と筵《むしろ》でできていて、屋根をヤシの葉で葺《ふ》かれている。男は腰巻き《ラバラバ》。女はサロンかラバラバ。なんというか……カジュアルな服装だ。

後席でささやき声がして、ペニーが強い口調でそれに答えた。

「わたしは民族衣装なんか着ないわよ」

アホロが微笑んだ。

「よそから来た方はしばしばそうおっしゃいます」

その言葉に隠された深い感情をクリスは察した。表面は明るい調子だ。しかし自分やレイ王の知性連合にはおなじことを言わせないよう気をつけなくてはいけない。

アホロがカートを駐めたのは、数階建ての大きな家のまえだった。壁はほとんどなく、風が抜けるようになっている。一行はなかへ案内された。木彫りの仮面、彫像、彩色された盾、鉢植えの花などが並んでいる。長いくちばしと派手な色の羽根の鳥が飛んでいった。

あるドアから室内へ通された。そこは衝立《ついたて》と壁の錠で仕切られていた。蠟燭がほのかに室内を照らしている。いや、蠟燭を模した電灯だった。明るい色の綿織りの布団を敷いた豪華な寝台の上に、一人の老女が横たわっていた。アホロはその脇にひざまずき、老女の手をとった。

「母のおばあさま、レイ・ロングナイフが息子の孫娘をよこしてくれましたよ」

老女はクリスに顔をむけた。水底のように深く黒い瞳がひたと見据える。そしてまばたきして、うなずいた。

「レイの目ではなく、リタの目をしているね。おかげで多くの悲しみを避けられるだろう」

「曾祖母のリタをご存じの方に会うのは初めてです」

クリスは驚いて言った。老女はうなずいた。

「かわいそうなレイは、早くにリタを亡くしたからね。本当に夭逝だった。生きていれば、レイが大統領になるのをやめさせたはずよ。戦後政治などにかかわらず、野に下っていたかもしれない。聞くところでは、レイはまたしても政治の舞台に上がったそうだね。しようのない子だ」

「わたしがお願いしたんです」クリスは告白した。

「乗り気になるのが悪い」老女は突き放した。

「おばあさまもここの女王でいらっしゃるのに」アホロが指摘した。

「ここの女王などたいしたことはないわ。住人は風まかせに生きるだけ」

しかしアホロの目尻の表情からすると、老女の言葉には嘘がまじっているようだ。

死の床の女王は言った。

「でもあんたは来てくれたんだね。わたしの手を握って、珊瑚礁のむこうへの最後の旅立ちを見送ってくれるために」

そして曾孫娘から自分の手を引きもどし、クリスのほうに差し出した。クリスはその手をとった。乾いて、軽い手だ。指は関節炎で腫れている。指の節にはそれぞれ異なる刺青がある。手首と肘には大きな日輪が彫られ、魚や鳥の刺青をおおい隠している。刺青に重ねて彫られた刺青。

（刺青を使った原始的医術です）ネリーが教えた。

女王は言った。

「心配はいらないよ。老いは伝染しない」

自分はいったいどんな顔をしていたのだろうとクリスは反省した。皺だらけの手をなでる。使いこんだ皮革のようだ。女王は布団の上で体をずらし、クリスに近づいた。

「ちょうど春の満月だ。今夜、わたしたちといっしょに踊るかい？　それともよそ者のように見物するかい？」

原始的な部族民は娘が婚礼の儀式で正しく踊れるように三歳のときから練習させるという話を、クリスはどこかで読んだことがあった。

「踊れたらいいとは思いますが――」

女王は即断した。

「よし、決まりだね。必要な花はアホロに届けさせるよ。アファ、ちょっとロングハウスへ足を運んで、今夜のために王女の冠がもう一つ必要だと伝えてきておくれ。頼んだよ」

ジャックくらいの年齢の若いアファはすぐに部屋の外へ出ていった。

女王はクリスに片目をつぶって微笑んだ。

「レイ・ロングナイフと知性連合は頼れる相手だということを、懐疑的な者たちに見せつけてやろう。わたしたち二人で。いいね？」

いつのまにか仕事をあたえられたらしい。

「陛下、お休みにならないといけません」

だれもいないようだった影からふいに男が出てきた。聴診器や手つきから医者らしい。呪術医ではなく現代の医者だ。

「カパアオラ、どうせもうすぐ永遠に休むんだよ。年寄りにもすこしは楽しみをおくれ」

アホロが立ち上がった。

「おばあさま、クリスと今夜のために踊りの練習をしてまいります。どうぞ休んでいてください。準備はこちらでやりますから」

そしてクリスと一行を部屋の外へ案内した。ドアが閉まるより早く女王は眠りにもどった。

クリスは小声で訊いた。

「病気はお悪いの？」

「病気ではありません。老衰です。ここ以外の星なら若返り術を受けなおすところでしょう。でもこの星にとどまる女王は、やらないとおっしゃいます。もう充分だと」

「それでいいのかい？」トムが訊いた。

アホロは立ち止まり、一行にむきなおった。

「前回の若返り術がうまくいかなかったのです。苦痛だけで——」胸のまえで椀の形にあわせた両手を見た。「——あまり効果がありませんでした。どうせだめなのに、痛い思いはしたくないとおっしゃいます。〝だれでもいつか死ぬのだから〟と。かつて戦争で多くの仲間を亡くされています。その仲間に加わると」涙が頬をつたった。「ご自分の選択ですから、しかたありません」

「でも、悲しいでしょう」クリスは未来の女王に腕をまわした。

「ええ、とても」

「とにかく、踊りのステップを教えてちょうだい。女王さまのまえで恥ずかしい失敗をせずにすむように」

「愉快にお笑いになると思います」

「それが心配なのよ」クリスはため息をついた。

一時間後、プリンセス・アホロと数人の女性たちの手伝いで、クリスはなんとか踊りのステップを覚えた。外交的、そして個人的に最悪の失態は避けられそうだ。ある意味で恐れたとおりだが、足の運びや手の動きにすべて意味があり、物語があった。できることなら背後の踊り子の列にまわって、主役たちの応援に徹したいところだ。

アホロはクリスと一行を続き部屋に案内した。ちょうどそこへアビーが到着した。自走式トランク七個を引き連れている。クリスは数をかぞえて、眉を上げた。

「一個はホールジー号に残してきました」アビーは鼻を鳴らした。

理にはかなっている。クリスはアビーの荷ほどきを手伝った。ジャックは自分のバッグをとりだした。ペニーとトムもおなじくらいの大きさのバッグをトランクから出して、それぞれの部屋へ着替えにはいった。

クリスはアビーに訊いた。

「わたしが着るのはなに？　サロン？」

「いいえ」

「肩でとめる長いガウンとか、フラダンス用の腰巻き？　あの短いラバラバは勘弁して」

「ちがいます」

「じゃあなに？」

ちょうどそこへノックの音がした。ドアのむこうには、平たい箱を持ったアホロがいた。

「あなたの花です。今夜ロングハウスでいっしょに冠をいただきます。二時間後に来てください」

「花？」

「そうです。花を着るんです」アホロは言い残して去った。

クリスは肘でドアを閉めて、箱を開けてみた。大きな花が二輪と、長い花輪《レイ》が二本はいっていた。アビーが説明した。

「花は髪につけます。短いネイビーカットをおぎなうために付け髪が必要ですが、それはおまかせください。花輪の一本は首からかけます。もう一本は腰に巻きます。どちらもすこし切り詰めないといけないでしょう」

クリスの手から箱が滑り落ち、ベッドの上でバサリと音をたてた。

「冗談でしょう？」

「今夜は民族衣装ですか？　よそ者の恰好ですか？」

「よそ者……じゃないわ」事態に気づいて呆然とした。

「荷物を運んでくるときに、あるおばあさんから聞きました。地元の乙女――すなわち未婚の女の正装は、花と刺青だけだそうです」

「レイおじいさまはそのことを知ってたの？」

「さすがにご存じないでしょう。とはいえご自分で足を運ばれていたら、きっと今夜は王女と踊られたはずです」

クリスは籐椅子に身を投げるようにすわった。乱暴さに椅子がきしむ。

「花と刺青……。トムの救出ミッションでの変装よりひどくない？」

「考え方しだいです」

「これから二時間でどうやって刺青を？　へんな刺青をいれたら海軍から叩き出されるわ」

よくある錨の刺青くらいなら黙認されるだろう。しかしアホロのように腕や胸や背中全体に花弁を散らしたりしたら……海軍が許すわけがない。

アビーは防弾ボディスーツをクリスに放り、トランクからスプレー缶と巻いた紙のようなものをとりだした。

「数年前に地球で原始主義がはやったことがあります。しかし原始主義にもいろいろな流派がありました。そのためわたしの雇い主は週替わりで異なる刺青を必要としたのです。おかげで流行がすたれて雇い主が殺されるまでに、ありとあらゆるボディアートのパターンを収集できました。というわけで、もう一人の美人のプリンセスに対抗できる装いに仕立てるには、適任のメイドがここにおります」

アビーは数枚のステンシル型紙を広げてみせた。

「つまり今夜は花とボディペイントね」クリスはうめいた。

「こちらは色塗りパズルで楽しそうです」アビーはにっこりした。

クリスはため息をつき、礼装軍服を脱いで防弾ボディスーツに体を押しこんだ。

「郷に入りては郷に従え、ね」

「案ずるより産むが易し、です」

クリスはふと思いついて訊いた。

「ジャックはどんな恰好？」

「存じません。そのうちわかるでしょう」

アビーはたっぷりと塗料を使った。クリスの首から爪先まで一片の肌も露出しないように、花と蔓で埋めていった。巻き毛の付け髪をつけて花輪をかけると、上半身については裸ではないと思えるようになった。ネリーと拳銃も問題なく隠せた。

「必要ですか？」

アビーの問いを、クリスは一蹴した。

「楽園に見えても、蛇が隠れているかもしれない。準備はしておくわ」

アビーは肩をすくめて、二本目の花輪の装着にとりかかった。他の女たちはどうやってこれを固定しているのか不思議だ。アホロに訊いてみようとクリスは思った。

続き部屋のドアを王女がノックしたとき、どういうわけかジャックもちょうど部屋から出てきたところだった。クリスは二人を同時に見ようとしておかしな目つきになった。

サロンを脱いだアホロの肌には、豪華なパステル調の刺青が彫られていた。花と海、鳥と魚のいりまじる情景は、本人の美貌に負けず美しい。長い漆黒の髪は背中にまっすぐ垂れている。ドアのむこうに立っているうちに、花輪がややずれた。それをなおすのを見て、どうやって固定しているのかという疑問は解けた。クリスは息を飲んだ。

それからジャックに目を移した。刺青は黒だけの保守的なものだ。手首や足首のあたりでは肌色が多くのぞき、へそに近づくにつれて黒が支配的になる。クリスが花輪で隠しているところを、ジャックは瓢簞《ひょうたん》で隠していた。拳銃もどこかに隠しているはずだが見当がつかない。

「急がないと冠の儀式に遅れます」

言われて、クリスとジャックは急いだ。ペニーとトムもやってきた。ペニーは宣言どおりに礼装軍服。トムもそうだ。今回にかぎってはこの二人のほうが場ちがいな服装なのだ。そう思うことにした。

「どこで刺青をいれたのよ」

クリスは小声でジャックに訊いた。警護官はささやき返した。

「絵の具で描いてもらったんです。アファに職人を紹介してもらって。こういう素っ裸に近い恰好にならないとロングハウスのなかにいれてもらえないと聞きましたので」

「瓢箪が気にいったわ」

「言うと思いました。わたしは花輪が気にいりましたね」

そこでロングハウスに到着したため、クリスは返事を飲みこんだ。

ロングハウスは、どの丸太にも複雑怪奇な図像や模様が彫りこまれていた。アホロはクリスを連れて炉端へ進んだ。炉では小さな火が燃え、いい香りの煙が上がっていた。屋根を葺いたヤシの葉のすきまから煙は外へ抜けていく。

出入り口の脇には数人の若い男たちが並んでいた。ジャックは礼儀正しく、しかし断固としてそのまえに立った。長辺の壁ぞいにも男女が並んでいる。そちらはみな年配だ。穏やかな太鼓のリズムにあわせて歌っている。

短い腰蓑をつけた二人の老女が進み出てきた。

クリスは一連の問答をあらかじめ教えられていた。とはいえ、問いかけは日常でほとんど使われない古代語だ。クリスにわかるのは答え方だけだった。問いは、「満月の下で踊るか？」「船乗りが島へ帰ってこられるように航路を照らすか？」「海の底の魚を呼び出すか？」と続く。そのたびにクリスはアホロといっしょに、「はい《ハー》」と答えればいい。

三度目の「ハー」のあとに、老女たちはランの花の冠を二人の頭にのせた。そして口づけし、肩を叩いて、「さあ、踊って楽しんでいらっしゃい」と英語で言った。

「はい、カラマおばさん」

アホロは答えると、抱擁を返した。それで儀式は終わり。アホロはクリスの肘をつかみ、スキップしてロングハウスの出入り口にむかった。

クリスもスキップしてついていきながら、ふとロングハウスの梁を見上げた。

「あそこに並んでいるのは……首？」

「そうです。歴代の女王とその配偶者のしなびた首。おばあさまの首ももうすぐあそこに加わります。わたしのも。そうやって人々の営みを見守りつづけるんです」

「伝統ですね」

ジャックがクリスのうしろに続きながら言った。人類宇宙で奇妙な一族はロングナイフ家だけではないようだ。

思いめぐらしている暇はなかった。アホロは数千人の人々の輪のなかへ彼らを導いた。島民が全員集合しているのだろうか。数カ所で焚き火がされ、料理の匂いが漂ってくる。

背景は日没。夕日が熱帯の空を赤と銀と金色に染めていく。その手前には潮騒を響かせるラグーンと、しだいに暗くなる海。

太鼓が速いリズムを叩きはじめた。足の運びは忙しいが、クリスにとっては中学生のときに覚えたソックホップというダンスになんとなく似ている。どちらが先祖でどちらが盗用なのだろう。腕と手の振り付けはもっと複雑だ。

アホロが数歩先になって真っ暗な海のほうへ進む。クリスはなるべく遅れずについていった。なんとかうまくいっているはずだ。だれも踊りを中断して彼女を偽者だと指弾したりしなかった。

やがて、海のむこうからゆっくりと満月が昇ってきた。波が月光を浴びてきらめく。

先行するアホロの表情が真剣になっていく。クリスは本当に月を導いているように踊った。魚と航海者が探す島への帰り道を月の光で照らすように踊った。いつもはジャンプポイントへ艦を導くのが仕事の海軍士官は、闇と太鼓のリズムにいつのまにか陶然となって踊りつづけていた。

そして大きく太鼓が打ち鳴らされて音楽がやんだとき、クリスとアホロは振りむいて、月を人々に差し出すポーズをとっていた。踊りをつうじて生み出したものをクリスは誇らしく思った。

「楽しかったでしょう?」

アホロは息を切らせながら言った。両手を横に大きく差し出し、月をしめしている。ある視点からはそう見えるはずだ。

クリスは鏡写しのポーズをとり、おなじく息を切らせながら答えた。

「ええ《ハー》。次の踊りまでやる自信はないけど」

「大丈夫。次は小さい子たちの踊りだから」

そのとおりだった。身長百二十センチに満たない小柄な人影がいっせいに二人のまわりに出てきて、遅めのリズムの太鼓にあわせて自分たちの踊りをはじめた。子どもたちは高い声で歌った。月が出たことへの感謝の歌らしい。ところどころで歌詞がつかえたり音程が狂ったりするが、熱心さは伝わってくる。

交代の踊り手としては充分で、クリスは一息つくことができた。アルコール抜きの飲み物を手にしてアホロについていった。子どもたちの踊りを見守る親たちの輪にそって歩いていく。踊りへのクリスの参加は歓迎されているようだ。子どもの祖母らしい年配の女性がつぶやくのが聞こえた。

「二人のプリンセスが月の踊りを舞えてよかったよ。踊るプリンセスがこの島には長いこと一人しかいなかったからね」

アホロがそれを耳にして、顔をしかめた。クリスは、招待主の機嫌をそこねない範囲でこの家系図を調べてみようと思った。

子どもたちが踊りを終え、走って料理を受けとる列に並んだ。踊りはクリスと同年代の若者たちに代わった。男女がそれぞれ一列になってむかいあう。二十年練習してきたらしい上手な踊りだ。

彼らを見ていると、この祭のドレスコードの疑問も氷解した。そんなものはないのだ。ジャックの大きな瓢簞も、クリスの派手な花輪も、着飾りすぎだった。踊る若い男女には全身に刺青をしている者もいるが、ほとんどはただ……一糸まとわぬ姿だった。

並外れて荒々しい踊り手が一人いた。胸のまえで棍棒を交差させ、まるで血を流しているように見える。

「あの顔も刺青なのね」クリスは言った。

アホロはうなずいた。

「はい、あれは戦士の刺青です」

「戦士もいるの？」

ロングハウスの梁の上にはしなびた首。どれだけ伝統を復活させているのだろう。

「カイラヒはフットボールチームのセンターをつとめています。試合前のショーで相手チームをこわがらせようとして、あんな恰好を」

「うまくいったのですか？」ジャックが訊いた。

「結果は最低得点でした。一部のファンから、刺青をハートと花に変えろと野次られていました」

「刺青をいれなおすなんて……痛そう」

「いえ、この刺青は生分解性なんです。わたしも、配偶者を選んで子どもを産んで、おばあさまから女王の位を継いだら、そのときは新しい顔になって再登場しなくてはなりません。美しい花と魚で一生すごせるわけではないんです」

クリスはうなずいた。新規事業をはじめるときに装いを新たにするのは正しい判断だ。

踊りが続くあいだ、アホロは会場を歩きまわった。クリスは、他の惑星を訪れたときと同様の質問をいくつも受けた。「レイ王は星々の世界で新しい島を探す探検隊を組織するために、この星に税をかけるつもりですか？」「自分たちはそんな大きな海に出ていくつもりはなく、このラグーンで魚を捕って生きていくほうがしあわせです。そうでしょう？」といった内容だ。ヒキラ星では言いまわしが独特だが、人々の不安は共通している。

クリスはいつもの答えを、この星の事情にあわせて手なおしして返した。

「新しい島を探したい人は、自分でカヌーをつくる義務があります。新天地から利益を得たい人は、自分の懐から漕ぎ手の給料を払うものです」

クリスが最初に話した数人の人々とアホロは、それを聞いて大きな笑顔になった。

イティーチ戦争時代を覚えている老人たちのグループでは、「イティーチ族を倒すのは全惑星の力」という当時のスローガンを例に挙げればよかった。この小さな島でひっそりと暮らしたい人々を納得させるのに充分だった。

そもそも木造カヌーで魚を捕って日々の暮らしをいとなんでいる人々から、恒星船団の建造費をまかなうほどの税金を徴収できるわけがない。

しかし一方で……電動カートや、硬化処理された砂浜がある。ここはテクノロジーにささえられた楽園のようだ。どうも腑に落ちない。

砂浜の一角に数十人の男女のグループがいた。彼らはカクテルパーティのようなフォーマルな服装をしている。

クリスは彼らに気づいて、急に自分の姿が恥ずかしくなった。

そちらから聞き覚えのある声が飛んできた。

「軍服を脱いでその恰好を選んだのかい？　だったら頻繁に訪れたいものだな」

クリスはフォーマルな集団のあいだをよく見た。みつけたのは、完璧すぎる容貌の持ち主。

ヘンリー・スマイズ＝ピーターウォルド十三世――ハンクだ。

クリスは胸と股間を手で隠したい衝動を必死でこらえた。アホロの両手は脇にとどまっている。だからクリスもそうした。ハンクたちはよそ者だ。クリスは地元民から冠を授けられたのだ。

「ハンク、どうしてここに？」

人々の輪が割れてハンクが歩み出てきた。

「この惑星に新しい販売拠点と流通センターをいくつか開設したんだ。本土のほうにね。島民はビッグアイランドと呼んでいるらしい。地元採用のある女性社員から、ここの税金食いである十パーセントの民族がどんな暮らしをしているか一度見るべきだと言われて、この祭にあわせて飛んできたというわけさ。まさかきみに会うとは思わなかった。しかもきみのすべてを見られるなんて」

ハンクはクリスの爪先から頭の花飾りまでゆっくりと見まわした。

「わたしは地元の文化になじんでいるのよ」クリスは髪に手をやった。

「ぼくは支配的な文化になじんでいるけどね」ハンクはやり返した。

「ヒキラ星の中心は島です」アホロが反論した。

「惑星人口の五人に四人は本土に住んでいる。その五人に四人が払う税金が、のどかな島の暮らしをささえている。そんな不均衡は是正すべきだと思わないかい？　そもそもきみはロングナイフだ。代表なき課税には断固反対のはずだろう？　それともかつての戦友が受益者側であるときは例外なのかい？」

すると、銀髪で長身の痩せた女が歩み出てきた。巻きスカートで正装している。

「申しわけありません、殿下。彼は島の地酒を少々飲みすぎて、本土の過激思想にふれすぎたようです。失礼を陳謝します」

彼女はハンクを本土のパーティ客の輪に引きもどし、オードブルとワインが並んだテーブルに案内した。

アホロは顔をそむけた。

「あの殿方はお知りあいなのですか？」

「ハンク・ピーターウォルドよ。つきあう寸前だったこともあるわ。でも前回命を救ってあげたときに、ちょっとよけいな質問をしてしまったの。それが無作法だったようね」

「わたしは人の命を救ったことはありません。もしそんなことがあったら、よけいな質問はしないように気をつけます」

「ビッグアイランドとこの島のあいだになにか問題があるの？」

ペニーとネリーがこの惑星のおおまかな情勢を説明した。人口の不均衡が批判されたことはないという。課税も問題化したことはないらしい。とするとなにが不満の原因なのか。

アホロは豚の丸焼きとその他の料理のほうへ行った。

「もっと早く解決しているべきだったかもしれません。でも最近まで問題にならなかったのです。ヒキラ星に人間が入植したのは二百年近く前です。地球の太平洋の島々が沈んで以来、長らく失われていた暮らしを回復するのが目的でした。ビッグアイランドはそれに適した場所ではなかったので放置していました。その後、イティーチ戦争で傷ついた多くの惑星から難民がやってきたので、一時的な居住地としてそちらを提供しました。レイ・ロングナイフがウォードヘブン条約を成立させ、遠隔地のコロニーを撤退させて人類の拡大ペースに手綱をかけた時代の話です」

撤退させられた惑星のいくつかはピーターウォルド家の投資によって開拓されていた。それらのコロニーを失ったことがロングナイフ家とピーターウォルド家の遺恨を生んだのだ。ビッグアイランドの元難民たちの一部はまだピーターウォルド家に忠誠心を持っているのだろう。なるほど。

クリスたちはそれぞれ木皿とフォークを受けとった。豚の丸焼きの場面を刺青した太ったコックが、黒ずんだ歯をむきながら豚肉を大きく切り分けた。クリスの皿には、焼きバナナ、数種類のタロイモ料理、その他の正体不明の料理が盛られた。

アホロはクリスを静かなヤシの木の下に連れていった。それまで穏やかだった風がふたたび強くなりはじめたからだ。ジャックとアファもついてきた。

アホロは説明を続けた。

「わたしたちは一度、故郷を失っています。それをくりかえすわけにはいきません。ですから難民を受けいれるにあたって、条件を一つつけました。島の生き方をする者だけが選挙権を得るというルールです」アホロはそこで一口食べた。「実際にそうした人もいました。島へ来て結婚しました。今夜の焚き火のまわりを見てください。あなたのような金髪の者がいるでしょう。赤毛もいます。選挙権がほしければよそ者であることをやめればいいのです」

アファが説明を代わった。

「しかしそれはごく一部です。難民たちは、星の世界へもどったり他のコロニーへ移住した者もいますが、ほとんどはビッグアイランドに定住しました。自分たちのやり方で子を育て、自分たちのやり方で孫や曾孫が育つのを見守りました」

「選挙権なしにね」クリスはおいしい豚肉をかじった。

「あなたの惑星で選挙に行く人はどれくらいですか？」

アファの問いに、ジャックが答えた。

「約半分ですね」

「税金はどうなの？」クリスは焼きバナナを試した。

ふたたびアホロが説明した。

「標準的な所得税方式です。イティーチ戦争時代に決まったものです。みなさんの惑星の制度とたぶんおなじでしょう」

「つまり、所得額に応じた累進課税」クリスはゆっくりと言った。

アファが話した。

「わたしたちは家族が食べる分だけ魚を捕ります。底引き網で海をさらって缶詰工場に運ぶようなことはしません。海洋漁業保全制度によって、ビッグアイランドの人々は沿岸百五十キロ圏で好きな漁業をできます。しかしわたしたちの遠洋では許していません」

その所有格は多用して口になじんでいるようだ。クリスは言った。

「すると、ビッグアイランドの貨幣経済が税の大半を負担し、島の自給経済圏は実質的に課税をまぬがれているわけね」

アホロは言った。

「わたしたちは戦争で多くの血を流しました。だれもが認めるほど大きな犠牲でした。戦後は税金を払えるだけの収入がありませんでした。ビッグアイランドの住人たちが、人類協会への分担金のほとんどを自分たちが負担していると気づいたのは、四十年ほどまえです」

「リム星域をパトロールする宇宙艦の提供は？」

「わたしたちは植民惑星を持っていません。すくなくとも長老会議が認めているものはありません。ビッグアイランドの一部の銀行が株を買っているところはあると思います。彼らはウォードヘブン星やピッツホープ星の海軍に定期的に宇宙艦を寄付しているはずです。しかしそれは地域的な出資であり、長老会議が認めていません」

「地域的な出資？」ジャックが口いっぱいに頬張りながら言った。

アファがややむっとしたように答えた。

「わたしたちは愚か者ではありません。刺青をして走りまわっているからといって、頭が悪いわけではない。ビッグアイランドの市にはそれぞれ選挙で選ばれた市長がいて、市議会があります。ビッグアイランド全体で重要なことがらを話しあうために、市議会の議会もときどき開かれます。そのあとこちらの長老会議に請願者を送って、惑星全体の問題について自分たちの主張をします。曾祖母はそれらをよく聞いて決定を下します。たいていはそれでおさまってきました」

「かつては。あるいは、たいていは」アホロがつぶやいた。

しばらくは黙々と食べ続けた。月はすでに高い。踊りは続いている。太鼓の奏者が交代して、リズムが変わり、ステップも変わっている。

「変化が必要なのでは？」クリスは訊いた。

「母はそうだとわかっていました。曾祖母もわかっています。母が生きていれば、曾祖母といっしょに何年もまえに変革を実行していたでしょう。でも十年前に母と父の乗ったカヌーが沈没しました。曾祖母は発作で倒れました。以後は停滞が続いています。わたしの成人を待っているのです。祖母はいつまでもふらふらしていますし。あの老女のつぶやきは本当です。月の舞いには踊り手が二人必要なのです」

「あなたの祖母は手伝ってくれないの？」

「祖母は曾祖母と不仲でした。祖母は二人目の夫がビッグアイランド出身者だったので、むこうに移り住み、刺青を抜いて肌を白くしました。三人目の夫は星界の商人で、祖母はヒキラ星から出ていきました。いまは行方知れず。もうどうでもいい人です」

若い娘は姿勢を正して続けた。

「これはわたしが戴冠式の石にすわるときに決断しなくてはいけない課題です。祖母が歴代の女王と配偶者に加わるまえに決断しないなら、わたしが決めます」

どうやらレイからこの旅を依頼されたときに、聞かされなかった事情がいくつかあるようだ。まあ、いつものことだ。

アホロとアファは踊りの輪にもどった。今度は島民の半分が参加しているような大規模な踊りだ。クリスは参加を求められなかった。いままでとは異なる踊りらしく、見ているだけですんでほっとした。

隣でジャックが言った。

「やはり楽園には蛇がいたようですね。わたしは銃を抜いたほうがいいでしょうか」

「アビーはおしゃべりね」クリスは横目でそちらを見た。「銃はどこに隠してるの？」

「若い女性が訊くことではありませんよ。そもそも警護対象は武器を持たないでください」

「有給休暇中じゃなかったの？」

「わたしの有給休暇ですからどうしようと勝手です」

ネリーが口をはさんだ。

「クリス、この付近にセキュリティシステムが張りめぐらされているのをご存じですか？」

「いいえ」クリスは答えた。隣ではジャックが真剣な顔でクリスの花輪を見ている。

「たいしたハイテクです。ロングハウスの地下には鍵のかかった部屋があります。その監視カメラは一時間前からおなじ映像をループして映している可能性が九十五パーセントです。警備会社はこの事態にまだ気づいていません」

クリスは、黄色とピンクと青緑色に塗りわけられた自分の体を見た。

「偵察に行くのにふさわしい迷彩とはいえないんだけど」

「ではわたしが見てきます」ジャックが立ち上がった。

「色を変更できますよ、クリス」

ネリーが言って、クリスの姿は突然真っ黒になった。

「どうやって⁉」

クリスもジャックも声をあわせて訊いた。塗料はすぐに花の絵にもどった。

「塗料はわたしの電極に接していて、制御用の標識をふっています。アビーが重ね塗りしてしまったところを修正できると教えたかったのですが、あわただしかったので口をはさめませんでした。そもそも言うとアビーの機嫌をそこねたでしょう」

「気を使うコンピュータですね」ジャックは言った。

二人はなるべく木の陰に隠れて、踊る島民たちから見られないようにしながら、ロングハウスへもどっていった。クリスが移動ルートを探していると、いつのまにかジャックの手には拳銃が握られていた。

「どこに隠していたの？」

「教えません。あなたのは？」

クリスは後頭部の付け髪のなかから拳銃を抜いた。

「やはり。花輪ははずさなくてはいけませんよ」

「ロングハウスに着いたらね。ネリー、また黒くして」

クリスの姿は一瞬で真っ黒になった……顔以外は。

「これを塗ってみてください」

ジャックは小さな容器をさしだした。クリスはその黒いペーストを顔に塗りつけた。あとのことはあとで心配しよう。

（これも変更できます）

ネリーはクリスの顔を花模様に変えてみせ、また黒にもどした。

「助かるよ、ネリー。さて、地下へ下りる道はどこにある？」ジャックは言った。

「一本がこちらに、もう一本が建物の反対側にあります。このアザレアの茂みを抜けていってください」

ジャックはそのとおりに進んだ。たしかにロングハウスには地下に下りる階段があった。コンクリートの壁に分厚い鋼鉄の扉。ビッグアイランドで徴収された税金は、アホロの説明とはやや異なり、全額が惑星の外へ流れているわけではないようだ。

「扉は開けられる？」とクリス。

「大丈夫です。すでにこじ開けられています。さあ、あなたはうしろに退がっていてください」

「ええ」

小声で言うと、クリスは花輪をはずして階段脇においた。

扉はきしむこともなく開いた。なかはぼんやりと照明されている。テーブルが何列も並んでいる。その上に載っているのは……奇妙なガラクタばかりだ。政治家の資金集めパーティでよくやるガラクタ市かなにかのようだ。木彫りの仮面、性的要素を強調した彫像。男性像も女性像もある。石や籐製の飾り物。それらがテーブルに山積みになり、床にもおかれている。

こんなものを、鍵のかかる部屋で監視カメラ付きで！　どう見てもガラクタなのに。

ジャックはクリスをしたがえて、手近なテーブルの脇に静かに近づいた。テーブルに載っているのは、舌……ではなさそうな長いものが突き出た彫像だ。

（建物の右の壁近くでだれかが作業しています。二列むこうです）ネリーが教えた。

クリスはジャックの肩に手をふれて、そちらをしめした。ほら、ネリーと自分がいると役に立つ。

静かに数歩進んで、テーブルのあいだの通路にしゃがむ。奥を見ると、黒い身なりの人影がなにかをいじっていた。足台くらいの大きさの苔むした火山岩に、プラスチック爆弾をしかけているのだ。

ジャックは通路を横切り、部屋の反対側を確認してから、銃をかまえて声をかけた。

「両手を上げて、石から離れろ」

クリスも相手に照準をあわせた。

黒い人影はしばし凍りついたが、ゆっくりとジャックの命令にしたがった。立ち上がった姿を見て、女だろうかとクリスは思った。しかし薄暗くて灰色の濃淡でしか見えない環境ではよくわからない。両手を上げ、口を開きかけた、そのとき……。

部屋が真っ暗になった。

ジャックは発砲した。クリスも続いて引き金を引いた。それぞれの一瞬の発射炎に照らされた前方には、すでにだれもいないのがわかった。

（ネリー？）

（逃げています。左へ）

（照明をつけられない？）

（お待ちください）

明かりがついた。ちょうど左手のドアが開いて閉まるところだった。

「出入り口が二カ所にあることは説明したとおりです」ネリーが弁解した。

「その二つめのドアをだれかが使ったわけだな」

ジャックは辛辣な声で言って、石を見た。プラスチックの塊に電線が複数つながっている。そろそろと近づいた。

クリスは自分の存在感をしめすために、声に出して秘書コンピュータに訊いた。

「ネリー、この種類の爆弾のつくりはわかる？」

ジャックは石に手を伸ばし、一本の裸線をつまんだ。ネリーは教えた。

「それはおそらくアンテナです」

「ありがとう」ジャックは不機嫌そうに答えた。

「おい、両手を上げろ」

遅まきながらやってきた警官の声がした。二人がはいってきた右側のドアからだ。

クリスは拳銃をジャックの隣にゆっくりとおきながら、そちらへ言った。

「爆弾だけは処理させて」

「爆弾だって？」臆病そうな警官の声がした。

「だめだ。爆発させるつもりだろう」強気なべつの警官が言った。

「わたしたちの真横にあるのよ」クリスは両手を上げた。

「やらせたほうがいいんじゃないかな、カリカウ。その、爆弾処理ってやつを」

「だめだ、マルー。自爆テロをやる気かもしれん」

ジャックは警官たちを無視して訊いた。

「ネリー、わたしの見立てでは起爆用回路はつながってないように思う。おまえの意見は？」

「その線はアンテナで、回路はつながっていません。危険はありません。いまのところは」

「その声はだれがしゃべってるんだ？」警官が訊いた。

「わたしの秘書コンピュータよ。とにかく、プリンセス・アホロのところへ連れていって。そうすれば疑いは晴れるから。でもこの石はだれかに見張らせたほうがいいわ。でないと犯人がもどってきて爆弾を完成させるかもしれない。そもそも、なぜこんな石を爆破したがるのかわからないけど」

「わからないのか？」臆病なほうの警官が言った。

「ついてこい。マルー、おまえは残って戴冠式の石を見張れ」

「戴冠式の石？」クリスは訊いた。

「なんでおれが」マルーは抗議している。

ネリーはその警官に助言した。

「爆薬の塊をはがせばいいんです。そうすれば回路は完全に断たれます。爆薬は持っていってあげましょう」

「やめろ」

えらそうなほうの警官が止めた。しかしマルーはさっさと言われたとおりにしていた。爆薬の塊をジャックに手渡す。

そのジャックは、クリスの胸をほうを見ながら言った。

「おまえの見立てがまちがっていたら？」

「その可能性はきわめて低いと思います。犯人がもどってくる可能性がむしろ高いです」

階段のところでクリスは立ち止まった。

「花をもとどおり身につけていいかしら。長老から授けられた花の冠と、プリンセス・アホロからもらった花輪だけど」

「花くらいなら」カリカウは強気の仮面がはげかけていた。

花輪を体につけるクリスの隣で、ジャックが警官に言った。

「油断しないほうがいいぞ。彼女はトゥランティック星における私有財産の損壊で訴えられ、ウォードヘブン星では公的財産の濫用でお尋ね者になっている。その長い犯罪歴に、今度はヒキラ星での国宝破壊が加わるかもしれない」

クリスは下の花輪を調節しながら答えた。

「まだ三つの惑星よ。他の五百九十七の惑星ではお天道さまの下を歩けるわ」

「若いのでまだこれからですよ」ジャックは指摘した。

クリスは冠を頭にのせ、上の花輪をかけて、急ぎ足で踊りの輪のほうへ歩いていった。警官は刺青の顔にけげんな表情を浮かべてついてくる。

アホロはヤシの木の下にもどって、はっとしたように息を飲んだ。アファは四人分の飲み物を運んできたところで、クリスとジャックと警官はそこへ近づいた。アホロとアファは魔物を見るような目でクリスを見ている。クリスはようやく、自分がまだニンジャ仕様の姿であることに気づいた。

（ネリー、カモフラージュの図案を変更して）

ハイクラニ女王の曾孫二人は、さらにぎょっとした顔になった。クリスは自分の姿を見下ろした。恐ろしい戦士の刺青が全身にほどこされている。

（ネリー、アビーが塗った図案にもどして。重ね塗りまで再現して）

（はい）

花をまとった美しい乙女の姿にようやくもどった。

「いったいどうやって？」アファが訊いた。

「説明は明日。それより、だれかが戴冠式の石に爆弾をしかけたのよ。もし爆発したら石もロングハウスも粉々になる。わたしたちはその犯人をつかまえて、爆弾を安全処理しようとしていたんだけど、この警官にじゃまされたの。爆弾処理を最後までやっていいと言ってやって」

「ええ、もちろん」

二秒間の沈黙のあとにアファは答えた。ジャックたちはすぐに引き返した。アホロとアファもついていった。警官はその隣を走りながら、自分が任務をはたそうとしたことや、犯人を取り逃がしたことを釈明していた。アホロは無視し、アファは相づちを打ちながら聞いている。アファはどうやら警察を指揮する立場らしい。

ロングハウスの地下室にもどると、マルーは石のまわりを歩いていた。できるだけ離れたいが、離れすぎては責任をはたせない。のっぽの警官は両立不能なことに努力していた。

鍵、監視カメラ、爆弾を短時間で検証した。警備システムの技術レベルは中程度。一方で爆弾の製造技術は、人類宇宙の標準からすると低レベルといわざるをえない。

「地元産ですね」ジャックは結論づけた。

クリスはこの宝物室を見まわし、地上のロングハウスのほうを見上げた。

「おばあさまが亡くなる直前にこれらがすべて吹き飛んだら、どうなるかしら？　あなたの戴冠式のまえに」

「わたしたちの生き方を根底から揺るがす大事件です。この石は、初代女王が選出されたときに腰かけられたものです。以来、代々の女王はこの石にすわって戴冠してきました。これに加えて先祖たちの首まですべて失ったら……」アホロは身震いした。「アファ、警官たちに命じて。警備を強化しなくてはいけないわ」

「当然そう考えるだろう」

「ええ。おばあさまはお金を払うことに反対すると思う。でもしかたないわ。お金を払うか、それとも基本的な問題を解決して、わたしたちの生き方が破壊されないようにするか、どちらかよ」

「難しい命令ね」クリスは言った。

「それでも、明日の夜明けまで警戒しなくてはならないわ」

ジャックは爆弾処理を終えた。爆薬の処分は警官にまかせた。

クリスはアホロとアファとともに踊りにもどった。しかし歩きまわって人々と話すのは控えた。二人が話すのを見守るだけで、自分は黙っていた。地元の花で着飾ってはいるが、これはクリスではなく本当の地元の人々が解決すべき問題だ。

サンチャゴ艦長に言いたかった。ここにいるロングナイフは戦争を起こすつもりはない。あるいは、戦争を起こしてしまったとしても、自分が参戦するつもりはないと。

5

翌朝、クリスは裁判に出廷させられた。被告ではなく、重要な目撃証人としてなので気は楽だ。

判事は七人いて、肩書きは〝閣下〟や〝長老〟などがほとんどだ。その偉い人たちも服装はラバラバやサロンや花柄のローブだった。

クリスは事前にアホロの許可を得て、白の略式軍装でのぞんだ。半ズボンではなく長ズボンだ。プリンセスに対して宣誓もした。これは結果的にいい考えだった。

アビーも、コンピュータ制御される塗料について説明する証人として出廷した。色や模様を瞬時に変えられるので、五年前に地球で大きな騒ぎを起こしたことがあった。

「ここでは知られていないのですか？」アビーは意外そうに訊いた。

「いいえ、初めて見たわ」長老という肩書きの女性判事が答えた。

このことから犯人についての疑問がいくつか解けた。外見を瞬時に変えられるボディペイントを使っていたのだろう。真っ黒な刺青や服装の者が島内で捕まらないのはそのためだ。

「塗料を探すナノガードはないんですか？」

クリスがそう質問すると、アファが眉をひそめた。クリスは法廷に対して説明した。

「犯人が姿を変えて島民のふりをしているとしたら、その塗料の特殊な匂いを探せば発見できるでしょう。島の人々が懸念を持たれるのは当然ですが、ナノガードは潮気のある空気や強い貿易風の吹く環境では短期間で壊れて消滅します。島のローテクな環境が乱されることはありません」

その点はクリスは自信があった。問題は、ビッグアイランドの環境はローテクなのかどうかだ。

裁判はたいした結論にいたらず終わった。クリスとジャックの行動に犯罪性はないと認められた——ということは、じつは証人としてのみの出廷ではなかったようだ。さらに、ヌイヌイ島の島民は警備を強化すべきだとの助言がおこなわれて、裁判は休会になった。

人々が解散するなかで、クリスは訊いた。

「このあとは？」

「わたしは曾祖母と何人かの長老に会います。対策をとる必要がありますから」

アホロは答えて、唇を噛んだ。しかしアファの返事は異なっていた。

「わたしは漁に行きます。いっしょに来ませんか？　水曜日なのでそのほうがいい。でないと昨夜の残り物を食べるしかなくなります」

「長老会議には出なくていいの？」

アファは笑った。

「わたしは百年早いですよ。まだ海へ出ていろという年です。あなたも島では部外者すぎて出席は無理。ですから、ごいっしょに魚を捕りに行きませんか？　食糧はいつでも必要です。長老たちとおばあさまの話が長引くようなら、その食事を用意しなくてはいけない。話しあいの概略なら夕飯時に聞けるはずですよ。それにわたしは、この妹がまちがったことをしていればパパのかわりに叱らなくてはいけない」

アホロは兄を軽く叩いた。クリスはそのアホロのほうを見た。

「ではわたしは魚捕りへ」

「そのほうがいいでしょう。最後はあなたのおじいさまに頼らなくてはいけないかもしれませんが、まず島のやり方で対処してみます」

「水着をとってくるわ」とクリス。

「なくてもかまいませんよ」

アファの声が背後から飛んできたが、クリスはかまわず歩いていった。

三十分後、クリスは海へ出る準備を整えた。防弾ボディスーツで全身を包み、ワンピースの水着は主要な位置にセラミックプレートと若干の浮力材がはいっている。キャップはネリー用の高性能アンテナ。日差しに対しても四ミリ・ライフル弾に対してもそなえは充分だ。

クリスは丸一日ジャックの警護から離れる交渉をした。警護官はしかめ面で天気予報を見た。

「大丈夫よ。問題ないわ」

「ええ。でも、アホロの両親が行方不明になった日の気象衛星の画像はどうだったと思いますか？」

さすがにそれは知らない。肩をすくめた。ジャックは自分の予定を話した。

「今日は警察へ行って、こちらからできるだけの助言をしてきます。警察にはヘリがあります。ネリー、連絡を絶やさないように。信号が途切れたら探しにいくぞ」

「わかったわよ」クリスはネリーのかわりに答えた。

アファは、砂浜に引き上げられたアウトリガーカヌーのところにいた。アファのカヌーは長く美しい流線形で、消防車のように真っ赤に塗られていた。

「パドルは使えますか？」

アファは漁網と釣り糸の準備をしている手もとから顔を上げずに訊いた。

「帆船もローボートも経験があるわ。カヌーでのパドリングもやったことがある。わたしのパドルさばきが水準以下だったら、手本を見せて。すぐに覚えるから」

「釣りの経験は？」

「そこにあるような釣り道具の経験はないわね」

「では今日は楽しめるでしょう。そこの把手《とって》を持ってください。水面へ運びましょう」

クリスはしめされた位置をつかんで、カヌーを海へ運んだ。そしてアファやまわりで見ている男たちから否定的な意見をもらうことなく、カヌーに乗ることができた。アファとクリスが珊瑚礁へむかうと、野次馬たちも自分たちのアウトリガーカヌーを出して並走しはじめた。クリスは彼らを見てパドルさばきの参考にした。何人かはだれが一番うまいかと叫んで競っている。

「いつもこんなふうに連れ立って?」

「いいえ。今日はこの船の同乗者が気になるんでしょう」

アファとクリスが珊瑚礁に到着するころには、他のカヌーはべつの漁場へむかうか、岸へもどるかした。アファはクリスに網の投げ方と、かかった魚の引き揚げ方を教えた。

「とげのある魚に気をつけて」

クリスは指導に従った。珊瑚礁の魚は小魚から中型魚くらいまでいた。クリスは小魚を網からはずして海へかえそうとした。しかしアファが止めた。

「捨てないで。餌に使います。スマキスマキを食べたことは?」

「いいえ。どんな魚?」

「地球のマグロくらいの大型魚です。おいしいですよ。長老たちのために一匹釣って帰ろうと思います」

「そして、星界から来た女にいいところを見せるためにも?」

「かもしれませんね。珊瑚礁のむこうの深い海に群れています。本物の釣りをやってみたいでしょう?」

アファは釣り糸と針をしめした。

（ネリー、信号強度は？）

（衛星ネットワークを経由しています。問題ないはずです）

クリスは笑顔で答えた。

「こちらはいいわよ」

さらに二度網を投げて、餌用の雑魚と中型魚は充分だとアファは宣言した。珊瑚礁を抜ける水路への途中で、すれちがったカヌーに投網と食用になる獲物をあずけた。そちらのカヌーの男が訊いた。

「スマキスマキを狙うつもりか？」

「いけないの？」クリスは訊き返した。

「スマキのかわりにサメがかかっちまうぞ」

「サメ？」

アファは不機嫌そうに答えた。

「スマキの群れがみつかるまで釣り糸は下ろさない。それくらいわかってる」

べつのカヌーの男は投網と魚を受けとると、ナイフをクリスに手渡した。

「スマキじゃない獲物がかかったら、こいつで糸を切りな」

「ありがとう」クリスは自分のカヌーの船底を見た。アファもナイフを持っているが、彼の側にあり、こちらにはない。「感謝するわ」

「大丈夫なはずだけどな。アファはじつは腕のいい漁師だから」

クリスは水路を見た。引き潮のせいで三、四メートルの波が立っている。水路に打ち寄せて砕ける波はないが、それでも抜けるまでは荒れそうだ。アファは追い風を利用するために小さな帆を張り、急いで水路を抜けて、波の穏やかな外側へ出た。

クリスは子どものころに湖上のセイルボートで何百時間もすごしていた。しかしその経験はここではまったく役に立たなかった。外海は荒れていた。三メートルの波頭に持ち上げられると、ヌイヌイ島全体とむこうの島まで眺められた。波の谷に落ちると、まわりは青い水の壁しか見えなくなった。頭上に青い空があるだけだ。

船酔いというものにはいままでなったことがなかった。宇宙酔いの経験もない。しかし今回は腹の感じから、なにごとにも初めてはあると思わざるをえなくなった。

「船酔いになんかならないわよ」クリスは強くつぶやいた。

（わたしに言っているのですか？）ネリーが訊いた。

（いいえ）

（ではすこしだけ助言させてください。お腹のポーチにアビーが酔い止めパッチを何枚か忍ばせています）

探ってみると四枚出てきた。その一枚を水着の下に張った。すぐに不快感が消えた。

「大丈夫ですか？」しばらくしてアファが訊いた。

「大丈夫よ。群れはどこにいるの？」クリスは強気で言った。

「魚群探知機のようなハイテク機器を使えばいいのにと思っているでしょう。これが海洋調査局の仕事なら使いますよ。でも今日は釣りだ。ハイテクの助けを借りるのはフェアじゃない。魚は自分の能力で生きています。だったらこちらもそうでないと」

「考え方ね」

「学校で教えることとはちがうかもしれませんが」

「そうは言っていないわ」

「あなたが通った大学もわたしが行ったところとさして変わらないはずです」

「大学？」

「イカマロヒ大学は人類宇宙で最高の海洋保護プログラムを実施していました。ウォードヘブン出身のクラスメイトもいましたよ」

「不思議はないわね。わたしたちが海の健全性を真剣に考えはじめたのはつい最近だから」

「大きな誤りです。底引き網漁船にやりたい放題をさせると、海が回復するのに長い時間がかかる。わたしが漁に出るのに、わざわざ丸太を刳《く》ってアウトリガーカヌーを手づくりするのはそれなりの理由があるんです」

クリスは乗っているカヌーを見まわした。のみで削った跡も見えるが、多くはない。舷縁は高く均一だ。船底も滑らかに削られている。竹製のアウトリガーは藤蔓のような材料で縛られている。手づくりのわりにはしっかりしていて、外海の波に揺られている。

「よくできているわね」

「丸太からカヌーをつくるのは簡単です。いまではわたしたちの文化です。でもそれまでは大変でした。白人がわたしたちの先祖に話を聞いて書いた小説や社会学の本に頼るしかなかった。ただのホラ話も混じっていたはずです。でも資料は他になかった。ホラ話だと思っても試してみました。わたしたちはあなたがた白人の生活に長いことひたっていた。ようやくそこから脱して、自分たちの生き方をここでとりもどしたんです。それを奪われたくない」

アファは長広舌の最後をきびしい表情でしめくくった。クリスは両手を広げてみせた。

「わたしたちはなにかを奪うつもりなんてないわ。曾祖父はヒキラ星が知性連合に加盟してくれればいいと思っている。でもそれはあなたがたが決めることよ」

アファは舵取り用のパドルを調節しながら、クスリと笑った。

「すみません。昨夜の出来事がまだ頭に残っていて」

「わたしは犯人から宝物を守ったのよ」

「わかっています。感謝しています。妹と曾祖母も感謝しているはずです。あなたには借りがある。ああ、魚たちもそう思っているようですね。来ましたよ」

海を指さした。二百メートルほど先の海面が、雨粒に叩かれるようにこまかく波立っている。しかし空は晴れている。アファは帆をまわし、舳先をそちらへむけた。クリスは観察した。思ったとおり、小魚が一匹海面で跳ねた。また一匹。

「あれは？」

「スマキスマキの好物の小魚です。あいつらがいるところにはスマキがいる。餌を針に」

クリスも釣りをしたことはある。釣った小魚を餌にしてより大きな魚を釣れることは知っている。しかし生き餌をつけるのはたいていてい人にやってもらっていた。クリスはかたわらの網から小魚を一匹つかみとり、息を止めて、ぴちぴちとはねる腹に思いきって釣り針を刺した。はねる動きが止まった。

「ああ、それじゃだめだ」

アファは苦笑した。そこで、舵取りパドルをクリスが押さえ、生き餌をアファにやってもらうことにした。舵を交代するときにアファの手がクリスの腕にふれた。

「昨夜とおなじ奇妙なものを着ていますね」

「似ているけど別物よ。スーパースパイダーシルク地のボディスーツ。四ミリ・ダート弾を止める。その他のたいていの暗殺用武器もはね返すわ」

アファは太陽を見上げた。

「日焼けはどうでしょう」

「SPF30相当の紫外線防御性能もある。万全よ」

アファは針に餌をつけるために舳先のほうへ行きながら、過剰な保護性能についてぶつぶつとつぶやいた。クリスは聞こえないふりをした。

海面にさざ波が立っているところに着いたころに、アファの最初の釣り糸も準備ができた。それを投げこみ、いくらか糸を繰り出してから、糸のついた釣り竿を足で押さえる。帆を下ろし、釣り竿を今度は口にくわえて、クリスの釣り針に餌をつけた。クリスはそれを受けとって舷縁のむこうに放る。糸を三、四十メートル繰り出して、アファのほうを見た。

「あとは待つだけ？」

「魚が風上側へ移動しています。パドルでそちらへ行きましょう」

アファは糸を口にくわえて、パドルを操った。クリスは、こんな行儀の悪いところを母が見たらなんと言うだろうと思いながら、おなじようにした。そのあとはまた漂流させた。

しばらくして、クリスは糸がひどくたるんでいる気がして、引き上げはじめた。

「まだですよ」

アファが言ったが、クリスはすこし考えて、助言を無視することにした。それは正解だった。釣り針には小魚の頭しか残っていない。

「群れ《スクール》を出て大学へ進学したようね」

アファは鼻を鳴らして、餌をつけかえた。しばらくして自分の糸も引き上げ、餌のつけかえが必要であることを認めた。

「宇宙からのお客さんがいるので強気らしい。わたしのときはこうではないのに」

時間がたつのを待つうちに、クリスはだんだん退屈してきた。他の男たちがスマキスマキ漁をやりたがらない理由がわかる気がした。ふたたび餌をつけかえて、カヌーを風上へ移動させる。

クリスは青い海中をのぞきこんだ。小さな銀色の影があちこちへ敏捷《びんしょう》に動き、それが海面を波立たせている。それより深いところをもっと大きな影が動いている。大きく、丸く、細長い。拳銃のダート弾を撃ったら届くだろうか。

そのとき、もっと長く、黒く、ミサイルのような形の影が一直線に通りすぎた。そしてそれまでの影がばらばらになった。

「いまの、見た？」

「海のなかをのぞかないほうがいいですよ。人魚を見てしまったら、魂を抜かれて海の底で暮らすはめになる。まあ、それは海の犠牲者の遺族をなぐさめるおとぎ話でしょうけど」

悲しげな口調を聞いて、アファが海で両親をなくしていることをクリスは思い出した。

「長くて醜い姿のものがスマキを襲うのが見えた気がしたわ。サメはどんな形？」

「長くて醜い姿だとしたら、サメかもしれませんね」やがて釣り糸がぴんと張って、アファはおっと声を漏らした。「かかった！」

しばらく釣り糸を保持していたが、すぐに糸を繰り出しはじめた。それでもカヌーは海面を滑りはじめる。クリスとアファが二人がかりでパドルを掻いているような勢いだ。クリスは舵取りパドルの脇にしゃがんで指示を待った。しかしアファは釣り竿を両手で必死にささえ、脇目もふらずに糸を出している。

クリスはいまさらながら訊いた。

「ええと、こういう釣りの経験は何回くらいあるの？」

「かぞえきれないほど」

「かぞえきれないというのは、回数が多くてかぞえきれないという意味？　それとも、舵を押さえるのに精一杯のわたしの手では、かぞえるのは無理という意味？」

「かぞえきれないほどです」

アファは歯を食いしばって言った。釣り糸を繰り出す速度を遅くして、抵抗を加えはじめている。

クリスは、こんなふうに獲物に船が引っぱられる状態を〝ナンタケットの橇滑《そり》り〟と呼ぶことを本で読んで知っていた。しかしそれは捕鯨船の話だ。はるかに大きな獲物の場合だ。

クリスは舳先を見た。引っぱられて下がっている。しかしまだ波に突っこんで多くの水をかぶるほどではない。こういうときの舵のとり方をすこしくらいアドバイスしてくれないだろうか。なにも言われないので、魚に引っぱられる方向よりすこし右へ舳先を振ってみた。

その状態で魚に引かせる。

失敗だった。アウトリガーが数十センチも海面から浮いてしまった。あわててアファがそちらに体重を寄せ、カヌーの姿勢をもどした。

「釣り糸に対して舳先の向きが反対です。釣り糸がつねに舳先とアウトリガーのあいだにくるように舵をとらないと」

「だったらそう言ってよ」クリスは不満をあらわにした。

「すみません。思いつかなかった」

「魚を捕ったことはあっても、チームで釣りをしたことはないようね」

「今日が初めてです」

「わかったわ」クリスはネリーに指示した。（転覆して落水したら、すぐにジャックを呼ん

で。ヘリで救出に来るように）

（わたしがはずれて沈んだら？）

（しっかりつかまってなさい）

（そんな機能はありません）

（わたしがしっかりつかまえておくわ。もしそれでも沈んだら、電源を落として待ってなさい。あとで引き揚げにくるから）

（本当に引き揚げにきてくださいよ。そうでなかったら……もう口をききませんから）

ネリーは子どものような脅し文句を言った。

長くて黒くて醜い影が、クリスの背後の海中を横切った。

「なにか来たわよ」

言ったとたんに、アファをつかまえなくてはならなかった。釣り糸が突然たるんで、アファは反動でカヌーから落ちそうになったのだ。クリスはそのラバラバをつかんだ。しかし、あまりいい手がかりではない。ラバラバは脱げて、アファは舷縁のむこうへ倒れそうになった。

クリスはその腰に飛びつき、むこうへ押し倒した。裸になった島の男をだれもいないところで組み敷くという、クリスにとっては十代の夢が実現したような瞬間が訪れた。

しかしアウトリガーが高く持ち上がり、カヌーは転覆しそうになっている。しかも海中には鋭い歯で獲物を嚙みちぎって今夜の夕飯にしようというモンスターが泳ぎまわっている。

夢想にひたれる状況ではない。

アファの腕はクリスを正しい方向へ押しやった。おかげでカヌーはバランスをとりもどし、アウトリガーは派手に海面を叩いた。

二人は大笑いしはじめた。体を離すときに、アファの手がクリスの腕にふれ、クリスはほっとして体を震わせた。アファはすぐにラバラバをつけなおし、クリスがのぞき見る楽しみはなくなった。それでも目の保養になった。

カヌーは獲物に引っぱられて、いつのまにかヒレや肉塊が浮いているところに来ていた。もし転覆していたら本当に危険だった。二人は息を整えながら波に揺られた。波の山に持ち上げられると、遠くのヌイヌイ島が見える。長いパドリングになりそうだ。

アファはクリスではなく、海面を見ながら言った。

「パパはいつも言っていた。漁師が勝つこともあれば、魚が勝つこともあると。今日は大きな魚が勝った。帆を上げましょう。風も、潮のむきも変わりはじめている。大丈夫、夕飯にはまにあいますよ」

たしかにまにあった。ただし長時間のパドリングは必要だった。着替える暇がなかったが、それは問題なかった。ここでは水着は正装に準じるのだ。

坊主で帰ってきたわけだが、食卓にのぼるはずだったスマキスマキをサメに奪われたという話だけで長老たちは充分よろこんでくれた。スマキの正しい釣り方について諸説が語られた。おおむね五種類に分類され、釣り糸と針を使うこと以外の共通点はなかった。クリスはアファにウィンクした。どうやら方法論は人それぞれらしい。そして、漁師が勝つこともあれば魚が勝つこともあるのだ。

腹を満たしたところで、クリスは日中の会議について質問した。アホロは、クッションの上で体を休める曾祖母のほうを見て、代弁するように話しはじめた。

「わたしがビッグアイランドへ行って話すしかないようです。長老会議の多くの議員も同行します。ビア・イカレがビッグアイランドの市議会に連絡して、面会と対話の場を手配してくれました。長老たちは、まず協力的な人々から説得し、それから懐疑的な人々と話せばいいと考えています。そのほうが流れをつくりやすいでしょう」

「反応は？」

クリスの問いに、ビア・イカレが答えた。帆船の刺青をした長身で太った首長だ。

「予想どおりです。ポートスタンリーはすぐに賛成。他は検討中です。ポートブリスベンは、こちらの呼びかけに答えるのは議会を召集してからという態度です」

「予想どおりだわ」ハイクラニ女王は言った。

「では、こちらは急がなくてはならないわね」クリスが言うと、テーブルのまわりでみんなうなずいた。「ネリー、ホールジー号のサンチャゴ中佐に連絡。丁重に挨拶してから、すぐに話をしたいと申しいれて」

「わかりました」しばらく沈黙して、続ける。「サンチャゴ中佐から挨拶があり、いま話せるとのことです」

「艦長、プリンセス・クリスティンよ」

「そちらでの挨拶は、こんばんはでいいはずですね」

「ええ。じつは、連絡船の貸与を依頼したいと考えているところなのよ」クリスはずらりと並んだ長老たちを見まわした。「実際には、連絡船と輸送連絡船が必要なようね」

「戦争をはじめるつもりですか？」辛辣な声が返ってきた。

「いいえ、平和をはじめるためよ。具体的には、積年の問題を話しあいで解決するために、急いで代表団を送りたいの」

「ロングナイフ家にしてはめずらしいやり方ですね」

女王が鼻を鳴らし、数人の長老たちも苦笑した。アホロはきょとんとしている。

クリスはため息をついた。

「新しいやり方をはじめたのよ。今回はそのほうがよさそうだから。連絡船と輸送連絡船は傷ひとつつけずに返却するわ。約束する」

「あたりまえです。いつ必要ですか？」

クリスは辛辣な部分を無視して、問いあわせ部分を目で女王に送った。ハイクラニ女王は長老たちのほうを見た。数人の長老のあいだで問題の押しつけあいがあって、ようやく結論が出た。

「明日かな」

クリスはあとの予定を独断で話した。

「午前七時半に乗船できるように連絡船と輸送連絡船を砂浜によこしてもらえるかしら。そうすれば遅くとも九時半にはポートスタンリーに入港できる。挨拶と会議と交渉に丸一日使えるわ」

「海兵隊の警護は必要ですか？」

「これは地元の問題よ。わたしたちは関与しない。わたしが同行するかどうかもわからない。いまの段階では招待されていないから」

クリスはそこまでで通信を終えた。

「あなたともっと漁に出たかったんですけどね」

アファが言ったが、その目は漁よりむしろ寝室を期待しているようだ。クリスは深呼吸して答えた。

「漁は楽しかったわ」

「できればビッグアイランドへの同行をお願いします」アホロが言った。

「招待されるのを待っていたわ」クリスは眉を上げてアファを見た。「あなたはビッグアイランドへは？」

アファはうつむいて首を振った。

「わたしは漁へ。しゃべるのはアホロにまかせますよ」

長老たちは荷づくりがあるのでと言って立ち上がりはじめた。アホロもそれに従った。

クリスも荷づくりが必要だった。七個の自走式トランクを全部持っていくことはないにせよ、けっこうな量の荷物になるはずだ。女王は四人の屈強な男がかつぐ輿に乗って部屋にもどり、クリスも自室へむかった。

アビーとともに大量の服の仕分けをはじめた。どれをおいていき、どれを持っていくか。軍服は必要ないだろう。勇ましい軍人よりも魅力的なプリンセスでいることを求められるはずだ。では夏用ワンピースか、パワースーツか。舞踏会用ドレスか、長いラマ・サロンか。

疲れる作業を続けて三十分後、軽いノックの音が聞こえた。

「どうぞ」

はいってきたのは、困惑顔のアホロだった。島のプリンセスは目を丸くした。

「すごい、たくさんの服」

クリスはため息をついた。

「そうなのよ。あなたは色ちがいのサロンを十着くらい荷づくりすれば終わりだろうけど、わたしは自走式トランクを四、五個も連絡船に載せて、それでも忘れ物をあれこれ悔やむはめになると思うわ」

アホロは悩んでいるらしい顔で言った。

「わたしは、ビッグアイランドの人々の習慣と異なる服装でその街を歩いていいものでしょうか。わたしたちの習慣を尊重してほしいとお願いにいくなら、こちらも相手の習慣を尊重すべきでは？」

クリスはベッドに広げた服を何枚かどかして腰を下ろした。

「一理あるわね。あなたの結論は？」

「結論を出しても無意味です。他に服を持っていませんから」

クリスはもう一人のプリンセスをじっと見た。確実にクリスより胸は大きい。背は低い。自分には短くてダブダブなワンピースがあったはずだ。どこへいったのか……あった。

「これを着てみて」

アホロはサロンと、島では一般的でない下着を脱いだ。クリスが手伝ってワンピースを頭からかぶせて着せた。ウエストはギャザー入りでぴったりする。スカートはふわりと広がって、アホロにちょうど似あっている。バスルームのドアの姿見に映して一回転。

「かわいい」

「あなたがかわいいのよ。そのワンピースはあげるわ。わたしには似あわないから。足のサイズもたぶんおなじくらいね。アビー、あう靴がないかしら」

アビーはすこしかきまわして、サンダルを一足出してきた。ついでにクリスより二サイズ大きいフリル付きのパンティも。

「念のために持ってきたのです。お嬢さまがいつものように船内で食べすぎると、近くに店がないところでこういうものが入り用になるかと思いまして」

メイドはすまし顔で言った。クリスは眉をひそめただけで黙っていた。アビーは続けた。

「今回はまじめな会議ですから、お堅いビジネススーツもあったほうがいいでしょう」

べつのトランクから赤のパワースーツを出してきた。クリスに用意したものより丈が短く、腰まわりは余裕がある。クリスはまたけげんな表情でメイドを見た。しかしアビーはすまし顔のまま、さらに紺と明るい緑のスーツを出してきた。スカート、パンツ、タイツのオプションをそろえ、ビッグアイランドのビジネスウーマンの常識にあわせて替えられるようになっている。どちらも身長百七十センチ前半のふくよかな体型にぴったり。百八十センチ以上のひょろ長い体つきの女には無用の代物だ。

やはりアビーには詳しく話を聞かなくてはいけない。いつか落ち着いたときに。今夜は無理だが。

アビーはアホロにぴったりの下着をひとそろい用意した。ブラのサイズはCカップ38インチ。クリスのAカップ34インチよりはるかに大きい。クリスの不審な顔をアビーは無視している。このメイドのトランクはどうなっているのか。

メイクは省略したが、アクセサリーはあわせてみた。靴を変え、スカーフや小さな宝飾品をつけてみる。

「ご自分のをお持ちならそれでかまいませんが」アビーは言った。

「わたしのはほとんどが手作り品で、装飾的ではないんです。持ってきます」

それはそれで興味深かった。アビーとクリスは何度も感嘆の声を漏らしながら、天然真珠を使った美しいブローチやネックレスやブレスレットを、これまでの服にあわせてみた。アホロはそれらを試着した。フォーマルな服も試してみた。島の服装より高級に見えるかと思いきや、どうも人工的な印象だ。

「やはりただのサロンではどうでしょうか？」

アホロの問いに、アビーは言った。

「お答えしにくい質問です。ご自分でしか答えは出せないでしょう」

「そうね」

「さあ、もう遅い時間です。連絡船の到着は早朝です。プリンセス、あなたの服はひとつのトランクにまとめておきます」アビーはアホロに対してうなずいた。「そして、お嬢さまの服は全部持っていきます。選んでいる暇がありませんので。まあ、わたしに筋肉美を見せたがっている美形の男性がこの島にはたくさんいるようですので、トランクは彼らに運んでもらいましょう」

アビーは最初からそのつもりだったのではないか……。アホロのサイズにぴったりの服がトランクにはいっていたのはなぜなのか……。疑問は山ほどある。山ほどあるせいで訊けない。

翌朝は早かった。連絡船には海兵隊が乗っていた。貨物連絡船のほうはどうかとクリスは心配したが、海兵隊は奥で控えめにしていた。銃器は見えないところにしまっている。クリスがリー軍曹にうなずきかけると、リーは形式的にうなずき返してきた。

ヌイヌイ島を午前八時半に出発。いったん軌道に上がってふたたび降下し、ポートスタンリーをかこむ広い湾に着水するまで、一時間半のフライトだった。現地時間での到着は午前八時。太陽を二時間追い越したことになる。長い一日のはじまりだ。

連絡船の港から自動車に乗り換え、工業地帯を通り抜けていった。ウォードヘブンなら中規模の町に相当する広さだ。

市民センターでは満席の聴衆のまえで公式の長い歓迎のスピーチがおこなわれた。かつて彼らの窮地を島民が救ってくれたことと、それから現在にいたるまでのさまざまな協力への感謝が述べられた。

アホロはクリスも認める立派な態度だった。真っ赤なスーツと保守的なスカート姿で登壇し、相手のスピーチにあわせて感謝を返した。島の病院建設とナビゲーションシステム整備への協力の感謝、そして難局にあった人々にビッグアイランドを提供できたことのよろこびを語った。

そのあとに、今回の訪問の本題にふれた。かつて誤った期待にもとづいてなされた決定があり、その見なおしと進路修正が必要であることを話した。

スピーチの結論部分は、クリスの父親もうらやみそうなほど盛大な拍手を集めた。父親は政治生命の危機に瀕しているところなのでよけいにそうだろう。アホロは党派政治とは縁遠い環境で育ったはずだが、飲みこみは早いようだ。

休憩のあとは、市役所と市議会を訪問した。議場ではテーブルが追加され、アホロと同行の長老たちの席が用意された。

クリスとジャックはそれとなく歩きまわって、不審なナノガード類が侵入していないか調べた。確認できたのは報道関係の普通のナノガードばかりで、それらは放置した。そのあとジャックはペニーを連れて地元警察との打ち合わせに外へ出ていき、トムが出入り口を見張った。クリスは壁ぎわの席でワンピースのスカートを広げてすわった。アホロのためにあえて控えめな装いにしている。今日は一日笑顔で話を聞くだけのつもりだった。実際にそのとおりでよかった。

全員に発言の機会があたえられ、全員が話した。島民と本土人（彼らはこの呼び方にこだわり、島民もそう呼ぶようになっていた）はそれぞれ言いたいことがあった。しかしクリスの聞くかぎりでは、表現はちがっても内容はおなじだった。彼らは困難な時代にこの惑星の本土へやってきた。荒れ地を開墾して生活の場を築いた。子や孫が育ち、社会が繁栄するのを見た。いまではこの惑星のだれともおなじ利害関係者だ。そして自分たちの払った税金がこの惑星をささえている。この惑星のすべてを、だ。

もちろん島民にもそれなりの主張があった。自分たちはイティーチ戦争時代に果敢に戦い、多くの血を流した。本土の難民たちが生き延びるだけだったときに、自分たちは人類を救った。島民は島の暮らしをしたいだけで、多くを求めてはいない。そもそも、この惑星は島民たちの惑星だったのだ。

四時に休会になるまでに、多くの強い主張がなされた。しかし歩み寄りは見られなかった。アビーはホテル・スタンリーのロイヤル・スイートを押さえていた。アホロとクリスはそのなかの別々の寝室だ。アビーとジャックは廊下をはさんでむかいの部屋。ペニーとトムの部屋はその両側にとられていた。

アビーは二人のプリンセスを一挙に引き受けた。入浴、洗髪、着付けのお姫さま製造ラインを設置し、驚くべき手際のよさで、二人の若く美しい夜会服姿のレディを出現させた。午後六時の食事の時間をまえに、クリスとアホロはおたがいのアクセサリーケースをはさんであれこれ悩む時間があった。アホロはウォードヘブンと六百の人類惑星で最高の品を身につけ、クリスは島のアクセサリーで着飾った。

晩餐会の会場はホテルの小さいほうの広間だった。クリスの席は、ポートスタンリーとポートフェニックスの両市長のあいだだった。ポートフェニックスは細い小川しか流れていないような船舶とは無縁の上流の都市だ。しかしどれほど内陸の高地にあっても、ヒキラ星のすべての都市は島民に敬意を表して港《ポート》と称するのが、つい数年前までの習慣だったという。島民がその習慣を光栄と思っていたのかどうか、クリスには疑問だったが。

「ところで、レイ王はどうなさっていますか？」

おいしいクラムチャウダーとともに、ディナーの会話はそう切り出された。テーブルを見まわすと、みんな市長かその配偶者だった。べつのテーブルについた配偶者たちは話を聞いて報告する義務があるらしい。つまり全員が知性連合の動向に興味を持っている。

クリスはいつものようにあしらった。

「存じません。おいしいチャウダーですね」

イティーチ戦争に参戦したかもしれない年齢の男が訊いた。

「レイがウォードヘブンにとどまったまま、憲法制定会議をピッツホープ星で開催させたのは失敗ではありませんか？　ロングナイフ家の威光をもってしても、そこまで影響力を届かせるのは難しいのでは？」

クリスは笑顔のまま、チャウダーをスプーンで運びつづけた。

好感の持てる若い女が言った。

「現状を理解していらっしゃいますか？」

「いいえ。次の料理がサラダか魚かもわからないくらいです」

クリスはまじめな顔で答えた。まわりで笑い声が漏れた。クリスはナプキンを唇にあて、きれいにたたんで、テーブルを見まわした。

「曾祖父は立憲君主であることにこだわっています。しかし肝心の憲法がない。そのせいで、わたしたち王族はなにをすべきか明確ではないのです」

皮肉っぽい笑みを浮かべた。まわりでは苦笑が漏れた。

「とにかく、レイはウォードヘブンにいて、侃々諤々《かんかんがくがく》の議論はピッツホープ星でおこなわれています。そうしているのはレイ自身の希望です。知性連合への参加を決めた人々は、連合の運営方法について議論しています。立法府は一院制か、二院制か、それとも三院制か。彼らが決めることで、わたしにはわかりません。投票権は惑星ごとに一票。いま加盟すれば発言できます。あとからの加盟だと、発言時間は終了していて、すでに決まったことを教えられるだけです」

「つまり、早く加盟しろという意味ですね」ポートスタンリー市長が言った。

「わたしが意味しているのは言葉どおりですわ」クリスは笑顔で答えた。

「とおっしゃっているのも、言葉どおりなのでしょう」

市長がそう言うと、テーブルにクスクス笑いが広がった。クリスは傷ついた無知な女のふりをした。クスクス笑いが大きな笑い声に変わった。

「知性連合というのは、わたしたちを守ってくれるのですか？」ある市長が尋ねた。

「たとえばいま、ウォードヘブン艦隊の大部分はポイントン星に派遣され、彼らへの圧力をやわらげています」クリスは例を挙げた。

「大部分というより、全部だと聞いていますが」一人が言った。

クリスは答えなかった。べつの若い市長が口を開いた。どこの市かは憶えていない。

「艦隊はポイントン星を守っているのですか？　それとも、連合に加盟しろと圧力をかけているのですか？　もしわたしたちが加盟しなければ、ウォードヘブンの小艦隊がやってきて貿易を妨害しますか？」

クリスは慎重に答えた。

「現地の状況についてそのような解釈を聞くのは初めてです。はっきり申しあげておきましょう。ポイントン星は加盟申請手続きの最終段階にありますが、そのとき二、三隻の船が近傍にあらわれました。それぞれ異なる惑星から来ていて、どんな意図があるのか、だれの指示なのか、一切不明です。ポイントン政府は助けを求めました。それにウォードヘブンが応じました。周辺のいくつかの惑星も同様です。どのニュースもそう解説していると思います。

異なる報道がされているとは存じませんでした」

「場所によって報道はまちまちですね」男は言って、チャウダーにもどった。

サラダが運ばれてきて、話題は一般論になった。人類の未来とか、六百の人類惑星がかかえる諸問題で、ヒキラ星固有の話ではないようだ。クリスは出てくる料理を食べ、投げかけられる問いに答えた。あとで自分や曾祖父の立場を悪くするような仮定的な答えは慎重に避けた。

晩餐のあとは〝ダンス〟の時間になった。実際に一部の人々がフロアに出て踊った。音楽は人類が地球をあとにするよりまえの時代にはやったものか、それらから派生したらしい古めかしい響きだった。着飾った一部の人々がおなじ振り付けで踊り、他の人々はそれを見ながら、この集まりの主目的である会話を続けた。

話題は他の惑星の人々について。あるいは政治について。やはり今夜は政治が中心のようだ。

クリスがしばらく沈黙を楽しんでいると、年齢も背丈もおなじくらいの魅力的な男がやってきて、隣の席にすわった。

「島でつくられる宝飾品ですね。あちらの王女とアクセサリーを交換されたのですか？」

クリスは珊瑚と真珠のブレスレットを持ち上げた。

「これは本物の美術品よ」

男は顎をかいた。

「本物であることに彼らはこだわりますからね」

「クリス・ロングナイフというわたしの名前はもうご存じでしょうね。あなたは……？」

男は笑顔で手を差しのべた。

「ポートスタンリー市長の息子のサム・トラビンキです。今日はうしろの席から二人のプリンセスを拝見しながら、この政治の舞台がどのように動くのか勉強していました。あなたがお帰りになったらすぐに父の質問攻めにあうはずです」

「どうやらわたしの父にそっくりのようね」

「いかなるときも政治家で、家庭はあとまわし？」

「あんな人は世界に一人だけで、それがたまたま父なのだと思っていたけれど」

「ここにもおなじ境遇の者が」サムは苦笑した。

「あなたのお父さまも、〝委員会を設置して検討を続けたい〟が口癖だったり、票集めのために家族を走りまわらせたり？」

サムは笑った。

「ええ。ぼくは十歳のときに家族の夕食のテーブルで早口のスピーチをやらされました」

「わたしは九歳からよ」そんなことで勝ち負けを意識させる必要はないが。

「ロングナイフ家だともっと大変だったりするのですか？」

クリスはすこし考えて、まばたきし、うなずいた。

「ええ、そうよ。父は夕飯の時間を家族とすごさなくなった」

いつのまにかクリスは、エディの誘拐事件とその死について話しはじめていた。目の奥が痛んで涙がにじんだが、言葉に詰まることはなかった。今回はなぜか話せた。サムもいい聞き手だった。相づちを打って先をうながす。クリスは、明日の新聞に書かれたくないようなことは省いた。しかし話せたという事実がうれしかった。やっと気持ちの整理ができたのかもしれない。

「……そして、またしても遭遇した誘拐犯を殺してやったというわけ」

「ハーモニー星の犯人たちは拘束したと聞いていましたが」

クリスははっとした。すぐに守りの姿勢にはいり、非難の意図をあらわにした。

「わたしを調査していたのね！」

サムは笑みを浮かべ、両手を挙げて快活に許しを請うた。

「ロングナイフ家のメンバーが街を訪れるとなったら、政治家の弟子はその人物の伝記のような資料を読まされるんです。父の口頭試験では満点をもらいましたよ」

「その資料を一部ほしいわ。最近の報道で自分がどんな非難を受けているのか知っておく必要があるから。でも最後の誘拐事件は報道されていないか、すくなくともわたしの名前は出ていないはずよ。とにかく、あなたが誘拐されて、わたしが近くにいたら、いつでも救出に行くから」

「大活躍する女性ですね」

「そんな売り文句をつけられてしまったのよ」

「たしかに、パリ星系とトゥランティック星では大活躍をされた。でも今夜はおとなしくして、アホロに華を持たせていらっしゃる」

「彼女の惑星なのだから、主役はむこうよ」

サムはアホロのほうを見た。

「島でのご滞在予定は？」

「ほんの数日」

「島の暮らしはどうですか？」

「楽園という言葉ではありきたりすぎるほどね」

「父もそう言います。でも母は、なにかと理由をつけてぼくがそこを訪れるのをやめさせようとするんです」

それは理解できた。クリスは部屋を見まわした。本土人たちの服装は、体の線を見せない保守的なものだ。クリスの母が好む地球の最新流行のファッションでは場ちがいに見えるだろう。本土と島は文化的にも対立している。勤労社会と自給自足の社会。貨幣経済と物々交換経済。多くのちがいがある。哲学的な深い溝がある。彼らがこれからつくる政治制度は、五十年後まで多くの押し引きに耐える柔軟さを持たなくてはならない。けして容易ではないだろう。

クリスは昨日の釣りで、あやうくサメだらけの海に落ちそうになった話をした。

「ロングナイフ家とサメを同種のもののように言う人たちがいるけれど、あのときは貪欲な同類として特別扱いはしてもらえそうになかったわ」

サムはそれを聞いて笑った。しかし彼の視線が何度もアホロのほうをむくことにクリスは気づいていた。無理はない。アホロは目を惹く美人であり、女王への即位を控えた自信と威厳を漂わせている。

「ダンスを申しこんだら受けてもらえるかな……」サムはとうとう口走った。

「一時間以上もおしゃべりさせられているのだから、ダンスフロアへ逃げ出す機会に飢えていると思うわ」

「では失礼して」

「話せて楽しかったわ」

ここはサムの地元であり、アホロはその地元の女だ。そして二十五光年先からでも見分けられるほど輝いている。クリスはそう思って納得した。べつに獲物を逃がして残念とは思っていない。

アホロを取り巻く輪に近づいたサムは、話が途切れたすきにダンスを申しこんだ。会話の拘束から逃れたかった王女は一も二もなくそれを受けた。

サムがアホロを連れ出したあと、今度はクリスに人が近づいてきた。ポートスタンリー市長が、自分のワインのおかわりとクリスの炭酸水のおかわりを手に、さきほどまで息子がすわっていた椅子に腰を下ろした。

「サムはうまくお相手をできたでしょうか」

「第一級の政治家の素質をお持ちですわ」クリスは父親らしい話題にあわせて答えた。

「ダンスも下手ではないようです」

「プリンセスにステップを教えられるでしょうね」クリスは炭酸水に口をつけた。

市長は眉を上げた。

「こちらのプリンセスも最近、新しいステップを覚えられたとか」

昨夜島の人々とおなじ恰好をした話や、島の宝物室が何者かに爆破されるのを防いだ話は無視することにした。クリスは自分の興味の方向へ舵を切った。

「わかりきった話をくりかえすのはそろそろ終わりにして、目のまえの問題に取り組むべき時期ではないでしょうか？」

「いかにもロングナイフ家の方のお話だ」市長はグラスをかかげて敬意を表した。

「そうかもしれません」クリスもグラスをかかげた。

「大衆にはけ口をあたえることの重要さを、お父上はおっしゃっていませんでしたか？」

「おしめをしているころから教わっていました」

「わたしたちが今日話したことはすべてニュースになり、島でも本土でも流れます。多くの人は、〝そのとおりだ〟と思うはずです。事態が切迫していないポートスタンリーではあえてそうしています。本当はなにをすべきかはみんなわかっているのですよ」

「そうですか」

「はい。性急な人々はこちらにもあちらにもいます。多数派の意見も少数派の意見もくみとれるような政府が必要という点ではだれもが一致します。そのために、普通選挙による下院と、特定の地方を代表する上院があってもいい。とはいえ地方とはどこをさすのか。小さな島もあれば、本土の小さな町もある。入植できるような島の数はもう多くありません。しかし人口は増加しており、本土にはまだ未開の土地がたくさん残っています」市長は頭をかいた。「この問題を解決しなくてはいけないのはわかっていますが、どうすればいいかは簡単ではないのですよ」

「その図式に、曾祖父の知性連合はどんな位置を占めるのですか？」

「中心に位置しますよ。カネです」市長は歯をむいてニヤリと笑った。「地球が人類協会を店じまいしたときに、わたしたちはその分の税金をすぐに引き上げて、地元のために使いはじめました。そこへ知性連合があらわれ、艦隊を維持する供託金が必要だと噂されている。未定だとおっしゃる必要はありません。必要なことは火を見るよりあきらかです。となると税金がいる。ハイクラニ女王が一般投票なしに連合加盟を決めたら、本土では暴動が起きるでしょう。このスタンリーでさえヌイヌイ島からの独立が決議されかねない」

「そこまで事態は悪いのですか？」

「いえ、現状維持を続ければそうはなりません。変化させようとすると動揺する」

「でも時代は変化しています」

「わかっています」

「すこしも変化させられないということですか？」

市長はため息をついた。

「リンゴを食べるなら、芯も種も残さず食べるしかないのですよ。おや、息子は王女を二曲目のダンスに誘っているようだ」

「ダンスか政治の話かとなったら、どちらを選びますか？」

「あの年ではダンスでしょうね」またため息。「では、ロングナイフさん、このあとのご予定は？」

「今回は曾祖父のかつての戦友を臨終の床で手を握って見送るために、代理として来ました。彼女の願いは、自分の死を曾孫娘が楽な気持ちで受けいれることです。そこで連絡船を借りて、諸問題を早期の解決に導こうとしたわけです」市長を横目で見て、「でもここはわたしの世界ではありません。ですからきれいな壁の花に徹しているわけです」

「トゥランティック星でもそのご予定でしたか？」市長は笑みを浮かべて訊いた。

「その件に関しては法手続きが進行中ですので、公判日まではコメントを控えるように弁護士から助言されています――公判日がもしあれば、ですが」

クリスは皮肉っぽく言い、二人は声をあわせて笑った。

市長は席を立った。このやりとりについて仲間に報告するつもりだろう。

クリスは椅子を温めつづけた。ダンスフロアには若い男が何人かいるが、だれもこちらを見ようとしない。なぜ避けられるのだろう。プリンセスだからか、ロングナイフだからか、金持ちだからか。それとも、あきらかな暗殺対象だからか。

十一時にアホロは散会を宣言した。翌朝早くから会議があるのだ。

部屋にもどると、アビーが二人の夜会服を脱がせた。クリスは生まれて初めて、その夜の出来事について女友だちとふりかえった。「すてきだったわ」とか「ああ、足が痛い」とか「おしゃべりばかりでうんざり」とかではなく、アホロはいきなりこう言った。

「サムをどう思いますか？」

「まあ、顔はいいわね」

「ダンスも上手だわ。ビッグアイ……いえ、本土の男性にしては」

「あなたも上手だったわよ。どんな話を？」

「彼はヨットを持っているんですって。アウトリガーではなく、竜骨《キール》のあるヨット。髪に風を感じながら帆走するのが好きだって。そんな本土人がいるなんて思いもしなかったわ」

そんな話は聞かなかった。クリスもヨット乗りなのに。

「驚きがあってよかったわね。でも明日はスタンリーを発つわけだから、サムとはお別れで残念ね」

「ああ、そうとはかぎりません。パパの秘書として同行できるように頼んでみると言っていました。本土人たちは憲法制定会議を組織することになったんです。わたしが訪問する都市の代表者を集めて。そのために、一番頑迷な都市を訪れるときには、島の長老たちだけではなく、わたしを支持する本土人たちも同行してくれることに」

それは初耳だった。のんびり壁の花ではいられない……。いや、じつはこんなふうに部外者扱いで正しいのかもしれない。主役はこの星の人々なのだ。

自分は関係ないと、クリスは思った。忘れてはいけない。ただの脇役なのだ。

四日後に訪れた四番目の都市で、一定の結論が出た。

そこは大都市だった。周辺の小さめの町の上空も飛んだ。どこも最近の再開発によって、かつての難民キャンプや仮設家屋は姿を消していた。かわりに中心部に都市サービス、競技場、はなやかな商業施設ができている。目に見える進歩だ。

そしてその四番目の都市には、デモ隊もいた。

わざと古臭い服装をした年配の人々が道に並んで、〝ここはわたしたちの土地だ、労働で勝ち取った場所だ〟というような主旨のプラカードをかかげていた。もっと気がかりなのは若者たちだった。派手な色に染めた髪を逆立て、しかし暑いのに服は長袖長ズボンで、襟の上までボタンを留めていた。プラカードには、〝裸族にはなにもやるな〟と書かれていた。

クリスとしては、皮膚に装飾をいれた母親は布で隠さなくても赤ん坊に乳をやれるのだから便利ではないかと思っていた。つまり若者たちの主張は政治的なものらしい。

こういう場所では厄介事への警戒が必要だ。すでにジャックは車列が通る道ぞいの群衆を見て眉間に皺を寄せ、警戒レベルを引き上げている。クリスは身を乗り出して、ペニーとトムにもおなじように合図をした。

「なにか起きてるのか？」トムが小声で訊いた。

「具体的にはなにも。でも……」クリスはリムジンの外のようすをしめした。二人はそれを見てうなずいた。「ジャックはわたしのそばにいて。ペニー、あなたは地元警察と接触して、その司令センターの通信を傍受して。トム、あなたの仕事はプリンセスの警護。おりを見てアビーからボディスーツを受けとって、状況しだいでアホロの周囲でそれを広げて。狙撃の試みがあったら背中で弾を受けるのよ」

「前回おまえが狙われたときみたいにな」トムは片頬だけでニヤリとした。

「プリンセスとべたべたしないように」とペニー。

「その位置はサムにとられてるよ」

サムは、アホロのリムジンに同乗してはいない。しかし会議室でなにか話がついたらしく、そのあとのサムはつねに父親のそばについていた。その父親はプリンセスから遠くないところにいる。晩餐会のダンスでは並み居る若者たちを押しのけ、つねにサムが王女のパートナーに君臨していた。

(ネリー、トムとサムの分の防弾ボディスーツがあるかどうかをアビーに訊いて)

短い沈黙のあとに返事。

(あるそうです)

(防弾ボディスーツのセールをどこでやっているのかも知りたいわね)

(それはいわゆる修辞疑問でしょうか)

(今回はね)

(アビーによると、トムはすでにボディスーツを受けとっているそうです。着用ずみのはず

です）

クリスはトムを見た。トムはニヤリとした。

「言い遅れたけど、おれもペニーも島に上陸したときからボディスーツを着てるぞ。おまえとジャックとおなじようにな」

ジャックは群衆から目を離さずに、クリスを肘でつついた。

ペニーが言った。

「スタンリー到着から、それぞれの地元警察と警護の連絡をしてきました。彼らなりに優秀ですけど、技術的には二百年遅れていますね。なにしろコンピュータからプリントアウトした脅迫状と銃を使うのが、ここではハイテク銀行強盗と呼ばれるんです」ため息をついて、「スタンリーから警護についている警官が二人います。そのあとの都市からも二人ずつ。任務の重要さはわかっていますが、こちらが話すような警備内容は理解できないようです。首を振って、ここではありえないと言うばかりで」

「そのとおりだといいんだけど」

今回の訪問でこの仲間たちを連れてきたのはわけがあった。クリスはクリスの仕事をする。そのかたわらで、仲間たちはプロらしく仕事をこなしている。ありがたいことだ。

その日のポートウィンズローでは、心配したようなことはなにも起きなかった。

ふたたび大衆のまえでスピーチをし、夜は晩餐会とダンスがあった。カクテルパーティでは、自然境界線にそって引かれる地域の区分線や、都市から若者が新天地をめざして出ていくことをうながすように、一定の人口で課税基準を変えることなどが話された。

二日後、一行は飛行機でポートブリスベンにはいった。雪をかぶった雄大な山地のふもとにあり、川と湖を水源にしている。周辺地域の農作物、繊維、鉱物、原油によって成長してきた。

カクテルパーティでは、スタンリー（日常会話では〝ポート〟は省略するようになっていた）を新首都にすべきか、それともヌイヌイと共同首都にすべきかというのがおもな話題だった。本土と島の対立があらゆる摩擦の原因になっているのだ。

スピーチは空港でやり、ありがたいことに簡潔だった。コンベンションセンターへむかう道ぞいにデモ隊はいなかった。アビーは第二の車列を率いて、一行が今夜泊まる二つのホテルに直行した。

ペニーは慣れたようすで地元警察が現場に設置した司令センターへ行った。トムとサムは二人の美形の若者としてさりげなくプリンセス・アホロの身辺警護にあたった。クリスとジャックはそれぞれ広範囲に歩きまわった。

コンベンションセンターは、ブリスベンらしく巨大だった。全体は三階建てで、二つの大きな機能エリアのあいだに、吹き抜けになった広い集合スペースがある。南棟は三階建ての巨大な展示ホールだ。中央の階は予備的な集会場で、上と下の階が大規模集会、政治集会、メディアイベントなどを開催できるようになっている。集合スペースをはさんで反対側は会議室が並んでいる。さまざまな大きさの部屋が二十以上あり、軽食を出すカフェテリアもある。本格的なレストランは通りのむかいや隣接したホテルのなかにある。

クリスは父親の選挙活動の手伝いとしてウォードヘブンでさまざまなコンベンションセンターに行ったことがあるが、それらとくらべても最高級といえる。

「だんだん間取りがわかってきたぞ」トムが報告した。

「九番の会議室に新しく監視カメラを設置したんですが、映像がとぎれとぎれになっています」ペニーが言った。

「近くにいるわ。確認する」クリスは報告した。

しかしそのドアを先に通ったのは、ブリスベンの警官と修理屋だった。二人は銃弾の雨を浴びて倒れた。ジャックがドアの横から応射し、クリスは無線にむかって叫んだ。

「警官が撃たれた。九番会議室!」

建物のどこかで爆発音がした。アサルトライフルらしい連射音がたてつづけに聞こえる。応戦する警察の拳銃は弱々しい。すぐに応射がある。

「トム!」

ペニーが無線回線にむかって叫んだ。しかし聞こえるのは雑音ばかりだった。

6

「こっちの無線は妨害されています」

ジャックはそう言うと、室内に二連射して退がった。しかし応射はない。しゃがんで膝の高さからのぞきこむ。室内からはだれも撃ってこなかった。

「確認しますから掩護を」

ジャックは慎重に室内にはいっていった。倒れた警官と修理屋は大量に出血し、望みはなさそうだ。

裏のドアのすぐそばに軍服姿の二人の男が倒れていた。どちらもそばにアサルトライフルを落としている。一人がうめき声を漏らした。

「この男だけ引っぱって出ましょう」クリスは言った。

ジャックはライフルを拾って、息のあるほうの男を引きずった。廊下に出て、手近の出入り口へ。ちょうどそこへ二人の警官が走ってきた。ジャックとクリスは警官たちに男をあずけた。

「ビルはどこにいますか？」

長身の警官に尋ねられたが、ジャックは首を振った。警官は言い張った。

「はいらせてください」

またライフルの連射音が聞こえた。クリスは早くもどりたかった。しかし装備が劣り、混乱している現状では動けない。

「ペニー、外にいるの？」

「司令センターをホテル・ブリスベンのロビーに移動させました。できればこちらに合流を」

「地元警察の組織に特殊部隊《SWAT》はある？」

「いいえ」

「民兵は？　いま敵が使っているような武器をだれか持ってないの？」

短い沈黙。

「いいえ。警官たちによると、ここまで強力な銃器は準備していないそうです」

「敵は使ってるのよ。ネリー、ホールジー号につないで」

一秒と待たずに声がした。

「サンチャゴ中佐です」

「艦長、誘拐事件が起きているわ」状況を手短に説明した。「相応の銃器とそれを使える乗組員が急いで必要よ。そしてその使い方を地元警察に教えられる者も」

「あなたは安全な場所にいますか？」

「ええ」とクリスが答える背後から、ジャックが「いいえ」と怒鳴った。

「では、ブリスベンに迎えの連絡船を送ります。わたしはプリンセスの安全を厳に命じられています。現在そうでないようですね。軌道上から状況の展開を見守ってください」

「でも状況に介入するのはその展開中がベストなのよ」

クリスは指摘した。しかし、わきからジャックが言った。

「それは訓練された部隊がいる場合の話です。ここにはいない。艦長、彼女を空港へ連れていきます」

「ではそこで、警護官」

二時間後、クリスは怒りで紅潮した顔で連絡船から飛び出し、ホールジー号の戦闘指揮所《CIC》にはいった。ここは駆逐艦内で戦闘情報を集中処理する部屋だ。壁にはワークステーションが並び、艦と周辺宙域の状況を監視している。中央には戦域を表示するボードがある。艦長はそこの椅子に腰かけ、両肘をついてボードに見いっていた。普段は宇宙空間の戦術情報が浮かんでいるところだが、いまは地上のごく狭い場所を拡大表示している。

「着いたわよ。下はどうなっている？」

「あなたが出られて以後、動きはありません。こちらの希望どおりに」サンチャゴは皮肉っぽく言った。

「銃声は？」

「建物のなかからはありません。警察は、現場を中心に一ブロック外に立ち入り禁止線を張って内むきに警戒し、二ブロック外にさらに立ち入り禁止線を張って外むきに警戒しています。ブリスベンの商業地区の中心を封鎖したわけで、かなり大がかりです。半径三百キロの各都市の警察に応援を要請しています。ほとんどから応援がよこされていますが、そもそも経験のない事態ですし、それぞれの都市も治安を警戒しなくてはならないので、時間がかかっています」

「海兵隊を屋上におろしてテロリストを一掃できない？」

「無理です。着地したとたんに海兵隊はやられます」

クリスはきょとんとして無言で艦長を見た。

「屋上にレーダーが設置されているのですよ。いまはおとなしくしていますが、三十秒ごとにセンサーの電源がはいって観測しています。周波数はつねにおなじ。そして電源を落とす。しかしこのレーダーを確実にジャミングできるとはかぎらない。なにかの接近を探知したら、周波数をジャンプさせて警報を発するでしょう。そうしたらこちらは射撃ゲームの的です。敵は追尾式ミサイルだって持っているかもしれない」

「偵察用ナノバグを侵入させてみた？」

艦長は不愉快そうな顔をした。

「だれにむかってそんなことを、大尉？　空港へ迎えにやった連絡船から散布しました。最初の一個は侵入から三十秒後に焼き殺され、次からは一個はいってくるごとに人質を一人射殺すると電話がかかってきましたよ」

「本気かしら」

「わかりません」

「あれは建物の現在のようす?」

クリスはコンベンションセンターの空撮映像を指さした。この艦長との辛辣な関係では、訊くまでもないことを訊くほうがましなようだ。

「そうです。状況が発生してすぐにホールジー号の船倉から衛星数個を飛ばしました。つねに一個は観測可能です」

「でも屋内の状況はつかめないのね」

クリスは歯がみした。それに対してペニーが言った。

「かならずしもそうではありません。センターの通信ネットは妨害電波で麻痺させられていますが、妨害電波には有効範囲にかぎりがあります。そのすぐ外にいる女性と電話がつながっています。それによると、テロリストは十人から二十人を射殺して広間を占拠。代表団は全員がフロアの一カ所に集められています。犯人二人がホールの支柱の何本かに爆薬をしかけてまわっています。代表団はタイラップで手を縛られ、五、六人ずつまとめて拘束されているそうです。あっ……話していた女性がいま拘束されました。内部からの情報はこれっきりでしょう」

「トムとアホロは無事なの?」

「アホロは無事だと言っていました。状況からトムもおそらく無事だと思いますが、彼女はトムの顔を知らないので確証はありません。クリス、早く突入して救出を」

「建物の見取り図がいるわ」

「いま調べさせています。あ……正面玄関で動きが」

　CIC内の頭がいっせいにスクリーンにむいた。そこには地元ニュース局の放送が映されている。ラバラバを穿いた大柄な島民がコンベンションセンターから出てきた。クリスは顔を見て、ビア・イカレだとわかった。女王の首席補佐官で、今回の渡航ではアホロの補佐官をつとめている。隣にはビジネススーツ姿の女が一人。どちらも両手をあげ、うつむいている。道路までの距離の半分、約二十メートルまで来たところで、入り口脇に立ってマスクをした男が銃を連射した。二人は倒れた。

　サンチャゴがつぶやいた。

「おそらくあの女性は、さきほどまで連絡してくれた人物ね」

　つづいて、べつの人質が何人か出てきて、建物の脇をめぐる歩道に死体を運んで並べた。そのなかの一人の女が、自分が運んだ死体をじっと見下ろしていたが、いきなり道路のほうへ走りだした。もうすこしで逃げきれるというところで、ふたたび連射音が響き、縁石のそばに倒れた。

　クリスは凍りついた空気のなかで言った。

「犯人たちのメッセージは？　要求はなんなの？」

　ジャックが言った。

「あれがメッセージでしょう。人質は必要に応じて血も涙もなく殺す。状況は自分たちが支配している。要求は自分たちの好きなときに通告する……」

「まちがいないわね」サンチャゴはため息をついて、ボードにむきなおった。「ペニー、建物の図面がますます必要よ」

「協力者はいまのを見てますます努力しているはずです」

そのとき、ニュース画面から落ち着いた声が流れてきた。

「これでおたがいを理解できて、話が簡単になったはずだ」

CICの全員の顔がふたたびそちらをむいた。声は若く、自信たっぷりだ。

「おれたちが求めているのは単一の惑星政府だ。どこの惑星ともおなじだ。そして単一の議会。議員数は二百くらい。選挙権は男女を問わず一票。島民に特別待遇はない。全員が一つの大きな楽しい家族ってわけだ。議会は女王を認めてもいい。立憲君主としての女王だ。お札やコインに胸丸出しの島のかわいこちゃんの肖像が描かれてもかまわない。しかし拒否権はなし、支配権もなしだ。

ここで人質にしてる連中は、そういう政府をつくるための投票権を持ってるらしいな。もちろん、よけいなやつらもまじってる。抵抗するやつ。よけいな口出しをするやつ。おとなしくしてろと言ったのに電話なんかしてたやつもだ。そいつらをのぞいた残りの連中は、短時間で政府を成立させる投票をできる。可決されれば、おれたちは今夜にでも引き上げる。

でも政治家は自分たちがすわるテーブルの形を決めるのにもえんえん時間がかかるらしい。

そこで尻を叩いてやる。今夜の……そうだな、六時までに投票を可能にする憲法を制定しなければ、三人を玄関から外へ出す。道路までたどりつけるかどうか見物《みもの》だな。深夜には四人を道路にむけて走らせる。暗いから一人くらい逃げきれるかもしれないぞ。朝になったら五人。そうやって増やしながら、代表団が一人もいなくなるか、残ったやつらが新憲法を発布するまで続ける。

ああ、それからおまえたちに言っておく。やれと命じたことをやらずに抵抗したスカート野郎ども。次に玄関から出るのはおまえらだ」

クリスは身震いした。最後のところは人質たちに対して言ったようだ。

「突入は今夜しかないわ」

「それこそ敵の思うつぼです」サンチャゴは首を振って反論した。

「明日の夜まで待っても人質たちにとってはなにもいいことはないのよ。プリンセス・アホロを厄介払いしようといつ考えはじめるかもしれない」

「ロングナイフ家とかかわったのがそもそもまずかったのでしょうね」

その議論にペニーが割りこんだ。

「建物のデータが入手できました」

サンチャゴは戦域ボードに別窓を開いた。コンベンションセンターの３Ｄ透視図が回転する。ペニーは解説した。

「テロリストたちは南棟の端の搬入口から侵入したようです。戦闘中におなじ場所から増援部隊をいれようとしたのですが、強い反撃に遭いました。生存者の報告ではトラックが三台目撃されています。所有者には確認をいれました。いずれの場合もトラックがそこにある理由は知らないという返事でした」

「最近採用された従業員は調べた？」クリスは訊いた。

「調査中です。しかしこの惑星のデータベースは貧弱で」

「こんなことが起きる兆候はなかったのに」

「下でもそういう意見が大勢を占めていて、初耳ではありません」

「捕獲したライフルの出所は？」

クリスはサンチャゴに訊いた。地元住人にはまかせず、ホールジー号に運び上げていた。艦長はボードをコツコツと叩いた。かわりにペニーが答えた。

「ライフルは旧式のＭ－５の安い模造品です。ニューホンコン星に秘密工場が六、七カ所あり、最近の需要の高まりにあわせて増産しています。弾倉の産地もおなじのようです。製造番号は削りとられています。復元して照合するのにあと三十分。データベースになければもっとかかります」

「ありがとう、情報将校」

「海兵隊の協力のおかげです」

「そのはずよ」サンチャゴが笑みを浮かべた。

クリスの指先は無意識のうちにボードを叩き、窓を開いたり閉じたりしていた。

「高機能のレーダー……こちらの偵察ナノバグを殺せるほどのナノガード……この惑星にはないはずの銃器……」

「既視感ですか、またしても？」とサンチャゴ。

「この連中についているはずの後援者は、ハーモニー星の誘拐犯グループの後援者とおなじ匂いがするわ」クリスは首を振って、決断した。「ネリー、ハンク・ピーターウォルドにつないで」

それを聞いてジャックとサンチャゴが眉をひそめた。しかしだれも止めようとはしなかった。わずかの間をおいて返事があった。

「なにかあったのかい、ロングナイフ？」

「ブリスベンで起きている状況は知ってる？」

「知りたくなくても耳にはいってくるよ。きみは大あわてで逃げ出したようだね」

クリスは歯を食いしばって怒りを抑え、喉まで出かかった嫌みをがまんした。ハンクはクリスが怒り出す線を知っているのだ。できるだけ軽い調子で答えた。

「ええ、よくあることよ。警備の者から羽交い締めにされたと思ったら、遠くの席に連れていかれて黙って見ているしかない」

「ああ、トゥランティック星でもそうだったね」

「あのときあなたには眺めのいい席を用意したはずよ」

「ぼくのヨットだったけどね。さて、ロングナイフ、今回の用件は？」

「テロリストたちの装備が目立って豪華なのよ。地元警察よりはるかに。これだけ高価な装備を輸入するには資金提供者がいるはず。あなたは彼らのような考えの人々と親交があるようだから、その後ろ盾についても見当がつくのではないかと思ったの」

「テロリストと呼ぶのはどうかな。自由の戦士のように思えるけど」

「現場にいるわたしから言わせてもらえば、戦士が戦う理由なんてほんの数時間前までどこにもなかったわ」

「ロングナイフはいつも現場ですまし顔だけどね」

クリスのかたわらでジャックとサンチャゴが首を振っている。しかしクリスとしてはいちおう訊いておかなくてはいけなかった。

「つまり、助けになる話は聞けないのね」

「そのようだね、残念ながら」

「では、あの犯人たちに間接的にでもつながりのある人物と話す機会があったら、こう伝えておいて。あそこにはわたしの同僚もとらえられている。もちろん彼はヒキラ星の将来について投票権はない。その彼にもし危害が加えられたら、わたしは個人的な恨みを持つわ。絶対に忘れない」

「ぼくはそこでぞっとして震えるべきなんだろうね」

「彼らが、よ」

クリスはそこで通信を切った。ペニーが艦内ネットごしに訊いてきた。

「トムに危害が加えられると思いますか?」

「わからない」クリスはため息をついた。いま言ったことがトムを助けることになるのか……それとも死刑執行令状にサインしたことになるのか。「突入して救出しなくてはいけないわ。今夜」

サンチャゴは顔をしかめて、頭上からマイクをとった。

「全員聞け、こちらは艦長だ。すでに知っていると思うが、眼下の惑星では状況が発生している。そしてわが艦にはロングナイフ家の者が乗っている。彼女はこれから、今夜決行するという英雄的でほぼ自殺的な救出ミッションへの志願者をつのるはずだ。わたしはその計画に反対意見を持っている。明日の夜なら、より綿密で、より犠牲の少ない同様のミッションを実行できる。プ、リ、ン、セ、ス・クリスティンが要請することを差し止められないが、艦長として諸君がそれに応じることには強く反対する」

そこまで言うと、サンチャゴはマイクをクリスに渡した。

クリスはしばらくそのマイクをもてあそびながら、こんな紹介のあとにスピーチをしたロングナイフ家の先祖がかつていただろうかと思った。思いきってマイクの通話ボタンを押した。

「下には五百人の人質がいる。テロリストはすでに何人も殺している。今夜六時と深夜にはそれぞれ三人と四人を殺すと言っている。わたしはこの七人が限度だと思う。今夜、わたしと降下ミッションをおこなう志願者を九人つのりたい。もし九人集まらなければ、艦長のやり方に従う。綿密な作戦を立て、訓練し、よく準備してやる。そのためにさらに二十六人の人質が犠牲になっても。それぞれ考えてほしい。八人なら中止。九人集まったら真剣に検討をはじめる」

ふいにCICのハッチが開いて、アビーが顔をのぞかせた。

「もし頭数がたりないようなら、わたしも降下ミッションへの参加を検討します。パラシュートの開き方を教えてくだされば」

「どうせ訓練ずみだろう？」ジャックが皮肉っぽく口をはさんだ。

ペニーも言った。

「わたしもいれてください。腕力のない情報将校でも犯人の手を押さえておくくらいはできます。それにトムの命がかかっていますから」

「パラシュート降下よ。やったことがあるの？」

「一度だけ訓練で。メイドにできるなら、わたしにできないわけがありません」

「アビーはわたしが爪を折らないかどうか心配してついてくるだけよ」

「首も折らないようにお願いします」アビーは言った。

サンチャゴは全員に禁足を命じるのではないかという形相になっている。CICのハッチから、今度はリー軍曹があらわれた。

「軍曹？」

というサンチャゴの問いは、質問というより反乱罪で告発する寸前の響きだった。

「艦長には失礼ですが、今夜、海兵隊分遣隊の数名を必要とする急な用事がなければ、プリンセス・ロングナイフの地上への小旅行に同行する許可を願いたいと思います」

　サンチャゴは首を振った。

「ロングナイフめ」吐き捨てて、クリスに訊いた。「海兵隊を何人連れていくつもりですか？　まさか本気でメイドを連れていくつもりではないでしょう」

　クリスは自称メイドのほうを見た。

「たぶん連れていくわ。ジャックもいれれば、わたしのほうから出す命知らずは四人。そちらの非情なタフガイたちを六人借りられればありがたいわね」

　軍曹は満面の笑みになり、艦長のしかめ面はいっそうひどくなった。

「全員を殴り倒して営倉に叩きこんで、心理検査にかけてやりたいところだわ。でも非行青少年に大人の指導をするまえに、具体的な救出計画を聞きましょうか」

「いいわ」

　クリスはジャックとリー軍曹に合図をして、戦域ボードのまわりの席につかせた。アビーも加わり、コンベンションセンターの間取り図を見た。クリスはゆっくりと言った。

「艦長、輸送連絡船一隻に、遠隔設置型のセンサー類と運用技術者たちを乗せて、下におろしてもかまわないかしら。もちろん離れた位置にとどまって、現場にかかわらないように強く命じるわ」

「強く命じていただきたいですね」

「輸送連絡船は、コンベンションセンターから五キロずれた位置の七千メートル上空を通過する」

「部隊が降下すれば、レーダーはすぐにとらえるでしょう」

「重武装しているのでしかたないわね」クリスは言った。

「わたしも連絡船に乗ります」

ペニーが言ったが、クリスは止めた。

「だめよ。あなたは司令センターにいて情報を引き出してもらわなくてはいけない。軌道にはべつの輸送連絡船が待機している。その次の便もある。約束するわ」

サンチャゴは顎をかくだけでなにも言わなかった。

そのペニーの情報源から意外な話が飛びこんできた。

「クリス、撃たれた犯人の一人をセンターから運び出したことを憶えてますか？」

「ええ」

「そのガールフレンドが、べつの女友だちといっしょに病院に来て、待機していた女性警官に話しているんです。おびえたカナリヤのようにぺちゃくちゃと」

「どんな話を」

「いろいろです。犯人たちは高性能の軍用機器を持っていますが、使い方のプロではありません。そして寝物語にいろいろな自慢話をしていたようです。ガールフレンドたちはロングナイフの登場におびえています。もうすぐ怒り狂って地上にもどり、殺戮のかぎりをつくすはずだと」

「マンガの読みすぎよ」サンチャゴがうめいた。

「とにかく、ボーイフレンドの無事を願う彼女たちは、あなたの怒りを鎮めたいようです。犯人グループの真の狙いはあなたではなく、あなたの曾祖父だと言っています」

「曾祖父？」

「そうです。ハイクラニ女王が死の床にあるこの星に、レイ王が軍を率いてきて、全勢力に集合を命じ、戦友の孫娘を中心とするヒキラ星の新体制を独断でつくるのではないかというのが彼らの懸念なんです。だからレイ王を殺し、その戦友も倒して、宇宙を独裁者から解放するんだと」

「やれやれ、誇大妄想もはなはだしいわね」クリスはあきれた。

「ガールフレンドは本当だと言っています。彼らはそう信じていたと」

サンチャゴは訊いた。

「なにを信じているかはともかく、本当にそういう状況なの？」

クリスはゆっくりと首を振った。

「二週間前に吹いた話はともかく、今日のこの行動はどんな理由があるのか。動機が妄想的だとしても、げんに彼らは大量の銃を持ち、多くの人を殺している。わたしは今夜それをやめさせる。ペニー、地上には多少の訓練でSWAT並みの働きができる組織はないの？」

「一部の警察は、山間部で危険な救助活動を専門にやるチームを抱えています。そのなかには狙撃隊員を兼任しているメンバーもいます。彼らにアーマースーツとM－6をあたえて、二、三人の専門家に訓練させれば、使えるようになるはずです」

「今夜までにまにあう？」

「たぶんなんとか。明晩ならもっと確実ですが」

サンチャゴはしかめ面から、眉を大きく上げた。

「次に地上へ送る輸送連絡船に、予備のスーツとライフルを積みましょう」

クリスは戦域ボードを見た。

「さて、このコンベンションセンターにどこから突入するか。地上で人質たちのようすが見える場所はないの？」

ペニーが答えた。

「無理です。センターを見渡せるホテルの屋上にカメラを設置していますが、むこうの屋上では四人の見張りが銃を持って歩いています。セラミック製の全身アーマーを装着しているようです。性能はこちらの海兵隊が使っているものと同等か、それ以上かもしれません」

リー軍曹が小さく悪態をついた。ペニーは続けた。

「たとえ屋上を制圧できたとしても、天井を爆破してその穴からテロリストを撃つのも、ホテルにラペリング降下するのも、時間がかかりすぎます。犯人たちが支柱の爆薬を起爆するのを防げないでしょう。内部のようすを赤外線センサーでじっくり観察したいところですが、その時間がない」

ジャックが訊いた。

「建物南端の搬入口はどうなんだ？」

「屋上から直接アクセスできません。別チームを送るなら自力で突破させなくてはいけない。一度強い反撃に遭っているので、そちら側は守りが固いとわかっています。推薦できません」

「では推薦できる方法があるの？」と艦長。

ペニーは長く沈黙した。

「ありません」

クリスは最初にもどった。

「とりあえず、屋上を制圧できたと仮定しましょう。どうやって屋内にはいる？」

サンチャゴがあきれ顔になったが、クリスは無視した。ペニーは答えた。

「屋上から屋内にはいる階段は四カ所あります。東端の二カ所に階段室があり、三階の会議室に通じています」

サンチャゴが指摘した。

「そこはトラップがしかけられていると考えるのが自然よ。それに三階の待合いエリアに銃撃チームを配置しておけば、階段室の出入りは容易に阻止できる。同時に、この位置からは人質がいる二階へ下りるルートも射界にはいる。二つの要所へそれぞれ火線が通る。敵の守りは万全と考えるべきよ」

　クリスは認めた。

「このルートは使えないわね。ペニー、階段は四カ所と言ったけど、あとの二つは？」

「建物の西端です。一階の会議室の上にある設備エリアに通じています。ビル全体への配電、冷暖房などの機器があるところです」

　アビーが意見を言った。

「お手洗いから侵入したら、トイレに行ってきた人質のふりをできるかもしれません」

「人質にトイレ休憩をさせているようすはないわ」ペニーが指摘した。

　サンチャゴ中佐はおかしなものを見る目で二人を見た。

　ジャックは、〝まさか本気でたしかめるつもりじゃないだろう〟と言いたげに首を振った。

　クリスは言った。

「こちらの階段もトラップがしかけられて、銃撃チームに警戒されているでしょうね」

「そう思います。あとで赤外線スキャンすれば詳しくわかるはずです」

　艦長が片手を上げ、指を一本立てた。

「つまり……通常の落下傘降下はできない。アーマースーツがレーダーを反射するから、降下中にたちまち発見される」次の指を立てて、「第二に……屋上に無事に下りられても、敵は全身アーマーを装着している。M‐6ではそのセラミックアーマーをひび割れさせるだけで貫通できない」さらに指を立て、「第三に……たとえ屋上を制圧できても、屋内へ下りられない。残念ですが、プリンセス、かぼちゃの馬車は今夜は出発しないようですよ。妖精の老婆はいません」

クリスは、艦長の指が一本上がるごとにうなずきながら聞いていた。そしてゆっくりと手を伸ばし、その指を一本折りたたんだ。

「通常の落下傘降下はしない。通常の階段は使わない」二本目の指を折りたたむ。「たしかこの艦には、かっこいい最新型のM‐6A4が何挺かあるのでは？」最後の指を半分折りたたんで訊いた。

「どこでA4の話を？」

サンチャゴが訊き返すと、クリスは肩をすくめた。

「いろいろ読んで得た情報から」

「屋上の見張りは四人。では四挺貸与してもいいでしょう。しかしまだ納得できませんよ。続きを聞かせてもらいましょうか、ロングナイフ」

クリスは建物の排気口を指先でしめした。

「これはファストフード店のキッチンに通じているわ。ここから屋内に侵入する」

サンチャゴは排気ダクトを拡大した。

「直径五十センチしかない。しかも途中で分岐してさらに細くなっている。そもそもアーマープレートを装着して直径五十センチのダクトにはいるのは無理でしょう」

「ダクトの下端まで下りるつもりはないわ。アビー、携行用レーザーか溶接トーチのようなものを持ってる？」

「雇い主の宝飾品の補修のために溶接トーチを持ち歩くのはメイドの基本です」

ジャックがあきれて首を振った。

クリスは排気ダクトを下へたどり、同径の空調ダクトと並行するところをみつけた。

「そのトーチは携行できる？　鉄板を切って排気ダクトから空調ダクトへ通じる穴をあけられるかしら」

「簡単な仕事です、お嬢さま。お召し物がひっかからないように端部処理までいたしましょう」

サンチャゴは艦長らしく強い口調で反対した。

「海兵隊を素っ裸でダクトに下ろすと？　テロリストは完全オートマチックのアサルトライフルを持って、セラミックの全身アーマーを着ているんですよ」

さしものリー曹長も少々青い顔をしている。しかしクリスは答えた。

「大丈夫よ、軍曹。素っ裸というわけではないわ。アビー、例のボディスーツはセールで何着仕入れた？」

「ダース売りでした。二ダース購入ずみです」

「ボディスーツ？」リー曹長はけげんな顔をした。

ジャックが、シャツの襟の上から指をいれて、透明な素材をつまんでみせた。

サンチャゴが吐き捨てるように言った。

「言ったでしょう、軍曹。これがロングナイフ家よ！」

クリスはメイドに訊いた。

「アビー、ナイフを持ってる？」メイドがうなずくのを見て、「ジャックを刺しなさい。ボディスーツでおおわれているところを」

「全身タイプだ」ジャックは振り返らずに低く言った。

アビーの手にどこからともなくナイフがあらわれた。ジャックの背中に突進して刃を突き立てる。ジャックはうめいて前へよろけた。

「そんなに強くやることはないだろう」

「強さについてプリンセスから指示はなかったわ。それに、まえまえから刺してやりたいと思っていたのよ」

クリスはリーに言った。

「軍曹、アビーのナイフを没収して、どこでも好きなところを刺してみて」

海兵隊の軍曹はメイドの手からナイフを取り上げ、その腹に突き立てた。

「それがレディへの礼儀？」

サンチャゴがうめいた。

「ここにはレディなど一人もいないわ。なるほど、スーパースパイダーシルク地の下着を用意しているわけですね。レーダーに映らないタイプのパラシュートが備品庫にあります。M－6は大半がプラスチック素材ですし、さらに電波吸収テープを巻いておけばいい。海兵隊員は直径五十センチの穴にはいれる体格の者以外は無用でしょう。大柄で屈強な者は残すように、軍曹」

「はい、艦長」

リー軍曹は答えた。しかし、透明下着姿の海兵隊員たちを率いて地上へ降下するという任務に乗り気になれないようだ。クリスは助言した。

「海兵隊の身だしなみ規則が問題なら、アビーから黒いボディペイントをもらえばいいわ」

「レディへの依頼は礼儀正しくしてほしいわね」メイドは言い放った。


深夜をまわってすぐに、上陸艇二号はホールジー号から離脱した。

上陸艇は艦の公用車を地上へ運ぶのが本来の仕事であるため、後部ハッチが開くようになっている。マニュアルによると飛行中に開くことも可能らしい。実際にやるのはどの乗組員も初めてだ。やればできるだろうという楽観的な意見が多かった。しかしクリスは降下ミッションで楽観的な者を信用していなかった。

サンチャゴは四挺のM－6A4を貸与した。標準的な四ミリ炭素鋼ダート弾をスプールから発射するのではなく、二ミリ・タングステン鋼フレシェット弾を撃ち出す。弾体長は通常弾の二倍。装薬量も二倍だ。セラミックアーマーを着た相手に麻酔弾は必要ない。

その四挺をだれが持つかは、海兵隊の射撃訓練場で決めた。

まずリー軍曹がほぼ満点のスコアを叩き出した。ジャックが二位。直径五十センチの排気ダクトを通れる体格の九人がそれに続いた。一人だけが最近六カ月で最悪の成績にとどまり、同僚たちからバカにされた。

続いてクリスが撃った。成績はジャックと他の海兵隊員のあいだだった。クリス自身も意外なほどの好成績だった。

その隣の射撃ブースにつかつかとアビーが歩み寄り、M‐6を手にした。

「どこから弾をこめるの？」

海兵隊員の一人が教えた。アビーが一発撃つと、上に大きくはずれた。

「こうやって照準をあわせるんだ」

海兵隊員は苦笑しながらやり方を教えた。アビーは撃ち方を修正した。次弾は的の中心を撃ち抜いた。続く八発も連続命中だった。

「あなたに並べたかしら、ジャック」

「負けたよ。わたしは一発が九点円をかすめた」

アビーはもう一発撃ち、九点円のそばに着弾させた。

クリスの背後で海兵隊員たちがざわめいた。

「ロングナイフ家はメイドでさえ海兵隊員なみの射撃の腕前だぞ」

「いや、海兵隊の軍曹なみだ」

上陸艇の後部ハッチが上空で開いた。まず、M‐6A4を持ったクリス、アビー、ジャック、リー軍曹が跳び下りた。次にペニーと他の海兵隊員たち。最後に技術兵とその助手が続いた。運んでいるのは弾薬類。レーダーにかかりやすいが、走査範囲にはいるまえにレーダーを殺せる予定だった。

高度八千メートルからの落下は極寒だ。しかしクリスにとっては想定の範囲だった。ボディスーツに防寒性能がないことはトゥランティック星で経験ずみだ。

しかし今夜はアビーの備えが徹底していた。セラミック製のガードルが腹部と腰まわり、そして男性の場合は急所を保護している。腕と脚も、長手袋やレギンスのようなもので強化している。さらに胸と背中にも防具を用意していた。どこで入手したのかと訊いても、クリスマス明けのおもちゃ屋のセールとしか答えなかった。

ホールジー号の備品庫には電波吸収材のテープがあり、レーダーの探知を避けながら接近できるはずだった。効果のほどはまもなくわかる。

技術兵とその助手が最初にDリングを引いてパラシュートを開き、減速をはじめた。二人は一分ほど空中にとどまることになる。屋上制圧作戦が失敗した場合は、降下方向をずらして難を逃れるためだ。

ペニーと他の海兵隊員たちはしばらく遅れてパラシュートを開いた。彼らはクリスたち先頭グループから十五秒後に着地する予定だ。

ホールジー号の情報責任者から通信がはいった。ペニーの上官で、現在は代わりに警察の臨時司令センターにいる。

「犯人たちはいま定時連絡をやりました。次の連絡まで十五分です」

クリスは応答しなかった。高度三百メートルで開傘する。キャノピーが安定するとすぐに、屋上のターゲットが背中をむけるのをみつけてライフルをかまえた。ヘルメットと背中のあいだに弱点が開いている。この角度から狙うのは簡単だ。

「用意」マイクにむかって言った。

「一」「二」「三」と返事がくる。

「撃て！」

引き金を引いたとたんにターゲットは倒れた。クリスは引き金を放さずに照準をヘルメットに移動させた。数発のフレシェット弾でヘルメットは砕けた。触れこみほど高性能のアーマーではないようだ。

見まわすと、屋上の見張りは四人とも倒れていた。クリスはライフルを放してスリングで吊り、両手をパラシュートのコントロールラインにもどした。降下方向を安全なところへ導かなくてはいけない。

ところが、冷えた建物のせいか、真下のコンクリートのせいか、じゃまな上昇気流にぶつかった。キャノピーの一部がつぶれて、予定より早く揚力を失った。

クリスはなんとか屋上の端に着地できた。しかし傘体の半分が外へ流れ、クリスを引きずろうとする。屋上の砂利敷きのところでみっともなく転倒し、ラインをつかもうと手を伸ばした。

そこへジャックが駆けつけ、何本かのラインをつかんだ。

「手伝いましょうか？」

「ほめられた着地ではありませんね」

アビーもやってきた。キャノピーは狙ったとおりの位置に倒している。

「こんな寒い夜に辛辣な批判ね」

クリスは言ってから、自分のターゲットが血まみれで倒れているのを見た。こういうときは考えすぎず、軽い冗談でも言ったほうがいいのだ。

頭上の闇からべつのパラシュートが下りてきた。女性海兵隊員がすぐにそれを切り離し、レーダーに駆け寄った。満足げにうなずくと、ブラックボックスをさしこむ。挿入したコードが正しければ、今後はなにも観測せず、異状なしの報告を送信しつづけるはずだ。

ペニーもパラシュートをはずし、屋上から一段低くなって下を見渡せるところへ下りて、通信機のマイクにささやいた。

「犯人たちが使っている通信コードを取得しました。たしかにロケット弾を持っています。ただし追尾機能のないSAL‐9です。簡単な対策で回避できるはずです。爆発物にアクセスする周波数はまだわかりません」

臨時司令センターにいる上司が答えた。

「通信コードその他の情報に感謝する。ロケット弾は建物の下へ投棄してくれ。サンチャゴ艦長にとって危険はとりのぞいておいたほうがいい。その……今夜の作戦がうまくいかなかった場合にそなえてな」

「了解した」クリスはジャックに助け起こされながら、回線に対して答えた。

アビーが楽しそうに指摘した。

「お尻のボディペイントがすこし剝げたようですよ。ちなみに、予備の塗料は持ってきていません」

「敵に背中を見せなければいいだけよ」

クリスは排気筒に近づいた。技術兵が固定部を切り離し、かぶさっている傘をはずした。

アビーは魔法のバッグから小さめのバッグを取り出し、体を吊るためのハーネスに通した。これで排気ダクトに下りる準備はできた。海兵隊員たちは下降用のロープを近くの空調ユニットに巻きつけた。アビーはプロフェッショナルな身のこなしでダクトにはいり、技術兵がダクトの鉄板上端とロープが接するところに当て布をするのを待った。

アビーは下降を開始した。技術兵は上からレーザー式の測距計で計測している。あるところでレーザーを明滅させた。アビーはそこで停止した。すぐにトーチの光があらわれた。しばらく熱気が上がってきていたが、それが冷えた空気に変わった。

「空調ダクトに通じたな」技術兵が言った。トーチの光は続き、やがて鉄板を曲げる音と、テープを伸ばす音が聞こえてきた。「彼女はプロですよ。切断した端を処理するから適当なテープをくれと言ってきたんです」

ジャックがつぶやいた。

「たしかにプロだ。しかしなんのプロだ？」

海兵隊員が不思議そうな目で見るのが暗闇のなかでもわかった。

クリスはすでにハーネスを装着していた。アビーを吊っていたロープがたるむと、クリスは自分のメイドよりぎこちない懸垂下降をはじめた。アビーのライフルとグレネード類を運んでいく。クリスが下りる脇で、アビーのロープとはずしたハーネスが上がっていった。クリスは空調ダクトにもぐりこみ、ライフルをアビーに渡して、自分のハーネスをはずした。まもなくジャックも下りてきた。

クリスが前進できる準備を整えたときには、すでにアビーは空調ダクトの太いところへ出ていた。足下に吹き出し口がある。そのグリルごしにさしこんでくる薄暗い光のなかで、アビーは口だけを動かしてクリスに訊いた。

「ここから下りますか？」

クリスは首を振った。監視カメラがあるかもしれない。仕掛け線があるかもしれない。テロリストが歩いているかもしれない。しかし午後から赤外線センサーで建物内を調べているが、エアコンの吹き出し口付近にはだれも来ていなかった。

まさか人質たちはすでに殺されているのか。

そう考えると、強固な作戦が動揺し、空気が抜けていくように感じた。午前中に撃たれた二人の人質はそれまで生きていたではないか。クリスはジャックにハンドサインで待機を指示した。

「ナノバグをいれて」

一分後に、偵察ナノバグを放出した。さらに一分待つと、なんらかの装置につながった四本の仕掛け線がみつかった。

「アビー、吹き出し口を開けて」

突入隊は室内にはいった。ペニーは自分たちのカメラがどこにあるか把握している。偵察ナノバグを飛ばして調べさせ、報告を聞いたが、破壊はさせなかった。まだ静かにしておいたほうがいい。

会議室の廊下をゆっくりジグザグに移動していった。そうやって、人質たちが閉じこめられている展示ホールのドアまで百メートルに近づいた。屋上の見張りへの次の定時連絡まで五分ある。

しかし、この先の百メートルが問題だった。

正面には待合いエリアがある。いくつかのテーブルが横倒しにされ、赤外画像によるとそのむこうに四人のテロリストが眠っている。二人は椅子にすわってテーブルでトランプをしている。ときどき顔を上げて、監視カメラの映像を見たり、クリスとチームが暗がりに身をひそめている広い廊下を見まわしたりしている。

左手の二百メートル先を見ると、高さ二十メートルの壁の上に三階のフロアが見えている。手すりにそって八挺のライフルがのぞいている。そのむこうのテロリストは目覚めているのか、眠っているのか。この角度からはわからない。赤外画像からは、横倒しにしたテーブルのむこうにさらにライフルを持った連中がいるようだ。だからここから動けないのだ。

右手の二百メートル先は、大きく下って一階のフロアがある。そこにも武器を持った男たちの姿。この連中が駆け上がってきて背後を衝かれたら厄介だ。彼らへの対応が必要になるまえに一息に突破しなくてはならない。

技術兵が、彼らの横にある会議室の安全を確認したと合図してきた。

クリスは、射撃の点数が次に高かった伍長にM-6A4を譲り、彼のM-6を受けとった。リー軍曹は、その伍長と一人の二等兵にこの拠点の確保を命じた。

クリスは、技術兵が確認した会議室にはいった。すばやく横切って待機の姿勢をとる。技術兵はそろそろと這って次の会議室を確認しにいった。もし明るければトランプ遊びの二人から丸見えの位置だ。全員が息を詰めた。そしてさらに息を詰めて自分たちも技術兵のあとに続いた。トランプ遊びの二人はなにも気づかなかった。

こうして機械エリアを通り抜けて、クリスとチームは壁ぎわにある目立たない作業用ハッチにたどり着いた。ここから約百メートル先に次のハッチがある。一般来場者は気づかないが、作業員はよく使う小さなドアだ。

その先をどうするか、クリスにも妙案がなかった。ドアまで走ったら、チームはテロリストの銃弾になぎ倒されるだろう。応戦しながらすこしずつ前進したら、そのあいだに人質たちは殺されてしまう。

クリスは深呼吸した。

「司令センター、王は玉座についた。パレードを開始してほしい」

装甲スーツを配られたSWATチームが一階と三階のテロリストたちの注意を惹きつけて

くれると期待していた。作戦に〝期待〟を織りこむのは禁物だと士官学校で教えられたが、いまはそれしか頼るものがなかった。

そこへサンチャゴ艦長の声が飛びこんできた。

「予定を一部変更します。ゾディアック着陸船一号と二号がこれから敵勢力との交戦を開始します。五秒前……三、二、一」

ガラスや金属の砕けるはげしい騒音がホール全体に響き渡り、建物を揺らしはじめた。

「武器使用許可！　前進！」

クリスは叫び、手を振ってチームを行かせた。アビーが先頭をきってドアへと走る。海兵隊員一名が背後を守りながらついていき、そのあとをペニーとともにクリスは追った。

ジャックと軍曹は、トランプ遊びの二人を一秒でかたづけ、さらに眠っている二人が銃に手をのばすまえに永遠に眠らせた。

クリスは走りながら、上の階でなにが起きているのか見たほうがいいだろうかと思った。しかし吹き抜けから落ちてくるテロリストの体を見て、ホールジー号とこのはげしい騒音の主にまかせることにした。

アビーはドアの脇で止まっていた。先に海兵隊員がドアを開け、室内に跳びこんで床にころがりながら叫んだ。

「人質は全員伏せろ！」

続いてアビーが室内にはいり、撃って、海兵隊員を跳び越えて床にころがり、また撃った。

そのくりかえしだ。

クリスは体をぶつけるようにしてドアの脇で止まり、ライフルをかまえた。奥でだれかが立ち上がり、アビーがころがったあとの空間にむかって撃った。

クリスは長めに連射した。最初の数発がセラミックを砕き、あとの数発が本来の仕事をした。ターゲットは倒れた。

ペニーは止まらずに室内へ跳びこむと、壁に並んだ爆薬へまっすぐむかった。そしてアンテナや起爆部など、爆発を阻止できそうなものをどんどん引き抜いていった。運が悪ければ目のまえで爆発が起きるかもしれない。新郎の命をかけて戦う新婦の度胸はたいしたものだ。部屋の奥でべつのだれかがライフルを持って立ち上がり、ペニーを狙おうとした。クリスはまた長めの連射をした。ライフルはむこうへ吹き飛び、男は手前に倒れて動かなくなった。

クリスは大声で言った。

「トム、伏せたままでいいから、テロリストはどこ？」

見慣れた人影が動いて顔を上げ、見まわした。

「おまえがだいたい撃っちまったよ。四人が裏口から逃げていった」

顔でしめす南の壁には、ドアが開けっ放しの裏口がある。クリスは通信機にむかって言った。

「司令センター、四人のテロリストが搬入口から脱出をはかろうとしているわ」

「犯人たちのバンは見えている。駐車場から出られないようにしてある」

クリスの隣のドアから技術兵がはいってきた。ペニーの作業を見てうなずき、自分は反対の壁の爆発物にむかった。

「みなさんを安全な場所へ移動させてもらえませんか？」クリスは勲章の推薦状を今夜何枚も書かなくてはならないようだ。

プリンセス・アホロの声がした。トムの隣だ。その反対側には無事な姿のサムがいた。クリスはアビーと手の空いている海兵隊員に合図して、プリンセスのまわりを守らせた。自分も小走りに近づく。

「いまの時点ではここが町で一番安全なのよ、アホロ」それを裏付けるように、屋外で銃の連射音が聞こえた。「建物のほかのエリアも順番に制圧を進めているけど……」あとはあえて言わなかった。

「おばあさまと話せるかしら」アホロは言った。

しかしネリー経由でクリスに聞こえてきたのは、カパアオラ医師の声だった。

（クリス、回線を開いたまま状況は追っていました。しかしまずいことが。ハイクラニ女王は人質事件のニュースを落ち着いて聞いていらっしゃいました。さきほどプリンセスの無事をお知らせしたところ、微笑まれたのですが、そのあと急に表情が変わって……また発作が起きたようだとおっしゃいました。いま検査していますが、結果はすぐに出ません。アホロを島に帰らせていただけませんか。なるべく早く）

「わかったわ」クリスはアホロにむいた。「空港にシャトルが待機しているから、それに乗りましょう。一時間以内に島に着ける」

「なにがあったの？」王女の顔は刺青の下で青ざめている。

クリスはいくつか嘘の説明を考えたが……結局、本当の話をした。ホールにざわめきが広がった。サムがアホロを抱きしめようとしたが、タイラップで後ろ手に縛られているせいでできなかった。四、五人ずつ外向きの輪にされ、中心でたがいの手首のタイラップを連結されているのだ。これでは抱きしめられない。アビーがナイフを出してタイラップを切ってやった。これでようやくサムは、声をころして泣きはじめたアホロを慰めることができた。ペニーはトムを抱きしめている。この二人はどちらが泣いていようと知ったことではない。

クリスはリー軍曹をみつけた。

「軍曹、このホールの安全確保を。プリンセスをしっかり守りなさい。ジャック、来て」

アビーもナイフを海兵隊員に譲ってついてきた。ホールの外の待合いエリアに出て、ライフルをかまえて横断していった。さきほどまで銃弾が飛びかっていたが、いまは静かだ。クリスはしゃがんで目立たない姿勢をとった。

「サンチャゴ艦長、この回線でしばらく話せるかしら」

三階でグレネードの爆発音が数回響いた。

「かたづきました。用件は？」

クリスは状況を説明した。話し終えてからやや沈黙があった。

「上陸艇二号に準軌道飛行をさせれば、三十分でヌイヌイ島に着きます。連絡船を送って給油する必要がありますが、問題はありません」

「艦長、この作戦への支援を感謝します。そしてヌイヌイ島へ同行をお願いしたい」

「整然たる作戦を支援できてよろこばしく思う、ロングナイフ大尉。同行はもちろんかまいません。コンティ少尉、周辺の治安を維持し、地元警察と最大限協力するように。そして海兵隊員にこれ以上、器物損壊させるな」

「はい、艦長」ネットごしに返答が聞こえた。

クリスは自分が新任少尉だったころに受けた同様の命令を思い出した。コンティの健闘を祈ろう。

ホールにもどると、人質たちは拘束を解かれて立ち上がっていた。クリスは、建物内の安全を確保したので移動までしばらく待ってほしいと話した。人質たちからは小さな歓声が上がった。しかしそこで、一人の男がテーブルを立て、そこに上がって話しはじめた。

「待て、待ってほしい。いま、ハイクラニ女王が崩御されようとしている。これは殺害も同然だ。この……筆舌に尽くしがたい悪行の犠牲者だ。外で撃ち殺された人々とおなじだ」元人質たちを見まわす。「みなさんはどうかわからないが、わたしは、自分たちのやるべきことをはっきりわかった上でここに来た。できるという期待はなかった。どうすれば意見をまとめられるかも見当がつかなかった。わかってもらえるかな?」

多くの頭がうなずいた。

「わたしは怒っている。銃を突きつけられ、市民が殺されたことに怒っている。二十年にわたって議論をかわしてきた島民たちが撃ち殺されたことに、さらに怒っている。わたしたちは仕事を仕上げるためにここに来た。実際にやった。ヒキラ星をひとつにまとめていくための提案やアイデアを聞き、そこにある自分のコンピュータにいれた」男は、隅に積み上げられた財布やバッグやコンピュータなどの私物の山を指さした。「みんなもそうだと思う」

人々は口々に答えた。

「そうだ」「もちろんだ」「当然やったさ」

「わたしたちの死後も先祖に誇れるような成果を、死の床にあるハイクラニ女王に贈ろうではないか」

「そのまえにトイレに行っていいかな」情けない声がした。

「食べ物も注文したいわ」

「十五分だぞ。十五分だけ休憩だ」男は言った。

アホロは首を振った。

「無理よ。女子トイレには長蛇の列ができているはずよ」

「だれ、この男は？」

クリスが訊くと、サムが教えた。

「ブリスベン市長ですよ。じつは父も隣で手をつながれていました。アホロ、きみの補佐官二人もいっしょにね。彼らはずっと話していた。市長の話は本物だと思う」

「あなたもいっしょに島へ来て」アホロはサムに言った。

「きみのそばを離れないよ、もう二度と」

パパとママはどんなふうに出会ったのと子どもたちから訊かれたときに、この二人はどんなふうに答えるのだろう。クリスは想像した。

(空港へ送迎用パトカーが外に到着しました)ネリーが通知した。

クリスは、プリンセスのまわりを海兵隊員たちにかこませた。

「ネリー、島の戦士の刺青を表示したことがあったわね」

「はい。凶暴な戦士でした」

クリスはニヤニヤ笑いを浮かべて訊いた。

「この擬装用の黒のボディペイントを、その模様に変更できる?」

「もちろんです」

ネリーは答えた。

クリスとチームの姿が波のようにゆらめいた。ゾディアック着陸船によって破壊された西口のがれきのあいだを慎重に歩いていく。メディアのカメラの照明が浮かび上がらせるのは、プリンセス・アホロを両側からささえる二人の美形の若者。そして事実上の全裸に島の戦士の刺青をほどこし、ライフルをかまえた屈強で凶暴な男たちだ。

そのなかに一人だけ例外がいた。

クリスも凶暴な刺青姿だったが、臀部だけは白い肌が丸くのぞいていた。

上陸艇二号は砂浜にじかに乗り上げて、ハッチを開いた。浜には電動カートが一台待っていた。コンベンションセンターでの戦闘を終えて一時間もたたないうちに、アホロと、サンチャゴと合流したクリスの一行は、女王の御前に到着した。

「そっちがサムかい?」というのが、女王の最初の問いだった。

「そうよ、おばあさま」

アホロは曾祖母の手をとった。女王はもう一方の手を苦労して伸ばして、サムの手を握り、アホロの手に重ねさせた。

「太陽と海がおまえたちとその子どもたちに微笑みますように」

言い終えると、ぐったりと頭を枕にもどした。

若い二人は、人類史の多くを見てきた皺だらけの手をいっしょに握って、ベッド脇にひざまずいていた。

女王はふたたび顔を起こした。

「それから、プリンセス・ロングナイフ。あんたは戦士の顔になったようだね」

クリスはベッドの反対側でひざまずいていた。しかし女王の目はその肩ごしの影にむいている。なにを見ているのか。女王はささやいた。

「あんたは、サンチャゴかい?」

「サンディ・サンチャゴです。ホールジー号を指揮しています」

艦長はクリスの隣に来てひざまずいた。

「それはよかった。クリスはサンチャゴ家の後裔に背中を守られているわけだね。あんたのように優秀な兵士に護衛されれば、この子はあの暴れん坊のレイとおなじ年まで生きられるだろうよ」

「そのように努めます」サンチャゴは約束した。

女王は目を閉じた。呼吸がゆっくり不規則になる。その皺だらけの両手は、親しい者たちが握っていなければベッドに落ちていただろう。

（クリス、スタンリー市長からお電話がはいっています。女王と話したいとしばらくまえからかけてきているのですが、医師が取り次ぎを断りつづけています。市長は、ハイクラニ女王が心安らかに臨終を迎えられるような知らせを届けたいと言っています）

クリスはささやいた。

「陛下、聞こえますか？」

まぶたがかすかに震えた。

「人質はわたしたちが解放しました。しかし代表団はその場に残って、もとの協議を続けていました。未来へ続く新政府をヒキラ星につくるためです」

老いた顔に皺が加わったのは、微笑んだからだろうか。

「彼らの成果をお聞きになりますか？」

アホロのむこうで医師が、だめだと手を振っている。しかし女王のまぶたの震えは、聞きたいと言っているように見えた。クリスは眉を上げ、アホロに目で問いかけた。王女は涙で頬を濡らしながらうなずいた。

（ネリー、音声を）

ブリスベン市長が穏やかな口調で、前置きぬきで話しはじめた。

「陛下、わたしたちがまとめた草案をつつしんでお耳にいれたいと存じます。細目はこれから詰めなくてはなりませんが、大綱は次のとおりです。政府は港市《ポート》を基盤として築きます。島の三十ポートと本土の七十ポートです。立法府は二院制とします。下院は人口比で議席を割りあてますが、どのポートも最低一議席を得るようにします。上院は各ポートから二議席ずつとし、重要議案の可決には六十パーセントの賛成を必要とします。もちろん、この議席配分では島民が強く反対する議案を阻止できません。そこで女王に拒否権をあたえ、島の文化になじむまで二十年間は成立をはばむことができるようにします。この拒否期間は、単純過半数の賛成によってさらに二十年延長することができます。この制度なら女王の希望にそうことができると思います」

アホロはサムの手と女王の手をしっかりと握った。

「わたしがその権限を行使することはないと思います」

さまざまな感情のせめぎあいで声をつまらせながら言った。

女王の微笑みの皺が深くなったように見えた。しかしやがて口が半開きになった。臨終へむかいはじめたようだ。アホロはブリスベン市長に対して言った。

「曾祖母である女王は、微笑みによって感謝をあらわしました。このあとは近親者だけの時間とさせてください」

ブリスベンの憲法制定会議は、同情の意を短く述べて通信を切った。クリスは自分も退室すべきかと思い、アホロを見た。しかしそのような合図はなかった。そもそもクリスは曾祖父の代理としてかつての戦友の手を握るために来たのだ。

いまわしいことだが、クリスはこの一年に多くの男女を殺してきた。自分の行為の結果を見て不愉快な気持ちにはなったが、後悔したことはなかった。

しかし今回はわけがちがった。老いた女王の体は衰弱しながらも死にあらがっている。胸は息をしよう、心臓は搏《う》とうとしている。命の炎が消えるのを黙って見てられなかった。医師になんらかの方法で介入させたかった。

しかしアホロは、頬を涙で濡らしながら黙ってひざまずいているだけだ。最後に曾祖母の頬に口づけて言った。

「もう行って、おばあさま。いつもいい風が吹き、明るい日が差す海へ」

葬儀は翌日、全島民が参列して執りおこなわれた。

棺台はアファのカヌーだった。伝統どおりに遺体をそのまま海に流してはサメを呼び寄せてしまうので、べつの資料にしたがってカヌーには薪をいっしょにのせた。そしてラグーンの外へ押し出しながら火をつけ、外海で火葬にした。

もちろん女王の首だけは、敬意をこめて年長の女たちにゆだねられた。ロングハウスにはすでに決められた場所があり、一周忌にアホロ女王の手でそこにおさめられるはずだ。

クリスはハイクアホロ女王の戴冠式にも参列した。

戴冠式は二度おこなわれた。最初はヌイヌイ島で、二度目はポートブリスベンの憲法制定会議においてだった。会議はあのあともさまざまな横やりや介入と戦っていた。その末に、新憲法の成立と知性連合への加盟を一度の投票で決めることが合意された。

クリスは知性連合の代表として戴冠式に参列した。このときは礼装軍服だった。詰め襟が暑苦しく、開放的な島民たちの服装がうらやましかった。

アホロ女王がサムの父親に説明するところにも居あわせた。生前の前女王に祝福された事実をもって島では結婚が成立したとみなされるのだ。そして巧みな外交術を発揮して、本土での戴冠式といっしょに本土流の結婚式も挙行した。ブリスベンのコンベンションセンターでのこの一大イベントに集まった人々の目は涙々だった。

結婚という儀式は伝染しやすいものだ。アホロの式のまえに、クリスはアファから、いっしょにビッグアイランドに移住して自分のビジネスパートナーにならないかとの提案を受けた。クリスは、いま彼と……というより、だれとも結婚するつもりはないと返事をしなくてはならなかった。

「ウォードヘブンで汚名を着せられかけているのよ。それを晴らすためにもどらなくてはいけないわ」

「じゃあ、その用が終わったら」

それには返事をしなかった。

ウォードヘブンへの帰路は楽しかった。ホールジー号の船内は祝勝気分に包まれていた。たしかに完勝といってよかった。ゾディアック着陸船の射撃開始から撃ち方やめの命令までの時間をもとに、単位時間あたりのテロリストの死体数を出せば、降下作戦はこの八十年間で最高の成績だった。しかも海軍と海兵隊の共同作戦なので、全乗組員が高揚するのも当然だ。

クリスは勲章推薦状の範囲とランクを決める作業を艦長からまかされた。文面の下書きはネリーが作成し、それが迅速でよくできていたので、クリスは残りをまかせた。ペーパーワークを好む海軍将校など会ったことがないので、サンディ・サンチャゴが秘書コンピュータの下書きをそっくり採用したときもクリスは驚かなかった。

おかげで士官室ではコーヒーの時間がたっぷりとれた。今度は話題の制限はなく、なにを話しても愉快だった。

しかし、クリスは一番聞きたい話を、艦長室に立ち寄る機会まで残しておいた。

「なぜわたしを支援する気になったの？」

サンチャゴはリーダーを脇においた。

「作戦が整然としていたからです」

「作戦は艦を出発したときから整然としていたわ。こちらが追いつめられてからようやく支援をはじめたのはなぜなの？」

ホールジー号の艦長は深く息を吸って吐いた。

「わたしの乗組員たちをあなたが瀬戸際まで追い立てていくことができるか、みずからそこまで率いていくことができるか、それを見たかったからです。大言壮語はだれでもできる。しかし実行できる者は多くない。そうでしょう？」

「そうね。でも来てくれるとわかっていれば、あんなに胃を痛くせずにすんだわ。アビーがお礼のケーキを焼いてくれたかもしれない」

「なにがはいったケーキですか？　そもそもあのメイドは何者？」

クリスは肩をすくめた。サンチャゴは続けた。

「あなたが胃潰瘍になろうとどうでもいい。かつてわたしの曾祖父がウルム大統領の面前に爆弾を運んだとき、あなたの曾祖父にあらかじめ説明などしなかったはずです。作戦を立てるのはなにもあなたがた有名人の特権ではないんですよ。われわれ一般人もそれなりに作戦を立てる。そしてときにはひと泡吹かせられる」

「いい勉強になったわ」

「ロングナイフ家の人間には、多少きついやり方でないと効きませんから」

クリスは反論しないことにした。サンチャゴは机の引き出しを開けた。

「あなたにこれを」一枚の定型書類をクリスに渡した。士官学校の入学申請書に添付する推薦状の用紙だ。「わたしの娘が今年、願書を出すという話はしましたね」

クリスはうなずいた。

「今回はレイに推薦状を書いてもらうつもりはないという話もしました。二世代も頼めば充分。依頼先をそろそろ変えたほうがいい」

クリスはまたうなずいた。

「そこで、あなたに娘の推薦状を書いていただけると光栄です。新しい世代には新しい世代がふさわしい」

クリスの頭にいくつかの返事が浮かんだ。サンチャゴの娘には会ったことがない……しかしそれはレイもおなじだろう。レイは王だが、クリスは一介の大尉でしかない……しかしサンチャゴは百も承知だ。承知の上で、クリスに娘の推薦人になってほしいと言っている。

クリスはサンチャゴの言葉を考えて、どちらがどちらにふさわしい〝新しい世代〟なのだろうと思った。

「よろこんで書かせてもらうわ、艦長」


最後のジャンプとともに、ウォードヘブンの最新ニュースがはいってきた。

オリンピア星から証人を呼びたいというクリスの申し立てに対して、大きな反応があった。クリスがオリンピア星で最初に雇い、いまは被災農業者基金の代表をつとめるエスター・サディクは、ウォードヘブン星に到着したその足でトーク番組に出演した。いつもすきのない説明をするエスターらしく、口調は落ち着いてわかりやすかった。さらに証言者として、倉庫の職長で誠実なクエーカー教徒のジェブ・サリンスキーも連れてきていた。

それでもまだ声高に議論をしたがる相手には、クリスの食糧支援を受けた牧場主のブランドン・アンダーソンと農場主のジェイソン・マクダウェルが相手になった。二人は炭素鋼さえ焦がすほどの怒りをまだ内に秘めていた。ある番組では、ピアソン大尉が出演して食糧支援の書類手続きについてくどくどと説明したのだが、その杓子定規なやり方はこの二人の手きびしい攻撃にあい、彼女は見るも無惨な吊し上げ状態になった。

クリスのかわりに会計を担当したスペンス三等兵曹は、いつのまにか除隊してオリンピア星に定住していた。もちろん地元の若い娘がからんだ話だった。彼は支援物資を管理する会計システムをだれにもわかりやすく解説し、さらに最近公開されたクリスの昨年の所得税申告書も提示した。

原告の主張はたちまち窮地に立たされた。訴えは理屈の上で誤りであり、その理屈に従えば訴訟は取り下げるしかないからだ。

「ということは、理屈の上ではわたしはもう犯罪者に仕えているわけではないのですね」アビーが言った。

「そういうことね。気が楽になった?」

アビーはどうでもよさそうだった。

とにかくクリスはいい気分で軌道ステーションのハイウォードヘブンに到着した。わずかな取り巻きたちを連れ、敬礼してホールジー号から下船すると、家族が現在どこにいるかをネリーに調べさせた。秘書コンピュータは全員の現在位置を簡潔に読み上げていった。その最後がこうだった。

「……奥さまは、マダム・ボベーヌのブライダルブティックにいらっしゃいます」

「そんなところでなにをしてるの？」

「クリス、ペニー、おれはPF－109のようすを見てくる」

トムが言った。クリスは手を振って行かせた。ペニーも追いかけたそうだったが、ネリーの答えを待っていた。沼地から立ち昇る瘴気のように恐怖があふれている。

「奥さまはペニーのお母さまといっしょのようです」

「ジャック、アビー、ついてきなさい。ある種のペニー救出作戦よ」

「武器を使用しますか？」アビーが訊いた。

ジャックはやれやれという表情で首を振った。

軌道エレベータを下りるクリスの腹のなかは、トム救出作戦やトゥランティック星偵察のときより煮えたぎっていた。ヒキラ星でテロリストと対峙し、大量の銃器が並んだ死の百メートルを眼前にしたときよりも怒っていた。

いや、今回の敵は母親だ。死ぬわけにはいかない。

タクシーを止めた。運転手は客の顔ぶれを見て、できれば乗せたくないという顔をしたが、あきらめてマダム・ボベーヌのブライダルブティックへ行った。

「ここで待ってて。すぐ終わるから」クリスは指示した。

「だといいんですが」ペニーがつぶやいた。

クリスはチームを率いて早足に正面から突入した。店内に五歩はいったところで、凍りついた。

クリスの母親はウェディングドレスを見ていた。白だ。だからウェディングドレスにちがいない。ベールはない。かわりにつばの広い帽子がモデルの顔を半分隠している。ドレスの前側はある。うしろ側もある。しかし横はない。モデルは白のストッキングと白のガーターベルトをつけているが、ブラはなし。パンティもなし。ほぼ丸見えだ。

「お母さま、ペニーはこんなものを着ないわよ」

「あら、かわいいクリスティン。いつ帰ってくるのかと思っていたわ。こちらのパメラに今年のパリの最新流行を紹介していたところなの」

「ポーラです」ペニーの母親は誤りを訂正した。

ヌイヌイ島の花嫁のほうが布の面積は少ないだろうが、もっとつつましく見える。

「ペニーはこんなものを着ないわ。ペニー、自分で選んで」

クリスは伝統的なドレスがあるほうを手でしめした。

「でもあのへんはレースやフリルが多すぎるわ。花嫁というよりケーキに見えてしまう」

「だったらロッティにデコレーションを減らさせればいいでしょう」クリスは辛辣に言った。

ペニーとその母親はこの口喧嘩の嵐から逃げるように、伝統的なドレスを着せた数体のマネキンのむこうへ移動した。

「まあ、花嫁の衣装を庶民レベルに落とすというなら、せめて付添人は流行にあわせましょう。だってこの結婚式は、わたしの庭でやるのだから」

「これはペニーの結婚式。新郎新婦はわたしの友だち」

「場所はわたしの庭よ。そしてお父さまは政治生命の危機にあるわ」

くりかえすうちに子どもじみてきた。クリスは十三歳ごろから身についてしまったお決まりのため息をついた。

「いいこと、お母さま？　付添人のドレスは地味なものと相場が決まっているの。候補があるなら見せて。わたしのクローゼットにある五着より地味なはずよ」

予想ははずれた。

仕立屋が大きな笑みとともに広げたドレスは、まるでヒナギクのようだった。だれかを思い浮かべながら、すき、きらい、と一枚ずつ花びらをちぎっていきたい。そうやって最後の一枚をとったあとでも、まだ月の下でダンスを披露するほど派手だった。

「お母さま……」

「なによ。ドレスを選べというから選んでいるだけよ」

こんなものを許したら、ロングナイフ家の使用人たちの服装規定はめちゃくちゃになるだろう。ドレスの前からまわった紐がからみあいながら広がって、うしろの裾をなしている。クリスのお尻が隠れるかどうかぎりぎりという寸法だ。

トゥランティック星の街娼の扮装をしたときでさえもっと慎みがあった。なのに実の母親がこんなものを娘に着せようとするなんて！

ヘザーの赤毛と乳白色の肌はこの黄色いドレスに映えるだろう。バブズも出るところが出ているので豊満な魅力があるだろう。しかしひょろ長いだけのクリスの体形ではひたすら貧相だ。

クリスは策を案じた。ウォードヘブンのプリンセスが新郎新婦の手をとって重ねさせればそれでもう結婚は成立なのだと、ペニーとトムに信じこませるのはどうか。あるいは自分のPF艦を引っぱり出してもいい。艦長にはカップルを結婚させる権限がある。あんな小さな艦でも艦長は艦長だ。

いや、ペニーとその母親が一着のウェディングドレスに目をとめていた。顔を輝かせている。

クリスはクレジットカードを探した。ペニーはいっしょに危地をくぐり抜けた戦友だ。トムはさらにそうだ。この二人は親友であり、最高の結婚式を挙げる資格がある。付添人のドレスなどどうせだれの目にもとまらないだろう。

いやちがう。新聞の社交欄がある。母親はアドーラブル・ドーラに結婚式を取材させるだろう。

クリスはため息をついた。自分はロングナイフ家の人間だ。ロングナイフはやるべきことをやる。たとえ人を殺す以外の仕事でも。

7

まったく意外なことに、そして心から安堵したことに、結婚式はつつがなく進行した。母親がしゃしゃり出てくることはなかった。

アドーラブル・ドーラの報道チームもやってきた。撮影し、数人の出席者にマイクをむけて……驚いたことにそそくさと引き上げた。

「午後からパンドーリ家のバーベキューパーティがあって、人気急上昇中のビデオスター、ザ・ラカエルが来るんですよ」

ヌー・ハウスの庭でやる下級将校同士の結婚式より、ビデオスターが参加するバーベキューのほうが絵になるというわけだ。母親はそれを聞いて怒りだし、やがてふくれっ面で黙りこんだ。

そのせいで、母親はチャンドラのかわいい五歳の娘クレサを見逃した。クレサはフラワーガールとして先頭で通路を歩き、律儀に二歩ごとに花びらを宙に撒いた。祭壇の手前で参列者のほうにむきなおり、にっこりと天使のように笑って……花籠をひっくり返した。

クレサの弟はリングボーイを立派につとめた。式の途中で二度、庭の反対側まで届く三歳児のささやき声で、「もう指輪の時間？」と質問した。

メアリー・アン神父は二度とも微笑み、サンタマリア星のアイルランド系中国語訛りで、「まだよ、もうすこし待ってね」と小声で教えた。

花嫁付添人のドレスをクローゼットに五着持っているクリスは、もはや結婚式のエキスパートだ。メアリー・アン神父とペトルーリオ中佐の協力によってすばらしい折衷様式の結婚式になっていた。

ペニーの母親が指名した改革メソジスト派の司祭が直前になって辞退したため、クリスは代役として従軍牧師を候補に挙げた。改革メソジスト派はローマと和解協議を進めているところらしく、地球から二百光年離れた場所で分離派のサンタマリア星の女性神父といっしょに司式するのは、その協議に悪影響があるのだ。その点、従軍牧師ならよけいなしがらみはない。

ペニーはいったんはあきらめ、祖母の希望に反してトムの宗派にすべてあわせると決断しかけた。しかしトム自身が、ペニーの宗教的立場を守る形式が必要だと主張した。こんな二人なら末永くしあわせな結婚生活が続くはずだ。

混乱も惨事もなく、神父と牧師による式は終盤に近づいた。結婚式で重要なのはやはり終盤だ。

二人の司祭は言った。

「トム、花嫁にキスを」

トムは従った。いいキスだった。ペニーも熱いキスを返した。

従軍牧師は咳払いをした。

「ではリェン中尉とリェン大尉をお披露目します」

ペニーがトムの腕に手をかけ、弦楽四重奏団が退場曲を演奏しはじめた。クリスはすぐあとに続き、新郎付添人のフィルの腕をとった。神父と牧師は子どもたちをあいだにはさみ、大人たちが去るまでよけいな行動がないように見張った。メアリー・アン神父はポケットに飴玉まで用意していた。

クリスはフィルの腕に手をかけながら小声で言った。

「どんな結婚式も最後はへとへと」

「まだ死傷者は出ていないけどね」フィルは同意した。

ペニーとトムの退場の歩みは遅かった。通路両側に並んだ親族は、結婚生活初日へむかう若い花嫁に握手、抱擁、祝福、助言とあらゆるものをあたえていた。ペニーに初めて会う親族も多いはずだ。

クリスは退場を急がないフィルにほっとした。海軍と関係ない行事にも余裕をもって対応している。立派な男だ。新郎新婦の退場の列がとどまっているあいだ、クリスはいい気分でフィルによりかかった。このあとのパーティで彼をダンスに誘えるだろうか。この装いなら死人でも誘えるかもしれない。

いや、それは母親の考え方そのものだ！

そのとき、父親の携帯電話が鳴った。

むしろ挙式中に一度も呼び出し音が響かなかったのが不思議だった。これだけ多くの政治家が集まり、しかも選挙戦の真っ最中なのだ。多少の行事には割りこんででも連絡をとりたい者はいなかったのか。この段階で父親がイヤーセットを出して耳に挿しこむのを見ても、非難する気にはなれなかった。母親は戦艦でも燃え出しそうな忿怒の視線をむけたが、父親は気づいていない。小声で二言三言話す。クリスには内容は聞こえない。父親は参列者たちから離れ、モクレンとライラックにはさまれた散歩道を通って庭のむこうへ歩いていった。

他の電話も次々と鳴りだした。男女の政治家たちはいっせいに参列者のあいだから抜け出し、どこかのだれかと話しはじめた。

クリスは眉をひそめた。暫定首相がバナナの皮を踏んで心臓発作でも起こしたのか。そんな事件でもなければ、政治家たちがいっせいに色めき立つ理由がわからない。

「ネリー？」

「通常のネットワークにはとくにニュースは流れていません。非公開ネットに通信量の急増が見られますが、いまのところ詳細は不明です」

つまり首相はまだ生きているようだ。ではなにが起きたのか。

クリスは奥の列にいる海軍関係者を見た。外見からして情報部らしい。今回はメディアの取材を予想して、ペニーの友人たちは全員が目立たない姿をしていた。パトロール艦の艦長ではなく新郎新婦の付添人の恰好をしている。それがさいわいした。海軍関係者はあきらかに疑問の表情を浮かべ、目を見かわしている。しかしまだ具体的なことは読みとれない。

そのなかで、サンチャゴ中佐が一人だけ離れてすわり、だれかと話していた。クリスはPF艦の艦長たちに彼女のほうをしめした。新郎の付添人たちは小走りにそちらへむかった。新婦の付添人たちはややゆっくりとした足どりで続いた。クリスの母親が選んだドレスで慎みを守るには一定の歩幅が限度なのだ。

中佐のほうへむかう途中で、クリスは電話の会話をいくつか小耳にはさんだ。〝軍艦〟〝降伏〟〝軌道爆撃〟という単語が聞こえた。クリスは歩調を速めた。

中佐のまわりは男性士官たちがすでにかこんでいた。ヒナギクの衣装の女性士官たちが追いつくと、輪のなかにいれてくれた。その外には情報部らしい将校たちが集まった。サンチャゴ中佐は携帯電話に聞きいっていて、だれも口をはさまない。ようやくサンチャゴが言った。

「確認を続けろ、副長。ここにはPF艦隊の下級将校たちが集まって、みんな青い顔をしている。実情のわかる艦上勤務の乗組員にツテのない情報部の連中も何人かいる。彼らが癇癪を起こすまえに状況説明をしたほうがよさそうだ。そちらのやりとりはこのまま聞いている。なにかあったらまた呼べ」

中佐は周囲に集まった者たちを見た。

「厄介なことになったわ。ジャンプポイント・ベータから六隻の船が出てきて、時速一五〇〇キロで前進している。無線封鎖している」

また聞きした政治家の会話にこういう内容はなかった。しかし文民の彼らはこれを聞いてもなんのことかわからないだろう。

星間ジャンプ能力を持つ恒星船はすべて、船名、船主、最近の寄港地などの情報をまとめて自動発信する装置をそなえている。ジャンプポイント間の交通状況を監視している通信ブイが、発信装置の固有番号とともにこれらのデータを処理し、ジャンプポイントの出入りで正面衝突が起きないように交通管制をおこなっている。

その発信装置のデータを改変したり、ましてや機能を故意に停止させたりというのは、人類協会の宇宙交通規則への重大な違反行為だ。すくなくともこの八十年間はそうだった。つまり、彼らは大きな危険を覚悟でやっていると考えなくてはいけない。衝突の危険を冒してでも自分たちの正体を隠そうとしているのだ。

〝無線封鎖〟という短い表現から、海軍将校にはこれだけのことがわかる。しかし、まわりで携帯電話にむかってしゃべっている政治家たちにはわからないだろう。

サンチャゴは続けた。

「六隻は現在、縦一列になって一G加速を続けている。中間点で反転すると仮定すると、九十六時間後にウォードヘブン軌道に到達する」

「戦列を組んでいるの？」

クリスの質問に、サンチャゴ中佐は答えた。

「それらしく行動していますね。センサー探査によると、六隻はすべてパワープラントとしてGE‐6900級反応炉を二連搭載している」

周囲から小さく口笛が漏れた。大型旅客船のなかには安全設計として反応炉を二連で搭載するものもあるが、出力は2200級がせいぜいだ。六隻とも6900級発電機をダブルで積んでいるとすると、推進器には膨大なプラズマを供給できるし、レーザー砲用の電力も潤沢に持っていることになる。

「戦艦か。プレジデント級の」情報部の分析官がつぶやいた。

「いや、マグニフィセント級かも」

「となるとすべて地球の艦だな」

情報部大尉が反論した。

「地球艦はベータのジャンプポイントなど使わない。地球の戦艦が艦隊を組んでリム星域をうろうろしていたら、報告がはいらないわけがない」

サンチャゴは議論を引きとった。

「正体はともかくとして、六隻の大型艦がジャンプポイント・ベータから出てきた。そしてわれわれに降伏を呼びかけている」

「降伏……」

人垣がざわめいた。クリスも唖然とした。ウォードヘブンに降伏という文字はない。降伏などできない。

サンチャゴは続けた。

「もう一つ興味深い事実がある。わたしの副長はじつは歴史マニアだ。彼は送られてきたメッセージに覚えがあると思い、調べた。きみたち情報部のほうが先に気づくべきだと思うが」意地悪そうに笑って、「彼らがわれわれの降伏を求めて送信してきたメッセージは、われわれがかつてトゥランティック星と戦い、その降伏を求めたときのメッセージの引き写しに近い。統一派がリム星域の内乱を抑えこむ直前の時代のものだ」

「リム星域の惑星同士が賠償金を求めて戦った暗黒時代に、わたしたちを引きもどそうとしているわけね」クリスは言った。

それはたしかに暗黒時代だった。星と星がたいした理由もなく戦火を交えていた。

サンチャゴは指摘した。

「メッセージは完全におなじではない。ある部分までです。われわれがトゥランティック星に降伏と賠償金の支払いを求めたのに対して、今回の彼らは、降伏と、あらゆる同盟関係の放棄と、占領軍受け入れをわれわれに求めている」

クリスはその意味を理解するのにしばらくかかった。フィルが口笛を吹いた。クリスは自分の結論を言った。

「つまり、一切合財ということね」

「そういうことです」サンチャゴ中佐は言った。

（クリス、お知らせしたいことが）ネリーが注意を惹こうとした。

（あとにして、ネリー）

「どうしますか？」

フィルの問いに、サンチャゴは訊き返した。

「できることはなんだ？　港にはいっているのはわたしの駆逐艦一隻。あとはおまえたちの高速パトロール艦だ。戦艦隊におまえたちが立ちむかえるなら、刃になってもらうしかない。暫定政府がどんな命令を出すか知らないが、他に有効な手はないだろう」

「ウォードヘブン艦隊を呼びもどしては？」

一人の情報部将校が首を振った。

「時間がかかる。ボイントン星の状況はかんばしくない。艦隊が引き上げれば同盟はこの惑星を失うだろう。艦隊が帰り着いても、ウォードヘブンは焼け野原になったあとだ」

「わたしたちになにができる？」

クリスは必死に考えた。さまざまな手を検討したが、どれもうまくない。

ふいに庭園のむこうから父親の大声が聞こえた。

「あの無能な飾り物め！」

実際にはそれほど大声ではなかった。サンチャゴ中佐が状況説明をしているあいだに、弦楽四重奏団が演奏をやめて、あたりは静かになっていたのだ。トムとペニーも親族の列から離れて、サンチャゴをかこむ海軍の輪の末端に加わっていた。父親の大声は続いた。

「めめしい臆病者の集団め。わたしがいつも言っていたとおりだ。野党は昔から一度も新しいアイデアを出したことがない。わたしは最初からわかっていたが、パンドーリは惑星全体にそのことをしめしてくれた」

　父親は自分の支持層に対してしゃべっているのか、それとも鬱憤をぶちまけているだけなのか。紅潮した顔からすると、血圧が上がっているだけのように思える。花壇のあいだの散歩道から出てくると、参列者用の椅子を思いきり蹴飛ばした。散歩をしても気分を鎮める役には立たなかったようだ。

「パンドーリは認めてしまった！　やってくる艦隊に対して政府が打つ手を持たないことを、大衆に認めてしまったのだ。降伏要求に対しても打つ手を持たない。それでも早急に閣議を開いて打開策を検討すべきだろう。あれではただの素人だ！　自由党では平議員でもわかっている。たとえ策がないときでも、ニュース屋にそのことを絶対に知られてはならないのだ。策はかならずある。どんな問題にも解決策を出せると信じているからこそ、有権者は票を投じるのだ。それぞれの状況にあわせた調整のために短時間の会議は必要かもしれない。しかし無策というのは許されない」

　父親は拳を反対の手のひらに叩きこんだ。

「あの男は艦隊と降伏要求に対してお手上げだと認めたも同然だ」

「降伏はできないはずです」クリスの兄のホノビが言った。

「もちろん降伏などできない。ウォードヘブンはけして降伏しない」

　クリスは、これはいわゆるパーティ会場での談話だとわかった。まわりの人々は襟につけたラペルホンのマイクを父親にむけている。ここでのコメントはすぐにネットに流れる。パンドーリは策を持たない、しかし父親は持っている、という主旨の発言が。

それは諸刃の剣でもある。やりすぎると、この非常時に暫定首相を追いつめてしまう。そのあいだに艦隊がやってきて、ウォードヘブンの軌道上の施設を片っ端から破壊するだろう。地上の大都市も一掃されるだろう。

ホノビは父親の間近に寄った。この状況でできるだけ内密の話をしたがっているようだ。そのようすを人々のラペルホンのカメラが追う。

「降伏はできないとして、では、どうやって戦うのですか？」

「それが問題だ、息子よ。無能なパンドーリのせいでわれわれは窮地に立たされている。自衛手段がない。しかし降伏はできない。やつは閣議と称して会議室にこもり、仲間たちと馴れあいのおしゃべりに明け暮れるだろう。この事態を招いたのは自分なのに、前政権のせいにするだろう。それではだめだ、息子よ。この難局に立ちむかうには、まず議会の本会議を開くべきだ」

「暫定政権が成立してから本会議はまだ一度も開かれたことがありません」ホノビはわずかに唇を噛んで、ゆっくりと言った。「もし本会議が開かれたら、パンドーリ政権に対して不信任決議案を提出しますか？」

父親は軽く笑った。

「やつらは政権を倒すことに熱意があったが、政治をすることには熱意がないとこれでわかったな。本会議が開かれたら、まず最初にやるのは不信任決議案の提出だ。あの男には当然だ。これだけの混乱を引き起こしたのだから、五分ともつまい。たしかにパンドーリは絶体絶命だ。艦隊が軌道にあらわれるまであと四日。戦うという策を発表したとしても、戦う手段がないのだからやられるだけだ。白旗をかかげるというなら、まず議会を召集して承認を得なくてはならない。やつの政治生命はあっというまに奈落の底だ」

父親はしばし黙り、考えるように眉を寄せた。

「じつはパンドーリはそれほど愚かではないのかもしれん。施策の重責を恐れて無策に逃げこんでいるのかもしれん。しかしそれではだめだ。彼の策にウォードヘブンがかかっている。ウォードヘブンの命運がかかっているのだ」

ぶつぶつとさらにつぶやきながら、父親は歩き去った。ホノビはあとをついていった。

バブズ・トンプソンが海軍軍人たちの輪に対して問いかけた。

「では、われわれはどうしますか？」

クリスは、母親が選んだ恥ずかしい花嫁付添人のドレスを見た。

「とりあえず、わたしは着替えるわ」

長い裾を右腕に巻きつけ、背中をぴんと伸ばして、この衣装で可能なかぎりの威厳をたもちつつ自室へむかった。

ヒナギクのドレスを十秒で脱ぎ捨てた。二度と着るつもりはない。クローゼットに吊しておきたくもない。アビーに言って古着屋に売り払わせよう。どこかのストリッパーが欲しがるかもしれない。

問題は、これからなにを着るかだ。

クリスは半裸で立ちつくし、クローゼットの海軍側を眺めた。謹慎中なのだ。艦長職は解かれた。裁判の嫌疑は晴れたが、まだそれだけだ。

白の略装軍服にした。

折り目のついたズボンを慎重に穿いたところで、棚でケースの蓋をあけたままの戦傷獅子章に目がいった。反乱行為によって得た勲章だ。これをつけるべきだろうか。自分がこれからなにをやるか、はっきり意識しているわけではない。しかし、法務総幹部の弁護士は日没までに統一軍事裁判法の反乱行為のセクションを再確認する必要にせまられるだろう。

「お手伝いしましょう」アビーが言って、床に捨てられたドレスの残骸をやるかたないようすで見た。「いっそニンニクをなすりつければ、だれも着たがらないものになってさっぱりしますのに」

「勲章をつけて。服装規定には目を通しているはずね。上着に戦傷獅子章をつけてもかまわないか確認して」

クリスは服を着ることに集中した。靴。どちらもきれいだ。靴紐を結ばなくてはならない。次は？

まずい状況なのはたしかだ。主力艦隊はいない。残った守備隊は多勢に無勢。そしてちっぽけな高速パトロール艦。このＰＦ艦が一ダースいれば戦艦一隻に対抗できるという誇大すぎる宣伝文句を信じるとしても、まだ戦力はたりない。そもそも出撃できるかどうかも不明だ。

不利どころではない。もはやお笑いぐさだ。

だれかが素人のパンドーリを政権の座につかせた。そのためにウォードヘブンは窮地におちいった。大変な窮地に。

もはや他に手はない。

「それがロングナイフらしさじゃない？　打つ手がないときに、それでも行動するのが」

クリスは独り言をいった。もちろん、それがどんな行動かが問題だ。

「なにかおっしゃいましたか？」アビーが訊いた。

クリスは自分の姿を見下ろした。おおむね仕上がった。アビーを見ると、上着の左ポケットに戦傷獅子章を留めている。本来は指揮官記章がある位置だ。それを失ったいま、反乱者の記章をつけるのもいいかもしれない。

これは吉兆といえるのだろうか。

アビーが持つ上着に袖を通し、ボタンを留めていく。

「アビー、混乱はきっとここにもおよぶと思う。ハーベイとロッティをよろしく。ローズとホノビも。父と、いちおう母も」

アビーはきりりとした微笑みでうなずいた。

クリスは鏡にむきなおった。いつものクリスだ。高すぎる身長。長すぎる鼻。女性らしいふくらみに欠ける体。歯を食いしばり、への字に結んだ口。目は三白眼。これがロングナイフ家の顔なのだろうか。イティーチ艦隊殲滅を命じたときのレイもこんな顔をしていたのか。

クリスは部屋の出口へ歩いた。ロングナイフ家らしい打開策を自分は持っているだろうかと考えながら、ドアを開けた。

むこうにはトムが立っていた。結婚式で着ていた礼装軍服のままだ。隣にはペニー。豪華なウェディングドレスと長いベールから、簡素な略装軍服に着替えている。しかし色は白で変わらない。二人は敬礼した。

「命令をお聞かせください、プリンセス」

トムが訊いた。その瞳に疑問は浮かんでいない。信じきっている。

クリスはこれまで何度もいっしょに死地をくぐりぬけてきた二人を見た。そこにあるのは期待だけだ。盲目的な信頼にもとづく期待。クリスがロングナイフ家の魔法の帽子から今回も正しい答えをとりだすと期待している。正しい命令によってふたたび死地に導かれ……そして生きて帰れると信じている。

クリスは喉にせりあがる塊のようなものをこらえ、敬礼を返した。

「プリンセス・クリスティンから代将へ挨拶を。そしてPF小艦隊の艦長会議開催の意向をうかがいたい」

トムは片手でクリスに敬礼したまま、反対の手で通信機にしゃべった。短時間ですんだ。

「代将から返礼がありました。そしてクッシング号の士官室にて一五〇〇《ヒトゴーマルマル》より下級将校会議を開催するとのことです」

　クリスは時計を見た。

「一時間半ね。軌道エレベータを上がり、軍港へ行って、わたしは近づくことを禁じられている艦に乗らなくてはいけない」

「ロングナイフならたやすいでしょう」ジャックの声がした。両手をズボンのポケットにつっこんでゆっくりと歩いてくる。「そのさいに、検察局の警護官が一人そばにいると便利だと思います。たとえ有給休暇中でも。結婚式が中断したあともしばらく待機していました。ペニー、きみの花嫁姿はたいしたものだった」

「何年も語り草になるでしょうね。クリスのお母さまが満足されたのなら」

「さて、エレベータ駅へ行く足が必要でしょう。ポンコツのレンタカーでよければお送りしますよ」


　軌道エレベータ駅は混乱のきわみだった。しかし混雑しているのは下りだけで、上りはクリスと三人の勇者が乗る以外はガランとしていた。

トムとペニーは乗車ゲートをなにごともなく通過した。それぞれ自前のＩＤカードで身分証明と支払いをした。しかしクリスがヌー・エンタープライズの株主ＩＤを使おうとすると、通れなかった。

　中年の女性係員がクリスに説明した。

「通れませんね。訴訟は取り下げられたそうですが、入場拒否者名簿を今朝見たら、まだお名前がありました」

クリスは、この十年間に何度もゲートで会って顔馴染みのその係員に挨拶した。

「こんにちは、メアリー。わたしはヒキラ星から無事に帰ってきたけど、ジョーイは無事だったのかしら」

「新経営陣はあなたの帰りを待たずに彼を処分しました。許可なく通した責任をとらせて、一週間の無給停職です。組合に訴えたらどうかと助言したんですが、本人はちょうどいい休暇だと。一週間まるまる北海岸に行って、毎日写真を送ってきましたよ。いっしょに写ってるのは毎回ちがう女の子で、露出度の高い恰好をしてて。商売女でしょうけどね」

「彼は顔がいいから、どうだかわからないわよ」とクリス。

「今日は上へ行く用事がおありなんですね。騒々しいお客さんが来るそうで」

クリスはすこし考えて、嘘をつくことにした。

「そう？　なにも聞いてないけど」

「なるほどそうですか。ではこうしましょう。うしろの美形の男性とぴったり寄り添って、彼のカードで通るというのはどうでしょう。たまたまブザーが鳴らなければ……」肩をすくめる。

「監視カメラに映るわよ」

「じつをいうとわたしも北海岸でのんびりしたいんです。露出度の高い男の子といちゃいちゃできるでしょう。そもそもここにいるより安全。もしあなたが上に行けずに、やるべきことをやれなかったら、確実にここは修羅場になるわ」

ジャックがクリスの背後に近づいて体を重ね、自分のIDカードをスリットに通した。身長が平均より高くて役に立つこともたまにはある……そして細い体つきも。クリスは警護官と足の出し方をあわせてゲートをくぐった。エレベータにはぎりぎりまにあった。

海軍基地への入場はさらに簡単だった。海兵隊はパンドーリ暫定首相の指示で大半がボイントン星へ行っている。臨時に雇われた警備員たちはゲート脇でIDを確認するより、ニュースを聞きながら、ここからいつ逃げ出せるかとしゃべるのに忙しかった。クリスはIDカードをスキャナーに振り、認証音が鳴らなくてもかまわず通ってきた。

クッシング号に到着したのは代将の艦長会議がはじまる十五分前だった。出迎えたトムがPF－109の整備状況を伝えた。

「いい状態じゃない。エンジンは何週間も停めっぱなし。小容量の物質／反物質装置には百害あって一利なしだ。それどころかレーザー砲を艤装解除しろって命令が出てる。でも艦隊が出払ってるんで、作業班が基地に応援に出されたきりなんだ。スタンはかえって好都合だって、放置してる。艦を解体されずにすむからな。たぶん他の艦もそんな状態だろう。このままなんとか選挙まで耐えしのいで、おまえの親父が勝ちゃ、もとどおり飛べるようになるって期待してるんだ」

艦内は薄暗く、ステーション側の空気が通っているだけで、まるで墓場のようだった。クリスは、自分の艦にもどればなにかしら勇気づけられるだろうと思っていた。老人たちの失策によるこの混乱から脱出する希望を持てると期待していた。しかし浜に打ち上げられたクジラの死骸のような艦から希望はあまり湧いてこなかった。

やはり代将と会って話したほうがよさそうだ。

連絡橋を渡って、トムといっしょにクッシング号の後甲板にはいった。自動艦内放送が、「PF‐109到着」とアナウンスすると、クリスは顔をほころばせた。続いて「プリンセス・クリスティン到着」と流れるとがっかりした。トムは正式にPF‐109の代表者と認識されているが、クリスはそうではないのだ。

クリスは隔壁に描かれた知性連合旗に敬礼し、さらに副直士官をつとめる中尉に敬礼した。中尉は答礼をした。トムとペニーも敬礼した。ジャックは民間人なのでなにもせず、海軍の儀礼にややとまどっていた。

「代将は士官室でお待ちです」

副直士官は一行を案内しようとして、ジャックを不審げに振り返った。いつもプリンセスの背後にいる検察局警護官は、今回もついていこうとする。

「いっしょに行かせてもらう」

クリスはあいだにはいった。

「今回は見逃して。平時ではないから」

「では、そのように」中尉は認めた。

士官室の外には銃を持った二人の海兵隊員が立っていた。室内ではさらに二人の海兵隊員がドアの脇にいる。これほど厳重な警備は、クリスがタイフーン号でソープ艦長を解任したとき以来だ。

代将は長いダイニングテーブルの上座の席についていた。テーブルには白いテーブルクロスがかかり、代将の右手に六人のＰＦ艦艦長が並んでいる。空いた席はドアに面した左側に一ヵ所。そしてもっとも下座にもう一ヵ所だ。

クリスはトムに合図して１０９代表者の席に行かせ、自分はテーブルの一番遠くの席についた。ここは嘆願者の席か。あるいは反乱者か。

クリスはなにか言おうと口を開きかけた。しかしここでの発言は将来まで残るだろう。おとなしくしているという手もあるが、それはロングナイフ家のやり方ではない。選択肢を検討して、伝統に逆らわないことにした。

ジャックは部屋全体を見渡せる隅に立った。海兵隊軍曹としばらくにらみあい、どちらが上でも下でもないと決めたようだ。安全に閉鎖された部屋で警備関係者の仕事は立っていることだけだ。

ペニーはテーブルから離れた椅子にすわった。クリスの左後ろで、手を伸ばせば届く位置だ。

マンダンティ代将は前置きなしで会議をはじめた。

「情報部将校が来てくれているのは都合がいい。しかし情報を聞くより先に、祝福するのが順序だろう。状況が緊迫するまえにうまく式を挙げられたようだな、リェン中尉」

トムはなかば腰を浮かせて返事をした。

「はい、代将。紹介させていただきます。妻のリェン大尉です。名札は訂正が必要です」

ペニーは新妻らしく頰を染めた。ひやかす声がいっせいにあがった。

クリスはその声がおさまるのを待って、問いかけた。

「侵入者について、なにかわかったことは?」

代将はうめくように答えた。

「残念ながら、なにもない。自分の情報源より、帰営してきた艦長たちに尋ねたほうがましだったくらいだ。司令ネットはまったく役に立たん。聞くところによると、統合参謀本部の大佐が宇宙ステーションの軍施設へ来て、やってくる艦隊に敵対的ととられる行動はいっさいするなと口頭で命令してまわったらしい。各種センサーでの観測は中止。防衛システムは停止。通信で流すのはせいぜい歓迎の言葉か、できれば完全に沈黙しろという」

小さく手を振り、しかめ面をした。

「わたしがそれを知ったのは、副長を艦隊司令センターに行かせてようやくだった。司令ネットが沈黙した理由を調べさせるためだったのだが、そういうことだった。クッシング号のような老朽艦に命令書を手で運ぶのは手間だったのだろう。とにかく、ひっくり返って死んだふりをしろというわけだ。あくまで非公式の命令だがな」

クリスはテーブルについた他の艦長たちを見た。同僚であり、職業上の友人といえる仲間たちだ。これからクリスが言うことを、彼らはどう受けとめるだろうか。クリスはゆっくりと立ち上がった。

「わたしたちの惑星に重大な危機が訪れています。敵の艦隊の進行を阻止できる唯一の部隊をわたしたちは指揮しています。守るべきは愛する家族です。しかし政府は会議ばかりで方針を決めず、軍は銃を下ろせと命じられている。なにもするなと」ゆっくりと首を振る。「わたしたちは戦闘員です。四日後に戦いが待っているなら、その準備は一秒も無駄にできない」

テーブルのまわりでいくつかの頭がうなずいた。しかしすべてではない。全員がウォードヘブン出身者ではないからだ。自分たちの戦いでもあると認識していないのだろうか。

クリスは深呼吸して、しばし息をため、それから一息に話した。

「わたしはクリスティン・アン・ロングナイフ王女。この血統と、家名と、称号を根拠として、本日このときをもってこの小艦隊の指揮権を掌握する。この主張と権利に異議のある者はそう述べよ」

長い沈黙が流れた。艦長たちはじっとクリスを見ている。あちこちで眉が上がる。この不意打ちに対して不賛成に近い表情をあらわしたのは、だれあろうフィルとチャンドラだった。マンダンティ代将は海軍らしく無表情だ。

そのとき、ドアが開いた。海兵隊員のあいだを分けてはいってきたのは、サンチャゴ中佐だった。代将の隣の椅子を引いて腰を下ろしながら訊いた。

「なにか重要な話を聞き漏らしてしまいましたか？」

代将はなかばつぶやくように言った。

「いまこちらのプリンセスが、わたしの艦隊の指揮権を握ると宣言したところだ」

「なんだ、それだけか。ならたいした遅刻ではなかったな」サンチャゴはクリスのほうをむいた。「ではプリンセス・ロングナイフ。この敵にどうやって挑むおつもりですか？」

クリスは思わずまばたきした。異議や、反論や、妥協案が出されると思っていた。しかしこの展開は予想していなかった。すぐに対応策を提示しろとは。

「あらゆる手段で。これから三日間に用意できるすべての材料を使って戦うわ」

「悪くない出発点ですね」サンチャゴは同意した。

「彼女に従うつもりですか？」

フィルが尋ねた。信じられないという思いがあふれた言葉だ。

サンチャゴは若い艦長を見た。

「フィル……フィリップ・タウシッグ。きみはタウシッグ大将の息子だな」

「はい、そうです」

「聞け、大尉。現在の状況は究極の大混乱だ。同意するか？」中佐の問いに、フィルはうなずいた。「政治家たちは裏をかかれて右往左往し、新たな逃げ場を探し求めている。そして最後は十中八九、この無理難題をわれわれ軍に押しつけてくるだろう。わたしたちの道は二つに一つだ。どこかのだれかが考えた命令に従って手をこまぬいているか。あるいはこのプリンセス・ロングナイフが宣言した法的虚構を利用して行動するか。猶予は三日だ。これから数時間の準備が勝負を分けるかもしれない。さて、どうすべきか。腰抜け参謀本部による口頭の命令の裏に隠れるか……それともプリンセス・ロングナイフがひるがえす王権の衣のあとに従うか……」

　中佐は肩をすくめた。

「わたしはロングナイフに賭けようと思う。われわれが敵艦隊に突撃するとき、先頭を率いるのは彼女のはずだからだ。そのつもりでしょう、殿下？」

「もちろんそのつもりよ」クリスは王女らしからぬ喧嘩腰で答えた。

　その返事はテーブル全体に強く響いた。いくつかの瞳の疑念に答えたはずだ。しかしまだ全員ではない。プリンセスは全員を味方につけなくてはいけない。

「ウォードヘブンはわたしの故郷。わたしは自分の愛するもののために戦う。でもこのうちの何人かはピッツホープ星やサンタマリア星などの出身ね。これは自分の戦いではないと思っているかもしれない」

　だれもうなずきはしないが、一部はそう考えているはずだ。

「是非はともかく、ウォードヘブンのこの状況は、わたしたちが他の惑星の難局を救いに出たのが原因よ。そのウォードヘブンがいまは難局にある。ならばわたしたちは協力してともに戦わなくてはならない。全員は一人のために。そうしなければ、今回ポイントトン星やウォードヘブン星を狙って動いている黒幕は、次はピッツホープ星や、ロルナドゥ星や、トゥランティック星を狙ってくるわ。それは来月かもしれないし、来年かもしれない。いま協力して立ち上がらなければ、やがて抛って立つ場所さえなくなってしまう」

ヘザー・アレクサンダーがため息をついた。

「スパルタ人の考え方ね。わたし、歴史の授業が嫌いだったのよね」

「でも分が悪すぎる。戦力比は――」バブズが言いかけた。

「圧倒的に負けているわね、たしかに。こちらの持ち駒はPF艦十二隻だけ」クリスは認めた。

「ホールジー号もあります」サンチャゴが指摘した。

「クッシング号も忘れんでほしい」代将が続いた。「老朽化した反応炉が高速航行に耐えられないのであれば、敵の戦列から出しゃばってくるやつを遠方から狙い撃ちしよう」

PF艦長たちは苦笑した。

「訓練用のデコイも使えるはずよ」クリスは言った。

「デコイを？」年長の二人はどちらもけげんな顔だ。

「うまく体裁を整えて駆逐艦に曳航させれば、戦艦とはいかなくても軽巡洋艦に誤認させることはできる。敵の砲撃を多少なりと惹きつけられるわ」

「なるほど、無駄撃ちさせればこちらはいくらかでも有利になるな」代将は認めた。

「PF艦を狙う砲撃が減れば、そのぶんだけこちらは命中させやすくなる」クリスは思わず凶暴な笑みを浮かべていた。「勝ち目を増やすための準備期間は三日あるわ。ヌー造船所はここの隣。アルおじいさまが門をあけておいてくだされば、政治的な障壁はなんとか回避してドック入りさせる。チャンドラ、PF艦にミサイルを装備するアイデアについて話していたわね。攪乱用のチャフ弾発射装置を流用できれば強力な武装になると」

「でも陸軍の新型AGM-944高加速ミサイルをどうやって入手するかが問題よ」

チャンドラ・シンが言うと、サンチャゴが答えた。

「なにかしら手はあるはずだ。陸軍の関係者とすこし話したが、彼らもわたしたちと思いはおなじだった」

叩き上げの士官の黒い瞳に光が浮かびかけたが、すぐに夢を捨てるように首を振った。

「PF艦のエンジンは冷えきっています。四週間近くも停止している。プラズマ系が正常に起動するかどうか。こういう艦は民生用の機械とはちがう。適切な保存処置をとらずにただ電源を抜いて放置したら、劣化して使いものにならなくなる」

クリスはそちらをむいて言った。

「だったらなおのこと急いだほうがいいわ。試験して問題を洗い出し、復旧させる。わたしたちは新造時にこの艦を就役させた。再就役させることもできるはずよ」

「三日で？」

懐疑的なテッド・ロックフェラーに、クリスは強く言った。

「必要とあればもっと早く。造船所はすぐ隣にある。ヌー造船所でできないなら他のどこでもできない。ものがあって、欲しい客がいれば、商談は成立よ」

「支払いは？」代将が訊いた。

「アルとの交渉はまかせて」

　トムがニヤニヤ笑いとアイルランド訛りで言った。

「話を聞いてると簡単そうだな。どんな船でもテープと糊とチューインガムでなおせるってか？」

「この世に簡単な仕事などないわ」とヘザー。

「海軍基地に一時派遣している作業班を呼びもどそう」マンダンティ代将は立ち上がり、会議を締めた。「各艦の艦長は明朝〇八〇〇《マルハチマルマル》までに、艦の現況について詳細な報告をするように。プリンセス・クリスティン、そのときまでにヌー造船所が保有する整備能力について調べておいて……いただけますかな」

「いいわ」

　クリスは答えた。代将がその権能を奪った者に対して話しにくそうにしているのがわかった。またしても不規則な指揮命令系統で戦いにいどむことになる。こういう戦いも悪くないかもしれないと、クリスは思いはじめていた。

8

ＰＦ‐１０９を戦闘装備状態にもどす作業にクリスは没頭したかった。そのためには、ステーションにいるヌー・エンタープライズの管理職を探さなくてはいけない。あとは脅したりすかしたりして仕事をさせるのだ。

「ジャック、いっしょにきて。クッシング号のステーション移動用のカートを使うから。ペニー、あなたはトムについていって、１０９に新設した情報管制席の動作確認を」

ペニーは数時間前に夫になったばかりの男を目で追っている。

「わたしはトムとおなじ艦に乗ってかまわないんですか？」

「いけない理由はないわ。１０９は戦闘情報管制を必要としてるのよ。あなたがトゥランティック星でやってくれた仕事をね」

「はい」

ペニーの下唇はまだ心配そうだったが、意を決したように夫のほうを追いかけていった。

クリスはジャックにむきなおった。警護官は悲しげな笑みでペニーの背中を見ている。

「あの二人にとっては大変なハネムーンになりましたね」

「いっしょにいられるだけましでしょう。さあ、いっしょにという話なら、あなたにはヌー造船所のゲートをくぐり抜ける手伝いをしてもらわなくてはいけない」

「株主IDを使えば簡単では?」

「居所を知られたくないのよ。ローカルネット上では、わたしは本来ここにいてはいけない存在だから」

「わかりました。昔の女に話を通してみましょう」

ジャックは請けあった。しかし言うほど簡単ではなかった。

ゲートを守っているのは臨時雇いの警備員ではなかった。小柄で澄んだ瞳のブルネットの女性兵は、袖に伍長の階級章と、勤続六年以上をしめす年功袖章二本をつけていた。彼女はジャックのつくり話を聞いて微笑み……上官を呼んだ。

やってきた女性軍曹はしかめ面だった。年功袖章五本、善行章三本、一級射手章といくつかの勲章にくわえて、腰に自動小銃を吊っている。右手はその使いこんだグリップのそばから離れない。

軍曹はジャックのつくり話をすぐにさえぎった。

「あなたはジャック・モントーヤ。最近の政治的混乱が起きるまでクリス・ロングナイフの警護官をつとめていた検察局員ね」クリップボードを見ながら話した。次にクリスを見る。

「そしてあなたはID提示拒否ですか」

「残念ながら」

軍曹は眉間の皺を深くした。

「ここは四十一の法律にもとづく保安区域であり、それらの法律のいくつかはロングナイフ政権に指導されない議会によって議決されていることをご存じでしょう」

「ええ」クリスはうなずいた。

「プリンセス・クリスティン、あなたを通せばわたしは階級を失うかもしれない。しかしあなたは充分な理由があって行動されているのだと思います。その目的は今日の混乱をさらにひどくすることではないと」

「理由はあるわ。混乱させるつもりはない」クリスは答えた。

「わかりました。お通りください」

軍曹は言うと、部下にむきなおった。

「伍長、ここで見たことは忘れろ。この件について今夜はだれにも話すな。ニュースに流れたら驚いたふりをしろ。黙っていれば、これから数年間はただでビールを飲む機会がしょっちゅうあると思え」

ジャックがカートを運転して角を曲がるとき、クリスは振り返った。軍曹はこちらを目で追いながら、空中にむかってしゃべっていた。おそらくネット上のだれかに。

カートはまっすぐ造船所の管理センターにはいった。

土曜日で、正体不明の艦隊が近づいている状況だ。管理センターはひとけがないだろうとクリスは予想していた。しかし予想に反して職員は四人に一人が机について仕事をしていた。

工務監督のオフィスは、かつてファイアボルト号の機関の仕事で訪ねたことがあったので、まっすぐそこへむかった。ところがだれもおらず、かわりに隣の副監督のオフィスのドアが開いている。はいってみると、部屋の主は雑然としたデスクでうつむいて仕事をしていた。

クリスはドアの横の柱をノックした。

「早かったですね」男は顔を上げずに言った。

「渋滞してなかったから」

「月曜のシフト交代のときだったら大混雑ですよ」

「次の月曜にここはどうなっているかしらね」

男は顔を上げた。

「それは興味深い問いです。さて、今回はどういうお立場での訪問ですか。株主、プリンセス、それとも大尉？」

話をしやすい男だ。彼女のことを知っているようだし、狭い了見でものを言わない。

クリスは答えた。

「とりあえずプリンセスとして。必要なら株主になるわ。現在の状況はどう把握している？」

「気分のいい状況ではないですね。艦隊が迫っていて、わたしの職場を宇宙のもくずに変えると脅している。政府はいつまでたっても対応策を協議中。政治的選択肢を減らさないために、軍はなにもするな、銃をかまえるなと命じられているらしい。こんなところですか。とにかく、おすわりになりませんか？　あなたも、モントーヤ警護官」

「概況としてはそんなところね」

クリスはしめされた椅子へ歩いた。ジャックは首を横に振ってドアの脇に立った。どの方向も見通せる位置だ。

机の書類の山になかば埋もれた小さな木製の名札には、ロイ・ブアニファネストと書かれている。握手のために立ち上がったロイは、クリスより三十センチも背が低い中年男だった。握手を終えるとまた椅子にすわり、足を机に上げて頭のうしろで両手を組んで、笑顔で訊いた。

「さて、ローマが燃えているのにネロの末裔たちがのらくらしているというときに、われわれはどうするべきでしょうか」

「延焼をできるだけ防ぐことね。海軍基地には十二隻の高速パトロール艦があるわ」

「パンドーリが金持ち子女の遊び船とくさした小型艦の集まりですね」

「戦闘装備状態にもどさなくてはいけない。大急ぎで」

ロイは唇を結んだ。

「機関は小型の物質／反物質エンジンですね。現在の運用状態は？」

「完全停止」

「ううむ。適切なモスボール保存処置を？」

「照明を消すように、いきなりスイッチを切って放置。こんな遊び船がどうなろうとだれも気にしないというわけね」クリスはメディアがくさすときの表現をそのまま使った。

「またしても、ううむ。復旧にはこちらのドックにいれてもらう必要がありますね」

「それは無理。近づく艦隊や地上の政治家から敵対行動と見られることはできないわ」

「なるほど。警戒解除という一般命令が出されていますからね。造船所では現在、軍関連の業務はほとんど請け負っていません。そもそも軍艦はすべてボイントン星へ出払ってしまった。彼らの準備のために一時はてんてこまいの大忙しでした。そのてんてこまいの大忙しにもどれというわけですね。ただし極力目立たずに」親指と人差し指をそっとあわせた。

「ええ、目立たずにね」

「お支払いはどなたが？」

それを次に問われるのは予想ずみだった。そうでなければ株主としてこの男の解雇を求めただろう。しかしプリンセスとしては、まだ問われたくないところだった。

「アルおじいさまに安全な回線をつなげるかしら」

「あなたがデータ上の痕跡を残さずに造船所に忍びこんだ方法を知りたがっていらっしゃるはずです。コンピュータ、ミスター・ロングナイフに回線はつながっているか？」

ロイのデスクのわずかに残った平らな部分に、アルのホロ映像が浮かび上がった。

「こんにちは、おじいさま」クリスは挨拶した。

「孫娘の顔を見られてうれしい……とはあまり言いたくないな。おまえがあらわれるときはいつも厄介事を持ってくる」

アレックス・ロングナイフは答えた。クリスの父方の祖父にして、ウォードヘブン最大の億万長者。その富は人類宇宙でも十指にはいるだろう。

「一族が集まるピクニックパーティやビーチパーティを企画してくだされば、家族団欒の楽しいときがすごせるのに」

「わたしにとって父や息子とすごす時間が家族団欒に相当すると思うか？」

彼とその父レイとの関係でいえばたしかにそうらしい。父子のあいだでなにがあったのか、クリスは聞かされていない。

「この惑星に問題が起きているのはご存じでしょうね」

「ピーターウォルド家がグリーンフェルド星の戦艦を何隻かよこしたようだな。政府のぼんくらどもは頭が真っ白になっている」

「ピーターウォルド家だとわかっているの？　艦隊はＩＤを発信していないそうだけど」

「たしかにそうだ。しかしボイントン星の問題がわたしの息子の政権の命とりになる過程に、あいつらが関与していないわけがない。土壇場で不信任票を投じた議員の一部はピーターウォルド家のカネで動いたという証拠が、調べるところを調べれば出てくるはずだ。わたしがわからないでどうする」

逆にいえば、アル自身もそうやって特定の票を〝買った〟ことがあるのだろうか。興味深い。クリスは肩をすくめた。

「艦隊の出所がどこにせよ、止めなくてはいけないわ。この造船所のどこかに予備の戦艦でも隠してないの？」

　前回話したときのアルは、自分の環境を守るために多額のカネを使っていると自慢していた。ピーターウォルドが支配する世界に住むのは、ロングナイフ家にとって安全とはいえない。クリス・ロングナイフとしては絶対に避けたい。

「隠し戦艦はない。そこまでは考えなかった。税金を払った分の安全上の見返りはあると期待していたのだ」

「わたしはＰＦ小艦隊を率いて侵入者に攻撃をしかけるわ」

「やめろ。自殺行為だ」

「自殺行為というほど分は悪くないはずよ。その勝ち目をもっと上げようとしているの。でも艦は完全停止で保管状態にある。緊急に整備して戦闘状態にもどさなくてはいけない。ヌー造船所に依頼していいかしら」

「なんでも好きなように依頼すればいいさ」ホロ映像が工務副監督のほうをむいた。「ロイ、聞こえたとおりだ。必要なものはなんでも供給してやれ」そこでクリスに目をもどし、「ただし、おまえがそれに乗っていかないことが条件だ」

「おじいさま、それは約束できないわ」

「なぜだ。その高速ナントカ艦の艦長がおまえしかいないということはあるまい。他にもいるはずだ。交代してもらうとか、助手にまかせるとか、いくらでも手はあるだろう。わたしは休眠中の艦を整備する代金をもつのだぞ。危険な撃ちあいから孫娘を引きもどす権利くらいあるはずだ」

クリスはすこし驚いた。なるほど、アルの言うことにも一理あるかもしれない。カネは出すから孫娘の命を助けろ。単純な取り引きだ。そうすると、クリスは一瞬言いそうになった。

しかし一瞬だけだった。頭に浮かんだのは、ドックに立つチャンドラの子どもたちの姿だ。戦地へむかう母親に一生懸命手を振っていた。子どもたちでもそうする。チャンドラの民間人の夫もそうだ。

なのに大尉が逃げるわけにはいかない。

艦を指揮する大尉が怖じ気づいたところなど見せられない。

「悪いけど、おじいさま、それはできないわ。ＰＦ艦隊にもご多分に漏れず警戒解除の命令が出された。おとなしくしていろということ。この小艦隊の指揮権をまるごと掌握するために、わたしは王女としての権限を発動させたわ。そして出撃準備を命じた。そのわたしが先頭に立たなければだれもついてこない」

「やれやれ、おまえの言うことはわたしの父そっくりだな」

「ごめんなさい、おじいさま。他に道はないの」

「それも父の言い草だ。〝他に道はない〟。ああ、腹が立つ。たまにはだれかちがう道をみつけるべきだろう」

「ちがう道があるなら、小艦隊の乗組員全員がそちらを選びたいと思っているわ。でも、よく考えてみて。もしカネの力でわたしを艦から降ろしたら、ゲイツ家やロックフェラー家やアレクサンダー家に今後顔むけできるの？　彼らはカネを払って息子や娘をこの作戦から降ろす機会はないのよ」

　ホロ映像のアルは長いこと目をそらした。そしていっぺんに老けこんだような顔でむきなおった。

「ロイ、造船所のどこかにわたしのヨットが係留されているはずだ。多少の威力を持つ自衛用レーザー砲を積んでいる。引っぱり出して、乗組員をかき集め、このプリンセスが望むように使わせろ。ヨットの船長にもよく話をしてみろ。まだ惑星から逃げ出していない武装ヨットの船長を何人か知っているだろう。ウォードヘブンは意外と丸腰ではないかもしれないぞ」

「わかりました」

「小艦隊の整備でだれかが必要になったらいつでも連絡しろ。お姫さまの望みはなんでもかなえてやれ。しかし用心しろ。メディアが嗅ぎつけたらまずいことになる。カメラの砲列や地上の腰抜け政府に気づかれるな」

「はい」

「ありがとう、おじいさま。とても――」

「愛国的だと言いたいのか？」アルは鼻を鳴らした。「惑星旗に忠誠心を持っているのはおまえたち制服組だけではないのだ。われわれ民間人もそれぞれの形で星を愛している。ロイ、必要経費はすべて帳簿につけておけ。息子が劣勢をはね返して選挙に勝ったら、政府に今回の代金を請求してやる」

「そうします」

ロイは答えながら、やや困惑顔でクリスを見た。しかし一時的だ。彼はビジネスマンだ。

「他になにかあるか？」アルは訊いた。

「いま思いつくことはそれだけよ。なにかあったらロイに連絡させるわ」

「わたしの上司は休暇中です。呼びもどしますか？」

工務副監督が尋ねた。しかしホロ映像のアルは首を振った。

「休暇を中断させたりしたらかえって目立つ。ロイ、今回の件はおまえが仕切れ。いい機会だぞ。血気盛んな若いロングナイフの直属になるんだからな。つりあう年で、逆玉の輿に乗りたがる息子はいないのか？」

「あいにく末の息子も最近結婚してしまいました」

「それはめでたい。さて、悪いが、わたしは一部の不動産の清算手続きをやらねばならない。いらぬお節介をするやつがいたせいでな。叩けば埃が出るのはだれでもおなじだというのに」

「ごめんなさい」クリスは言った。

「それは本心ではあるまい。わたしが売却して所有者が変わったからといって、そこの居住者の暮らしがなにか変わると思うか？」

「所有しつづけて生活環境を改善してあげることもできるでしょう」

「おまえはとりあえずその危険な作戦から生きて帰って、わたしのところに寄れ。スラム街ができる市場原理についてじっくり説明してやる」

「そうするわ」

クリスが答えると、ホロ映像は消えた。

ロイは椅子にすわりなおした。

「会長のヨットはつい最近、浴室の改装工事をやりました。そのとき使った船の技術資料がわたしのコンピュータにはいったままです。データベースにアクセスする必要がないのは、注意を惹かないためにいいでしょう。では、殿下、小艦隊の下見にまいりましょう」

ロイはカートに近づくと、「運転します」と言って前席に乗った。そして正面ゲートとは異なる方角へむかった。

「五番ゲートが開くはずです」

往復六車線の広い道路の先に、海軍基地とヌー造船所をへだてる高さ四メートルのフェンスがある。近づくとバーは自動的に上がった。ロイは笑顔になった。

「やっぱりだ。海軍のほうでは閉鎖し忘れてる。造船所側のゲートを閉めておいたので、臨時雇いの警備員は見落としたのでしょう」

こんな抜け道があったのか。中央ゲートをつくり話で突破しようとした苦労はなんだったのか。

クッシング号の士官室にも新たな驚きが待っていた。マンダンティ代将とサンチャゴ中佐とともに、海軍基地司令官のバンホーン大佐がリーダーに見いっていたのだ。大佐は顔を上げ、クリスがロイを連れてきたのを見て、社交上のひどい失態をみつけたように不快な顔をした。

代将が話しているところだった。

「軌道にはかつて機雷が敷設されていた。平時の交通には危険なので三十年前に除去されたと記憶している。その機雷はどこかに保管されているのではないか？」

バンホーン大佐は答えた。

「しばらくはそうでした。しかしわたしが基地司令官に就くすこしまえに、経年劣化して危険だという理由で払い下げられました。畑の肥料になったはずです」

「ううむ」代将も中佐もうなった。

代将はそこでクリスに気づいた。

「もどられましたな、プリンセス」

「アルと連絡をとって、ヌー造船所の全面協力をとりつけてきたわ」クリスは報告した。

「会長は、小艦隊がこの自殺ミッションに出発するときに孫娘が埠頭に残ることをお望みでしたが」ロイが横から言った。

「なるほど。ではきみが先頭に立つか、サンディ？」バンホーンは言った。

サンディ・サンチャゴはその問いを無視した。

「どうするのですか、ロングナイフ？」

　クリスは深呼吸した。自分をかりたてているのは、誇りか、狂気か、自殺願望か。

「109で飛ぶわ」

「飛べたら、だが」と代将。

　ロイが意欲的な笑顔になった。

「艦に問題が？」

「プラズマ封じ込め用の磁界が故障してまったく動かない」

「おまかせください」ロイは携帯電話の通話ボタンを押そうとして、やめた。「造船所へ伝令を走らせていただくわけにはいきませんか？」

「兵でも、士官でも。わたしの副官でもいいぞ」

「よろしければ副官で。調査見積もり部門に新任の部長がいます。その男を来させて、午後までに整理と精査と報告をやらせましょう」

「ヘレン！」

　代将は大声で呼んだ。ごま塩頭の再召集兵が士官室の入り口にあらわれた。

「お呼びでしょうか」

「造船所へひとっ走り行ってこい。調査見積もり部門だ。その部長と部下全員を集めて、監督がここへ来いと言っていると五分以内に伝えろ」

「行ってまいります」ヘレンは軽く敬礼した。

　そばに控えていたジャックが声をかけた。

だろう」

「カートがある。ついさっきそれで造船所へ行ってきたところだ。それに乗ったほうが早い
だろう」

「ではご足労をお願いします」

二人は去っていった。

クリスはテーブルに加わった。

「PF艦の艦長たちは朝まで待たずに整備状況を報告してきたようね」

代将は言った。

「深刻な障害はありませんよ、プリンセス。多少大きな問題を抱えているのは四隻。109
と105はエンジン。103はレーザー砲のキャパシター。102はレーザー砲を取り外さ
れかけていた」

「その程度ならなんとかなります」ロイは請けあった。

「アルからは武装ヨットを提供するという申し出があったわ」

クリスが言うと、バンホーンがしかめ面で皮肉を言った。

「なるほど、お姫さまは快適な豪華船から指揮をとると」

「ちがうわ。駆逐艦が曳航するデコイよりも、自力航行して砲撃もできる船のほうが陽動に
は効果があるのではないかと思ったのよ」

代将が顎をかいた。

「電波妨害装置と偽装装置を積まなくてはいけないから、電源の補強が必要だな」

「ヨットの武装は小型の十二インチ・バーストレーザー砲二門で、とても目立つけれども、射程は長くないわ」

　バンホーンが提案した。

「四インチ副砲を何門か追加しましょう。補給処にあったはずだ。ぴかぴかの塗装に傷をつけることにアル・ロングナイフが文句を言わなければの話ですが」

　ロイは答えた。

「なにをやってもいいと聞いていますので大丈夫です。さて、海軍の艦船を造船所にいれるのはまずいとのことですから、民間船が軍港の埠頭にあらわれるのも好ましくないでしょう。ヨットは境界フェンスのすぐそばに係留しておきます」

「五番ゲートを開けなくてはならないだろうな」バンホーンが渋面で言った。

「いえ、その必要はありません」

　ロイはニヤニヤ笑いで、臨時雇いの警備員たちの見落としを教えた。大佐は驚き、愚痴を言った。

「海兵隊の支隊が残っていれば……。いや、海兵隊がいればそもそもこんな窮地にはおちいらなかったわけか。よくわかった、工務監督。ところでマンダンティ代将、あえてMKⅥデコイを使う必要はないと思います。艦隊が出ていっているので、予備のMKⅫが基地のどこかにころがっているはずです。予備役の艦長を召集して運用させましょう」

「警戒解除命令にさらなる拡大解釈を加えるわけですね」とサンチャゴ。

「わたしの副官に話をさせよう。じつはその予備役艦長は副官の妻なのだ。民間で退屈な仕事をしている元部下たちに、現役復帰してひと暴れしようと声をかけてまわるはずだ。ただしこっそりと、目立たないようにな」

大佐は皮肉っぽくつけ加えた。

クローゼットに軍服をしまいこんでいる民間人を集めて、簡単な武装をしたヨットに乗せ、軽巡洋艦をよそおわせる。それで敵の砲火を引きつけさせ、そのあいだに主力の高速パトロール艦が敵戦艦に手傷を負わせる……可能であれば。

無茶だ。

興奮するほど無茶苦茶だ。

バンホーン大佐は、海軍基地の隣の補給処と武器庫を監督する陸軍大佐を呼んできた。まもなく、新品のＡＧＭ９４４ミサイルをひと山積んだトラックが、べつの監視不充分なゲートを通って、ＰＦ艦埠頭の建物脇にキー付きで放置されているのが発見された。機関が復旧するより先に武装が強化された。

一日中走りまわって疲れたクリスは、サンチャゴの勧めにしたがってその夜はホールジー号に泊まることにした。ヒキラ星への往復で割りあてられた個室だ。狭い通路をはさんでむかいがジャックの部屋になった。

就寝前に艦内の戦闘指揮所《CIC》に顔を出した。敵艦隊の先頭の戦艦は、あいかわらず降伏を求める放送を流しつづけていた。

「ニュース放送をご覧になりますか？」

当直士官の大尉が訊いた。ちょうどそこへサンチャゴもやってきた。クリスは答えた。

「ネリーのほうが早くて便利だから」

「そのとおりです」ネリーがしゃべりだした。「軌道エレベータは午後八時三十分から技術的不具合のために停止しています」

「そう。とすると、作業員が造船所に上がってきにくくなるわね」

サンチャゴが答えた。

「大丈夫ですよ。修理では試験走行をする。そのときに作業員たちを乗せればいい」

ネリーはニュースを続けた。

「レイ王は知性連合全体に救援を求めました。いまのところ反応はありません。戦艦十二隻をふくむ二個小艦隊がボイントン星から呼びもどされたという未確認情報があります。しかし政府はこれについてコメントしていません。次は興味深い話です。軍高官によるメディアへの背景説明がおこなわれ、人類宇宙のプレジデント級戦艦はすべて所在が確認されたので、ウォードヘブンに接近中の船団が大型戦艦であるという噂は根拠がないとの見解を述べました」

「そんな情報を信用する者がいるのか」とサンチャゴ。

「電磁的パッシブサーチの結果も見ていないんでしょう」若い技術兵が画面をしめした。

「だれがそんなリーク情報を出してるのかしら」クリスはつぶやいた。

ネリーはニュースを続けた。

「惑星間株式市場でウォードヘブン株は急激に下落しています。現在は週末で市場は閉まっていますが、時間外取引も一時停止になる混乱ぶりです。銀行のATMで現金引き出しが制限されているという報道もあります」

「一般的な金融システム保護策だと思うけど。人々の反応は？」

「平常どおりの週末をすごしています」

サンチャゴが言った。

「平常どおりの理由の半分は、まだ知らないからでしょう。月曜になればわかる。侵入艦隊について新たな情報は？」

「とくにありません、艦長」

クリスは訊いた。

「過去五年から十年の戦艦建造の情報のなかに、今回の艦隊と符合するものはないかしら」

当直の大尉はわずかに笑みを浮かべた。

「あるかもしれないし、ないかもしれないですね。ベニ、解説してさしあげろ」

若い技術兵が命じられて話しだした。

「わかりました。まず、電子戦技術では大量のデータ分析を必要とします。分析をかけると必然的にデータの移動が発生します。これがノイズとなってあらわれます」技術兵が指先でしめす画面には、色分けされた棒グラフがあり、断続的に伸び縮みしていた。「じつはストレージメディアは個体ごとにわずかな差異があります。ぼくの父は消費者組合でその寿命を調べる仕事をしてるんですが、プライベートでぼくも加わって、その差異から個体を識別する技術を開発しました」

「まさか離れたところからストレージメディアの識別はできないでしょう？」

クリスが訊くと、少年のような技術兵はニヤリとした。

「あなたも、あなたの首にかかっている高性能コンピュータも、ぼくの手にかかれば桟橋二つむこうからでも識別できますよ」

サンチャゴは本題にもどった。

「侵入艦隊が使っているストレージの製造者は？」

「ピーターウォルド・コンピューティング・アンリミテッド社です」技術兵は即答した。

クリスはうめいた。

「ピーターウォルド……。アルおじいさまも今回の件は裏にピーターウォルド家のだれかがからんでいると考えていたわ。老人の目に旧家の亡霊が映っているだけじゃないかと思ったんだけど」

「ときにはクローゼットから出てきてしまう旧家の亡霊もあるようですね。いや、悪気はありませんが」サンチャゴは考えを述べた。「しかし、ウォードヘブン星がグリーンフェルド星に占領されたら、レイ王の知性連合も一年以内に乗っ取られるだろう。彼らの六十星だか七十星だかに、九十星が加わる。そして五年後には地球も支配する。敵は巧妙ですよ」

「父にこのことを知らせないと」

技術兵のベニが自分の携帯電話をさしだした。

「ぼくの携帯を使ってください」

「でも……」クリスはためらった。

「大丈夫ですよ。ぼくと父は通信の秘匿性に人一倍敏感なんです。この携帯機を使うかぎり、通話内容は外部に漏れません。そもそも、電子技術担当の一等兵曹の持っている携帯電話なんかだれも盗聴しませんよ。ニュース屋だってそんなに暇じゃない」

「ベニの言うことは信用できます」当直の大尉も言った。

クリスは携帯を受けとった。ネリーに訊いて、自分の保安コードと、ホノビが妻からの電話を受けるとき専用の番号を打ちこんだ。ローズの番号を使うのは気がとがめたが。

一拍おいて兄は出た。

「いまとても忙しいんだよ。あとでかけなおすから」

「こっちもとても忙しいのよ。でもどうしても話したいことがあるの」クリスは言った。

「どこからかけてるんだ？」

「それは当面の緊急問題ではないわ。接近中の豪華客船についてあることを関係者から聞いて、それをお兄さまの耳にいれておきたいの」

「豪華客船？」

「ええ、ラブレターを送信してきている豪華客船よ」

兄なら通じそうな言い換えを使った。監視しているであろうボットの検索ワードにひっかからなければいいのだ。

「ああ、あの客船か」兄は飲みこみはやや遅いが、バカではない。

「その客船で使われている記録メディアは、すべてピーターウォルド・コンピューティング・アンリミテッド社製らしいの」

「あの会社が」ホノビもボットの注意をそらすために固有名詞をくりかえさない。

「そうよ。今回の嵐の原因は彼らだとアルおじいさまは考えているわ。票になる話でしょう？」

「父上はまた機嫌が悪くなるだろうな」

「そちらのようすはどうなの？」

「なかなかすんなりとはいかないよ。父上は〝古株の家〟で会合を開くと主張している。もちろん〝新入り〟たちは気にくわない。採決したら負けるに決まっているからね。父上は古株の家にむかって行進している。あとには多くのメンバーが続いている。多数だよ。となると、新入りたちはなにか手を打ってくるはずだ」

「どんな手を？」

「それがわかれば苦労しないよ。厄介な状況だよ。ミード教授から昔聞いた話を憶えているかい？　ぼくらは最悪のイギリス式を選んでしまったって」

よく憶えていた。納得できないことが多かった政治学のミード教授の話だ。野党が政権を倒したら、普通は野党が政権の座につくか、あるいはしばらく問題を先送りして選挙をする。しかしミード教授はそこで一つの考え方を提示した。それは現在の状況に通じる話だった。すなわち、新政権ができるまで旧政権を存続させてもよいのではないかという考えだ。「地球の大英帝国はそういうやり方で二百年生き延びたのだ。問題を先送りしても、かならずしっぺ返しとなってもどってくるのだから」と教授は言った。

今度ウォードヘブン大学の近所へ行ったら、ミード教授に会って話そう。そのしっぺ返しを実際に見たと。それは何十万トンもの重量があったと。

そのためには生きて大学の近所へ帰らなくてはいけない。

「それで、お兄さまはこれからどうするの？」

「行列の先頭へ行って父上に話すよ。深入りしないように言う。父上は自分が正しく、新入りがまちがっていると思っている。でもいまは新入りにすべてのカードを握られているんだ。いくら正しくても権力がなくてはしかたない。おとなしい人ならこういうときにまちがった行動はとらないと思うけど、父上はときとして謙虚さを失うからね」

「わたしにとってのお父さまはいつもそうよ」

「ぼくにとっての父上は沈着冷静で頭脳明晰な円熟した政治家だ。でも、いまのふるまいはそうではないね」

「わかったわ、お兄さま。そちらはそちらでがんばって」

「おまえはどこでがんばるんだ？」

「まえに見せたわたしの小型の〝ヨット〟は憶えてる？」メディアによるPF艦の蔑称をあえて使った。

「なんだって？　上に……というか、そこにいるのか？」

「そうよ」

「自殺行為だ」

「そんなつもりはないわ。そうならないようにする。それに、お兄さまとお父さまがその仕事に勝てば、選択肢は二つに一つなのよ。タオルを投げるか、ダビデを派遣して、その……大きな相手を倒すか」

「なんてことだ、妹よ。負けたほうがいいような気がしてきた」

「負けるなんてだめよ。勝つことを前提にしてるんだから。お兄さまたちが政治の舞台で正しい結果を出してくれないと、わたしが率いているのはただの反乱軍になる。命がけで守っているものから反乱軍呼ばわりされたくないわ。そうならないようにして」

「その点についてはぼくも考えがまとまっていないんだ。やれやれ、本当に厄介な状況だな」

「本当にね。お兄さまは自分の仕事をして。わたしはわたしのやるべきことをやるから」

「そろそろ切るぞ。急いでるんだ。あとは画面ごしに見てくれ」

　そう言って通話は切れた。クリスも電話を切って、まわりを見た。

「ニュースで流れているの？」

「三つの局が流していますね」

サンチャゴが言い、当直の大尉がそれらをつけた。

三つの画面にはすべて議事堂が映っている。何十人もの人が歩いている。いや、カメラが引いて大写しになると、ゆうに数百人の男女だった。議会に席を持つ人々の古い習慣どおりに黒く地味な服装をしている。たしかに父親は過半数の議員をしたがえているようだ。列を率いて、巨大なオーク材の扉へいたる五十段の石段を上がっていく。扉は、議会の開会中はつねに開いているはずだ。しかし今日は閉まっている。

父親は最上段に来ると、すぐに扉に近づいた。もちろん開かない。拳を握って芝居がかったしぐさで叩くが、びくともしない。

父親は振り返り、たくさんの議員たちとメディアにむきなおった。ポケットから旧式な紙のメモをとりだす。力強い演説をするために父親が必要とする小道具だ。

そこへホノビが近づいた。父親の耳もとに顔を近づけてなにごとかささやく。メディアはその言葉をとらえようとするが、かすかな声だけで内容は聞きとれない。ホノビはさらに電波妨害装置をとりだした。これに父親が気づき、強い口調でなにごとか言った。

技術兵のベニがニヤリとした。

「親父さんは息子がジャマーを使うのが気にいらないようですね」

「ええ。政府の透明性について父は強い信念を持っているから。見えるところは万人に見えるべきだと」

もちろん、見えないところもいろいろあるわけだ。

ホノビは父親に耳を貸さず、妨害装置のスイッチをいれた。そのあいだもしゃべりつづけている。しばらくすると、父親は話を聞く顔になった。聞き流す顔ではなく、一言も聞きのがすまいとしている顔だ。眉間の皺までできている。

父親はいつも眉間の皺を嫌う。「陰気な顔のやつに票は集まらない」と、四歳か六歳で初めて選挙運動にかりだされたクリスは注意されたものだ。

その父親が眉間に深い皺を寄せている。そしてうなずき、ホノビを背後に退がらせると、ニュースメディアにむきなおった。用意していたスピーチ用のメモは乱暴にポケットにもどす。深刻な表情で深呼吸し、話しはじめた。

「市民のみなさん、現在は奇妙で危険な時期です。しかしわたしがいうまでもないでしょう。見える目があり、聞こえる耳があればだれでもわかるはずです。このような前例のない事態においては前例のない対応が必要です。市民のみなさんもそうですし、みなさんから政治を託されたわたしたちもそうです。わたしは今日、たくさんの優秀な仲間たちとともに停滞した政治の歯車をまわそうとここへやってきました」

肩ごしに議会の扉を見た。

「しかしそれはできないようです。では選挙はというと、みなさんもご存じのように来週まで待たなくてはならない。一方でわれわれに降伏を要求し、拒むならおそろしい破壊をもたらすと脅迫している船団は、三日後には到着します。こんなときに政府がなくてどうするのですか」

ホノビのほうを振り返って続ける。

「わたしより高等な教育を受けた息子からたったいま教えられたのですが、地球ではこのような非常事態に直面したときに、挙国一致政府を樹立したそうです。国家の存亡がかかっているときには、政治的な駆け引きなどしていられないからです」

ビリー・ロングナイフは大物政治家らしく、おおげさな身ぶりで通りのむこうにある首相官邸に手をさしのべ、呼びかけた。

「モジャグ・パンドーリよ、いまこそわれわれのあいだの壁を取り払おう。明日の昼までに会談することを申しいれる。連立内閣の発足にむけた手続きを話しあいたい。ウォードヘブンがこの難局にあるときに、過去にとらわれて対立するのではなく、未来にむけて団結したい。モジャグ・パンドーリよ、この困難な時期に必要ならどんな譲歩もする用意がある。もちろん市民の利益が最優先だからだ。未来におけるウォードヘブンの利益というものがあるなら、絶対にそうしなくてはならない。ありがとう、市民のみなさん。神の祝福を」

議事堂の階段全体から拍手が響いた。

クリスの隣でも、サンディ・サンチャゴがゆっくりと両手を出して叩きはじめた。当直士官もそうだ。技術兵は自分の席で口を半開きにしている。

「メモなしでのスピーチだった。あなたがいまここからお兄さんに話をして、画面のむこうでお兄さんがお父さんに話をしましたね。そうやって話を伝えられただけで、すぐさまカメラにむいて、即興でこれだけのスピーチを」

啞然としたようすでクリスのほうを見ている。艦長のサンチャゴが技術兵に言った。

「それがロングナイフというものだ」

「ええ、わかっています。話には聞いていたし、歴史の本で読んだ。でもただの伝説で、本当は嘘っぱちだと思っていた」

「今回ばかりは父を憎む気にはなれないわね」クリスは言った。

「そうですね」

当直の士官は同意してから、艦長ににらまれて首をすくめた。サンチャゴは全員に言った。

「さあ、明日は早いぞ。そもそも就寝中に叩き起こされずにすむ可能性は二分の一しかないと思え。寝台と八時間の非番の時間をあたえられているなら、いまのうちに行使しておけ」

いいアドバイスだとクリスは思い、それに従った。

9

翌朝、クリスは個室の外で青い艦内服をみつけた。朝食のあとは、できることならその艦内服を着て、PF－109の狭い機械部にもぐりこみたかった。

しかしそうはせず、ジャックとともにホールジー号の戦闘指揮所《CIC》へ行った。小柄な金髪の当直大尉はクリスを一瞥し、ジャックに軽く笑みをむけてから、三人の技術兵がパッシブソナーを操作するのを無言で見守る仕事にもどった。

中央にあるテーブル状の戦域ボードには、ウォードヘブン星系が映し出されていた。六隻の正体不明艦は〝敵艦1〟から〝6〟までラベルがふられ、赤く点滅している。ジャンプポイント・ベータからすでに三分の一弱を移動している。今日遅くには反転して減速をはじめ、二日後には惑星周回軌道に到着するはずだ。

「反転せずに、どこかの重力井戸で減速することがありえるかしら」

クリスが疑問を述べると、ネリーが戦域ボードより一瞬早く答えた。

「いいえ」

そこへ背後からやってきたサンディ・サンチャゴが言った。

「興味深いですね。秘書コンピュータに本艦のシステムをいじらせないでいただけますか。海軍の標準仕様にすぎませんが、自分で把握できる構成にとどめたいので」

「どうなの、ネリー？」クリスは訊いた。

「命令なしにシステムにさわることはありません」

ネリーは鼻を鳴らして答えた。クリスとサンチャゴは懐疑的な視線をかわした。

クリスは戦域ボードに身を乗り出した。

「敵とあたるのはなるべく遅い時期がいいわ。政治家たちが正式な対応策を決める時間をとってあげましょう。こちらも賊軍ではなく官軍として戦いたいから」

「それはもちろんです」サンチャゴは同意した。

クリスはしばらくじっとボードをにらんだ。

「これがビデオなら、勇敢な英雄たちが邪悪な侵略者に真正面から突撃して一大決戦をくりひろげるはずね。それでも最終決戦はビデオの最後の二十分間になるものよ。ボード、ステーションから出発して一G加速を十分間をおこなったわたしたちが、減速して同速度になった敵艦隊とあたったら、その射程圏をどれくらいの時間で通過する？」

「戦艦の主砲の場合、最大距離から最小距離までを通過するのに最長三分です。副砲に対してはその三分の一です」

クリスはサンチャゴに対してニヤリとした。

「もちろんそのときには、戦艦から見てわたしたちとステーションは反対方向になっているわけね。士官学校ではそれなりに戦略の勉強をさせられたわ。ある中佐からは長い必読書リストを渡された。わたしとしてはものたりないくらいだったけど。そのリストの大半はタイフーン号時代に読んだ」

サンチャゴはうなずいた。

「だったら、ビデオを参考に作戦を立ててはならないということはご存じのわけだ」

「わたしがまだミルトンの詩について期末レポートを書いているころに、あなたはもっと多くの勉強を積んで、この駆逐艦の艦長職を手にいれたはずね。中佐、あなたならこの戦いをどう指揮する？」

サンチャゴはしばらくじっとクリスを見た。そして戦域ボードの上に身を乗りだした。

「申しわけありませんが、ロングナイフ、あなたはプリンセスのカードを切った。指揮権を要求し、わたしたちはそれをゆだねた。いまさら取り消せませんよ。とにかく、ウォードへブンを火の海にできる火力をそなえた艦隊が、ステーションを狙ってじりじりと迫っている。そのまえに立ちふさがり、敵の意図を打ち砕ける戦力がこちらにあるとしたら、それはあなたが指揮する十二隻のPF艦だけです。あなたが率いて斬りこむしかない。それをできることは証明ずみでしょう」

サンチャゴは顔を上げ、十八インチ・レーザー砲のように鋭い目でクリスを見据えた。

「ブリスベンでの救出作戦をあなたが立案し、現場で戦いながらそれを柔軟に変えていったところを見ました。PF艦演習であなたがやった攻撃プランも代将から見せてもらいました。

戦艦に対して同時命中を狙うというのは目のつけどころがいいと思います。クリス、あなたはPF艦のリーダーとしてすでに天賦のものを見せている。他の艦長たちもそれを認めてついてきている」

クリスは反論しようと口を開きかけた。しかしサンチャゴは手を振って制した。

「ええ、説得に多少苦労する相手もいるでしょう。わたし自身がそうだった。しかしあなたは行動でしめし、信頼を勝ちとった。プリンセス、だれもがあなたについていくつもりだ。だからあなたが指揮しなくてはいけない。まあ、作戦を立てるというなら、あなたとわたしとだれかをまじえてこの安全な場所で最善の作戦を考えてもいいでしょう。しかしひとたび銃火をまじえる場所に出たら、事前の計画などたちまち吹き飛ぶ。そのあとはあなたとその首にかかった混乱したチップで考え、現場の状況にそった新たな作戦を組み立てなくてはいけない」

「〝混乱したチップ〟というのはまさかわたしのことではないでしょうね」ネリーが不愉快そうに言った。

「好きなように考えればいいさ」サンチャゴは戦域ボードにむきなおった。「ボード、侵入艦隊を進行させろ。一G加速を継続し、適切なところで反転して一G減速。ハイウォードヘブンの高度で周回軌道に乗るように。結果はどうなる？」

ボードはシミュレーションによる軌跡を黄色の線で表示した。十二時間間隔で時間マークを打っていく。ウォードヘブンに近づいたあたりから表示ルールを変更した。黄色の線はちょうど宇宙ステーション、ハイウォードヘブンの位置から軌道にはいった。

「やはり。一回めの通過でわたしたちの宇宙への玄関口をつぶすつもりでいる。軌道エレベータを切り落とす。そうすれば恒星間通信も途絶する。ぴったりとタイミングをあわせている」

クリスも命じてみた。

「ボード、異なるコースと時間軸でおなじ結果をもたらすセットがありえる？」

しかしサンチャゴが答えた。

「ありませんよ。わたしたちの艦隊がポイントン星から帰還するまえに敵がウォードヘブン軌道にはいる方法は、これしかない。確認ずみです」

「つまり、わたしたちが交戦する場所と時間は物理法則によって決まるわけね」

「いつものことです。宇宙は物理に支配されている」

「戦いは三日以内」

「そうです」

「ステーションからの距離は？」

「ステーションの管理者が安心できるほど遠くはなく、しかし近すぎるということもありません」

「政府が戦う道を選んだ場合、ステーションの防衛圏内で戦うことになにか優位性があるかしら」

サンチャゴは顔をしかめた。

「迎撃レーザー砲は敵味方を区別しません。動く艦船を撃つ。海軍としては撃たれたくないし、まして味方から撃たれるのはごめんこうむりたい。もっと離れたところでやるべきです。リンゴはわたしたちだけでかじりましょう。ステーションの砲手には芯と種をくれてやれば充分です」

「惑星のむこう側をまわって楕円軌道で侵入艦隊を迎え撃つという手は？」

「選択肢の一つですね。よくある戦法です。その場合のミルナの位置は？」

ボードは単純化した図を表示していて、ウォードヘブン軌道の直近しか描かれていなかった。表示範囲を広げると、ウォードヘブンの一個だけの月がはいってきた。それを見てサンチャゴはニヤリとした。

「ふーむ、だれかが宿題をやり忘れたようですね。優秀な航法士や戦略家に相談せずに接近タイミングを決めたのか。愚かな。ボード、ハイウォードヘブンから一G加速でミルナをまわり、侵入艦隊を迎撃するコースをプロットしろ」

戦域ボードは指示に従った。緑のラインが月へ伸び、その重力圏をまわって切り返してくる。侵入艦隊のコースと鋭角に交差した。サンチャゴはふむと息を漏らした。

「完璧だ。迎撃の位置もタイミングも自由に選べます。三時間後のここでも、二時間後のここでも、一時間後のここでもいい。決めるのはこちら。帆船時代の海戦で風上側をとったような有利さですよ」

クリスはヨットレースが大好きだ。風上に位置取りする有利さはよくわかっている。一方で、軌道スキップフレースにともなう危険についても知っていた。

「ウォードヘブンの近傍で迎撃するとなると、このコースの場合、損傷したり操艦不能になった艦はそのままウォードヘブン大気圏に突入して燃えてしまうわね」

「ボード、ステーションがそなえるタグボートを調べて、軌道上に配置してみろ。救助班として活動できるように」

サンチャゴは冷静な声で指示した。

戦史にしるされた戦いの裏側には、無数に準備された作戦がある。絶体絶命の窮地においっても、そこにタグボートの救出班が待ってくれていると思えば……兵士たちもそれがわかっていれば……捨て身の戦法でも命じやすくなる。

細部だ。重要なのは細部だ。勝敗はしばしばそこで決する。

敵は六隻の戦艦を有し、細部を検討する数多くの部下を率いている。クリスの頼りは自分と駆逐艦艦長一人だけ。しかしそれはロングナイフとサンチャゴだ。

敵が六隻の戦艦でも、勝負はまだ五分五分だといえる。

そこへ、補給部付きの三等兵曹が息せききってCICへ飛びこんできた。

「こちらに殿下がおられると副直士官からうかがってきました。ヌー造船所のほうで、ヨットの乗組員とデコイの作業をする予備兵のあいだでいざこざが起きています。バンホーン大佐と工務監督が、プリンセスを呼んで仲裁してもらえと」

クリスはため息をついた。作戦立案も重要だが、艦も重要だ。レイもかつて両方の問題に対応しながら戦ったのだろうか。戦史にはそこまで書かれていない。いや、書かれているのに気づかなかったのか。次の機会にはもっと冷静に読んでみよう。

いや、一番いいのはその本人と話すことだ。なるべく早く。

クリスは戦域ボードから離れた。壁ぎわに控えていたジャックが近づいてきた。

「連絡橋のむこうにカートを駐めてあります」

急いでむかったが、五番ゲートが渋滞していた。海軍艦艇色に塗られたさまざまな大型機材が列をなしてゆっくり通っている。なかには四インチ・レーザー砲もある。そのなかに巨大な涙滴型のものがいくつかある。なんだろうと思ったが、その一つとすれちがったときにわかった。隅のほうに小さなステンシル文字で〝MKⅫ訓練シミュレータ〟と刷られていた。なるほど、これが最新鋭のデコイか。クリスたちの訓練で使われたMKⅥの四倍以上の大きさがある。

先任伍長の言っていたとおりだ。自分たちの訓練は難易度が低かったようだ。低すぎたかどうかは、そのうちわかるだろう。

〝消防車両用につき駐車禁止〟と書かれた狭いすきまにジャックは無理やりカートを駐めた。クリスは急いで桟橋のたもとをめざした。そこでは、難しい顔で言い争う人々の姿があった。

近づいていくと、ちょうどその桟橋に中程度の全長の船が次々にはいってくるのが見えた。見えているのは五隻だが、最後は六隻か七隻になりそうだ。貨物船にしては小さいが、造船所内で使われる艀《はしけ》やタグボートのたぐいにしては大きすぎる。

ヨットなのか？　こんなにたくさん、こんなに早く集まったのか？

（ネリー、海軍が出港準備をしているというニュースが流れてる？）

（その話題にはフラグを立てて監視しています。なにかあればすぐにお知らせします）

（政治の動きは？）

（お父上はまだパンドーリとの面会がかなっていません。現首相はさらに時間がかかると述べています。ニュースでは、お父上は正午から首相官邸前の階段ですわりこみをはじめるという噂について述べています。実際には、昨日の声明以後おおやけの発言はありません。詮索するつもりはありませんが、お兄さまのコンピュータにアクセスしましょうか？）

（やらなくていい。ホノビがわたしに伝えるべきことがあると思ったら、電話してくるはずだから）

それでも興味深いことがわかった。父親はパンドーリにプレッシャーをかけつづけているが、表立って揺さぶるのではなく、噂を使ってじわじわとやっている。父親あるいはホノビは、力ずくではなく頭を使って状況を打開しようとしている。

負けていられないとクリスは思った。

海軍関係者、民間人船員、造船所の作業員の三者が集まっている場所に到着した。クリスのまえで人ごみは分かれて、対立の中心点らしいところが見えてきた。

一方に並んでいるのは、それぞれ異なる民間船の制服姿の六人の高級船員。それぞれ強い個性を放っている。ヨットの船長だ。老いも若きもいて、男女の比率も半々だ。全員が有能そうで、なにかに怒っている。

むかいあっているのは基地司令官のバンホーン大佐だ。背後には二人の中佐。彼の副長とその妻らしい。妻は予備隊の隊長だ。さらにうしろには六人の少佐が並んでいる。いずれも中年で有能そうな面構えで、男女半々だ。海軍でそれなりに経験を積んだクリスには、彼らが怒り心頭に発しつつ、顔に出していないだけであることがわかる。

にらみあう両陣営のあいだに、ロイと二人の造船所職員がいた。ロイは右と左を困り顔で見ていたが、クリスに気づくと顔を輝かせた。

「お姿を拝見してこのうえないよろこびです、殿下！」

社交辞令とは思えないほど熱心な調子で言った。クリスは訊いた。

「今朝のようすはどう？」

「ある意味では……たいへんうまくいっています」

ロイの笑顔は唇の端がひきつっている。ヨット船長たちはそれぞれ悪態を漏らし、バンホーン大佐はいかにも不機嫌な咳払いをした。ロイは続けた。

「会長からお声をかけていただいたおかげで、五人ないしそれ以上のご友人からヨット提供の申し出がありました」

ヨット船長の一団をしめす。クリスはありったけの高貴な態度で声をかけた。

「協力を心から歓迎します」

一人の女性船長が進み出た。

「そいつはどうかな。あたしはエリザベス・ルナ。そこにつないだヨットの船長だ。オーナーの言う場所へヨットを導くのが仕事。飛行計画にないルートも飛ぶし、困難な場所へも行く。自分の船の能力はよく知ってる。できることも……できないことも。その能力を最大限に引き出してみせるよ。乗組員一同、プリンセスの指揮に従う。でもね……気どった海軍さんたちにあれこれ指示される筋合いはないよ」

「ヨットはただいまより軍艦扱いだ。海軍が乗り組む」

バンホーンが言った。交渉の余地は野球のバット一本分もないという態度だ。

クリスは言った。

「わかった、大佐。すこし待ってほしい。このヨットの船長たちとわたしだけで話したい」

クリスは船長たちの輪にはいった。話は海軍側に筒抜けだが、すくなくともクリスはバンホーンに背をむけた。

「よく聞いて。戦闘計画についてこの場ではっきりとは話せないわ。なぜならまだ策定中だから。それでも、あなたがたのヨットと、いま運んでいるデコイをどう使うかは話せる。ヨットにはこちらの指示に正確に従って飛んでもらいたいの。そして必要なときに必要な場所で敵の砲火を引きつけてほしい。これらのデコイをとりつけたら、昨日までのようなふるまいをしてもらうわけにいかない。わかる？」

「つまり海軍の命令に従えってことかい」一人の船長が言った。

「名誉ある働きをするわけじゃないのか」べつの船長も言った。

「そして死ぬ可能性はとても高い」ルナが締めくくった。

クリスは六人の船長を見まわした。

「よくわかってもらえたようね」

ルナは他の船長たちのほうをむいた。

「つまり、ロングナイフが率いると聞いたときに想像したのと変わらない。そうよね？」輪になった船長たちはうなずいた。ルナはクリスにむきなおった。「どうやら、どっかのだれかから適当な話を聞かされたようだね。ウォードヘブンで命をかけられるのは海軍の軍人だけだと。いいかい、この星が厄介な状況になってることはあたしたちでもわかる。それを打開するために働くチャンスがある人間は、前に出てその仕事を引き受けるべきだ。あたしはやるよ。そのために来たんだ。帰れと言われても帰る気はない。アルキメデス号を飛ばすとなら、あたしと乗組員たちがこの宇宙で一番なんだ。海軍の装置をのせたきゃどうぞ。海軍の軍人さんを乗せたきゃどうぞ。軍は軍の仕事をすればいい。こっちはこっちの仕事をする。どうぞ命令してくれよ、プリンセス・ロングナイフ。あたしらはやるよ。そのために死んでもかまわない。その覚悟があればいいんだろう？」

クリスは息を飲んだ。強烈だった。熱い自由意思の表明だった。これ以上なにを求めるだろう。だれにそんなことができるだろう。

いつのまに自分はウォードヘブンと自由の象徴になっていたのか。

求めたわけではない。しかし現にそうなっている。

震えそうになる声を必死で抑えてクリスは言った。

「他の船長たちは？」

「おなじ考えだよ」船長の一人が言った。「おなじ考えです」他の者も次々と言った。

クリスはバンホーン大佐にむきなおった。一言もいうまえに、大佐は姿勢を正して敬礼した。そしてまわれ右をして、部下たちに対して述べた。

「プリンセス・ロングナイフのご指示はわかったはずだ。諸君は武装ヨットに乗り、民間人の船員たちとともに勤務する。混乱や摩擦が生じることもあるだろう。そのような困難は乗り越えることを期待する。われわれは味方であり、敵はよそにいることを常に念頭におけ。わかったか？」

「はい」大きくはっきりと返事があった。

「船内で解決できない問題は小艦隊指揮官に伝達するように。それでもだめならわたしのところへ持ってこい。兵士と船員の問題をわたしが解決できない場合には、プリンセスにお出ましいただくことになる。しかしロングナイフを怒らせるのは得策ではないぞ。ウルム大統領はそのせいで粉微塵にされたのだからな」

バンホーンは自分のジョークに自分で軽く笑った。笑いは海軍将兵にも民間人船員たちにも広がった。

クリスはあきれた顔をするのをなんとかこらえた。そのとき、サンディ・サンチャゴが二ヤリとしてウィンクを送ってきたのに気づいた。まさに嘘も方便だ。

バンホーン大佐は話をしめくくった。

「命令は以上だ。中佐、士官たちをそれぞれの船に配置しろ。先任伍長、兵士たちを作業班に分けろ」

先任伍長は大声で命令しはじめた。クリスにその内容はよくわからなかったが、士官である彼女にわかる必要はなかった。海軍は先任伍長以下が動かし、士官はそれに乗るだけだ。

造船所の工務監督代行のところへ行った。

「そちらの仕事はどう?」

ロイは首を振った。

「困ってます。ヨットとこのMKⅫデコイの図面をつきあわせて一晩中うなってました。六隻のヨットはおもに二つのクラスに分かれますが、細部の設計はそれぞれ異なります。すくなくともMKⅫを収容できる船内空間はどれもありません」

「とすると、外部に組み付けるしかないわね。船首像のように」

「ええ。でも、視認できる距離に敵艦隊が近づいてきたら、こちらの戦列におかしな形状のヨットがいるとすぐにわかるでしょうね」

「そうね。さて、アルおじいさまからいつも言われていたわ。困っていることを話すだけ話したら、次は解決策を話せって」

とげがないように笑顔で言った。ロイはうなずいた。

「そうですね。造船所では上司からよくそう言われますし、部下にもそう言って教えます。わたしの案はこうです。この急ごしらえの不恰好な船全体を鉄板でおおって、本物の軍艦らしく仕立てるんです。ところで、どんな形にしますか？　べつに軽巡洋艦にこだわらなくても、いっそ戦艦に仕立ててしまっては」

「ちょっと待って。いきなり結論に飛ばないで」

「ヨット六隻は今日の昼までにすべて与圧ドックにいれます。MKⅫデコイ六個と動力艀《はしけ》六艘もいっしょです。艀は、通常は栈橋に空きがないときに、反応炉を停止して工事する船に横づけして使うものです。これを組みこんでしまえば、ヨットが搭載している反応炉はすべてエンジン出力のために使い、艀の反応炉から内部電力と、追加する四インチ・レーザー砲用の電力を供給できます。主砲の十二インチ・パルスレーザー砲も瀬戸際ではなにか仕事をできるかもしれない。そうでしょう？　そしてこれらをすべて偽の船体でおおい隠すわけです。ありったけの鉄板を使います。バンホーン大佐からは、基地の備蓄分がどこかにあるので使っていいと言われています。そんなわけで、たぶん二日後には、宇宙で一番醜い六隻の戦艦ができあがるでしょう。なかにはいっているデコイが実体を隠してくれるはずです」

「驚いたわね。そこまで全部昨夜のうちに考えたの？　わたしがぐっすり眠っているあいだに」

「眠っているあいだにって……眠る暇があったんですか！」

「ええ。もちろんコーヒーを飲んできりきり働くあいまにだけど」クリスはそこであることに気づいた。「聞くかぎりでは、ヨットを大改造するつもりのようだけど、操縦性がまるっきり変わるはずよね？」

「当然です。スケートボードに象を乗せて凍った川の上を走るくらい難しい操縦性になるはずです」

「でもあの船長たちは、ヨットをうまく操縦できるのは自分たちしかいない、だから乗り組むんだと言っていたわ」

「そうですね」

「どんな改造をするか説明してあるの？」

「あなたがいらっしゃるまえに話しましたよ」

「バンホーンは知っていて？」

「ええ。だからこそ海軍士官を乗りこませようとあれだけ大騒ぎをしたんです」

クリスは呆然として、数百メートル上にある造船所の天井を見上げた。さっきのはいったいなんだったのか。彼らは自分たちがやりたいようにやるための手段としてプリンセスをかつぎだしたのか。

いったい自分は王女なのか、ただの駒なのか。あまり知りたくない気がしてきた。

「ロイ……他になにかわたしが引っぱり出される用事がある？」

「いいえ。当面大きな危機は見あたりませんから。まあ、五分か十分くらいのあいだは」

クリスはジャックのほうにむいた。

「ではわたしの騎士にお願いするわ。１０９に連れていって。一休みしたらわたしも手を汚す仕事をはじめるから」

ＰＦ‐１０９の連絡橋には、だれも警備に立っていなかった。無理はない。乗組員は十四人しかいないのだ。みんな忙しい。

ジャックはカートの運転席から降りなかった。

「わたしが見張ります。憲兵の姿を見かけたら知らせます」

「お願い」

クリスはエレベータに乗り、すこし下りて後甲板に出た。だれもいない。中央梯子をつたってブリッジへ上がった。

クリスは勘ちがいに気づいた。乗組員は十四人ではない。新しい情報管制席についたペニーを加えなくてはいけない。そのペニーはしかめ面で作業しながら、ぶつぶつと文句を言っていた。

「どうしてちゃんとロードしないのかしら」そこでクリスに気づいた。「艦長に敬礼！」

「なおれ」

ブリッジにはもう一人女性兵がいて、指揮官コンソールのまえに立っていながら気をつけの姿勢をやめようとしていた。クリスは誤解がないように、「おまえはべつだ」とつけ加えた。それから訊いた。

「トムに指揮をまかせたはずだけど。どこにいるの？」

ブリッジを見まわし、いつもの片頰の笑みを探す。ペニーが教えた。

「後部です。エンジンの故障の原因を探しています。わたしも手伝いたかったんですけど、機関室は狭くて、トムと先任伍長とトノニの機関員たちがはいるともういっぱいで。フィンチはわたしより小柄なので代わりにはいってもらいました。こっちはしかたないので、不整合だらけのデータベースのつきあわせに苦労しているところです。データがばらばらで連携がとれなくて。ああそうだ、センサーの走査データも接続しなくちゃ。全部の連携がとれるようになるまでには、孫ができておばあさんになっちゃいそう」

「もう孫が？」

「まだありえませんね。トムもわたしも睡眠時間がないのに、どうやっていっしょに寝るんですか。ロングナイフ家が手配してくれたすばらしいハネムーンに驚いていますよ」

「リェン夫妻のすばらしい結婚披露宴にも驚いたけど」

クリスは機関室のある後部へむかった。自分にとっての危機が、友人たちにとってはまったく不都合なタイミングでの危機になったようだと、申しわけない気持ちになった。

クリスは梯子を下りて後甲板に出た。そこで折り返して、狭い船内を二つの与圧区画にくぎっている隔壁のハッチを開ける。そしてやや横にずれてついている梯子を下りはじめた。

機関室の中央は大きな物質／反物質エンジンに占められている。匂いの主役もそのエンジンだ。艦内の他の区画では、オゾンと電子機器の匂いに、空調が処理しきれない人間の汗の匂いがわずかにまじっている。機関室ではふだんはオゾンと電子機器の匂いばかりだ。しかし今日は人間の汗の匂いが充満していた。

「くそっ、どうしてなにも表示されないんだ？」

トムの声だが、いつもとは調子がちがう。新婦をここに来させたがらない理由の一つだろうか。

「問題はそこなんですよ、リェン中尉」悔しそうなフィンチの声。

「まったくです」先任伍長のスタンは控えめに言った。

クリスはPF艦の機関室である機械の迷路にはいりながら声をかけた。

「調子はどう？　敬礼はいいから」最後をつけ加える。

「おはようございます、艦長」スタンが言った。

「おはよう、みんな。トム、休憩をいれたらどう？」

「そうだな。先任伍長、全員に五分休憩をやってくれ。いや、十分。できれば淹れたてのコーヒーを持ってきてくれないか」

「わかりました。艦長もいかがですか？」

クリスはすでにカフェインをとりすぎだった。しかし海軍においてコーヒーカップのやりとりが神聖な儀式であることがわかるくらいには経験を積んでいる。

「もらうわ。ありがとう、先任伍長」

他の者は出ていって二人だけになった。クリスは機関員の持ち場にある唯一の椅子らしい椅子に腰かけた。トムは、いつもの片頰の笑みはなく、電磁流体場発生装置を保護している円弧状の太い鉄パイプにそっと尻をのせた。手製の検査装置を落ち着かないようすで手のなかでひっくり返している。

トムは、サンタマリア星の小惑星帯に住む坑夫一家の生まれだ。クリスのような地面育ちにとってあたりまえの存在である空気や重力などを、トムはまったく信用していない。そんなふうに頭のなかが根本的に異なるにもかかわらず、トムは士官学校でクリスが得た最初の友人だった。初めての本物の銃撃戦をいっしょに戦い、クリスがタイフーン号でありえない行動に出たときも掩護してくれた。トゥランティック星でもそうだ。

その顔にはいつでも片頰の笑みがあった。

しかし今日はそれが消えている。

「どうしたの、トム？」

トムは目をあわせなかった。あちこちに目を泳がせている。しかしとうとう顔をしかめてクリスを見た。

「エンジンが動かねえんだ。１０９はおまえの旗艦にならなきゃいけないのに、このままじゃ桟橋につながれたままだ。イエスよ、マリアよ、ヨセフよ。一隻だって戦力を欠く余裕はないのに」

「どうすればエンジンは動くの？」

「わからねえんだよ、クリス！　なにも知らない配管工が土曜日にもぐりこんでエンジンを停めちまってるんだ。当直の乗組員まで書類の訂正だか上陸任務だかで強制的に艦外に出されてるすきにな。パンドーリはＰＦ艦が心底嫌いらしい。金持ち子女の――」

クリスはさえぎった。

「政治的なレッテルはいいから、この艦が動くようにするにはなにが必要なの？」

「わからねえんだ。不具合がどこにあるのかわからねえ。いろいろやってるんだけど」

「いいわ。それなら古いコンポーネントをはずして、新品とまるごといれかえましょう。それをくりかえしていけば、いつかは不具合箇所がなくなってエンジンは動く」

「そんな乱暴な――」

言いかけるトムをクリスはさえぎった。

「サンタマリア星のやり方ではないわね。わかってる。でもトム、隣にはヌー造船所があって全作業員を動員できるのよ。十二隻のＰＦ艦と六隻の武装ヨットの戦闘準備をしなくてはいけない。猶予は二日か、せいぜい三日目の午前中まで。エレガントな修理法にこだわってる暇はない。力ずくで荒っぽくても、早い方法でやるしかないのよ。〝全機関始動、出力準備よし〟になればなんでもいい。わかるわよね、中尉？」

トムは反論しようとした息を震えながら吐き出し、身震いしてうなずいた。

「わかったよ、ロングナイフ。よくわかった。このしっちゃかめっちゃかになったエンジンの全部の交換部品を持った作業員を造船所から連れてくるのに、どれだけかかる？」

「先任伍長がコーヒーを持って帰ってくるより早く。造船所の責任者に要請すればいいわ。

なんならプリンセスの名前を出してもいいけど、なにも言わなくても協力してくれるはずだから」

「それで行こう。なんとかなりそうな気がしてきた」

クリスは梯子を上がった。連絡橋で待機していたジャックに、エンジンのオーバーホール班を一班どころか二班よこせという命令をゆだねると、ジャックは電動カートのタイヤがスリップするほどの勢いで走っていった。

クリスはほっと息をついて、PF-105へ行ってみた。そこもまったくおなじ展開になった。造船所のチームに機関室を明け渡せとバブズ・トンプソンを説得した。プライドを捨てて応援を呼ぶべきだ。高校時代はチアリーダーでダンスパーティの花形だったというバブズは、機関室で部品の山に埋もれながら先任伍長といっしょに図面を見ていた。そして、自分の領分の一部をヌー造船所にゆだねるというクリスの提案を、渋面と無言で受けいれた。

バブズが去ってハッチが閉まったあとに、この艦の先任伍長がクリスのほうにむいた。

「ありがとうございます。海軍暮らしで一番危ないのは、敵艦の大砲じゃないんです。こう言っちゃ失礼ですが、若い士官がねじまわしを持つことなんですよ」

「憶えておくわ、先任伍長」

クリスはため息をこらえた。プリンセス業務を休んで自分の艦で手を汚して仕事をしたいと思っていたのだが、どうやらその欲求はこらえたほうがよさそうだ。

10

こうして二つの艦を訪問したことで、クリスの仕事はより明確になった。

艦長と乗組員は軍艦に乗って戦う。彼らが最高の戦いをするために障害となるものは徹底的に取り除く。ところが、当の艦長がときとしてその障害になるというのは、クリスにとって新たな発見だった。

しかし聞いたことがないわけではない。士官学校の授業で、口出しすぎる管理職について学んだ。いわゆるマイクロマネジメントだ。今回は一部の友人がその罠に落ちかけているのを救った。いや、自分自身もだ。

軍艦の戦闘準備を助けること。

船を探して戦列に加えること。

これらがプリンセスの仕事だ。いつか王女の適切な作法と身につけるべき教養について本を書くことがあれば、第一章に記さねばなるまい。

クリスは笑って、次のPF艦にむかった。

（ネリー、わたしがどの艦を訪れたか記録しておいて。チェックマークをつけて、見落とし

があったら教えて)

(わかりました。わたしはそのあいだに、より複雑な回避パターンと、より高速な回避機動の研究をしておきます。最終的な攻撃アプローチについても数パターンを作成中です。これは回避機動によって小艦隊がどの程度分散するか、それまでに何隻が残存しているかによって変わります)

(ありがとう、ネリー。まかせるわ)

(ご存じないかもしれませんが、109の先任伍長は乗組員用の新しいヘルメットを注文ずみです。これはパンドーリがPF艦隊への政策的締め付けをはじめるよりまえのことです)

(知らなかったわ。いいヘルメットなの?)

(はい。わたしの評価では最高の製品です)

(他の艦の乗組員全員分も注文しておいて。武装ヨットの分も)

(しかしいまから注文を出すと、嗅ぎまわっているメディアに気づかれてしまいます)

(それはまずいわね)

(こういう方法があります。アルはいくつかのフットボールチームのスポンサーになっています。注文書にはそれらのチームの支払い情報と適切な送り先を書いて業者にメールします。発送された品物は途中で送り先情報を書き換えて、軌道エレベータの上の海軍基地のアスレチックセンターに届くようにします。それなら気づかれません)

(なるほどね。そうして)

（クリス、こういうことを人間は楽しいというのでしょうか）

（そうよ。監視すべきでないことを監視している人々の裏をかくのは、楽しいことよ）

（わかりました。これが楽しいのですね。それから、耐加速シートの形状プログラムはヘルメット装着を前提に書き換えました。ヨットもスマートメタル製のシートを使っているのでおなじように修正できます。ただ、ヨットにはセキュリティシステムがはいっているので、わたしのアクセスは拒否されるはずです。ヘルメットを注文ずみであることと、それが乗組員の安全に寄与すること、およびヘルメットをより安全に使うためにシート形状の修正が必要であることを、ヨットのシステムに説明するつもりです。そうすれば変更を受けいれてくれるでしょう）

（ヨットのコンピュータと交渉すると言いたいの？）

（人間的な表現ではそれにあたると思います）

考察が必要な興味深い話だ。

（ネリー、次にトゥルーおばさんのコンピュータにアクセスするときに、この話も伝えなさい。あなたが他のコンピュータと交渉しているということに、トゥルーは興味を持つと思うわ）

（そうですか。たんに合理的なやり方だと思いますが）

まあ、それはそうだ。

他の艦も大なり小なり混乱していた。せめてフィルとチャンドラは例外であってほしいと思っていたが、現実には彼らなりに混乱の輪に加わっていた。

チャンドラはAGM-944を調べていた。944の径はチャフ弾とおなじだが、全長は四倍ある。それをおさめるために、チャフ弾用発射装置の四本のうち二本をはずして改造せざるをえなかった。

「ネリーはもっと強力な回避パターンを開発しているわ」

クリスが教えると、チャンドラはうなずいた。

「いいことよ。これまで以上に悪賢くならなくてはいけない。あとで後悔するくらいなら、必要以上に狡猾であるほうがいい」

「チャフ弾がもっとたくさん必要なのよ」

チャンドラは驚いた顔をした。

「機動中でもチャフ弾の弾倉を交換できるようにしなくてはいけないわね。可能だと思うけど」

「ホールジー号のサンチャゴ艦長は、軌道上にタグボートを多数配置しているわ。わたしたちが燃料を使いきって減速しきれない場合にそなえて」

「月の裏から攻撃をかけるつもり？」

「一つの選択肢よ」

「いい考えだと思うわ。月のむこうをまわれば、相手とは異なるベクトルで進入できる」

「でもそのあとはまっすぐウォードヘブンへ突っこんでしまうのよ」

水兵上がりの士官であるサンチャゴは、達観しているようすで肩をすくめた。

「そのためにタグボートが待っている。自分たちの生死を心配するのは、まず敵の戦艦を叩いてからよ」

フィルの艦ではエンジンは分解修理中で、ラジエターは造船所でつくりなおしていた。

「物質／反物質反応炉の余裕分の十パーセントの出力を、最後の三十秒間でも絞り出せれば、そのぶんだけ早く敵に接近できる。ラジエターはそれまでにできるだけエンジンを冷やしておいて、突撃中はたたんで赤外線を漏らさないようにする。敵を火だるまにしてやったら、ラジエターを開いて温度をレッドゾーンから急いで下げるわけさ。これがうまくいくようなら、他の艦も出発前にラジエターを改造したほうがいいな。１０９のトムはどんな仕事をしてる？」

「１０９と１０５には造船所の応援がはいったわ。あなたはすでに造船所の手伝いを受けいれているようね。チャンドラは１０５の武装強化を依頼したわ。あなたは他になにか？」

「いまはない。１０５のチャフ弾発射装置を９４４用に改造する作業が終わったら、うちの艦でもやってもらおう。そうやって小艦隊を巡回してるのかい？」

「それがわたしの仕事みたいだから。あなたは先任伍長や技術兵の肩ごしに目を配って、彼らの仕事に必要なものが途切れないようにする。わたしはあなたたち艦長の肩ごしに目を配って、必要なものを手配する。あなたが気づかないうちに手配したものもあるわよ。新しいヘルメットを注文したわ」

ネリーが新しい回避機動パターンを開発していることと、その機動中に乗組員の脳を守るヘルメットが必要なことを話した。

「それは気がつかなかったな」フィルは言った。

「判断力を維持するために脳は大事よ。それはそれとして、今夜クッシング号が接舷している桟橋上で、立ち話での会議をやりたいと代将に提案してみるわ。小艦隊の進行会議よ。一《ヒト》六〇〇《ロクマルマル》頃に。艦長がそれぞれ作業の進行状況を話して、いい案があったら提示して、翌日の予定をしめす。短時間でいいわ。みんな忙しいから」

「造船所の責任者も呼んでくれないか。進行状況を聞きたいんだ。末端の職員に聞いても、〝順調ですから心配いりません〟と言うばかりで、かえって心配になるんだよ」

「ロイも参加させるわ」

クリスはさいわいにもジャックと頻繁に行き会った。警護官は警護対象のそばを離れて使い走りばかりやらされることに愚痴を言った。

クッシング号に乗りこむと、クリスは代将に面会を求め、午前と午後に立ち話会議をやる案について話した。

「わたしも造船所にいたときはそうやっていましたよ、プリンセス。忙しいときはつい連絡不足になりがちだ。隊内を巡回しているようですな。有能な指揮官はそうするものだ。指揮する部隊の実情をつねに把握しておく。だれかに教わりましたか？」

「いいえ」

代将は笑みを浮かべた。

「ロングナイフなら自分ですぐに気づくでしょう。〝血統と、家名と、称号を根拠として〟とおっしゃいましたかな。憶えておきましょう、回想録を書くときのために。最近はそんなセリフを聞く機会がなかった。あなたの父上からもね。さて、では殿下の領地に伝令を走らせ、一六〇〇《ヒトロクマルマル》に御前に参上するように全艦長に要請しましょう」

「ずいぶんおおげさだけど。意味が伝わるかしら。〝代将命令によって桟橋上で会議を召集する〟でいいのでは？　いままでどおりに」

「そうですが、そのほうが詩的でしょう。詩的感銘にしたがって命をなげうつのが軍人の生き様ですしな」

そう答える代将の瞳にきらりと光るものを、クリスは初めて見た気がした。クリスは身震いした。自分はなにを解き放ってしまったのか。いや、自分たちはなにを解き放とうとしているのか。

クリスはホールジー号には足をむけなかった。サンチャゴには自分の助けなどいらないはずだ。桟橋会議の時間を伝えるくらいがせいぜいだ。

桟橋のそばで海軍基地と造船所をへだてる五番Bゲートが開いていた。クリスはそこを急ぎ足で通過した。与圧ドックは宇宙空間に面した位置に並んでいる。

ヨットで自分がどう迎えられるのか、不安はあった。アルのヨットでは、〝王女さまのご到着！〟と宣言されるが、ほかのヨットでは〝ロングナイフが来たぞ。貴重品に気をつけろ〃と船内放送されてもおかしくない。そのあいだのどれでも驚かないつもりだった。

ヨットの船長たちは自分たちの指揮命令系統をつくっていた。船団指揮官に選ばれたのは、ゼネラルエレクトリック社製ヨット、アルキメデス号の船長エリザベス・ルナだった。長身で肉感的な彼女は、灰色がまじりはじめた黒髪と、地球の労働者階級に由来するらしい訛りの持ち主だ。力強い握手でクリスを迎えるやいなや、苦情を述べた。

「うちの十二インチ・パルスレーザー砲をとりはずすって話、ありゃどういうことだい？　そんな盗人は体を張って止めてやる」

体を張る者はルナ以外にも大勢いそうだ。

「理由はなんて？」

クリスは時間稼ぎのために言いながら、目で出口を確認した。ジャックもクリスの身の安全に懸念を強めているらしく、ブリッジの壁にかかった交差した二本のサーベルを注意深く観察している。侵入者が来たらルナは本気で追い払うだろう。

「軽量化のためだって。造船所のやつらはあの醜いデコイを船首に溶接して、しょぼい艀《はしけ》までくっつけて、それを隠すのに分厚い鉄板でおおうって言ってる。それで軽量化がどうのとか、冗談もいいかげんにしろってんだ」

「でもそれだけよけいなものが前にくっついていたら、レーザー砲があってもそもそも撃ちようがないと思うけど」当然の疑問としてクリスは訊いた。

「砲撃戦がはじまったら、そんなガラクタは取っ払うさ。デコイと鉄板のおおいを固定してる支柱には爆薬を仕掛けとく。作戦上の自分たちの役割が終わったら、じゃまなものを脱ぎ捨てて撃ちまくるんだ。出会うものみんな木っ端微塵にしてやる」

クリスは驚いてまばたきした。この作戦は自殺行為の一歩手前だと自分でも思っていた。常識ある者ならだれでもそう考えるだろう。ところがこの連中は最初から船に爆弾を巻きつけていくのだという。船体の前半分を吹き飛ばして身軽になって突撃するなんて……。

(失礼ですが、クリス、船体に爆弾を巻くのと、AGM‐944を多数搭載していくのとどんなちがいがあるのでしょうか)ネリーが脳内で訊いた。

(指摘はありがたいけど、黙って計算してなさい)

(はい)

「他の武装ヨットもそのつもりなの?」

「そうだよ。もうこっちの話はできてる。造船所の連中と他の軍人さんたちに説明してやってくれよ。あたしらの口から話すより通じるはずだから」

クリスはさらに疑問点を衝いた。

「デコイの内部には予備兵が乗るはずでしょう」

「彼らは大丈夫。ワークステーション類は船内に移した。こっちの食堂のほうがメシもうまいし。広めの船室を作業スペースに提供して、オーナー用の浴槽を三人の寝床にしてある。もちろん水は抜いてね。デコイの電波妨害装置やその他の機械とのあいだには予備をふくめて八本のケーブルを張ってある。予備兵は船内にいるほうが絶対に安全さ」

「船内も大改造したわけね」

「オーナーから必勝を命じられてるんでね。金に糸目はつけないって。乗組員は自社株購入権ももらってる。この戦いに負けたら会社の株そのものが紙切れになる。でも勝てば、あたしらは一生働かなくていい身分になるはずだ。プリンセス、あんたが撃ち損じた敵はあたしらが全部始末するから安心してくれ。ところで、聞こえてきた噂では、戦闘準備してるヨットはあたしたちだけじゃないみたいだ。武装ヨットが他にも五、六隻合流するらしい」

クリスはうめいた。

「なんてこと。わたしたちのまえに勝手に出られたら、作戦が……」

言いかけてやめた部分を、ルナが続けた。

「作戦がめちゃくちゃになるって？　それまでに生き残ったＰＦ艦でやる予定の素敵なダンスが」

「まあ、そういうことだけど」クリスは答えた。（どうなってるの、ネリー？）

（さきほど申し上げたとおり、ニュースメディアの情報はつねに監視しています。いまのところ新しい話題はありません。迎撃という言葉すら出ません。お父上とパンドーリについての政治の話をニュースキャスターがしゃべっているだけです。退役した陸軍や海軍の大将が映し出されることはありません。それはそれで興味深いですね。とにかく、ニュースは乱数を使って無作為に監視しています。それくらいは朝飯前です）

（ありがとう、ネリー）すぐにヨット船長に言った。「この作戦は事前に漏れてはまずいのよ」

ルナは肩をすくめた。

「オーナーからは箝口令《かんこうれい》が出てる。ニュース屋のいるところであたしらはべらべらしゃべらない。あの連中より格上のバーで飲んでるからね。というより、ニュース屋もあまり詮索してこない。どこかのだれかが締め付けてるとか、ね。わかんないよ」

ルナは口の端でニヤリとして肩をすくめた。普通は嫌われるメディアの記者を、すこしだけ称賛したのだろうか。

クリスは次に造船所のロイを訪ねた。伝令に案内された先は、工場のフロアだった。工務監督代行になったロイは、数人の技術者たちとともに武装ヨットの三次元データをかこんでいた。ホロ映像のなかで偽装用の外板とデコイと動力艀が吹き飛ぶ。繭から羽化する蝶のように本来の姿のヨットが出てくる……と思いきや、ヨットはつぶれてぼろぼろの姿になっていた。爆破された鉄板や部品がぶつかってはね返り、ヨットに突き刺さっているのだ。

ロイは首を振った。

「だめだ、次」

「これで十二通り目ですよ」

「だったら次の十二通りのうちになんとかしろ。おまえは想像力のないエンジニアか？」

部下たちのあいだから、そういう管理職の想像力はどうなのかとつぶやく声が漏れた。

ロイはそれまでクリスを目の端にとめつつ見えないふりをしていたが、ここでようやく顔を上げ、部下たちの小さな反乱を無視してこわばった笑みを浮かべた。

「順調でいらっしゃいますか、殿下？」

「思ったより順調よ。ルナ船長にはそのデモを見せたの？」

「他の五人の船長といっしょに見せましたとも。最初の四バージョンまで。ところがまったく信じてくれないんです。技術者のたわごとだとか、そんなことを言って」

「偽装の内側からレーザー砲を撃てないかしら」

「推奨できませんねえ」

「最初にごく低出力の短パルスレーザーで必要なところに穴をあけて、次にそこを通してフルパワーで撃てば？　低出力バーストは、わたしがあのとき……」と言いかけて、まだ戦史には収録されていないのだと思い出した。「とにかく、パルスレーザーの出力をぎりぎりまで下げて、そういう使い方をしたことがあるのよ」

「ハードウェアはそのように設計されていないはずです」

「ソフトウェアで修正をかけたわ。飛びながら。今回は二日あるんだからできるはずよ」

ロイはため息をついた。

「それをテストして、デバッグして、書類に書くんですか。ソフトウェア技術者との仕事は厄介なんですよ。しかも、締め切りまであと二日なんて言ったら」

「ネリーにやらせれば今日の終業時間までにできるわ」

（そんなものは五分でできます。ヨットのシステムにアクセスさえできれば。そのへんの電

卓といっしょにしないでください）

（わかってる、ネリー。でも本当のことを言うと気を悪くする人がいるのよ）

（人間の感情というやつですね）

ロイは勝手にニヤニヤしながら考えをめぐらせていた。

「おもしろそうだなあ。うちのソフトウェア技術者とプリンセスのコンピュータを競争させたら。いやだめだ、そりゃまずい。お姫さまが船に乗って夕日のむこうに去ったあとも、わたしは部下たちと仕事をするんだ。それはまずい。おもしろそうなんだけどなあ。でもあとで厄介になるなあ」

ロイは技術者たちのほうを見た。次のシミュレーション映像が低速度で動きはじめていた。うまくいきそうだったが……だめだ。破片が船体をかすめ、大きく叩き、最後に動力艀が太い支柱ではね返ってブリッジに突っこんだ。ヨットは悲惨な姿になった。

「難問だ。こいつらがうまい爆破法をみつけるか、ソフトウェア技術者に頼るか。どちらも茨の道だな」

そのとき、クリスの首のあたりから小さな声がした。

「偽物の船体を壊さないようにしたらどうでしょうか。接続点だけを小さく破壊して、ヨットを後退させて繭から出すのです」

「なにかおっしゃいましたか、クリス？」

「わたしじゃなくて、ネリーよ、ロイ」

ネリーは話を続けた。

「偽物の船体を吹き飛ばす必要はないように思います。そっくり残してもかまわないはずです。少量の爆薬で切り離せるでしょう。ヨットが軽く後進噴射をすれば、偽物の前部は慣性にしたがって前に進み、ヨットは減速します。それからヨットは針路を変更すればいい」

「その方法も試したさ。言うほど簡単じゃない。爆薬がよけいなところまで壊してしまう。支柱は戦闘時の動きに耐えられるくらいに頑丈でなくてはいけない。偽物といってもかなりの荷重がかかる。それを切断するにはかなりの威力の爆薬が必要なんだ」

「それでも適切な位置にしかければ、全体がばらばらになったりしないはずです。破片がさまざまなベクトルで飛ぶこともない」

議論がしばらく続きそうなので、クリスは割りこんだ。

「ええと……ロイ、一六〇〇《ヒトロクマルマル》にクッシング号の桟橋でPF艦長たちの会議があるの。たぶん〇八〇〇《マルハチマルマル》にもあるわ。それぞれ三十分後には武装ヨットの船長と海軍の担当士官の会議もやると思う。デコイの担当者はヨット内へ作業場を移しているようね。そういう実情を周知するのに会議は役立つはずよ」

「ああ、そうですね。たしかに海軍側のワークステーションをヨット内へ移設しています。まだみなさんに話していませんでした」

「立ち話会議で話せばいいのよ」

「そうですね。ネリー、爆発物の大きさと仕掛ける位置について提案があるかい？」

「支柱の図面を見ないと答えられません」

「それはそうだ。ふーむ。技術資料をまとめるのは一仕事だな。午後四時に渡せるようにしておこう」

「クリスが出席すればわたしも出席します」ネリーは言った。

（ネリー、それらの話をリアルタイムでトゥルーに報告して）

（セキュリティ上のリスクがあると思いますが）

（そうね。だったら、記録しておいて、可能になったら送信して）

（わかりました。どこか不安な点でも？）

（いいえ。ただ、これまでなかったあなたの新しい面を見れば、トゥルーの想像力が刺激されると思うの）

（トゥルーの想像力を刺激するのは楽しいですね）

（そういうことよ）

巡回予定の最後はホールジー号だ。しかしそのまえに１０９に寄ってみた。機関室はすでに造船所の作業班に占拠されている。トムはブリッジにもどって、ペニーの背後から助言めいたことを言っていた。ペニーは情報管制席をセンサーに接続しようと悪戦苦闘している。

「まるで糸電話で遊んでいるようです」とペニー。

「専門家に協力をあおいだほうがよさそうね」クリスは言った。

「また造船所の作業員か？」トムの顔に笑みはまだない。

「いいえ。じつはホールジー号にすごく優秀な技術兵がいるのよ。だれかさんみたいに、いつもお手製の電子装置をいじってるようなオタク少年」

そう言って、トムの脇を肘でこづいた。そのトムの顔には笑みが蘇りはじめた。

「ホールジー号のそのオタク技術兵に会ってみたい気がしてきたぞ」

ペニーは、手に負えないコンソールを押して離れた。

「その彼だか彼女だかがこの艦のセンサー群を情報管制席につないでくれるのなら、わたしも会ってみたいですね」

「じつは、次の巡回先がホールジー号のCICなのよ」

クリスはそう言って、二人を案内した。

そのCICでは、サンチャゴが戦域ボードの上に身を乗り出してじっとしていた。クリスはもう決まり事になってしまった挨拶をした。

「調子はどう?」

駆逐艦艦長は表示ボードから目を離さずに、肩だけをすくめた。

「難しい賭けですよ。月の裏から出たらまっすぐ敵陣に斬りこむ短期決戦か。しばらく並走して敵に遠距離砲撃させるか……。撃ってくるのは確実です。戦艦の砲は射程が長い。こちらのは届かない」

「答えは自明だと思うけど。敵の射程内にいつまでもとどまる理由はないわ」クリスは答えた。

「でも単純に突っこんだら、こっちの手の内を見せるだけになっちまう」

トムが言うと、サンチャゴもうなずいた。

「そこが気にいらない」

「でももともとこちらには弱い手しかないんだから」クリスは言った。

「たしかに弱い。でもそれをわざわざ知らせる必要があるのかどうか。勝負を決するのは勝者の妙手ではなく、えてして敗者のポカだ。この格言は聞いたことがあるでしょう、ロングナイフ？」

「まあ、知らないわけじゃないわ」クリスはややむっとして言った。

「おれは初めて知った」トムは片頬の笑みがもどってきた顔で答えた。

「わたしも初めて知りました。そんな海軍の奥義を駆逐艦の艦長が下級士官に教えていいなんて」とペニー。

「守秘義務違反で憲兵につかまって営倉行きになるとでも思うのか、リェン大尉」

ペニーは新しい名前で呼ばれて姿勢を正し、首を振った。

サンチャゴはゆっくりと続けた。

「とにかく、低速で接近して、敵の長距離砲の射程にはいる。敵が口火を切ったところで、こちらもいっせいに……」

「そのやり方なら、集めた情報を調べる余裕がありそうですね」

ペニーは情報将校らしい視点で作戦を評した。それに対してクリスは指摘した。

「敵もおなじことができるのよ」

「つまり狸の化かしあいか」トムはアイルランド訛りで結論を言った。

「どちらが上手に相手を化かせるかしら」とクリス。

「こちらのデコイはどんな偽装データを送るんですか？」

サンチャゴの問いに、クリスは答えた。

「モスボール状態から引っぱり出された軽巡洋艦をよそおう予定よ。現役の艦隊はすべてボイントン星へ行ったことになっている。テレビのトーク番組で話しているとおり。でもロイによると、ヨットにかぶせる偽装はどんな大きさにもできるのよ。サイズの希望は？」

サンチャゴは鼻梁を掻きながら考えた。

先にトムが話しだした。

「最初は小物のふりをしておいて、近づくにつれて、じつは大物という〝正体〟が漏れるのはどうかな。オリンピア星での銃撃戦を経験したあとに、ひい婆さんからサンタマリア星の治安が悪かった時代の話を聞かされたんだ。難破船の乗組員たちがあきらめてサンタマリア星に入植すると決めてから百年間の極貧時代のことさ。みんな腹をすかせてたけど、辛抱する生活がいやで、集落を出て山賊になった連中がいた。学校じゃ教えられない歴史だ。その時代にこんな戦いがあった。男たちが山賊と戦い、負けそうになっているときに、女と子どもたちが武器になりそうな棒とかを持って立ち上がった。山の裏をまわって戦場に突っこんでいった。山賊たちはそれを見て敵の援軍だと思って、あわてて逃げていったんだ」

「混乱と誤認、ね」ペニーがまとめた。

「われらの敵にも混乱を」サンチャゴはスローガンのように言った。

クリスも認めた。

「数を増やせばもっと愉快だわ。最初は軽巡洋艦の偽装で近づいて、途中から半分をトライアンフ級巡洋戦艦の偽装に変える。予備隊錨地に残って忘れられていた古い部隊というようすに見えるはずよ」

「混乱に拍車をかけるでしょうね」サンチャゴはうなずいた。

「それだけではないわ。ウォードヘブンの戦力は第八PF艦隊の他にもあるのよ」

サンチャゴはそれを聞いて眉を上げ、あとの二人は目を丸くした。クリスは武装ヨットがもくろんでいることと、さらにヨットが増える見込みであることを話した。

「イエスよ、マリアよ、ヨセフよ」トムが祈った。「そういう混乱した戦場は好都合だぜ」

「いいえ。彼らはわたしたちの後方についてくるわ。PF艦隊が通りすぎたあとの弱った敵を狙う」

サンチャゴはうなずいた。

「うまい使い方ですね。負傷した敵に私掠船が斬りこみ、とどめを刺す……。敵は艦隊をおびきだしてウォードヘブンを丸裸にしたつもりだったかもしれない。しかし自由市民に背中を見せるとどうなるか、思い知らせてやれる。市民でも爪や歯があるということを」

「武装ヨットの十二インチ・パルスレーザー砲は、爪や歯よりずいぶん強力だと思うけど」

とクリス。

「まあ、言いたいことはわかるでしょう」

「ええ。わたしたちは戦艦の横腹に穴をあける。血を流して呆然としている敵を、武装したウォードヘブンの民間人が手持ちの武器で襲いかかり、完全に引き倒す」

「このホールジー号とクッシング号はPF艦隊より先行し、斬りこみ隊の役割をはたすわけですね。それはいい」

サンチャゴはそう言って、ゆっくりと拳を握った。

四人はその作戦をしばらく脳裏に描いた。これは作戦だ。いまのところ唯一の作戦だ。しかし戦場でそのまま通用する作戦などない。この作戦が空中分解したとき、どんな代替作戦を編み出せるだろうか。

クリスは顔を上げて言った。

「地上に電話をしたいわ。兄のほうがどうなっているか確認したい。前回の電話の内容はメディアに漏れていないようだから、あのベニの携帯電話は優秀だったようね。もう一度借りられるかしら」

「本人にどうぞ。大尉、ベニをCICへ」

「はい、艦長」

二分くらいたって、電子技術担当の一等兵曹は目をこすりながらやってきた。しわくちゃの艦内服のジッパーを上げているところだ。クリスは、いきなり呼び出すのではなく、勤務スケジュールを尋ねてからにすべきだったと思った。

「起こしてしまったかしら」

「見てのとおりですよ。そんなに大事な用事ですか？」

「いちおうね。例の携帯電話を貸してもらえる？」

ベニは請われたものを渡した。そして空いている椅子をみつけると、すとんと腰を下ろして、まばたき二回で眠ってしまった。

クリスは自分の保安コードとホノビの番号を入力した。

「ローズ、この時間は……いや、おまえか、クリス。待て、切らないで」

「わたしよ」

「やっぱりな。いま、クーサ・パンドーリと会って話しているところなんだ。知っているだろう。ぼくとおなじように彼女も父上の秘書をしている」

「あのクーサね。あとでかけなおすわ」

「待て、切るな。おまえにも聞いてほしいんだ。そしておまえに話すことを彼女にも聞いてほしい。わかるだろう。こうすれば隠しごとはないとはっきりする。それに、彼女に話したことをおまえにもう一度話すのも時間の無駄だしね」

「公開の契約は率直に合意できる、ということね」どこかの政治家の発言を父親が引用したものだ。

「そのとおりだ」

やりとりを聞いていたらしいクーサが言った。

「どうなってるの？　たしかに妹さんのようね。でも、だから？　このままで留置場にいた人。だれも相手にしないわ」

「妹は軌道エレベータの上にいるんだ。近づいてくる戦艦の艦隊に十二隻の高速パトロール艦で戦いをいどむ準備をしている」

「戦艦だなんてだれも言っていないはずよ。金持ち子女の遊び船は鉄屑になる予定だし、海軍には父が警戒解除命令を出したわ。そもそもあなたの妹さんのような有名人がそんな動きをしたら、たちまちニュースになるはずよ。メディアに流れていないのはなぜ？」

クリスは聞きながら、小声で技術兵に指示した。

「ベニ、この音声を外部スピーカーに出せる？」

「できます」

眠っているようだった技術兵はすっと立ち上がった。すぐにＣＩＣ中に兄の声が流れはじめた。ベニはクリスにささやいた。

「あなたのマイクは消音モードになっています。話したいときはこのボタンを押してください」

クリスはうなずいて、ホノビの返事を聞きつづけた。

「豪華客船をよこしておいて降伏要求を放送するなんて、ありえないよ」

「虚勢を張って要求しているのかもしれないでしょう」

その女の声に確信がこめられているかどうかクリスは注意した。しかし確信はなさそうだ。兄の声が言った。

「戦艦級の反応炉とタービンが検知されているんだ」返事はない。「その艦隊に対抗するために、きみたちが鉄屑にしたがっていた小さなボートを準備している。戦える船はそれしかないからさ」

「ホールジー号を忘れてもらいたくないな……」サンチャゴが苦笑いした。その苦笑いはCIC中に広がった。

「自殺行為よ」

「かもしれない。でもクリスはそう思っていない。そして勝率を上げるために、持てる時間のすべてを使っている」

「そんなことできっこないわ」

「ではきみの父上はなにをできると考えているんだい？　降伏はできないんだよ。目をそらさないで。遅かれ早かれ一つの結論に至るしかない。戦いだ。ありとあらゆるものを使って戦う。防衛には自信があったんだろう。だからこそ艦隊をボイントン星へやったはずだ」

「強いふりをしていれば、だれも攻めてこないと思ったのよ」

「それを虚勢というんだ」トムが吐き捨てた。

「ボイントン星でやっているのが虚勢だから、ここでだれかがやっているのも虚勢だと思いたいのね」とペニー。

「戦艦は虚勢ではないぞ」サンチャゴは顔をしかめた。

若い女の声は続けた。

「あなたの話こそ虚勢ではないかしら。もしそれが本当なら、メディアは海軍基地でおこなわれている戦闘準備の話題で持ちきりのはずよ。だれも気づかないなんてありえないわ、ホノビ」

「もちろんさ、クーサ。だれも気づいていないわけじゃない。報じられていないだけだ。父がメディアのコネを使って報道を抑えている。きみの父上とぼくの父が連立内閣の成立を宣言し、ウォードヘブン防衛に乗り出すまでこの報道抑制は続く予定だ」

「わたしの父にだってメディアのコネは――」

「そうやってもしニュース屋が軌道ステーションへ上がり、海軍基地に潜入して特ダネをつかんだとしよう。そのときさきみの父上は、海軍基地でおこなわれていることは命令違反だと糾弾できるかな。その命令はなぜか正式文書ではなく、口頭の伝達にすぎないらしいね」

電話のむこうの会話は長く沈黙した。

「牛がキャベツを食べて太るわけを、お兄さんはなぜ説明しないんですかね」

ベニがクリスに訊いた。クリスは答えた。

「政治家の器は、ときとして話すことではなく、話さないことで測られるからよ。話さない辛抱強さもね。パンドーリは窮地に立っている。そんな窮地が迫っているとは知らず、ましてそこに立つつもりなどなかった。いまは助けを求めている。救いの手を差しのべているのは、わたしの父よ」

父親がというより、ホノビがそう説得したのかもしれない。今回の危機を乗り越えたら、父子の関係は変わるかもしれない。その意味では、兄と妹の関係もまた。

若い女は訊いた。

「こちらにどうしてほしいの？」

「妹は、命令にそう形で小艦隊を率いたいんだ。ウォードヘブン防衛に出るのに、口頭命令に違反した反乱軍として扱われるのはいやだと言っている。兵士たちが忠誠心と、勇気と、命を賭す覚悟を持っているなら、せめてぼくらは認めなくてはいけないだろう。要求はそれだけだよ。きみの父上は挙国一致内閣の首相にとどまってかまわない。ぼくの父は防衛相で充分だ。他に問題があるなら話しあおう。でも結論は彼らの出港前に出さなくてはいけない」

「いつなの？」

「どうなんだい、クリス？」

クリスは答えた。

「敵艦隊が到着する八時間前にはステーションを出発しなくてはいけない。艦に乗りこむのはその二時間……いえ、三時間前ね。桟橋全体にメッセージを伝えるには、さらにその一時間前に聞きたい。ホノビ、クーサ、できれば敵の到着予定時刻より十二時間前に結論を出して」

「敵が来るのはいつ？」ホノビが訊いた。

「敵艦隊が一Gで減速を続け、標準的なエネルギーで軌道に乗ることをめざしているとしたら……」

サンチャゴが戦域ボードをしめした。クリスが読み上げた日時までは、もう二日を切っていた。

「時間がたりないわ」女の声は言った。

「造船所の作業員も、艤装手も、技術者も言っていることはおなじよ。わたしたちは出港しろと命じられるなら明日にでも出港できる。でも戦艦を撃沈できる可能性を広げるために、三日間の準備期間を最大限に使いたい」

「三日間？」

「この状況が発生した直後にここに上がったから」

クーサはホノビにむかって話を続けた。

「言いたいことがもうひとつあるわ。わたしの父とあなたのお父上は、現在の相違点の多くで合意できるかもしれない。でも交渉を進めるまえに、これだけは譲れないことがある」

「なんだい」

「海軍が出港して、あなたたちのいう……敵と交戦するときに、ロングナイフが乗っているのは認めない」

クリスは大きく息を飲んだ。またか。またしても小艦隊から降りろという声だ。アルも曾祖父なりの理由からそう言った。ホノビも言った。今度はパンドーリがべつの理由からおなじことを言っている。兄が〝了解した〟と即答してしまうのではないかと思った。

電話のむこうは沈黙した。

しばらくしてホノビがゆっくりと言った。

「クリス、できれば彼女の要求を受けいれたいんだけど」

クリスは立ち上がった。指を通信コンソールの通話ボタンの上でさまよわせる。ここでの返事は〝了解〟だろう。そうすればこの自殺的な作戦から降りられる。死なずにすむ。

しかし、それでどうなる？　だれが主導権をとった政府の下で生きることになる？

クリスの手が動くより早く、サンチャゴがその通話ボタンを押した。

「わたしは駆逐艦ホールジー号の艦長、サンチャゴ中佐です。プリンセス・ロングナイフはわが艦の戦闘指揮所《CIC》におられます。われわれもお話を聞いていました。ミズ・パンドーリ、お怒りになるまえに申し上げておきますが、ここにいる者たちは全員が秘密を墓場まで持っていく誓いを立てています。その日は遠くないはずです。なぜならこの艦もわたしも、戦艦のどてっ腹に高速パトロール艦が通り抜けられるくらいの大穴をあけるために死力をつくすつもりだからです。

明日出撃する艦にロングナイフ家の者が乗ることを望まないとおっしゃいました。申しわけありませんが、われわれは望みます。望むどころか、彼女がわれわれの出撃を率いることを要求します。なぜなら、われわれの大部分はこの出撃で死ぬでしょうが、彼女が作戦を率いれば、死んでも無駄死にではなくなる可能性が多少なりとあるからです。おわかりいただけますか？」

「ええ、中佐」女の声はやや畏縮しているようだ。

「政治的な意図は理解しています。わたしはサンチャゴ家の人間です。あなたとおなじようにロングナイフ家には反感を持っています。しかし、彼女がこの小艦隊で一度だけおこなった演習の成績を見ました。さらに今回の防衛艦隊を短時間で組織する手腕を見ました。地獄の口が開いたような騒動が起きて、そこに暴れん坊を送りこまねばならないとしたら、ロングナイフ家の暴れん坊がやはり適任です。わたしが見るかぎり、この者はロングナイフ家の暴れん坊として最高の資質をそなえています。

ですから、われわれが出撃するときは、彼女のあとについて出撃します。あなたの父上の命令によれば、われわれはやってはいけない準備をやっているという意味で反乱者にあたるようです。しかしロングナイフを降ろせという要求に固執なさるなら、われわれはこの準備の整った出撃への参加を拒むという裏返しの反乱を起こさねばならない。おわかりいただけますか？」

「よくわかったわ、中佐」

「自分はPF-109をあずかるトム・リェン中尉です。この遊び船の一隻に乗って、問題の戦艦にできるだけ近づき、この宇宙から吹き飛ばす仕事をやる予定です。接近する過程で、敵の砲撃をいつよけるか、どうやってよけるかの指示は、彼女とその首にかかったコンピュータが頼りなんですよ。戦艦のデコイを使った演習では、八隻が攻撃を試みて失敗しました。でも彼女とコンピュータの指示に従った四隻は戦艦デコイに攻撃を当てたんです。それがどういうことかわかりますね？」

どうやら自分は家で編み物をしている必要はなさそうだと、クリスは思った。

若い女は言った。

「侵入者へ攻撃をかけるにあたって、プリンセス・クリスティンの関与を排除する選択肢はないと父に伝えておくわ。そのかわり、さらに多くの譲歩を要求するわよ、ホノビ」

兄はうめいた。

「妹が死ににいくのを認めたうえで、さらに譲歩を迫られるとはね」

クリスは通話ボタンを乱暴に押した。

「つべこべ言わないで、お兄さま。あなたは政治家。わたしは血路を開く役よ」

「クリス、気をつけろよ」

「気をつけられる状況であればね」

ホノビは鼻を鳴らした。

「それはそうだな。さて、おまえに伝える内容はここまでだと思う。クーサ、交渉の続きは二人だけで話したほうがよさそうだ」

「完全に非公開で」若い女の声は言った。

「クリス、この話は絶対に漏れないようにしてくれよ」

クリスはＣＩＣのなかを見まわした。全員が真剣な顔でこちらを見ている。

「大丈夫よ。みんなもう忘れはじめているわ」

「ありがとう。では通話を終了する。安全に気をつけて」

「さようなら。お兄さまも身の安全には気をつけて。レーザーの一部が飛んでこないともかぎらないわよ」

苦々しげに鼻を鳴らすのが聞こえた。

「おまえに心配される立場じゃないよ！」

そして電話は切れた。

サンチャゴが軽い調子でクリスに訊いた。

「降りるという選択肢を捨てて本当によかったんですか？」

「いいのよ。これまでまったく考えなかったわけではないけど。あちこちから言われたから。この非常識な作戦をやりたがってるのは自分だけかと思いはじめていたわ。でもこうしてみんなから必要とされているとわかって、心強くなった」

クリスはトムを抱きしめた。反対側からペニーも加わった。

「ああ、おまえを必要としてるよ。あるいはおまえのコンピュータを」

「必要とされてうれしいです」ネリーが言った。

「さて、その愛情確認が終わったらこちらにも用があるんですがね」

サンチャゴが不機嫌をよそおった口調で言ったが、顔はニヤニヤ笑いだ。トムとペニーは体を離し、クリスは一人になった。

「去年、駆逐艦水兵として体験入隊して記事を書いたウィンストン・スペンサーという記者がいます。いい記事でしたよ。その彼から昨日電話があって、最近おもしろいことをしていないかと訊かれました。こちらは、海軍はいまおとなしくしているとだけ答えました。彼は、他でもそのように聞いているけれども、もし状況が変わったらまた同行したいと言ってきました。昔の友人のよしみでと」

クリスはその話を、兄の話と比較しながら考えた。愛国心はかならずしも一時的ではなく、また所属する組織に縛られるものでもない。クリスは肩をすくめた。

「充分な保険をかけているか、命を落としても妻子が困らないかとよく訊いてみて。それでよければ寝台を用意すればいいわ。もちろん艦長の裁量で」

「優秀な記者です。生き延びれば、またいい本を書くでしょう」

「悲観的なことばかり言うのはやめましょう」とペニー。

トムはそのペニーを見た。

「きみは本当に１０９に乗るのかい？」

「そういうあなたは？」

新妻に問われ、トムはうなずいた。ペニーは続けた。

「あの情報管制席でわたし以上にいい仕事をできる者はいないのよ。ああ、でもいまのあの席ではだれも仕事できないんだった。その件でだれかに相談しにきたんじゃありませんでしたっけ」

　ペニーは見まわした。クリスは教えた。

「そうよ。そこでいびきをかいてる子」

「なに、ぼくのことですか？」技術兵のベニが目を開いて起き上がった。

　クリスはサンチャゴに言った。

「この子を借りていいかしら。トムが盗んできた情報管制席をブリッジに取り付けたんだけど、艦のセンサー群と接続できないのよ。すくなくとも接続が不安定で」

　サンチャゴは笑顔で言った。

「ベニ、おまえは寝過ぎだ。工具箱を持って桟橋へ行け、一等兵曹」

「そろそろ上等兵曹にしてほしいですよ。上等はちっとも仕事しない。一等だとこき使われる」

「士官学校に願書を出したらどう？」クリスは提案した。

「ああ、そういう手もありますね。士官はほんとになにもしない。上等兵曹に持ってこさせたコーヒーをすすりながら、そのへんで立ち話してるだけ。おれもそうしたいなあ。で、修理が必要なのはどの艦です？」

「１０９よ。案内するわ」ペニーが言った。

　トムがついていこうとしたが、クリスはその腕をつかんで止めた。

「わたしたちは四時から桟橋で立ち話会議よ。それが終わるころには、ペニーとベニは不具合を解消させてるはずよ」

「桟橋で立ち話会議？」サンチャゴが訊いた。

「ええ。それを知らせるために立ち寄ったんだったわ」

サンチャゴはスツールから腰を浮かせた。

「たまたま話題になってよかった」

「言いそびれてたわ」

クリスはハッチへむかった。

11

サンチャゴには連絡が伝わるのが遅れたが、他の者には連絡が誤って伝わっていた。栈橋の混雑ぶりからすぐにわかった。武装ヨット船長たちの会議は四時半からなのに、四時からだと思ってクッシング号脇に集まっていたのだ。三十分後に出なおさせるのも無駄なので、クリスは彼らに艦長会議のようすを見せた。高速パトロール艦での準備状況を知る機会は、結果的に役に立った。

「ねえ、あたしたちの分はないの？　戦艦をぶっとばしてやる武器が増えるんならいくらでもほしいわよ」

チャンドラがAGM－944ミサイル搭載の説明をしたときに、ルナ船長はそう反応した。他のヨット船長たちも強くうなずいた。

基地のバンホーン大佐は、無言で陸軍大佐のほうを見た。補給処と武器庫の監督は少々遅刻し、息せききって駆けつけたところだった。

「うちの944は根こそぎ海軍に持っていかれたようだ」不満の声があがるのを制して、陸軍大佐は続けた。「しかしAGM－832なら在庫は豊富だ。専用の発射装置もある。通常はトラック搭載用だが、ヨットの船体にも問題なく取り付けられるだろう。９４４ほどの高速飛翔性はないが、それでも充分な加速性能をそなえている。一箱十二発入りで進呈しよう」ニヤリとして金歯をのぞかせ、「お望みなら追加注文も受けつける」

ルナは笑顔で言った。

「みんなの愛があんたに降りそそいでるよ」

「女房が巡回宣教師と駆け落ちして以来、愛には飢えていたところだ。帰ったらすぐに８３２をヌー造船所へ搬入するよう手配しよう」

「期待してるよ」

「こっちも順調な報告があります」

工務監督のロイが言って、フィルのほうをむいた。フィルはエンジンの冷却性能を高めるために独自設計のラジエターに換装しようとしていることを説明した。本人は得意げな笑みを浮かべて話を終えたが、トムが前に出て意見を述べた。

「うちの艦でそれをやったら、ラジエター破裂で宇宙で立ち往生することになりますね」

「どういう意味だ？」フィルは血相を変えた。

「これは細管型のラジエターでしょう。入り口から出口まで全部」

「冷却面積を最大限にかせぐために流路はできるだけ細くしてある」

「そうすると冷却液の混合で起きる乱流も最大になる。サンタマリア星では鉱山から出る液状混合物から有用鉱物を絞り出すために、ナノ混合加熱法ってのをやります。でもナノマシンを壊さないように、熱が上がりすぎるまえに冷やさなくちゃならない。その冷却系に細管型を使ってたんですけど、これがどうしてもブローしちまう。原因は、管の表面付近の液が早く冷えて内側の液と交代しようとするときに、管が細すぎて交代する相手が充分にないと振動が起きるんです。ラジエターの入り口側は流路を太くしておいて、分岐させながらだんだん細くしておけばいい。冷却を早めたいときでも、急がばまわれです」

ロイの隣の造船所技術者が反論した。

「その問題についてはコンピュータシミュレーションで解析しました」

「シミュレーションの元データはしっかりしたものを使ったのかい？」

「それは……」

「サンタマリア星の論文はあたったか？」

「検索はしましたが、サンタマリア星でヒットする論文はなくて」

「なんてこった！」トムは唾を飛ばして悪態をついた。唇を引き絞って、小さく強く首を振る。めったにないトムの怒り顔らしい。この場にペニーがいないのが残念だ。「おれたちの星は遠いんだ。輸送コストがばかにならないから、商売上の競争力を維持するためにわざと引っかかりにくくしてあるんだよ」

サンタマリア星の坑夫一家の生まれらしい打ち明け話をして、長い検索ワードの列を教えた。最後の単語は〝熱伝導〟だった。それをロイの隣の造船所技術者が自分のコンピュータに音声入力しはじめた。

しかしネリーのほうが早かった。クリスの胸もとからホロ映像が投影された。反応炉とそこにつながった細管型のラジエターの図。そこに赤い線が通る。爆発。次の図は、反応炉はおなじだが、ラジエターが太い管から細管へと分岐していくタイプ。今度は赤い線が順調に緑の線に変わっていく。

二番目のシミュレーションが終わるころに、ようやく造船所技術者が顔を上げた。

「ありました。これがおっしゃっていたもののようです。通常の検索ではみつかりませんでした。やれやれ」

「どうやらトムの設計でラジエターをつくりなおさないといけないみたいだな」

フィルが言った。対決姿勢から教えを請う態度に早変わりした。

トムは肩をすくめた。世の中のどんな困難もはね返す片頰の笑みだ。

「お役に立ててよかったですよ。わが家の秘伝です。漏らしちまったから、今度帰ったら叱られるかもな」

「ここでも秘密にしましょう。わたしたちとヌー・エンタープライズの」そして、艦長たちの輪から退がったトムに、顔を近づけてささやいた。「だからあなたを機関室から引っぱり出したのよ。造船所にできる仕事は造船所にまかせて、こういう場にいるほうが役に立つから」

トムは恥ずかしそうに頭をかいた。

そこへルナ船長がやってきた。

「そっちの話が片付いたみたいだから、ちょっと聞いてもらいたいことがあるんだけど」背後の船長仲間から、からかう声が飛んでくる。「ヨットハーバーに、放置されて埃をかぶってる武装ヨットが何隻かあるのよ。なんかうまい手はないかと思ってね。あたしたちのヨットに立派なミサイルをくっつけられたみたいに、その放置ヨットを借りてミサイル載っけたりできないもんかね。ヨットハーバーに出むいてうまく話をつけられるといいんだけど」

平時であれば非常識な窃盗行為にあたるだろうが。

「警備員がいるんじゃないかしら」

「いるわよ。でも老いぼれと、すぐに老いぼれそうな若い子の二人だけだ。あんたとあたしと乗組員何人かで話しにいってみないかい？　あんたにはぜひ来てほしいんだ。首に巻いてるアクセサリーは錠前をこじあけるのが得意らしいから」

クリスはバンホーン大佐のほうにむいた。

「基地司令官としては、若手の勝手な行動を見るのは不愉快だと思います。ですが、こういう自発的な寄せ集め部隊を働かせる場はありませんか？」

「タグボートや造船所の雑多なボートに、予備役を召集して乗せることをちょうど考えていた。軌道での捜索救難活動をまかせられると思ってな」バンホーンはしばらく考えた。「その護衛として武装ヨットが何隻かいれば心強いかもしれない」

「非武装の大きめのボートは船から船へ救助者を運ぶのに便利だと思います。沿岸警備隊の予備隊にまかせればぴったりでしょう」

沿岸警備隊予備隊は、普段は民間船が整備不良で大気圏で燃えつきたり、宇宙の果てに飛んでいったりしないように、安全確認や指導をするのが仕事だ。自分たちも基本的には民間人で、低軌道ボートのオーナーであることが多い。クリスはスキッフレース時代に彼らと親しくし、信頼していた。こういう仕事を依頼すればよろこんで引き受けてくれるだろう。

バンホーン大佐はうなずいた。

「沿岸警備隊の連絡役将校を知っている。ここに呼んで捜索救難活動を担当してくれと頼んでみよう。そうすればこちらの部隊を他にまわせる」陸軍大佐のほうにむきなおり、「AGM-832の在庫はどれくらいあるかな」

「いくらほしいんだね」

「小型コンテナ船四隻をミサイルで武装させるとしたら」

陸軍大佐は口笛を鳴らした。

「在庫一掃だな。ふうむ。ところで、きみたち水兵はあれの照準合わせに不慣れだろう。うちの砲兵のほうがうまい。この件は二人だけで打ち合わせをしたほうがよさそうだな」

海軍と陸軍の大佐が熱心に話しあいながら去っていくのを、クリスは見送った。

隣でルナが首を振った。

「ヤバいな。海軍と陸軍がおたがいを毛嫌いして、バーで乱闘騒ぎなんかを起こしてるほうが、あたしらにとっちゃ好都合なんだ。あの連中が手をとりあって仕事しはじめたら、あたしらみたいに法のすきまで生きてる人間は自由がなくなっちまう」

「だったら、さっき話していた窃盗行為は早めに片付けたほうがいいんじゃないかしら。世界が秩序と法律で四角四面になって、自由を謳歌するわたしたちが生きにくくなるまえに」

ルナはニヤリとした。

「ロングナイフならわかってもらえると思ったわ。さて、武器はサーベルを持っていくかい？　それとも笑顔だけ？」

クリスの提案によって笑顔だけにした。

一方にジャックを、反対側にルナと時代錯誤の海賊めいた乗組員たちを連れて、クリスはヨットハーバーに乗りこんだ。造船所から離れるとどこでもそうだが、ヨットハーバーもさびれて静かだった。主桟橋の手前のゲートにいる警備員は、老人とその十代の孫だ。

「いつおいでになるかと思っておりましたよ」

老人は小さな詰め所の椅子からクリスを見上げて言った。華奢なゲートは、主桟橋へ続く道路をふさぐ役割さえろくにはたしていない。

「思っていた？」

クリスはおうむ返しにした。自分とルナの乗組員たち以外の存在はなるべく目立たせないように気をつけた。

「ええ。この老人と孫にとっちゃ、ヌー造船所のゲート脇にある〈船大工の娘〉亭が唯一の食事処でしてね。ルナとその乱暴な仲間たちが装備過剰なヨットで乗りこんできたって話は耳にしました。そのうえロングナイフまで基地にいるっていう」ニヤリと笑うと、歯が三本欠けていた。「あっしはあんたのひいおじいさんの下でビッグオレンジ星雲の戦いに参加しましたよ」

ステーションの床にはめこまれた横長い窓を見た。むこうにはずらりとヨットが係留されている。

「武装ヨットのオーナーは、そのフードの下におさめたものをおおっぴらには話しません。でもあんたらは、外板の下にレーザー砲をそなえたヨットが五、六隻は停泊してると見こんできたんでしょう。どの船がそうか、教えてやれると思いますよ」

ルナが謝った。

「悪かったよ、ギャビー。あんたを信用しなかったのはまちがいだった。案内してくれるとありがたい。それとも、体裁だけでもあんたらを縛ったほうがいいのかな」

祖父への暴行の可能性を聞いた孫が、鉛のウェイトをつけた野球のバットをかまえて前に出てきた。老人が制した。

「待て、コーリー。警備員として仕事したように見せようって話だ。用事をすませるためだけで、必要以上の乱暴はしないさ」

歯の抜けた口でニヤリと笑って続けた。

「あんたらを通して、あとは知らんぷりってのはどうかね。最後はみんな英雄扱いになるはずだろ。万一そうならない場合は、おれもコーリーも地上へ真っ逆さまだ。さあ、はいんな。たいていのオーナーがスペアキーを隠してる場所は知ってるから」

武装ヨットの船内へ侵入するのは苦労しなかった。苦労したのは内部のシステム、とりわけ武器管制システムへの侵入だった。ネリーはいつものハッキングを試みたが、トゥランティック星のピーターウォルド家のヨットと同程度のセキュリティがかかっていた。

クリスは力ずくでのハッキングをやめて、さっさとヌー造船所に連絡した。ヨットハーバーの船はすべてそこの製造で、造船所の標準システムをインストールされていた。そしてシステムの既知のバックドアもそのままだった。オーナーのうち一人だけはシステムを変更していたが、新規に導入したセキュリティもさして優秀ではなかった。

結局、まだ明るいうちにネリーは六隻の武装ヨットと八隻の大型ボートを支配下におさめ、子ガモのように引き連れてヌー造船所へもどった。

翌朝、造船所はすでに戦場のような忙しさになっていた。ドック入りする艦船が増え、予定の作業が増え、作業員も増えていた。

〇八〇〇《マルハチマルマル》のクッシング号舷での立ち話会議では、造船所のロイがPF艦の問題は夜のうちにすべて解決したと意気揚々と報告した。チャンドラ・シンの艦へのAGM－944の取り付けは成功裏に完了し、僚艦への応用が可能になった。新型ラジエターの試験も造船所内で完了し、フィルとトムの確認が終われば昼から取り付け作業にはいれる。大尉と中尉は会議終了後の朝イチの仕事として確認検査に出むくことにした。

艦長会議が終わると、クリスは足早に歩くバンホーン海軍大佐とタイ陸軍大佐に続いて、次の武装ヨット船長たちとの会議にむかった。ここで厄介な話になることを予期すべきだったのだが、睡眠不足と高級将校を軽く見てしまう癖のせいで、その可能性を見過ごしていた。〇八三〇《マルハチサンマル》の立ち話会議は大混雑だった。

そもそもヌー造船所が船で大混雑していた。まず武装ヨットは巡洋艦と戦艦の偽装をすることになっている。武装ヨットは追加があらわれ、さらに救難用の大型ボートが加わった。もとは非武装だったそれらの船にいまは陸軍のミサイルが搭載されている。クリスがざっと眺めたかぎりでも、デッキにすこしでも空いたところがあればミサイル発射装置で埋めてしまおうという勢いだ。加えて海軍の四隻の中規模コンテナ船がある。ふだんは補給ルートを淡々と往復しているだけの船が、いまは造船所のドックに巨体をもぐりこませ、数社製の数種類のアンテナをはやしていた。

「あれは海軍《うち》の、大佐？」クリスはバンホーンに訊いた。

「うちのだ」タイ陸軍大佐が割りこんだ。

「海軍陸軍共同製作だ」バンホーンは認めた。

「陸軍海軍だ」タイは修正した。

「イティーチ戦争時代からのアイデアだ。海軍のセンサー群コンテナを積んで、それから四隻を陸軍補給処に移動させ、８３２ミサイルのコンテナを積みこむ。もっと古い型のミサイルも積む。つまり海軍のセンサーで目標を捕捉したら――」

「陸軍の砲兵がミサイルの発射をプログラムするわけだ。グリッド座標もＧＰＳもなしにな。

招かれざる客にお仕置きをしてやる」

「軽度のダメージくらいはあたえられるだろう」バンホーンはおどけた調子で言った。

「命中すれば大ダメージだ。旧722の貫通弾頭は六メートル厚のコンクリートをつらぬける。氷装甲など軽いものだ」陸軍大佐はニヤリとした。「旧式品が役に立たないとはだれにも言わせんぞ」

「これらのミサイルは確実に戦艦の防空能力をそぐはずだ。五パーセントから十パーセントだとしてもな」

「しかしそのわずかのちがいがときとして重要になる」

陸軍大佐は小声で言った。クリスは同意してうなずいた。

しかし同意できたのはここまでだった。ロイにつめよって騒いでいるヨット船長たちの仲裁にはいるはめになった。騒ぎのもとは、船長たちの搭載希望を満たすだけのミサイル発射装置がないことらしかった。必須アイテムに全員が殺到しているわけだ。

クリスは両手を挙げて大声で言った。

「待って、待って。まず最初に言っておくわ。ミサイルの配分を決めるのはあなたたちではない」

「じゃあ、だれだ？」

数人の船長が尋ねた。そのなかにルナ船長の姿もある。

「戦闘計画よ」クリスは言った。

「どんな計画なんだい？」ルナは険悪な声で言った。

「ミサイルを撃つ機会がある船もあれば、まったく機会のない船もある。ネリー、ミサイルの能力をホロ映像で見せてあげて」

クリスのまえに半球形の図が投影された。

「これらの誘導ミサイルは、宇宙空間では二万キロメートルの有効射程距離を持っている。でも確実を期すには一万キロまで抱えていったほうがいい。弾頭の誘導装置が熱源をしっかりとらえるまで接近するのよ。熱源というのはたとえば戦艦のエンジンね」

図のなかの戦艦にむかってミサイルが飛んでいく。目標は中程度の熱を出しているエンジン周辺だ。高熱を発する熱核反応の噴射炎ではない。

「キーワードは、いま言った一万キロまたは二万キロよ。まともに機能している戦艦を相手にしたら、あなたたちはミサイルの射程にはいるまえに撃ち落とされてしまう。だから、他の艦が戦艦の戦闘能力の大部分を引きつけているすきに侵入する必要がある」

ルナが指摘した。

「海軍と陸軍の大佐はミサイルを撃ちまくるみたいに話してたわよ。デカいコンテナ船を何隻も仕立てていって、そこからガンガン撃つんだって。様子見をするつもりはなさそうだったけど」

「コンテナ船にはセンサー類と誘導機器を積む。運用法が異なるのよ。これらのコンテナ船に集中的に装備するので、他にまわす余裕がなくなっている。ヨットや他の船はできるだけ接近して、ミサイルの弾頭の誘導装置にうまく仕事をさせるしかない。申しわけないけど、それしかないのよ」

クリスはそこで議論を打ち切った。

「結局、あたしが受けとれる発射装置はいくつあるんだい?」ルナが訊いた。

「ゼロよ」

「どうして!」

「あなたは巡洋艦の偽装をすることを忘れないで。海軍の巡洋艦が、陸軍放出品のミサイルを撃つわけにいかないでしょう」

「でも偽装をはずしたら撃ってもいいだろう」

クリスは首を振った。

「無理よ。前部の偽装から後進して脱出するのは船体にかなりの負担がかかる。発射装置がはずれないようにそれをやるのは無理。冷静に考えて、ルナ。外板上の仮設の装置なんか軽い衝撃ではずれてしまう。船首にデコイをつけた六隻は、攻撃の序盤は偽装だけで手いっぱいになるわ。偽装から脱けたらレーザー砲を好きに使っていい。でもミサイル発射装置は他のヨットにまわす」

「ちくしょう」ルナは、新しくやってきた船長たちのほうをむいた。「だれかあたしと船を交換しない?」

クリスは苦笑をこらえた。〝船のことは自分が一番よく知っている、飛ばすのも一番うまく飛ばせる〟と言っていたのはどこのだれだったか。しかしルナは手をあげる者を探すのに忙しいようだ。

新たにやってきたヨットはちょうど二ダースだった。半数はレーザー砲かそれに匹敵する武器を装備している。残りは救難任務についてもらうつもりだったが、あるいは……。

「高速パトロール艦が十二隻。武装ヨットが十二隻。これだけいれば、攻撃の序盤で戦艦の迎撃管制システムを混乱させられる見込みはあるわ。死にものぐるいでやれば」

新加入のヨット船長たちは出身もさまざまだ。ルナのような雇われ船長もいれば、オーナー船長もいる。タグボートや造船所の小型艇が沿岸警備隊の手で救難任務に運用されることになったため、こちらにまわってきた海軍士官もいる。沿岸警備隊の予備役も一人いた。自分たちの顔ぶれを見まわして、一人が言った。

「覚悟しておくべきだったたな。ロングナイフが参加してるんだから、あとのない戦いだって」

しかし全員がうなずいたのは、べつの一人の言葉に対してだった。

「最初からわかってただろう?」

クリスは説明した。

「攻撃の序盤は一・五G加速からはじめるわ。これを二・〇Gにして、接近しながら二・五Gに上げていく。最終アプローチは三・五Gかそれ以上。この最終段階の加速にあなたたちはついてこられないでしょうね」

船長たちは急に青ざめ、うなずいた。クリスは乗馬にたとえて話した。

「序盤の速歩《はやあし》、できれば中盤の駆歩《かけあし》までついてきてくれればいいわ」

「そんなんで役に立つのか？」船長の一人が疑問を口にした。

「戦艦にとって狙うべき標的が増えりゃいいだろう」べつの船長が答えた。

クリスは指摘した。

「突撃は戦艦の主砲の射程ぎりぎりのところからはじめるわ。そして副砲の射程圏にはいるずっとまえに、あなたたちは脱落する。弾幕が本当にきつくなるのはそこからよ」

船長たちは口々に言いはじめた。

「それで役に立ってると言えるのか？」

「まあ、うちの女房だったらそれでもましだと言うだろうがなあ」

「でも無駄なような気がするな。敵もそれなりの電子戦能力は持ってるだろう。PF艦とおれたちを最初から区別できるんじゃないか」

デコイ搭載ヨットに乗る予定の海軍の担当士官が咳払いをした。

「じつは昨夜、造船所にヨットが続々と集まっているというのを聞いて、話しあった方法があります。旧型のMKⅥデコイは利用されずに放置されています。これのコンポーネントを流用すれば、それなりの性能の偽装装置を仕立てられると思います」

担当士官が同僚たちを見まわすと、彼らはうなずいた。

「完全なものにはなりません。それでも、PF艦にいくつか部品をつけ、ヨットにもいくつか部品をつければ、敵の頭をかなり長く悩ませる攪乱効果を発揮できるはずです。自分が敵なら頭痛がすると思うくらいに」

これはクリスが意図する範囲を超えていた。この船長たちは民間人だ。最後になって義勇兵として参加してきた。彼らは突撃の序盤でPF艦隊といっしょに飛び、あとはすみやかに脱落してくれればいい。それ以上の期待はしていなかった。

ところが彼らは、それ以上の行動ができる能力を手にいれようとしている。しかしその代償は……大きいはずだ。

クリスは会議を中断したくなった。これまで話した作戦をすべて取り消したくなった。しかしPF艦隊がその十八インチ・レーザーの砲撃を戦艦に命中させるためには、あらゆる支援を必要とする。勝利と引き換えに、この十二隻のヨットの犠牲が必要なのだろうか。

フィルから聞いた昔の第八雷撃隊の話を思い出した。圧倒的に劣勢の十五機の雷撃飛行隊は、艦隊の防空圏に突入して全機が撃ち落とされた。その時点では無駄死にのようだった。しかし敵は防空の注意をすべて下方にむけていたため、頭上から来た爆撃機に気づかなかった。爆撃機は艦隊を叩きつぶし、第八雷撃隊の犠牲に報いたのだ。

しかし民間人にその役割は頼めない。そんなことをしたら自分が許せなくなる……。

それでもクリスは黙っていた。心を固く凍らせ、荒れ狂う胃を無感動な岩に変えた。男女の船長たちのあいだに立ち、彼らがときとして震える声で死出の旅路へおもむく決意を話すのをじっと聞きつづけた。

「やるしかないわ。他に道はないんだから」

一人の女性船長が最後に言った。その頬には涙があった。

ロングナイフ家伝統のセリフだが、もう聞きたくないとクリスは思った。

「ネリー、この十二隻のヨットのためにヘルメットを追加注文して」

「はい。すでに話の途中で注文をいれておきました。海軍のアスレチックセンター宛てに速達便で来ます。今日中に届くはずです。また、すべてのヨットの座席に高G対応の修正プログラムをインストールする必要があります」

工務監督のロイが言った。

「それはこちらでもわかっていました。工場で作業させています。要求項目を早急にまとめて送ってくれませんか」

「耐加速シートならついてるぜ」一人の船長が言った。

クリスは説明した。

「そのままでは性能不足だと思うわ。二G以上の直進だけではすまない。上下左右に二、三秒ごとに振りまわされるのよ」

数人の船長がごくりと唾を飲んだ。

「でもそれをやるには質量の反作用がデカいぜ。船の姿勢制御スラスターにそこまでの能力はない」

長い議論がおこなわれ、最後は陸軍のミサイルを分解してロケットモーター部をヨットの船首に取り付けることになった。高いGが必要なときは、この固体燃料ロケットの推力でスラスターを補助するわけだ。

「ロケットの燃料を使いきったら突撃から離脱するのよ」

クリスは念を押した。船長たちがうなずくのを信じることにした。彼らもいまはそのつもりかもしれない。しかし二G推進中に転舵用のスラスター推力が最小限になったら、どうやって離脱するのか。

訊いてはいけない。知りたくない答えだ。

造船所作業員とヨットの船長たちがミサイル発射装置の取り付けにむかうのを見送った。クリスは戦域ボードを見たかった。全体を見る必要がある。この作戦はどんどん複雑になっている。

勝算はあるだろうか。

あると思いたい。しかし勝算があるところから実際に勝つまでの道のりは長い。そして平坦ではない。

見まわして自分に用のある者はいないようだったので、ホールジー号へむかった。サンディ・サンチャゴは戦域ボードに身を乗り出してじっとしていた。クリスは会議で合意された最新の変更事項を伝えた。しかし途中で制止された。

サンチャゴはバンホーン大佐の意図をわかっていた。MKⅥデコイを分解してヨットに載せるという話を一蹴した。

「だめです。それはバンホーンが使います。海軍の戦列にコンテナ船が混ざっているわけにはいかない。一目でおかしいと思われる。タグボートを二隻ほど駆逐艦の姿に仕立てる予定ですが、同様にMKⅥからはずした部品をコンテナ船につけて巡洋艦に偽装させます」

「では、PF艦を武装ヨットの群れのなかに隠すのはどうやって？　すくなくとも突撃の序盤ではその必要があるわ」

「これから考えてみましょう」サンチャゴは艦内通話のマイクを叩いた。「ベニ？」

「……今度はいいお話でしょうね」あくびが聞こえた。「PF艦のセンサーの調整から……三時間前にもどってきたばかりなんですよ」またあくびをして、「艦長」とつけ加えた。

「悪いニュースといいニュースがあるわ、ベニ。まず、隣にロングナイフが来ている。彼女が求めているのは電子戦対策だ」

「いいニュースのほうは……？」

「おまえの父親はウォードヘブンの年季のはいった仲間を数多く知っているはずだな」

「はい」

「彼らにありったけのガジェットと魔法のレシピをかき集めてもらって、軌道エレベータを上がってきてほしい。そう、一時間以内に」

「それは目立ちますよ」

「目立つことについてはこちらで心配する。おまえは親父と仲間たちが一刻も早く到着するようにしろ」

「はい、艦長」

クリスはマイクに顔を近づけた。

「ベニ、また例の携帯電話を貸してほしいの。手間でなければ」

「ロングナイフがあらわれて以来、手間ばかりですよ。睡眠時間がない」

クリスは苦笑した。

「士官学校へ行けばいいのよ。あそこではたっぷり眠れるわよ」

「ええ、そういう話ですね。でも、それを聞いたのはロングナイフからだ。そう思うと疑わしくなってきました。なんででしょうねえ」

サンチャゴが代わった。

「まず父親に電話しろ。それからＣＩＣへ来い」

「わかりました、艦長。では」

サンチャゴはマイクの通話ボタンを解除した。

「さて、エレベータでなにが上がってくるか見物《みもの》ですよ。シンガーやスペリーや有能な連中が集まるはずです。実験的な機械や、おかしな改変をほどこした装置を山ほど持って」

「非制式ね。軍の制式装備でないものは嫌いだったのでは？」

サンチャゴはため息をついた。

「制式はいいものです。徹底的に試験され、実証されている。でも明後日死なないためには妥協も必要です」

造船所に電話をいれて、ＭＫⅥが分解されて部品取りにならないようにした。ちょうどそのころにベニが携帯電話を持ってきた。クリスはそれでホノビに電話をかけた。

「だいじょうぶか、クリス」兄の最初の問いはそれだった。

「元気よ。そちらは進んでる？」

「徐々にね。いまから会議なんだ。お父さまと彼女の父上の党首会談さ。だから長くは話せない」

「こちらの用事はピザとその他の注文よ。これから先、目立たない暮らしを続けるのが難しそうなの」

「おまえが目立つのは無理ないな。でもおしゃべり屋たちは接近中の市場に噂話を売ることにもう興味を持っていない。ぼくたちとおなじだよ。いまは口を閉ざすつもりのようだ。彼らが知りたがっているのは、いつまで口を閉ざせばいいのかだ」

クリスはサンチャゴを見た。駆逐艦艦長は肩をすくめた。

「次に電話するときには大雑把な見込みを話せると思うわ」クリスは答えた。

「それだけでも教えてくれてありがたいよ。じゃあ、もう切るぞ」

「またね」クリスが言ったときには、通話はすでに切れていた。

隣でサンチャゴが言った。

「下でも大仕事をしているようですね」

「彼らは政治家だから」クリスは弱々しく答えた。

「わたしたちも命がけでやっている。すこしは注目してほしいものですよ」

かわりに二人は戦域ボードに注目した。そこには動かすべき駒がある。敵艦隊はというと……変化はなかった。六隻の戦艦についての推定内容を確認し、疑問点を検討し、修正した。自軍ユニットにもおなじ作業をする。

昼食時間を知らせる最初のベルが鳴ると、サンチャゴはここで食べられるものを届けさせた。ミートローフをはさんだサンドイッチとポテトサラダを、赤い着色料のジュースで流しこむ。

そこにバンホーン大佐もやってきた。クリスのサンドイッチを半分つまみながら、新たに編成したミサイル船団の効果的な使い方を検討しはじめた。敵艦隊の最終アプローチをシミュレートした黄色の線をしめす。

「敵は減速噴射をしながら接近する。すなわちウォードヘブンに後部をむけている。まずミサイル船団にその艦尾側を横切らせよう。脆弱な後部を狙ってミサイルを撃てば、何発かはあたって損害をあたえられるだろう。それからきみたちが突撃して叩く。その残り物を後続の武装ヨットたちが餌食にする。最後にわたしの艦がはいって、残った残骸を一斉射撃で粉砕する。捕虜はとらない」

「ああ、捕虜のことを考えていなかったわ」クリスは言った。

「考えておいたほうがいいでしょうな、プリンセス。敵に降伏する機会をあたえるか否か。戦闘が激化してからでは途中で止められない」

大佐はクリスとサンチャゴを見まわした。サンチャゴが言った。

「敵が降伏してくるなら、かまわないと思います。しかしこちらから、あまり早い段階で降伏の呼びかけはできない。弱者が虚勢を張っているように見えてしまう。実際に弱いのに、弱く見せるのはまずい」

「同感だわ」

その一言だった。これまでずっと、降伏はできないと考えてきた。それを敵に提案することを考えるとは不思議だ。しかもその提案のしかたそのものが微妙な戦略の一部なのだ。うまくいきますようにと、小声で祈った。自分自身に……そして願いをかなえてくれそうないずれかの神に。

バンホーンが言った。

「降伏を許すとしたら、敵をロープぎわに追いつめてダウン寸前にしてからだ。電話はむこうからかけさせろ。こちらからかける必要はない」

「選択肢として教えておけば、早めに降伏してくるかも」とサンチャゴ。

「いや、よけいな提案をすると、大昔のジョン・ポール・ジョーンズのように、〝戦いはまだこれからだ〟とか言いだすかもしれん」

クリスは驚いた顔をした。

「うーん。勝ち目が薄いのはこちらで、自信満々なのが敵だと思っていたんだけど」

「どちらだかわかりませんぞ」

バンホーン大佐は手についたサンドイッチのかすを払い、ハッチへむかった。

サンチャゴは同意した。

「たしかに、どちらだかわかりませんね」

12

長い午後になった。クリスが戦域ボードを見ていると、ときどき警護官のジャックが近づいて質問した。その問いはかならずしも的外れではなかった。

「ヨットはPF艦の偽装をするのですね。そのときPF艦がレーダー妨害のチャフ弾を撃つのに、ヨットが撃たないと、ちがいが目立ってしまうのでは？」

サンチャゴがうなった。

「たしかに、戦艦から見ればどれがPF艦でどれがヨットか、自明だな。ヨットはたちまちやられる……。警護官、入隊すれば歓迎するわよ」

ジャックは壁ぎわへ大きく後退した。

ヨットにもチャフ弾かそれに類するものを装備する必要があるだろう。クリスは造船所に足を運んで、チャフ弾を何発か撃てる簡単な発射装置をヨットの船体に後付けするように手配した。発射は手動で、再装塡の機能はない。それでもないよりましだ。

チャフ弾についての連絡をネットに流すのは防諜上好ましくない。チャフ弾の在庫状況を調べるために、ジャックはサンチャゴの副官とともに海軍補給処へ出むいた。二人の帰りはずいぶん早く、報告はかんばしくなかった。

「艦隊が出港するときに全艦がチャフ弾をフル装備していったようです。おかげで在庫が払底しています。悪いニュースです」

ジャックがクリスに教えた在庫数は、ヨットの隻数で割ると二発に満たない。

ジャックは地上のチャフ弾製造会社を訪問する任務を言いつけられた。タイ大佐には陸軍補給処でチャフ弾の代わりになるものを探してもらった。

どうして昨日のうちに気づかなかったのかとクリスは悔やんだ。この作戦は問題が多岐にわたるので、自分を責めてもしかたない。しかしあとからあとから問題が頭をもたげてくる。それも目のまえに出てくるまで時間がかかるのが厄介だ。全部まとめてピーターウォルドの艦隊に投げつけて、彼らの綿密な計画をめちゃくちゃにしてやりたい。

一六〇〇《ヒトロクマルマル》のPF艦長会議は、ジャックが帰るまえにはじまった。クリスは、戦艦の索敵行動を混乱させるために、突撃の序盤はPF艦と武装ヨットの混成部隊で行くと説明した。

フィルは不満顔だった。

「〝商船にはなるべく近づくな〟と親父からいつも言われてるんだけどな。〝でないと衝突されて厄介なことになる〟って」

クリスは答えた。

「彼らの最高速はたいしたことないわ。せいぜい二Gしか出ない。わたしたちのあとについてきて、手負いの獲物を襲うだけよ」

それならいいと、他の艦長たちは納得した。

次にクリスはチャフ弾の在庫不足と、搭載分の一部をヨットに分ける方針を説明した。それを聞いてチャンドラが顔をしかめた。

「トレードオフの関係ね。利益の分だけ損失もある」

ヘザーは不安顔だ。

「本当に利益があればいいけど。チャフ弾を分けてやった相手にヨタヨタと突っこんでこられたらたまったものじゃないわ」

「なんとかしようとまだ努力しているところよ」クリスはそう言うしかなかった。

そろそろ会議終了というころに、ペニーとトムがやってきた。トムが報告した。

「ペニと話してきたんだけど、作戦中も隊内通信を維持できる見込みが出てきた。敵の無線妨害を受けても会話をできそうだ。あらかじめ決めたデータパケットを連続的に交換する隊内ネットワークを構築しておくんだ。音声データは必要に応じてそのパケットに便乗させて送ればいい」

「そしてトムは、連続交換するデータパケットとして、バックで流す音楽もだいたい決めているのよ」ペニーが言った。

クリスはトムの音楽の趣味がわからなかった。

「なんの曲?」

「まあ、まかせてくれ。うちのじいさんによると、地球からの着陸船に積んであったって話だから、三百年くらいまえのだな。二十一世紀だ。歌詞からするともっと古いかも」

「聞くのは本番まで待って。でないとつまらないから」とペニー。

「まかせるわ」クリスはトムの言うとおりにした。

「大丈夫だから信用してくれ。信用できなかったらベニに訊け」

訊いておこうとクリスは頭でメモした。しかし頭のなかには他のやるべきことのメモがあった。

「109はどう？」

「順調だ」トムは答えた。「完璧です」ペニーも答えた。

「よかったわ」とクリス。

「今夜中にもうちょっと作業して――」

トムが言いかけたのを、クリスはさえぎった。

「それはだめ」

「なぜ？」二人はきょとんとしている。

「ハイウォードヘブン・ヒルトン・ホテルは今日も通常営業しているのよ。お客は少ないみたいだけど。今夜はあなたたち二人のために、ハネムーン用スイートを予約しておいたわ」

だめだとか、そんなわけにはとか、否定的な声があがるのをクリスは制した。

「いまは民間の時間で四時。明日の朝七時半までに出勤すればいい。そのあいだに起きたことは先任伍長に報告させせるから」

ペニーとトムはまだ首を振っている。しかしその背後にフィル、チャンドラ、バブズ、テッドがニヤニヤと笑いながら近づいてきた。ヘザーは他の艦長たちに合図を送っている。

彼らの意図はすぐにわかる。クリスは理を説くようにゆっくりと続けた。

「道は二つに一つよ。素直に手をつないでホテルへ行き、自分たちでチェックインして夜を楽しめばそれでよし。もし抵抗するなら、うしろにいる乱暴な下級将校たちがあなたたちをつかまえて裸にむいて、悲鳴も抗議も耳を貸さずにホテルへ運んで、ハネムーン用スイートに一晩閉じこめる。明日の朝、戦列にもどるときは、ヒキラ星の戦士のように素っ裸。刺青もなしよ」

ペニーとトムは背後を見た。そして迫りくる脅威に折れた。

「ここは降伏するのが適切な態度のようだな」トムはうめいた。

「ヘザーとバブズはあなたに手をかけようと本気で狙ってるわ」とペニー。

「テッドとフィルもきみから離れる気配がないぞ」

うしろの集団はさらに迫ってきた。

「わかったわかった、行くから」若い二人は声をあわせて言った。「センサーの接続を再確認するようにスタン先任伍長に言っておいて」ペニーが振り返りながら言い、その背中にトムが腕をまわした。

見送りながらフィルが言った。

「つかのまとはいえ新婚気分を味わってくれ」

「今夜ばかりは抱きしめたり、抱きしめられたりする相手がいたほうがいいわ」ヘザーは自分の肩を揺さぶった。

「チャンドラ、今夜は自宅へもどったほうがいいんじゃないの？」

「そんなに長時間、艦を空けられないわよ」水兵上がりの艦長は言った。

ところがそのとき桟橋にあらわれたのは、夫のゴランと、その両手につながれた二人の子どもだった。子どもたちは母親に気づくと、手を振りきって、「ママ、ママ」と駆け寄った。抱擁とキスの嵐からようやく浮上したチャンドラは、たしなめるようにゴランを見た。しかし夫はキスでその口をふさいだ。

「数時間なら艦を空けてもかまわないだろう？」

「でも明日、このステーションは敵の標的になるのよ」

「そのときにはぼくも子どもたちもここにはいないよ。大丈夫。遠く離れた場所に避難しているから」

クリスは脳内で指示した。

（ネリー、今夜はホテル全室の料金半額をわたしがもつとヒルトンに伝えて）

（すでに調べてあります。有効なＩＤカードを提示すれば今日はだれでも割引き料金が適用されます）

「チャンドラ、ゴラン、今夜のヒルトン・ホテルは特別料金らしいわよ」

クリスはひさしぶりに笑顔になってＰＦ艦の桟橋をあとにした。むかう先はヌー造船所。

そこのようすを見て……109の艦内に隠れたくなった。

　前回の会議が混雑していたとすれば、今回は暴動というべきだ。

　軌道エレベータの往来を目立たないようにするという努力はどこかに消えていた。だれもかれもが兄弟友人ペットまで同伴で宇宙ステーションへ上がってきたのではないか。全体を把握した請負業者。一定の得意分野を持つ下請け業者。特殊技能を持つ二次下請け業者。そして三次下請けとしてさえ業務を落札できないくせに、勝利につながる職人技を持っていると自負する有象無象《うぞうむぞう》の業者。はてはヨットの乗組員の知りあいの知りあいというただの一般人……。そんな連中がヌー造船所のゲートに押し寄せていた。

　クリスは、敵は彼らではないと自分に言い聞かせなくてはならなかった。海兵隊のハンコック中佐は群衆整理にマシンガンを使ったせいで閑職に追いやられた。しかしいまのクリスにはその気持ちがわかる気がした。

　工務監督のロイは、まるで魚のプールへアザラシを誘導するサーカスの監督のようだった。まず船で作業しない業者を埠頭の造船所側に集め、船の乗組員に見張らせた。船乗りたちは、自分たちより五倍から十倍も高給とりのスーツ姿の人々を右や左へ歩かせた。ニヤニヤ笑いで乱暴な扱いをしている。

　ミサイル発射装置は大型の系内船に優先的に分配されることが説明された。ルナと偽装ヨットの船長たちは、朝の会議での決定から変わって、多少はミサイルを搭載できることになった。小型でひっかかりにくい形状の発射装置を使うという。チャフ弾は、ＰＦ艦と混成部隊を組む小型艇にあたえられる。ルナのヨットに取り付けるミサイルとおなじように、チャフ弾の発射筒も船体に直付《じかづ》けとなる。再装塡は不可。供給がまにあえば一隻あたり四発配られる。

陸軍は、宇宙での作戦行動用の白燐発煙弾を持っていた。熱源あるいは煙幕として攪乱効果を持つ。クリスは、チャフ弾二本に対してこの白燐弾二本を、ヨットと一部のPF艦に配るように指示した。これで最初の四回の方向転換までは、チャフ弾と発煙弾を交互に発射できることになる。戦艦にとっては充分な混乱要因になる。

この会議でも集まった人々の多くが不満げに頭を搔きはじめた。今度はできるだけ穏便に終わらせたいと、クリスは願った。

ミサイルの配分について指示が終わると、ロイは偽装と電子戦対策の話に移った。

「三十隻から四十隻分のユニットを持ってきている業者はいるかな?」

元請けの業者たちはゆっくりと首を振った。

「とすると、一部の船はある業者の部品、べつの船はべつの業者の部品を搭載する形になるわけだ」

「そのようですね」

ロイは、MKⅫデコイを担当する海軍士官たちを呼んだ。彼らはスーツ姿の業者の何人かと顔見知りだった。そこに造船所の職員も加わって交渉がはじまった。奇妙な市場のような状況のなかで、海軍士官がなにかを主張し、造船所職員が「それは無理です」と首を強く振った。業者は自分のところの新製品なら可能だと言い張った。

ルナのような船長たちはうしろから懐疑的な表情で見守るしかなかった。

クリスはロイのそばへ行った。ロイは議論から一時的に離れ、クリスのほうを見た。クリスは声をかけた。

「わたしがいる必要はある？」

「とくに必要ないと思います。こういうことはわたしたち現場の者にまかせてください。用があるときはどこでつかまえられますか？」

「ホールジー号のＣＩＣにいるわ」

ロイはうなずき、アンテナや周波数や信号強度についての議論にもどった。

クリスが退がったところに、ジャックがやってきてチャフ弾の報告をした。地上のチャフ弾製造業者のところには、軍から追加納品要請はまだなかったようだ。クリスはうめいたが、ジャックは続けて説明した。

「しかし、戦艦の接近が報じられはじめたときから緊急の需要を予想して、休日返上の二十四時間体制で製造ラインを動かしていたそうです。いまある分の在庫を納品し、あとはラインから出る端から出荷すると言っています」

ジャックがネリーにしめしたレポートによれば、武装ヨットに四本から六本程度を装備するくらいはありそうだった。追加分が届けば、ＰＦ艦隊と駆逐艦の予備格納棚はいっぱいにできるだろう。

「まにあうかどうかぎりぎりね」クリスは言った。

「ええ。敵にもぎりぎりの戦いをさせたいですね」

クリスはうなずいた。

「忘れるわけにはいかない。こちらが苦労した分、敵に楽はさせられない……。敵のタイムテーブルにしたがった戦いであっても」

「最新のニュースでは、PF艦はいまも稼働できないことになっています。敵が懸念しているのはホールジー号とクッシング号だけでしょう。ハイウォードヘブンから出撃という第一報が敵艦隊に届くときに、あなたは敵のブリッジに映し出されたほうがいいのではないですか。そして月の裏で待ち伏せていれば」

「でも裏側では情報が届かない。敵艦隊の動きがわからなくなるわ。通信の中継役が必要ね。サンディに話してみましょう」

サンチャゴは首を振った。

「それは考えませんでしたね。敵にじりじりさせなくてはいけないのに、こちらがじりじりする状況はよくない。しかし中継のために部隊を後方に残置すると、彼らは戦いに加われない」

駆逐艦艦長は顔をしかめた。クリスも、ここまで準備してきた攻撃部隊の勢力をそぐ気にはなれなかった。

「ネリー、あのヨットハーバーにいた気のいい警備員たちに電話して」

「もしもし」老人の声で応答があった。

「こんにちは。先日そこで船を何隻か買い物させてもらった者よ。ヨットハーバーの船をよく知っているようだけど、娯楽設備が整った船はないかしら。ボーイフレンドがよろこびそうなのを探しているのよ。彼は放送業界の仕事をしていて」

「放送関係かい？　メディアの放送をいろいろ受信できて、自分のほうからも好きな方面へ発信できるような？」

「そう、そんな感じ」

「ふうむ。ニュース番組の女性司会者が所有してる系内船があるけどね。月へ行って帰ってくるだけに使ってる。休暇中もライバルの仕事をチェックしたいらしいんだ。降板させられないかと心配なんだろうね。見にくるかい？　試乗もできるよ」

電話口のわきから元気な子どもの声がした。

「じいちゃん、おれたちが乗って見せにいけばいいじゃんか。動かしていいことになってるだろ。掃除のときに必要ならって。操縦はできるんだし」

「孫よ……」

「じいちゃん……」

期待に満ちた長い沈黙が流れた。やがて老人の声がクリスに届いた。

「老いぼれ一人と頭のいい子一人が働く場はあるかい？」

「桟橋を空けて待ってるわ」

「一時間で行くよ」

通話が終わると、サンチャゴが言った。

「新たな義勇兵が二人」

「でも、彼らはあとに残るのよ」そう言いつつ、悪寒がするのはなぜだろう。身震いして、考えを切り換えた。「軌道エレベータではチャフ弾の山が運ばれてくるわ。電子戦対策の専門家集団はすでに来た。彼らの機材はあとから山ほど送られてくるはずよ。エレベータは混雑するわ」

「隣の埠頭の有象無象の集団はそれですね。なにをしにきたのかと思いましたよ」

「軌道エレベータが騒々しくなることを兄に知らせておいたほうがいいかもしれないわね。ベニはどこ？」

「寝床です」当直の大尉は答えた。しかし引き出しから携帯電話をとりだした。「ベニはものぐさですが、バカではありません。この携帯がまた必要になるだろうからと、ここにおいていきました」

「教育しがいがあるな」サンチャゴは答えた。

クリスはホノビにかけた。

「お兄さま、わたしよ。経過はどう？」

「協議中だ。いまここにお父さまと、力強い友人がいらっしゃる」

背景でふんと鼻を鳴らす音が、クリスの耳に届いた。

「そちらの耳にいれておきたいことがあるの。軌道エレベータはもうすぐ混雑しはじめるわ。いろいろなものが上がってくる」

「ふうむ。ところでこの会話をスピーカーに流していいかな。このままのお返しで」クリスのほうでもおなじようにした。ホノビは続けた。「一つ問題があるんだ。多くのなかの一つだけどね。ステーションの宇宙港に旅客船が何隻かいる。本来なら昨日あるいは今日出港予定だった船だ。予約は満席。でも出港を差し止めている。政策的問題、というような理由をつけてね」

どういうことかすぐにわかった。地球と、約四百年前に人類が入植した有力惑星である七姉妹星団の運航会社が所有する旅客船を、ピーターウォルドは攻撃できるのか。それらの旅客船をステーションの宇宙港にとどめたまま、撃てるものなら撃ってみろとピーターウォルドに迫ったらどうか。これは卑怯なやり方だ。とはいえ、パンドーリは藁にもすがりたいはずだ。

「彼らは脱出を希望している。ウォードヘブン以外のパスポートを持つ人々が主だけど、ウォードヘブン星籍の人々も一部ふくまれる。その要求を受けいれて、旅客船を出港させるのも一つの手だ。どう思う？」

クリスはサンチャゴを見た。

この時点でステーションにもっと多くの人がいるほうが好ましいと思っていた。旅客船が動くとなれば、多くの一般人が来るだろう。カメラを持っているような人々だ。軍の動きを隠すのは難しくなるだろう。しかし逆に、大きな流れのなかに隠れることもできるのではないか。避難する人々はかならずしもまわりに注意しないのではないか。ステーションから出ていくのが避難民ばかりとはかぎらない。

当直の大尉がワークステーションを操作し、入港している旅客船のリストをスクリーンに表示した。大型船四隻と中型船六隻。ほとんどは出港予定日を過ぎている。たしかにパンドーリには、早く出港させろという圧力がかかっているだろう。

「わたしたちと旅客船が同時に出港したらどうかしら」クリスは言った。

これだけ多くの反応炉が同時にフル稼働したら、かなりの電磁ノイズが出ることは専門家でなくてもわかる。多くの質量が同時に動くことでセンサー類は混乱するだろう。小型の船団や艦隊は探知から漏れるのではないか。

（ネリー、旅客船がジャンプポイント・アルファへむかう軌道を紫でしめして。わたしたちがウォードヘブンをまわって月へ行く軌道と、序盤だけでも重ねることができるかしら）

戦域ボードに紫の線があらわれた。サンチャゴが眉をひそめ、クリスのほうを見ながら、〝ネリー……〟と口だけを動かした。クリスはうなずいた。サンチャゴはプロットされた軌道に目をもどした。

「隣の埠頭の連中はこのアイデアが気にいるでしょうね」

「なにか言ったか？」電話のむこうでホノビが言った。

「こちらでの議論よ。ステーション側としては、旅客船を出港させるのは好都合だという考えがあるわ」

パンドーリの低い声が電話口のむこうから聞こえた。

「まさか旅客船を利用しようと……」

「いいえ。部分的にコースが重なるのは不都合ではないというだけよ。旅客船が出港するとしたら――」

サンチャゴは鋭く首を振った。クリスは二時間余裕を見ることにした。

「――明日朝七時までに全乗客が乗船を終えている必要があるわ」

「あまり時間がないな」クリスの父親の声がした。

クリスは、言うまでもないと思ったが指摘した。

「むこうの船団が到着するまでも、あまり時間はないのよ」

「そうだな」「まったくだ」「たしかに」

電話から聞こえてきた反応からすると、やはり指摘してよかったようだ。

「とにかくこれから何時間か、エレベータの往来が混雑するわ。なるべく目立たないようにして」

「そうするよ」ホノビは約束した。

「それから、わたしたちの行動を合法化してくれるという話はどうなったの？」

父親が重々しく答えた。

「こうしてべつの案件が割りこんでくるまで、それについて話しあっていたところだ」

「今回の騒動が全部終わったら会いにいくわ」クリスは約束した。

「ぜひそうしてくれ」

ホノビの返事を最後に、電話は切れた。

クリスは立ち上がった。

「造船所へ行ってくるわ。さっきはネリーが戦域ボードに介入してごめんなさい。でも……」

「そのときはいいアイデアに思えた、と言いたいのでしょう」サンチャゴは答えた。「ロングナイフはいつもその場のいいアイデアを実行するだけ。そうでない話は聞いたことがありませんね。あとになって考えてどうかはともかく……」

クリスは軽く肩をすくめようとした。今日は軽い気持ちになれたことは一度もなかった。それでもそのしぐさを見て、サンチャゴは機嫌をなおしたようだ。

「まあ、ボードにこのコースがプロットされたのはいいことです。音声での指示はネットに流さないほうがいい。だから、ネリー、この船のシステムに介入したことは許してやるわ」

ネリーは答えた。

「わたしはボードに、コースをプロットするように依頼しただけです。あとの作業はボード側がやりました。充分に高速だったと思います」

「海軍の標準装備品をほめるの？」

「要求された仕事はこなしたと思います」

「……このコンピュータは礼儀をわきまえているようですね」

「そうだといいけど」

クリスは答えて、ハッチへむかった。ジャックがついてきた。

「隣にある盗人の巣窟へ行くのですか？」

「そのつもりよ」

「お伴します」

「有給休暇中じゃなかったの？」

「まあそうですね。しかしあの有象無象の集団が気にくわないのですよ。あなたのような有名人にああいう群衆が殺到してもみあいになったらどうしますか。銃が暴発して腕を怪我したとか、足の指を踏まれて歩けなくなったとかになったら困るでしょう」

「まるでわたしのことを個人的に気にかけてくれているみたいだけど」

「いいえ、自分のプロとしての評価にかかわるからです。こうしておそばにいるのに怪我をさせてしまったら一生悔やみます」

「わかったわ」

とはいえやはり、ジャックがそばにいてくれるのは心強かった。あらゆる方向に同時に目を配ってくれるのだ。

埠頭では、ロイが雑多な群衆をグループ分けして、それぞれ個別の問題にあたらせていた。工務監督として彼らのあいだをまわっている。クリスはその途中でつかまえて、大型の旅客船が動く準備をしているという最新情報を伝えた。

「残念だなあ。あのへんの豪華客船がわたしの仕事場から遠くないところでいつまでも係留されていることを願ってたんですがね。行っちゃうんだな」

「そうなりそうね」

「いやしかし、そのときはかなりのノイズが発生しますね。そして重量物が動く」歩みを止め、声をあげた。「アルバート、ちょっと話を聞きにこい。おまえもだ、ガス」

どちらも中年の技術者だった。アルバートは長身の痩せた女。ガスは短身小太りの男だ。それぞれの作業グループから離れて、クリスとロイのところへ来た。クリスがもう一度状況説明をしていると、さらに数人が輪に引き寄せられてきた。そのなかの若い女が言った。

「すごいわね。大きな質量に、大きな電磁ノイズ。そのときの太陽と月の位置関係は？」

「ネリー、星系図を表示して」

クリスのまえにホロ映像が投影された。ガスが太い指で空中の線をたどりながら話した。

「旅客船が同時に出発するとしたら、十五分から二十分間は敵艦隊とのあいだにウォードヘブン星をはさむことになる」

アルバートも分析した。

「そのあいだに位置を修正して、ウォードヘブンの裏から出るときには旅客船団の陰に隠れるようにすればいいわ」

クリスは説明した。

「旅客船はジャンプポイント・アルファにむかう。わたしたちは、標準的な作戦では月へむかうのよ」

「そうなるでしょうね」とガス。「でもそこでも背景ノイズを利用して姿を隠すことができる。大型の船が目立って、小型の船はマスクされる。さまざまな種類の……そして外部からのノイズを数カ所からいっぺんに出せば、特定の信号は隠蔽できる……」

アルバートはうなずいた。

「そうね。交響曲をかなでさせるにはこの旅客船団はうってつけだわ。こちらの信号をJバンドに絞りこんで、旅客船をLバンドとPバンドに……。敵は混乱するはずよ」

クリスは技術者たちに作戦会議をまかせて、自分はルナ船長のヨットのほうへ行った。

「準備はできてる？」

「できるかぎりの分は。チャフ弾と陸軍の白燐弾はありがたかったわ。射程外に退がってることを期待されてるんだろうけど、そんなつもりはないわよ」

「ネリーが作成した回避機動パターンはかなり荒っぽいのよ」

「ええ、老骨にはちょっときついかも。でも届いたヘルメットがあれば気を失わずにすむかもしれない。耐加速シートにネリーがほどこしてくれた修正もいい具合ですよ。あたしが若かったころにこんな秘書コンピュータがあればね」

ネリーが答えた。

「そのころわたしはまだ若いチップでした。数字を覚えはじめたばかりで、まだ乱数と虚数の区別もつきませんでしたよ」

「うわ、コンピュータのくせにジョークまで言いやがる。じゃあ料理はできるのかい？」

「できません」ネリーの声はしょぼんとなった。

「ふうん。料理を覚えたら結婚してやるよ。料理と歌だね」

「歌わせるのは勘弁して」クリスは言った。

「歌ですか。歌なら覚えられそうです」ネリーは答えた。

「どうやらあたしは怪物を生み出しちまったみたいだね」ルナは言った。

「とっくに怪物化しているわよ」

クリスは言って、ルナのそばを離れた。ジャックを隣にしたがえ、埠頭を歩いていく。武装ヨットと救難ヨットの両方の準備が進んでいる。

「複雑な編成になってきましたね」とジャック。

「人が増えてるから。乗組員の顔ぶれを見て」

民間人、商船員、海軍、沿岸警備隊予備隊……。みんなごたまぜだ。強制徴募隊のように一つの作業を割りあてられ、船から船へ移動しながらこなしていく。しかしどんな作業でも意欲的だ。バンホーン大佐は摩擦が起きるだろうと警告していたが、表現の適否はともかく、問題が発生しているようすは見あたらなかった。

クリスはあちこちで足を止め、乗組員たちに声をかけた。作戦開始はいつかとはだれも訊かなかった。宇宙飛行の物理学はちゃんとわかっているのだ。政府から認められているかどうかに関係なく、彼らは全力で仕事にあたっていた。二日ないし三日前からそうだ。

「準備はできてますよ、プリンセス」「大丈夫です、殿下」「まかせてください」と頼もしい返事が聞こえてくる。

非武装の民間タグボートの列の端に、ヨットハーバー警備員のギャビーとコーリーがいた。老人と孫は、通信技術兵の予備役二等兵曹二人といっしょに、拝借してきたボートを明日の出港にむけて準備している。

クリスはネリーにホロ映像を投影させながら説明した。

「あなたたちは本隊のうしろからついていくことになるわ。月の裏側にいるあいだに、敵にあっといわされるのはいやだから」

「そうだね。明日あっというのは敵だよ！」孫が言った。

「そういうことよ。あなたたちには通信の中継点になってほしいの。基地のセンサーが敵艦隊のなんらかの変化をとらえたら、あなたの船に送信してくる。それをこちらに中継して。明日の作戦では肝心かなめの部分だから」

「もちろん、肝心かなめなのは戦艦を吹き飛ばすことですがね」老人は応じた。

「それはわたしたちがやる。あなたは情報を伝えてくれればいい」

「まかせてください」

クリスは元気に親指を立ててみせて、また埠頭のほうへもどりはじめた。

「罪悪感があるようですね」

隣についてくるジャックが言った。目は油断なく左右を見張っている。癖なのだろう。ここでは敵意を持っている者はいない。

「むしろ重荷に感じるのよ。わたしが正しい作戦を立てて、正しく実行して、この戦いに勝てるとみんな思っている。どれだけ勝ち目が薄いか知らないのよ」

「わたしから見ると、そうでもなさそうですが」

「信頼の力はすごいわ。彼らは信頼する。わたしは自分が完璧な攻撃計画を立てられると期待するしかない」

「それが指揮官の背負うものでは」

またロイの領分にはいった。台車、長テーブル、検査装置が並んで、即席の組み立てラインができている。最後には品質管理担当までいる。一人の女がだれかの組み立てた製品にダメ出しししていた。

「次はもっとしっかり押さえて。ガムかなにかで」

クリスはロイをつかまえた。

「調子はどう?」

「好調です。うまくいっています。ああ、一つだけ。武装ヨットをPF艦に偽装するなら、PF艦をたまにヨットに偽装するのもいいと思うんです。ノイズ発生装置をつけておきますから、ときどき短時間だけスイッチをいれると、敵にはヨットのエンジンの電磁ノイズのように聞こえます」

クリスはあとずさりし、腕組みをした。

「位置を知らせてしまわないかしら」

「ええ、そうですね。でも大きな音ではありませんし、ごく短時間です。大きな針路変更の直前に使ってください。一、二秒だけでもありふれたヨットのようなエンジン音に聞こえれば、敵も標的として狙う気にならないはずです。ヨットを危険そうに見せるなら、ＰＦ艦を平和そうに見せましょう」

それはそれで理屈だ。敵から照準をあわせられているときに、平和そうな音をたてろと言われると脱力感があるだけだ。

「まあ、ノイズ発生装置はつけていいわ。使い方は各艦長にまかせる」

「それでかまいません。でもいいですか、強そうなふりをしてのし歩いていると、一番最初に叩かれるものですよ」

「ええ、わかった。ネリー、そのノイズ発生装置を回避機動パターンに組みこめる？」

「いまやっているところです。とくに問題はありません。装置がシミュレートするノイズのスペクトルを分析してみました。だいたいあっています。一部を下げて、一部を上げると、もっと民間船らしく聞こえると思います。干し草の山に落ちた一本の針になるにしても、磨きすぎて光っているとうまく隠れられませんからね。わかります。もっと干し草らしくなりましょう」

巡回を終えて、クリスとジャックはＰＦ艦の桟橋へもどった。そして驚いた。乗組員のほとんどが連絡橋の周辺で寝ていたのだ。空気マットレスや各種の折りたたみ椅子を使って横になっている。整理整頓された海軍の光景ではない。

「兵舎には帰らないの？」

クリスの問いに、スタン先任伍長が説明した。

「艦から離れたくないんですよ。今回これだけ苦労したのは、おれたちが艦から離れたすきによそ者にエンジンをいじられたのが原因です。今夜だけはだれも絶対に侵入させない」

桟橋のあちこちでみんな決然とうなずいた。そこには士官たちも何人かいる。しかし多くはなかった。調べてみると、ホテルが空いているとクリスが話したおかげで、何人かが利用しにいったらしい。だれとだれがペアになったのかと思ったが、あえて気にしないことにした。フィルもいない。バブズよりましな相手をつかまえられただろうか。

１０９の乗組員が固まっているところへ行くと、空いている椅子が出された。

「準備はできてます」フィンチ操舵手が言った。

「またゴルフコースに着陸しなきゃいいけどな」トノニが言って、軽くはたかれた。

「ホールインワンを出せばいいさ」と先任伍長。

フィンチはため息をついた。

「早く終わりにしたいですよ。六隻の戦艦と戦うのが楽しみってわけじゃないけど、こうして待っているのもじりじりする」

「目標をずっと追いかけていれば、そのうち見えてくるものよ」

クリスの指摘に、フィンチは同意した。

「そうですね、殿下。明日はうまくやれるはずです」

先任伍長が指摘した。

「今回の攻撃にむけては準備万端ですよ。シートには高G対策をほどこした。敵をあわてさせるミサイルもある。二ダースの味方船と編隊を組む。敵はなにがなんだかわからないうちに第八PF艦隊に叩かれているはずです」

クリスは同意した。

「強力に叩くわ。わたしたちが戦艦の腹に大穴をあけ、後続の船がその穴を広げる。飛ぶのはわたしたちだけじゃない。ウォードヘブンの総力を結集した部隊。陸軍も、民間人もついてくる。わたしたちが倒し、彼らがとどめを刺す」

言葉にすればわかりやすい。エレベータを上がってきたときから頭のなかでくりかえしていた。うまくいくはずだ。

しかしこのすばらしい仲間たちの何人と、明日またここで話せるのだろうか。

考えるな。いまはだめだ。今夜はよくない。生き延びてからでいい。今夜を明日の重荷にしてはいけない。その明日は来ないかもしれないのだから。

だれかがハーモニカを持ち出した。110の女性兵がギターを持っていた。しばらくみんなで歌をうたった。まるでサマーキャンプだとだれかが言った。フットボールでもやるかと提案する者がいた。先任伍長がたしなめた。

「脚を骨折したり頭を打ったりして病室送りになったら、明日だれがおまえの代わりをするんだ？」

それで沙汰やみになった。

110の先任伍長が歌をはじめた。二千年前から酔っ払っているようなひどい歌だ。一人の若者が、寝室にバグパイプがあると言いだした。やめろという周囲の声も聞かずに取りにいった。クリスは、ロルナドゥ星の高地連隊第四大隊が、戦場で敵の頭や心臓を砕いたあとに高らかに凱歌をあげるようすを思い出した。
二、三時間後、クリスは眠気を感じて部屋にもどることにした。
先任伍長が近づいてきて、隣にいるジャックにうなずいて声をかけた。

「あんたはいつも大尉のそばにいるが――」

「わたしは検察局の警護官だ。彼女が政府の警護対象だったときの、というべきかな。トムとペニーの結婚式に出席していたら、たまたま大尉が行動を決意したので同行することにした。自分がやれることをやっているだけだ」

「身辺の安全を守っているわけか」先任伍長はうなずいた。

「そんなところだ」

「明日も同行するのかな？」

「それはない。地上で警護するのがわたしの仕事だ。軍内ではあなたにまかせる」

「わかった、彼女を守ろう。しっかりとな」

クリスとジャックはホールジー号へ歩いていった。ずっと黙っていたが、やがてジャックが言った。

「先任伍長からボーイフレンドと勘ちがいされたようです」

「むしろストーカーかも」クリスは意地悪な笑みで答えた。

「なるほど、キャリアの選択肢として考えませんでしたね。お父上が選挙に勝てなかったり、検察局からもとの任務に配属してもらえなかった場合には、その道もある。ストーカーか。悪くない仕事だ」

クリスはジャックの手を握りたい衝動をこらえた。

「望まれるストーカーというのはへんよ。あなたについてきてもらっていやな気がする人はいないと思うわ」

「わたしの顔を見ると不愉快になる悪人は何人もいるはずです」

ジャックはトムの片頬の笑みを真似てみせた。似あわない。やはりジャックはいつもの親しみやすい笑みがあっている。

残念ながらそこでホールジー号の連絡橋に到着し、話は終わりになった。クリスは敬礼して乗艦し、ＣＩＣへ足を運んだ。当直しかいなかった。

「変わったことは？」

ないという返事だ。

ジャックは彼女を寝室へ送った。すぐにむかいの自分の部屋のドアをあける。クリスはしばし、部屋に誘おうかと考えた。すこし飲まないか、話をしないか、そして……。しかしジャックはすぐに自分の寝室に引っこみ、ドアを閉めた。

クリスは自分の寝室のドアをあけ、明かりをつけた。そして足を止めた。

寝台の上に二着の制服がおかれていた。一着は普通の青い艦内服。その隣に、きれいにアイロン掛けされて糊のきいた白の礼装軍服があった。用意してくれただれかは、肩章をつけなおしてくれていた。わずかな勲章もついている。戦傷獅子章もある。ただし右ポケットに移動している。左ポケットには……あるべきものがあった。指揮官記章だ。

それを見てクリスははっとした。PF艦が最初に構想された十年から十五年前に、PF小艦隊の指揮官記章も同時に考案された。PF艦が退役扱いとなったいま、その記章は廃止されている。マンダンティ代将はその一つをどこからか入手し、特別な場合だけ軍服につけることが知られていた。しかし、正式な制服規定ではすでに許されていない。

稲妻の上に三隻の小型艦が描かれた記章。それがいまクリスの礼装軍服の左ポケットにごく自然についていた。

代将からの贈り物だろうか。指揮権を奪った彼女を認めたしるしだろうか。すくなくとも、だれかがわざわざこれをつけさせているのだ。

クリスはその礼装軍服をそっと脇の机に動かした。そして手早く就寝の準備をした。

机の時計によると、三時間ほど眠ろうとつとめていたらしい。二時間ほど眠ったかもしれない。といっても頭は覚醒していた。すくなくとも、レーザーで切り裂かれる小型船や人間や自分自身のイメージが脳裏に充満する程度には目覚めていた。

「クリス、わたしは今日の戦いを生き延びられるでしょうか」

ネリーが小声で訊いてきた。クリスは寝台から出て、青の艦内服を着ながら答えた。

「わたしが爆発で粉微塵にならなければ、生き延びられるんじゃないかしら」

「出港前にトゥルーに長いメッセージを送りたいのです」

「これまでの会話内容を？」

「それもですが、他にも」

クリスはドアの手前で足を止めた。

「他に？」

「クリス、わたしはトゥルーからもらったサンタマリア星の小石の端をずっとつついていました。あなたが忙しいときにはやっていません。ここ数日はもちろんです。しかし暇なときには、その中身をのぞこうと試みていました。そして、なにかが見えた気がするのです。それは人間のいう夢のようなものかもしれません。ちがうかもしれません。複数の星が見えたように思います。星図です。ただし一部が異なります。あなたの曾祖父のレイがサンタマリア星で石を入手したときに作成した星図とはちがうのです。なぜちがうのかわかりません。とにかくそう見えます。他にも見えるものがあります。おそらく三種族と、彼らが建設した都市です。美しい眺めです。

クリス、こうしてわたしが見たもの、あるいは見たと思うものを、わたしが死んだ場合に失いたくないのです。トゥルーへ送信させてください。そうすれば、わたしに万一のことがあっても、あなたとすごした時間にやったのが数字の計算や株式管理ばかりではなかったという証拠を残せます」

クリスはドアの手前で立ちつくした。

ネリーはやはり命令に反して、自己組織化演算ジェルに埋めこまれた石のかけらをさわっていたようだ。それでも、クリスにとって重要な場面で誤作動を起こしたりはしなかった。約束は守った。クリスに大きな被害をもたらすことなく、データ格納容器らしいものをのぞいた。十代のいたずらっ子は母親の言いつけを守らなかったが、無事に家に帰ってきたわけだ。

「いいわ、ネリー。出港前に有線接続でトゥルーにデータを送りなさい。あなた自身の完全バックアップを。もしあなたになにかあったら、かならずそこから再起動するように伝えて。そしてわたしの遺言書の記載内容を変更。あなたの再構成にかかる費用全額をわたしの遺産からトゥルーディ・サイードに支払うこと」

「ありがとうございます、クリス。感謝します。お兄さまのホノビに娘が生まれて、その子がわたしを使ってくれるかもしれません」

「あなたを酷使する主人はトゥルーが探してくれるわよ」

「あなたほどではないでしょうけどね。お気をつけて、クリス」

「あなたも気をつけて」

そして、ドアを開いた。

サンチャゴは薄暗いＣＩＣで戦域ボードに見いっていた。そのまわりで当直が仕事をしている。

クリスはそのむかいでボードの下からスツールを引き出し、腰かけた。

「眠らなかったの？」

「眠ろうとしましたよ。無駄でした。礼装ではないのですか？」

サンチャゴは顔も上げずに訊いた。クリスは答えた。

「あとでシャワーを浴びたら。あの礼装はあなたの案？」

「わたしと代将の共同案です。マンダンティはあなたを気にいっているようだ」

「小艦隊をわたしにあずけてくれたわ。ＰＦ艦に愛着があるようね。変わったことは？」

「ありません」

そのとき、背後から声がした。

「ボードを長く見つめすぎると、小さな点が踊りだすぞ」

バンホーン大佐がＣＩＣにはいってきた。一分の隙もない昼の礼装軍服ではなく、青の艦内服姿だ。クリスは初めて見た気がした。左ポケットには指揮官記章がある。やはりボードの下からスツールを引き出してすわった。年長者として助言を続ける。

「ずっと見ていると、ドラッグをやったようにハイになる。若いときにＣＩＣの当直をやって経験した。新しい動きがあるか、サンディ？」

「いいえ。なにも変わりません。つぎはぎの混成部隊。圧倒的な戦力差。みんな死にますね。またなにかクレージーなアイデアが浮かびましたか？」

「出しつくした。そのかわり、ＰＦ艦の乗組員たちがクレージーなダンスをしているのを昨夜見たぞ。バグパイプとハーモニカとギターで。高地の古い氏族が戦いのまえに踊るダンスだそうだ。勝利を期してな」

「だれか怪我でも？」

クリスは心配になって訊いた。多少でも大人のお目付役として居残ったほうがよかっただろうか。しかし大佐は答えた。

「乱暴な踊りではありませんよ、プリンセス。ただし六十四人全員で列になっていました」

「コンガのラインダンス？」

「いや、横に並んでいました。まるで突撃する戦列のように」

これからそうするのだ。いい予行演習かもしれない。

「礼装ではないのですか」大佐が訊いた。

「艦内服よ。あなたもおなじでしょう」クリスはやり返した。

「用意してあったはずです」

「大佐も一枚嚙んでいたんですか？」サンチャゴが訊いた。

「マンダンティ代将から頼まれた。わたしもいい案だと思った。明日桟橋で、〝全員に告げる〟とやるときは、颯爽とした恰好でないといかんでしょう」

「〝全員に告げる〟って?」クリスは訊いた。

「あなたが演説するんですよ。われわれがやっているのはすばらしいことで、全力でやり抜いて勝利するんだと。彼らにたりないのはもうそれだけです。基地の人事係長は彼ら全員を再召集された海軍予備役として事務処理し、来月分の健康保険と生命保険まで手続きしました。たしかに有象無象の新人たちですが、正式な地位をあたえないまま大型戦艦との戦いに送り出すわけにはいかない。彼らをテロリストとしてピーターウォルドに撃たせたくない。たとえルナのような不良船長でも。実体はたんなる武力抵抗でも、書類上は正規軍として遇されるべきだ」

サンチャゴが言った。

「クリスの父親と千人の仲間たちが合意して、われわれを合法的存在として認めれば、ですね」

海軍基地司令官は肩をすくめた。

「われわれが負ければ、勝者は戦犯を探すだろう。たどり着くのはわたしか、わたしの死体だ。しかし新参の兵士たちは、書類にサインしてIDカードも持っている。軍服がわりの艦内服も全員分を配った」

手続きだ。綿密な手続き。戦史には書き残されないだろう。バンホーンとその人事係長が裏方の事務を担ってくれていることに感謝しなくてはならない。

「その事務係長も狙われるかもしれませんよ。彼女は民間人でしょう」

大佐は快活に笑った。

「任官していることになっている。書類上は沿岸警備隊予備隊の大尉だ。捜索救難船に乗り組ませる予定だったが、いつのまにか武装ヨットにもぐりこんでいた。おかげで捜索救難船の欠員を埋めなくてはならなくなった。旅客船に乗りこむ難民の列にまぎれて上がってこさせるつもりだ」

「生きて帰れる見込みのないミッションだという話はしてあるの？」クリスは訊いた。

「ええ、プリンセス」大佐は自分のポケットの指揮官記章をいじりながら答えた。これまで彼の軍服にはなかったはずだ。「しかし、たとえ生きて帰れなくても、参加しないわけにいかないミッションというものがある。いかに危険でも……自分が中年の管理職でも……身を投じなくてはいけないミッションがね」

バンホーンはしばし黙り、戦域ボードをしばらく眺めた。

「率直にいって、こちらへ減速してくる艦隊の指揮官をあわれに思いますよ。戦力は圧倒的。明日の勝利はまちがいない。対してわれわれにあるのは、断固たる意志だけです。そして自由への渇望。われわれは長く自由を謳歌し、鎖の感触を忘れている。もうそこにもどるつもりはない」

クリスは戦域ボードを見た。

一方にあるのは力、鉄、鎖、隷属。

もう一方にあるのは自由を守る意志。そのために死んでもかまわないという決意。

戦いの構図は変わっていない。見通しだけがちがう。

サンチャゴは椅子の上で姿勢を変えた。

「ボード、敵艦隊が連続的に減速してくると仮定して、その到着までの時間はどれくらいだ？」

「十二時間後です」

「カウントダウンをはじめろ」

ボードの隅に時計表示があらわれた。

クリスも言った。

「ネリー、わたしにもおなじものを」

「すでにカウントしています」

接敵まであと十二時間　13

艦隊司令官ラルフ・バハ中将は、旗艦復讐《リベンジ》号の作戦室で戦域ボードを見つめていた。

他の五隻も、旗艦同様にヘンリー・ピーターウォルドから艦名をあたえられていた。それぞれ破壊者《ラビッツジャー》号、報復《レトリビューション》号、仇討《レタリエイション》ち号、雪辱《ベンジャンス》号、復讐者《アベンジャー》号という。今回のミッションの目的を忘れそうになったら艦名を思い出せばいい。ピーターウォルド家とロングナイフ家には因縁がある。表舞台ではなく陰でささやかれていた。しかし今回は六隻の戦艦がウォードヘブンへむかっている。もうだれの目にもあきらかだ。

「変化はあるか？」

「いいえ、なにも」

参謀長のブッタ・セイリス少将が即答した。考えをすぐに読みとれる次級指揮官がいるのはいいものだ。とはいえ、今日これからやることはだれでもわかるだろう。

中将は顔を上げ、この作戦室に増設した情報セクションを見た。セイリスがその視線を追った。

当直大尉は姿勢を正した。しかし目は三人の技術兵が操作するディスプレイから離さなかって、命じた。

「大尉、目標のステータスを報告しろ」

「相手方の軍用ネットワークのトラフィック率は二十パーセント。事務的な内容ばかりです。脅威は確認されません。メディアネットワークは政治の停滞についての報道をくりかえしています。軍事的準備をうかがわせる内容はありません。一部のマイナーメディアが軍事行動を主張する論説を流していますが、すぐに抗議の電話が殺到します。市民のネット使用状況は平常どおりです。小さなデモが散見されますが、大規模なデモは抑制されています。危険性の増加は認められません」

中将は息をついた。

「これまでどおりだな。そもそもわれわれのことを戦艦と呼んでいない。暗号かなにかのように、豪華客船と称している。ふざけているな」

「そのような言論は恐れるにたりない」

新たな声がした。中将は表情を消し、姿勢を正してそちらをむいた。この作戦室に許可なく立ちいれる唯一の人物。ウォードヘブン総督に就任予定のハリソン・マスカリンだ。到着すればその地位はすぐに正式になる。長身痩軀。彫りの深い顔立ちと波打つ黒髪。ギリシアの神の彫像が動きだしたような外見だ。性格は浅薄かつ残虐。その総督は手を振った。

「われわれ天才的な政治部が、ウォードヘブンの守りをがら空きにしたのだ。軍艦は一、二隻しか残っていない。完璧な策略だ。まずこの星のロングナイフ家を潰す。一、二年以内にその王権が治めていたナントカ連合の残骸をかき集めて配下にいれる」空中で拳を握った。「そして三、四年後には、中将、きみは大艦隊を率いて地球へ針路をとるのだ。人類の分裂と対立は終わる。ふたたび統一の時代を迎える」

ニタリと笑った。その主張はもちろんマスカリンのオリジナルではない。ヘンリー・ピーターウォルドの数カ月前の演説をそっくり引用している。ピーターウォルドは総督に自分の声のこだまの役割しか期待していない。本人もそれに忠実だ。

中将はうなずいた。

「すべて計画どおりに進んでいます。しかし老兵の妄言としてお許しください。われわれは士官学校の初日から、どんな戦闘計画も会戦したとたんに変化すると教えられます」

「そうか。しかしこの計画は大丈夫だ。敵が事実上いない。だから会戦もしない。なにも起きない。そうだろう？」

総督は楽しそうに笑いながら言った。しかし中将はその笑いに加わらず、軽くお辞儀をした。

「そのとおりです」

マスカリンは首を振った。

「陰気なやつだな、中将。いもしない幽霊を怖がっている。ウォードヘブンにくだす正義の鉄槌をはばむものなどないのだ。惑星に到着したら、政治および通信部門の軍事目標を第一撃ですべて破壊しろ。軍はわれわれ政治部が指導する。社会および文化的目標も適切に破壊し、ウォードヘブンの厄介者たちを震え上がらせろ。ウォードヘブンは敗北させるだけでなく、すべてを失ったとさとらせるのだ。希望さえも」

「攻撃目標はすべてリストにあります」

中将は戦域ボードの一角をタップした。すると作戦室の隔壁をおおうスクリーンが、前方の宇宙空間としだいに大きくなるウォードヘブン星の眺めから、長いリストに変わった。首相官邸、ヌー・ハウス、さらに通信ハブ、メディアセンターもある。ネットがダウンしたあとに人々が集まって協議や合意ができるような集会場も、破壊目標になっている。

「よろしい。敗北させるだけではなく、敗北を自覚させるのが重要だ。占領軍の到着は数週間後だ。そのときに戦闘は見たくない。ただ占領する。ウォードヘブンから戦闘能力を奪うのがきみの仕事だ。この戦艦はそのためにつくられているのだろう、中将？」

「はい、総督」

ババ中将は答えた。リベンジ号は普通の戦艦ではない。明日ウォードヘブンが降伏をこばめば、その力が発揮されることになる。

総督は作戦室から去った。正式就任の前夜を愉快に過ごしたいのだろう。

中将はまた戦域ボードに目をもどした。やはり変化はない。この三日半ずっとおなじだ。

中将はセイリスに言った。

「これから四時間か、できれば六時間は静かに休みたい。重要な用件以外では起こすな。これまでなかった大事件でも起きないかぎり」

「わたしも睡眠をとろうと思います。変化のないボードを監視しているのは無駄です。当直大尉にまかせればいい」

「大尉は必要なときにきみを起こせるか？」

「ええ、信用しています。彼の父親を知っていますから」

「そうか。ではわれわれは休むとしよう」

中将はハッチのほうへむかった。セイリスがすぐうしろについてくるのを確認して、電波妨害装置のスイッチをいれ、なにげない口ぶりでささやいた。

「マスカリンが決めたら、わたしの代役をつとめるように命じられているのか？」

セイリスの黒い肌がつかのま青ざめた。しかし歩調は変わらなかった。

「はい、中将。ここへの配属を提案されたときの条件でした。同意しなければ、提案は他の者にまわすと言われました」

中将はうなずいた。

「わたしはきみを右腕として希望した。それをかなえるために、わたしもある条件に同意させられた。おそらくきみと同様だろう。率直に話せてよかった」

「失礼ですが、その内容は？」

「知らないほうがいいだろう」

中将は言って、電波妨害を切った。すると、当直大尉が二人のほうにむいて言った。

「上官、この作戦室の近くでわずかな電磁的乱れが観測されました」

「どんな乱れだ？」

セイリスが訊いた。もちろん、いまの中将との会話は、監視カメラやマイクの動作を妨害しなければ不可能であることはよくわかっている。

「位置は特定できません。ほんの数秒でした。ちょっとした電力の変動が原因かもしれません」

若い大尉は、自分の逃げ道をつくる言い方をした。それは上官の逃げ道でもある。高級将校がときおり電波妨害装置を使うことは裏の常識だ。つかまればキャリアが終わる。命が終わることもある。

セイリスは質問した。

「こういう場合にはどうする？」

「記録します」大尉は適切な答えを言った。

「ではそうしろ。わたしは寝室へ行く。よほどのことがないかぎり起こすな。わかったか？」

「はい、少将」

ラルフ・バハ中将は振り返らずに自分の寝室へむかった。急速に大きくなる目的地の情報を集めている部下たちから、しばらくは目を離しても問題ないだろうと思った。

接敵まであと十一時間

ホノビは首相官邸の主応接室の壁にある大型スクリーンを見ていた。ここが自分の家でないのは、十三歳のときから初めてだった。

暫定首相のモジャグ・パンドーリが不愉快そうに言った。

「もうすこしきれいな映像にならんのか？　リモコンがなくて困っているんだ」

ロングナイフ家が引っ越しのときになくしたのだろうと言わんばかりだ。しかしホノビに言わせれば、あるはずのものが他にもいろいろとなくなっている。

スクリーンは古い製品で、明るさなどの画像調整がいじられているようだった。娘のクーサが無言でホノビを見ている。たしかに彼女はこういうものをいじりたがるタイプだ。よくしようと思っていろいろやって、かえって悪くする。画像調整の狂ったスクリーンは、ウォードヘブンのいまの混乱を象徴していた。

ホノビは壁に歩み寄ってコントロールボックスをあけ、ボタンでじかに調整した。すると映像はすぐに明瞭になった。父親と首相の視線は映し出されるものに惹きつけられ、背後で〝ごめんなさい〟と口だけを動かすクーサには気づかなかった。ホノビは軽くウィンクした。

映されているのは軌道エレベータ駅だ。人々が車に乗ろうと長い列をなしている。アナウンサーの説明によると、ステーションはすでに閉鎖されている。宇宙ステーションからの避難は完了し、エレベータの利用は上りも下りも停止されている……。じつはこれは嘘だ。しかしそれとわかる映像がメディアに流れないようにホノビは手配していた。すくなくともまだニュースで流してもらっては困る。

現在は状況が変化していた。政府が出していたウォードヘブン近傍宙域の宇宙飛行禁止令は、ハイウォードヘブンからジャンプポイント・アルファにむかう船にかぎって解除されていた。ウォードヘブンで足留めされていた他惑星出身者が避難をはじめているのだ。

ニュースは緊迫した人々を映し出していた。恐怖に顔をゆがめた女が子どもを抱いている。子どもはなにが怖いのか理解していないが、両親の恐怖が伝染して緊張している。男たちは走りまわっているが、あわてるばかりでなにもできていない。女たちは彼らをせかしながら、なぜなにもできないのか理解できずにいる。

ホノビはこの恐怖を三日間抑制してきた。しかしいまそれが、目を見開いた子どもたちや、声の裏返った母親や、あせる男たちの光景となって噴出している。これが恐怖だ。ニュースに流れ、世間の目にさらされている。

パンドーリは吐き捨てるように言った。

「さあ、こんな事態をつくりだして満足か？　わたしはいまでも旅客船と他惑星出身者は足留めさせるべきだったと考えている。彼らを宇宙港にとどめておけば爆撃されるおそれはなかった」

ホノビは強情なパンドーリを説得しようと、ゆっくり辛抱強くくりかえした。

「敵のメッセージは明確です。統一時代以前の古い形式の宣戦布告をしてきた。九十年あるいは百年前まで、惑星は頭上の軌道の支配権を失うと降伏し、〝賠償金〟を払うのが常でした。実際には、戦勝惑星の地球への負債を肩代わりさせられたわけですが。とにかく荒っぽい時代でした」

クーサが指摘した。

「彼らは賠償金を要求していないわ。求めているのは全面降伏よ」

ホノビの父親が反論した。

「ピーターウォルド家の艦隊だぞ。より大きな利益を狙っているだけだ」

父親は懐深く見せるためにあえて口数を少なくしていた。本人は楽でないはずだ。

パンドーリがあざけるように言った。

「またそれか。ロングナイフ家はいつもピーターウォルド家の影におびえているな。あんなのは無視していい。われわれは普段どおりにしていればいいのだ。砲撃などできるわけがない。こちらの艦隊がもどってきたら、その時点で決着をつければいい」

またただ。いつもの態度、虚勢だ。パンドーリの引き出しにはこれしかない。

ホノビの父親は来客用安楽椅子の肘掛けを拳で叩いた。

「わが艦隊がジャンプポイントから急いで帰ってくるあいだに、この六隻の戦艦がなにをすると思う？　艦隊が到着するまでに惑星は焼け野原になっている。戦艦どもはべつのジャンプポイントへ逃亡しているさ」

「父上、首相、それについては議論ずみです」

ホノビは割りこんだ。実際にそうだ。時間があるなら何度くりかえしてもいい。八十年におよぶ平和は、パンドーリのいう〝文明的期待〟を生み出した。ホノビの父親は、〝システムへの信頼〟という。ホノビはクーサと二人で話すときに、〝変化という現実を直視できない態度〟と評していた。クーサは立場上、同意しないが、強く否定もしない。しかし自分の父親には変化の受けいれを説いていた。ホノビも父親におなじことを説得した。

ホノビは、やるべきことのリストの次の項目に移った。

「降伏要求への返答を作成しなくてはなりません。そして防衛部隊への命令も。発表までの猶予はどちらも二時間かそれ以下です」

パンドーリは不満げだ。

「なぜそんなに急ぐ。月軌道までは一時間ちょっとで行けるだろう。何度も行ったことがあるぞ」

「そのとおりですが、防衛部隊は月を通りすぎるわけではありません。一Gで一時間加速し、反転して一時間減速して、月のむこうをまわりこみます。そして接近してくる敵艦隊の軌道に交差し、そこで迎撃します」

「小学校一年生の遠足で行ったわ。午後のうちに月をまわって帰ってきたけど」とクーサ。

「ぼくも行ったよ」とホノビ。

父親はパンドーリにむかって苦笑した。

「小学校一年生のときのことなど憶えているか？　わたしはもう思い出せん」

現首相は首を振った。二人の老政治家はようやく合意点をみつけたようだ。

「もちろん戦艦と戦ったりしなかったけど」とクーサ。

「ぼくたちは海賊をみつけたと騒いだな」とホノビ。

首相は涙ぐんだ。

「子どもたちが怖いものを見たふりをして楽しめる、いい時代だったな」

「またもどってくるわよ、パパ」

「そのための努力をすれば」ホノビは言った。

「わかった。わがほうの返答を考えよう」

接敵まであと十時間

グリーンフェルド同盟の戦艦リベンジ号。その当直大尉は作戦室で、ウォードヘブンのニュース放送を見ていた。気になったところを巻きもどし、二度三度と見直した。目標の状況がたしかに変化している。しかし参謀長や艦隊司令官を起こすほどだろうか。とりあえず情報室を呼んだ。

「中佐、作戦室への分析報告はありませんか？」

「完全なレポートを作成中だ。いまのところ、そちらで見えているものとこちらの解釈に基本的なちがいはない。ウォードヘブン以外のパスポートを持つ人々の避難を許可している。最終アプローチ段階のこちらの針路を、数隻の大型旅客船が横切ってジャンプポイント・アデルへむかうと思われる。ジャンプポイント・バービーをめざすことはないだろう。しかしレーザー砲は準備しておくべきだな。自爆攻撃してこないとはかぎらない」

「満席の旅客船で自爆攻撃か。ロングナイフならやりかねませんね！」

「わたしも情報部長としてロングナイフ家をあなどっていない」

「中将を起こすべきでしょうか」

「それはきみの判断だ」

「そうですね」

若い大尉は認めた。またニュース放送を眺めはじめた。子連れの女や夫婦者。そのなかにちらほらと、大尉とおなじくらいの年齢の男たちがいた。船にもどる船乗りのような出勤の雰囲気を漂わせている。人ごみをかきわけてまっすぐ進んでいく女もいた。二人の若い男を伴い、それぞれ荷物を満載したカートを押している。積まれた箱のマークに見覚えがある気がしたが、思い出せなかった。

大尉は言った。

「避難民でない者もまじっていますね。仕事にもどる船乗りのように移動していく」

「豪華客船の乗組員だろう。出港することになって、上陸休暇から呼びもどされたのだ」

「そのあとの映像には女が映っていました。避難民には見えない。二人の男に荷物のカートを押させていた。箱のマークをどこかで見たような……」

「家宝かなにかがはいった箱だろう。若い男たちは彼女の……」中佐は咳払いした。「まあ、ロングナイフ家が牛耳る世界で女がいかに放縦に育つか、有名な話だ」

たしかにそうだ。大尉はさまざまなビデオで見ていた。その一方で、情報部将校が先入観を持つとなかなか離れられない性質であることも知っていた。

「参謀長を目覚めさせるかどうか決めるまえに、このニュース映像に映っている避難民らしからぬ者たちの顔を、ウォードヘブンのデータベースで検索していただけませんか。とくにあの女が気になります。すぐわかるでしょう。一般人ではないはずです」

「すでにはじめている、大尉。まかせろ」

情報部の中佐はいったん通話を切った。

大尉は作戦室の三人の技術兵のうしろを歩きまわった。その一人が咳払いをした。

「どうした？」

「宇宙ステーションのハイウォードヘブン周辺で、これまでより強力な磁気反応が出ています」

「旅客船が反応炉の出力を上げているのだろう。電磁流体ジェネレータの発電量を増やしているんじゃないか？」

核融合炉は推進用のプラズマをつくりだす。そのプラズマは磁力閉じ込め場の走路をめぐりながら、外側にある電磁流体ジェネレータに作用して電力をつくりだす。その電力が閉じ込め場を維持し、反応炉を稼働させる。この驚異のシステムはほとんど無から有をつくりだすのだと、物理学の教授から教わった。しかも恒星間エンジンとして充分な出力がある。宇宙港に係留中の大型船は、走路にごくわずかなプラズマを流して発電だけをおこなっている。一部の旅客船が将来のエネルギー需要の増加を見越して、プラズマ量を増やしているのだろう。

ハイウォードヘブンの磁気共鳴がしだいに強くなっていた。個別の発生点のようすを見るのは難しくなっていく。これらの磁場が干渉して反応炉の閉じ込め場が破れればいいと、大尉は頭の隅で思った。昔はたまにあった事故だ。しかし最近は聞かない。悪運の強いロングナイフだ。今回にかぎってそんなことが起きたりはしないだろう。

艦内通信の呼び出し音が鳴った。

「顔識別ができた、大尉」

ずいぶん早かった。中佐の口調からすると、あまりおもしろい内容ではなさそうだ。当直大尉は訊いた。

「それで?」

「女の名前はミス・ドーラ・エバーモーン。番組〈町の噂の真相――二時〉の司会者だ。毎日午後二時から四時まで放送されている。この三日間の放送分を確認したが、休暇の予定にはふれていない」

「ではどこへ行くのでしょう？」

「彼女は系内船を所有している。星間ジャンプ能力はない。おそらく月へ行って、爆撃されるウォードヘブンの決定的映像をそこから撮りたいのだろう。まあ、わからない。監視のためのフラグは立てておいた」

大尉はうなずいた。聞いたことはある。噂の真相を追いかけるニュース。軍事的準備は恰好の噂だ。この女がいい仕事をすれば、こちらが求める噂をあばいてくれるかもしれない。

「映像の男たちは民間人だ。民間人の身分で海軍の仕事をしている者もいる。一部は小型艇を所有している。何人かは履歴のファイルに、沿岸警備隊予備隊や補助隊のメンバーとされている。グリーンフェルド青少年協会のようなものだが、軍事訓練は受けていない。私有の小型艇が保安規則に合致しているか、救命ポッドをそなえているかなどの検査をする。遭難者の捜索救難活動もする。しかし軍事的価値はない」

「なるほど」

大尉は答えた。情報は受けいれた。しかし解釈まで鵜呑みにはしない。軍事的価値がないのなら、こんな日は家にいればよさそうなものだ。もうすぐ攻撃対象になるステーションになぜ上がるのか。軍事的価値がないとみなされる者の行動とは思えない。

情報部の石頭め！

とにかく、どうするか。参謀長を起こすべきか。

大尉は行ったり来たりしながら、技術兵のスクリーン上の光の変化を見た。充分に変化したといえるだろうか。

接敵まであと九時間三十分

クリスはシャワーを浴びて、用意されていた礼装軍服を丁寧に着た。今日は身の危険があるが、防弾ボディスーツは着ない。十八インチ・レーザー砲には無力だからだ。なんとか一時間の仮眠をとれた。それで頭ははっきりした。

礼装軍服の仕上げに、ＰＦ艦乗組員用の青のベレー帽をかぶった。ＰＦ艦での勤務中はヘルメットをかぶることが多いので、帽子はポケットにつっこんでおけるものが望ましい。そこで、海軍の制服としてははなはだ亜流だが、ネイビーブルーのフェルト製のベレー帽が選ばれたのだ。中央には所属艦のマークがはいっている。マンダンティ代将は小艦隊のエンブレムをつけさせようとしたが、乗組員たちは自艦のマークにこだわった。

今日のクリスは、代将の小艦隊のエンブレムのものをかぶった。小艦隊の指揮官なのだから、それがふさわしい。

「クリス、急いで来てください」ＣＩＣから大声で呼ばれた。

クリスは戦闘指揮所へ走った。耐圧扉を抜けるときにつまずきそうになった。ＰＦ艦に耐圧扉は多くない。小さな艦体は一発命中すればたいていそれで終わりだからだ。

「お静かに。しばらくしたら返事をする」CICではサンチャゴがベニの携帯電話を手にして険悪な調子でしゃべっていた。「クリス、ヨットハーバーにアドーラブル・ドーラ・エバーモーンがやってきて、自分のボートはどこかとネットワーク上で怒鳴っています」

「ギャビーは返事をしていないの？」

「ボートはすでに無線封鎖にはいっています。防護された有線接続でしか話すことも聞くこともできない」

「わかった」クリスは携帯電話を受けとった。「ドーラ、わたしの声がわかる？」

「あなたはクリス・ロン——」

「そうよ。名前をネットワークで怒鳴っていいものなら怒鳴っているわ。口を閉ざして、そこから一歩も動かないで。すぐ行って話をするから。ただし記録装置のたぐいはすべて停止しなさい。そうでなければ近くのエアロックから宇宙空間に放り出すわよ」

「ガードマンを二人同伴しているからそんなことはできないわよ。でも、ひとまず言うとおりにしてあげる」

クリスは携帯電話を閉じた。ジャックを呼びにいこうとして、走ってきた本人とぶつかりそうになった。すでに仕事の服装を整えている。

「やれやれ、今日はのんびりできると思ったんですがね。海軍側での行動ばかりだと。ところがこれからニュース屋からあなたを警護するんですか？」

クリスはヨットハーバーへむかいながら言った。

「というより、ニュース屋と二人の用心棒を窓から放り出すことになるかもしれないから、そのために来てもらうのよ」

「わたしの職務規程にそういう項目はありませんけどね、殿下、プリンセス、大尉、あるいはお嬢さま」

「わたしのナイトの地位に就職希望しているんでしょう。だったらこれくらい簡単にやってもらわないと」

「ナイトに就職希望？　それは嘘の噂です。アドーラブル・ドーラの番組を信用すると痛いめにあいますよ」

それでもジャックはヨット埠頭に走っていった。

アドーラブル・ドーラは、ヨットハーバーにある小さな警備員詰め所のわきでいらいらしながら待っていた。金で買える最高の顔と体を持つ彼女は、ニュースと娯楽情報番組で人気の司会者だ。つまりニュースと娯楽情報をろくに区別しない視聴者に人気がある。大きな荷物を積んだカートのそばでは二人の若者がくつろいでいる。その肉体も金がかかっていそうだ。カメラを持っていないことから、その仕事がなにかはあきらかだ。

ドーラは、午後二時の思わせぶりな口ぶりではなかった。

「わたしのヨットはどこ？」

「なぜ必要なの？」クリスは逆に訊いた。

「あなたは部隊を率いて、近づいてくる船と戦うつもりね。ついていくわ。撮影する」

「死ににいくようなものよ。安く見物できる席などないわ」

「危険も仕事のうちよ」ドーラは反論した。しかし二人の男は、そんな話は聞いていないという顔で目を見かわしている。「あなたたち、撮影の準備をして。プリンセス・ロングナイフへのインタビュー。開戦前の独占取材よ。例の小さな部隊の指揮官記章をつけていらっしゃいますね、プリンセス。高速パトロール艦隊を率いるということでしょうか？　つまり桟橋から離れられる程度に修理されたのでしょうか？」

背後の男たちは命令されても驚いて突っ立っているだけだったが、インタビュアーとしての矢つぎばやの質問を聞いて、あわてて機材を引っぱり出しはじめた。ドーラも取材の下調べはしているらしく、その点は称賛に値する。

「機材から手を放しなさい、助手の二人」クリスは言った。

ジャックが友好的に前に出た。ホルスターに手をかけ、職業的な笑みを浮かべている。男たちは開梱作業を中断した。しかしドーラは引っこまなかった。

「襟の小型カメラがあるのよ。画像は悪いけど、こういうレポートにはむしろいいわ。〝プリンセスが取材拒否！〟」

クリスは、アドーラブル・ドーラの頭に通じそうなわかりやすい理屈で説得を試みた。

「ここに来ることを上司に話した？　だれかに確認をとった？　この話がなぜいままでニュースにならなかったのかと、不思議に思わなかった？」

「怠惰なレポーターは脅しに弱いわ。でもわたしは怠惰ではない」

「安全保障上の理由だといえば？」

「もっとリアリティのある話で脅してほしいわね」

クリスは歯ぎしりした。ジャックに命じてこの女をエアロックから放り出させたい。いや、自分の手で放り出したい。

ドーラは言った。

「食いついたら離れないわよ。妥協点を探しましょう。解禁できるまでニュースを流してほしくないのね。こちらは近くから取材したい。死ぬかもしれないというけど、こちらは危険を承知している。わたしのヨットはどこなの？　自分のヨットに乗って好きなことをする権利があるわ」

「だめよ。あなたのヨットは通信中継船として使わせてもらう」クリスは言い返した。

「ひとのヨットを盗んだのね！」

「借りたのよ」

「わたしに言わせれば窃盗よ」

ジャックが割りこんだ。

「淑女のお二人、すこし冷静になりましょう。クリス、彼女を毛嫌いするのはわかりますが、要求は部隊についていって撮影と取材をしたいということのようです。わたしが戦闘計画を理解するかぎりでは、彼女のヨットは部隊のあとについていって、本隊が月の裏側にはいっているあいだ、通信を中継するということのようです。正しいですか？」

認めたくなかったが、ジャックの言うことに筋は通っていた。

「つまりギャビーとコーリーといっしょにヨットに乗せればいいというのね。二人は二人の仕事をして、彼女は彼女の仕事をすると」

「そうです」とジャック。

「わたしはそれでいいわ」とドーラ。

「あなたたちも行くの？」

クリスはうしろの男たちに訊いた。男たちは顔を見あわせ、首を横に振った。

「倍の手当てを払うわよ」

ドーラが言ったが、男たちの首はやはり横に振られる。

「ジャック、ギャビーとコーリーといっしょにヨットに彼女が乗るというのはやっぱり安心できないわ。あの二人は命令に従うつもりでいるけど、この女がうしろでわめいたら、本当に命令どおりに動いてくれるかどうか確信を持てない」

「だからわたしも乗って彼女を見張れと」

クリスはうなずいた。

「わたしの手当ては倍になりますか？」

「三倍にする」

「もとはいくら払ってもらってるの？」ドーラが訊いた。

「ゼロです」ジャックは答えた。

「なにかしら払ってるはずよ。寝てるとか？　あなた、いい男だし」

「こういう女性といっしょのヨットに乗ってもよいものでしょうか」

「色目を使ったら船外遺棄しなさい。事故をよそおえばいいわ」

「わかりました」ジャックはニヤリとした。

「そんなことできるわけないわ」とドーラ。

ジャックは口だけ笑い、目は真剣だ。

「ギャビーとコーリーは法廷で、あなたが女子トイレだと思ってまちがったドアをあけたと証言すると思いますよ。賭けますか？」

「それでも行くの？」クリスは訊いた。

「行くわ」

「最小限の機材を選んで。ジャック、わたしをホールジー号脇で降ろしたら、あなたは彼女のヨットへ。ところであのヨットの船名はなに？」

「〈印刷に値するすべてのニュース〉号よ」

接敵まであと九時間十五分

情報部の中佐が連絡してきた。

「きみが興味を持ちそうな通話を傍受した。例のドーラ・エバーモーンが、自分のヨットがなくなっているのに気づいて、だれかと電話で話しはじめた」

当直大尉はそれを聞いた。ドーラは最初にだれかと話し、べつのだれかに代わった。その二番目の人物は知りあいだったようだが、そこでドーラはさえぎられた。

「名前を言いかけた相手は……」

「プリンセス・クリスティン・ロングナイフだ。ステーションにいるわけだ」

「どこに？」

「発信位置は特定できない。使っている携帯電話が標準的でないうえに、多くの旅客船がプラズマを増やしているので、ステーション全体の磁気像が乱れている」

「しかしたしかにロングナイフだと」

「まちがいない。若いやつだ。レイ王ではなく、厄介な王女のほうだ」

「ドーラ・エバーモーンが探しているのはどんな船でしょうか」

「系内船だ。武器は積んでいない。軍事的価値はない」

またただ。情報部長はさらりと軽い評価をする。中佐はさらに言った。

「参謀長を起こすのか？」

自分は軽い評価をしておきながら、作戦室の仕事に口出ししてくる。〝起こすべきだ〟という明確な意見はせず、あいまいに問いかけてくる。〝判断するのはおまえの責任だ、大尉〟というわけだ。すばらしい責任転嫁ですね、中佐。

「こちらで検討します」

大尉は通話を切り、震える息を吐いた。艦隊司令官と参謀長が就寝してから具体的にどんな変化があったか。クリスティン・ロングナイフがハイウォードヘブンにいることがわかった。旅客船数隻が非ウォードヘブン籍の市民を星外避難させることが許可された。その一部はこちらの針路を横切るかもしれない。自爆攻撃の可能性もなくはない……。

これらの状況変化は戦艦にとってどの程度の脅威だろう。三時間前とくらべて今後一時間半が危険になったといえるだろうか。

ありていにいって、たいした危険とはみなせない。中将がこれから一時間半でとれる対策は、目覚めてから十五分でもとれるだろう。きっとそうだ。

若い大尉は会戦の重圧について父親から聞いていた。大事なのは心身の準備だという。充分に睡眠をとり、しっかり朝食をとれば、戦いは半分勝ったも同然だと父親は言っていた。目覚めの一杯のコーヒーも重要らしい。

まさか船乗りのホラ話ということはあるまい。

当直大尉は深く息をして、ゆっくりと吐いた。情報部長からまた艦内通話がかかってきたときにどう答えるべきか考えた。

大尉は立ち上がり、技術兵たちの背後からウォードヘブン星のデータを見た。たしかに動きはある。しかし、たいした変化だろうか。戦艦でもあらわれたか。情報部長が大きな軍事的価値があると認めるものが出てきたか。

大尉は歩きまわり、時間だけがすぎていった。

接敵まであと九時間

クリスは、ホールジー号の桟橋に人ごみができているのに気づいた。よく観察すると、混雑しているとはいえそれなりに整然としていた。その中心にバンホーン大佐とルナ船長の姿をみつけ、人ごみの理由と経緯を聞くには最適だろうとそちらへむかった。

「おはよう。早起きね」

声をかけてきたルナは、青い艦内服に大佐の肩章と指揮官記章をつけている。隣のバンホーン大佐の服装を引き写したようだ。そのバンホーンもうなずいて言った。

「殿下、メディア関係者と一悶着あったようですな」

「片付いたわ。ジャックをアドーラブル・ドーラの見張りにつけた。でも彼女は通信中継船に乗ってついてくるわ。彼女のヨットを徴発した形になったからしかたない」

ルナは吐き捨てた。

「エバーモーンなんか、さっさとエアロックから放り出しちまえばいい」

「勝手なことをしたらそうしていいとジャックに指示してあるわよ。法廷ではギャビーがうまく証言してくれるはずよ」

「悪党のやり口だわ」

「わたしのやり方でないとはいえないわね」クリスは見まわした。「ところでこれはなんの騒ぎ？」

「登録手続きです」バンホーンは簡潔に言った。

「強制徴募が目のまえでおこなわれてるのよ」ルナは不愉快そうに言った。

「われわれのいさましい船団を見ても、六隻の戦艦が降伏するとは思えん。戦闘になるだろう。民間人が武装してつかまれば、テロリストとして射殺される。しかし戦闘員が武装して拘束された場合は、捕虜扱いになる。どちらがいいと思う？」

ルナのほうを見て言った。船長はつぶやいた。

「つかまらなきゃいい」

「たしかにそうだ。しかし計画どおりに進まないのが戦闘というものだ。だから、ピーターウォルドの艦に捕獲された救命ポッドからきみたちが出てくるときには、軍服姿で身分証を提示してほしいのだ」

「全員に海軍の服を着せたいだけでは？」ルナは薄笑いで言った。

「雇い主がかけた健康保険や生命保険では、これから起きる状況をカバーできんだろう。それを指摘したらきみは反論しなかったな」

「大佐というのは説得力があるもんだわ」

「階級と給与等級は？」

クリスは海軍に入隊して一年かそこらだが、ここではだれでも序列と格付けのなかで生きていることを知っている。クリス自身は例外だが。

バンホーンは答えた。

「イティーチ戦争時代からの古い規則にしたがって、非常時に民間人を徴集できる制度がある。特別な階級をあたえ、志願兵としてあつかう。給与等級は三等兵曹相当だ」

「三等兵曹なんかとんでもないわ」ルナは尻ポケットを叩いた。「あたしは船長資格を持ってるのにさ」

だからこその四本線と指揮官記章だ。

根っからの海軍軍人のバンホーンでも気まずく思うことはあるようだ。クリスが苦笑して見ると、バンホーンは不機嫌そうに咳払いをした。

「全員の手続きが終わったら、演説をお願いします、殿下」

「え、もう!?」

ルナが横から言った。

「言葉をかけてやってくれよ。司令官の姿も見ずに、騒々しい命令だけで命や手足を失う危険に飛びこめとは言えないだろう。生きて帰ったら一生の語り草にするんだよ。自分はあのときウォードヘブンにいた、まだ娘っこだったロングナイフの末裔といっしょにって」

クリスははっとした。ギャビーもそう自己紹介をした。〝あんたのひいおじいさんの下でビッグオレンジ星雲の戦いに参加した〟と。バーでののしられる存在ではないロングナイフ家がそこにはあった。

クリスは「どんな演説を……」と言いかけて、口をつぐんだ。ルナもバンホーンも、言うべきことはわかっているはずだという期待のまなざしで見ている。こういう日のためにロングナイフ家の遺伝子に書きこまれているはずだと。それは思いちがいもはなはだしい。

「わかったわ……必要になったら呼んで」

クリスは背をむけた。どこか静かな場所で草稿を練りたかった。

ＩＤカードの写真撮影のために直立している女が、ふと目をそらしてクリスをみつけて、大きな笑顔になった。クリスは笑みを返した。

ひょろ長い体つきの、少年とはいえない年齢の若者が、海軍の艦内服に沿岸警備隊補助隊のバッジをつけていた手もとから顔を上げた。

「あいつらをやっつければいいんだね？」若者は訊いた。しかしあまり自信はなさそうだ。

「そうよ」クリスは答えた。

まわりの五、六人の少年や年配の男たちが、若者の血気や希望を聞いて愉快そうに笑った。気持ちはわかる。勝つという話を聞きたいのだ。根拠がなくてもうれしいはずだ。

静かな場所はみつからなかった。しかたなく人々のあいだを歩いてまわった。白髪まじりの商人。若い娘や息子を連れた中年のヨット乗り。ねじまわしを持った電気工。みんな志願兵として登録している。

乗組員に欠員のある船を探している海軍予備隊の兵士たちもいた。昨夜急に思い立ち、使ってもらえると思ったのだろう。造船所の作業員もいた。どんな職種が空いているかわからないものの、求められれば部隊の一員として出港するつもりでいる。

非正規のミッションに集まった非正規の集団だ。勇気、情熱、やる気、根性などが勝敗を決めるのなら、六隻の戦艦にも負けないだろう。しかし残酷だが、勝敗を分けるのは十八インチ・レーザー砲なのだ。

クリスはどちらも持っていなかった。

いつのまにか年配の甲板長が集まっているところに来ていた。タグボートの欠員を埋めるために、経験豊富な民間のサルベージ船乗組員や沿岸警備隊からの義勇兵を集めようとしていた。彼らは口々にクリスに言った。

「あんたの高速パトロール艦が計画してる電撃作戦を昨夜こっそり教えてもらったよ」

「月の裏から敵を叩くんだってね。頭いいわ」べつの女性甲板長はパイプの煙を吐きながら言った。

「下にはでっかいウォードヘブンがある」

「でもおれたちが受けとめてやるぜ」

「ありとあらゆる準備をして待っててやるからね、プリンセス」

最後の一人はニヤリと笑って請けあった。

「サルベージ船の装備は意外と優秀なんだぜ。あんたらは思いっきり仕事すりゃいい。あとはこっちが受けとめて、ふんわり羽根枕みたいに下ろしてやるから」

「おらおら、むこうでお偉いさんたちがお呼びだぜ。おれたちも整列して行進しなきゃいけないらしい」

たしかにそうだ。登録の列は終わりかけていた。遅れてきた二、三人があわてて列の後端に並んでいるくらいだ。手続きを担当していた民間の事務員も、クリスの見まちがいでなければ自分の志願者登録をやっていた。

PF艦乗組員が、他の艦船を抑えて最前列に並んでいた。昨夜見あたらなかった士官たちの姿もある。トムもいる。もちろんペニーもいる。

サンチャゴの副長がホールジー号の非番の乗組員を行進させてきた。マンダンティ代将の白髪頭の副長は、老兵と新兵の雑多な組み合わせとなったクッシング号の乗組員をなんとか率いて、駆逐艦の隣の列にはいった。

ヨットの船長たちは、同乗する予備役の海軍兵士たちをまじえた列をうまくまとめていた。適当にやるのをモットーにしていた老船長たちなのに、このときばかりは整然とした服装と行動を競っているのが微笑ましい。

その他の武装ヨットと非武装ヨットの混成部隊は、PF小艦隊のうしろにいる。戦列に並ぶときとおなじくPF艦のそばに自信ありげに陣取っている。

タグボート船団の甲板長たちは、いかめしい顔つきで行進してきて最後列に並んだ。日のあたる場所は求めない。残り物の地位に慣れている。

クリスは彼ら全員に好感を持った。

正面にテーブルをいくつか寄せて演台がつくられた。サンチャゴがその上に立ち、クリスに手招きしている。椅子を階段がわりに上がってくるマンダンティ代将に、バンホーン大佐が手を貸している。

クリスが小走りにそちらへむかいはじめたとき、ネリーが呼んだ。

「クリス、ホノビからお電話です。通常の家族用番号にかかってきています」

「つないで」クリスはサンチャゴに手を振って合図してから、足をゆるめた。「お兄さま、そちらのようすはどう？」

ホノビの声が答えた。

「おまえの希望どおりになったぞ。ただし最小限だ。新しい主役はプレスリリースを出す。彼もぼくらのお父さまも、記者会見での声明発表はしない」

「メディアに露出する機会なのに！」

政治家は写真に撮られ、放送に顔を出してこその商売だ。その機会をあえて見送るとは。

「プレスリリースは、やってくる者たちへの呼びかけだ。彼らのメッセージの送信停止と出発地の公表を求める。一時間以内にそれらが実行されない場合は、彼らとその出発地に対して宣戦布告する。文言はすでに決まっている。ただしパンドーリは読み上げない。長い平和に慣れきった人物だからね。こういうときは……」

この電話は通常の番号にかかってきている。ちょっとした検索システムならそのゆるい暗号化くらい簡単に破って通話内容を把握するはずだ。もう固有名詞をぼかす必要はないだろう。

「パンドーリが首相の座を得られたのは、ピーターウォルド資金による票工作があったからだとアルおじいさまは言っていたわ」

ホノビは反論した。

「パンドーリはピーターウォルドの手先じゃないよ。それどころか、もし人類協会が健在で人類宇宙の平和が続いていたら、パンドーリは大政治家として活躍したかもしれない」

「そうね。でも実際には協会は倒れ、人類宇宙には魔物が跋扈《ばっこ》している。わたしは数時間後にはその六匹の魔物と対峙しなくてはいけない。悪いけど、パンドーリとその娘に同情する気はまったくないわ」

「わかるよ。ところで、きみたちは希望どおりに合法化された。なにを壊しても法律違反にはならない。満足か？」

「欣喜雀躍《きんきじやくやく》よ。お兄さま、もしまだ首相官邸の近辺にいるのなら、できるだけ遠くへ避難して。わたしの会ったピーターウォルド家の子弟と今回の相手が同様の性格なら、あらゆる手段であなたとお父さまの命を奪おうとするはずよ。どこか山間部へ逃げて。わたしの戦果がわかるまで息をひそめて」

「わかった。ローズとお母さまを連れて……山へハイキングに行くよ」

「そろそろ切るわ。これから数千人の仲間たちに話をしなくてはいけないから」

通話を終えた。ちょうど演壇の下まで来ていた。さしのべられる手を断ってテーブルに上がる。年配の高級将校たちを見まわして小声で言った。

「一言あるならお先にどうぞ」

しかしサンチャゴが言った。

「あなたはもうプリンセスのカードを切ったのですよ」

あとの二人の高級将校もうなずいた。クリスは、自分の肩章が一介の大尉で、彼らの記章が大佐や中佐であることを痛烈に意識しながら、麾下《きか》の部隊にむきなおった。

全員がこちらを見ている。期待し、準備を整えて。

クリスは両手を背中で組み、両脚を軽く広げて、彼らを見まわした。軍人らしい口調で話しだす。

「ついにわれわれの出番が来た。八十年前、諸君の曾祖母や曾祖父は、わたしの曾祖父のレイやトラブルとともにイティーチ族と戦い、人類を絶滅の淵から救った」

かたわらで代将が咳払いをした。クリスは苦笑した。

「年配の参戦者のなかには、自身がその戦いに参加した者もいるだろう」

そう言うと、列のあいだから笑いが漏れた。

「イティーチ族と戦った人々は、数も装備も劣勢ななかで戦い、そして勝利した経験を持っている」

「そうだ」「もちろんだ」「やったぞ」という声が切れぎれに返ってきた。

「イティーチ族は人類を絶滅種にするつもりだった。しかし人類はそうさせなかった」

「そうだ」しっかりとした声が返ってきた。

「諸君は戦い、勝利した。そうやって築かれた世界をわれわれは八十年間楽しんできた。平和と繁栄の世界だ。その世界を、戦艦は終わらせるつもりでいる。そんなことをさせていいのか？」

「だめだ」声が返ってきた。

「だからわれわれの出番だ。有利な状況をつくっているのは敵だ。武力でも上まわっている。しかし、知力ではどうか。こちらのような巧妙な戦略は持たないはずだ」

同意する声が列からあがった。

「地上にいるわたしの兄は、わたしの頭がおかしいと言う。いっしょに地上にいればいいのに、戦いに出ていくわたしは正気ではないという。しかし、家族のなかで頭がおかしいのは、わたしだろうか、兄だろうか？」

「兄だ！」大きな返事があった。

「諸君もおなじように賢い兄を持っているかもしれない。家に帰れ、安全にしていろと。おそらく兄は、戦艦が砲撃をはじめたら耐えるつもりだろう。しかしわたしは、撃ち返す」

「そうだ！」

「やつらを宇宙の藻くずにしてやろう」

ただしそのチャンスは一回しかない。いや、タグボートの船長たちはなんと言っていたか……。

「そうだ！」と兵士たちの声があがったが、クリスの頭にはその考えが残った。しかしいまは演説中だ。戦闘までまだ時間がある。

「砲撃を阻止しよう。母や、父や、兄や、愛する人々を守るために」

愛する人々について具体的な名前を言いたかったが、それより先に、「そうだ！」という声が雷鳴のように返ってきた。

「船の準備はできているか？」

「できている」これまでで一番大きな返事。

「戦艦を叩きのめせ！」

歓声があがった。その声がおさまったところで、バンホーン大佐が進み出た。

「先任伍長、乗組員を艦へ」

先任伍長たちはそのとおりに命じたのかもしれない。しかしバンホーンの言葉に続く大歓声のなかで、命令は聞こえなかった。命令がなくても乗組員たちは小走りに、あるいは駆け足で、あるいは全速力でそれぞれの艦へもどっていった。敵や運命と戦う自由な人々の流れだ。戦いの結末は勝利か、あるいは……。

クリスはバンホーンのほうをむいた。

「もう一つ、無茶な案を思いついたわ」

「有効かつ容易な案であることを願いたいですな」

「ＰＦ艦の武器は一回しか使えない。パルスレーザーの再充電はできない」

「そうです」

「ウォードヘブンへ落ちてくるわたしたちは、大気圏で燃えつきないようにタグボートに拾ってもらって減速する。そうよね」

「そうです」

「タグボートの協力でパルスレーザー砲を再充電させられないかしら。反物質燃料と反応材をもらって、もう一度発射準備をして、まだ動いている戦艦に再突撃できないかしら」

「そのためには早めに攻撃開始しなくてはなりませんね」サンチャゴが言った。

「でも戦艦を二回叩けるわ」

「一回目を生き延びたＰＦ艦は、ですが」バンホーンは周囲を見た。「副長？」

「はい」

「反応炉をそなえたサルベージ・タグボートを見てこい。装備している給電ケーブルがＰＦ艦と接続できる規格かどうかを確認しろ。軌道飛行に移行させるだけでなく、補給と兵装充電までが任務だと伝えてこい」

「わかりました。もしよければ、自分はこの補給隊の責任者になりたいと思います。作業が円滑に進むようにします」

クリスは、二Ｇや三Ｇの相手を受けとめるのが円滑にいくとは思わなかったが、あえて言わなかった。

工務監督のロイがクリスのそばにやってきた。

「すばらしい演説でした。わたしも志願したくなりましたよ」

「造船所に反応炉をそなえたタグボートはある？」

「深宇宙用サルベージ・タグボートが三隻あります。今回は軌道での活動なので必要ないと思いますが」

クリスは計画を説明した。ロイは返事をした。

「なるほど。わたしはさきほど、志願したくなったと話したところです」

「実際にしてもいいのよ」

ロイは深呼吸した。

「そうですね。造船所の作業員の一部は何隻かのヨットに乗っていきます。改造工事がぎりぎりまでかかるからです。ふうむ、自分のタグボート船団を率いるというのもいいですね。あなたがたを受けとめて、減速させて、ケーブルを渡せばいいんですね？」

「反物質閉じ込めポッドと反応材の補給管もね」

「志願登録はどこで？」

バンホーンが受付テーブルのほうを見た。事務員がまだ何人か残っている。

「急いで行って、かっこいい軍服を受けとりたまえ。健康保険と生命保険付きだ」

14

接敵まであと八時間四十五分

当直大尉は放送を注視していた。ウォードヘブンからようやくリベンジ号あてのメッセージが送られてきていた。

「見ているか？」情報部長の中佐が訊くまでもないことを訊いてきた。

「見ています」

大尉はこの当直中に飲む何杯目かわからないコーヒーを口に運んだ。冷えて、薄く、まずい。コーヒーも、ウォードヘブンのメッセージも。

「当星系に侵入した正体不明の艦隊に告げる。一時間以内に身許を明かさなければ——」

読み上げている女は、こういう声明発表に慣れているようだ。大尉は首を振った。ロングナイフめ。

「——われわれは自衛権にもとづいて防衛行動を開始する。わが軍に敵対行動をとった場合には、ウォードヘブンは艦隊とそれを送った者に対し、あらゆる軍事力をもって対応する。

接近してくる艦船には臨検をおこなう。税関検査官の移乗、動植物の検疫、麻薬取締官による捜索をおこなう」

大尉はコーヒーを噴きそうになった。

「すまない」

口もとをぬぐいながら、飛沫が飛んだ技術兵に謝った。技術兵は答えた。

「いえ。それはともかく、本気でしょうか。臨検など」

「虚勢に決まってる」隣の技術兵が言った。

「むしろ冗談だろう」大尉は言った。

そこで情報部長が艦内通話ごしに訊いてきた。

「中将を起こすか？」

「こんなものに返答しろと」

「ウォードヘブンからわれわれへの初めてのメッセージだぞ。そして最後通牒だ」

「コメディアンか世間知らずが書いたような代物ですよ」大尉はコーヒーを飲みほした。

「中将に目覚めていただく必要はありません。最後通牒の期限の十五分前に起こします。中将が髭剃りをしながらの返答で充分でしょう」

情報部長はなにかぶつぶつと言いながら、通話を切った。大尉は無視した。なにも変わっていない。ウォードヘブンは目前にある。簡単な獲物だ。くだらない冗談を飛ばしてきたが……植物の検疫など……。艦隊司令官の睡眠をさまたげるようなことではない。

食堂の助手が新しいコーヒーを持ってきた。大尉は口をつけた。悪くない。うまくはないが、ましだ。

「コック長に伝えろ。四十五分後に中将を起こすから、一番上等のコーヒーを淹れておけと」

「コーヒーの茶請けになにかいるだろうな」技術兵が言った。

「麻薬捜査官が来るんだろう。麻薬があるなら出しておけばいい」べつの技術兵が答えた。ピーターウォルド家の資金源についてはさまざまな噂がある。ロングナイフ家も聞いているのだろう。

「画面をよく見ていろ。変化があったらすぐに教えろ」大尉は技術兵たちに注意した。

ウォードヘブン側のメッセージを読み上げた女は、猛犬にかこまれてあわれな抵抗をする仔猫のようだった。昼までに降伏してくるかもしれない。しかし本能的な部分では、それはないだろうと思った。観測データにはあらわれない、メッセージの裏側から感じる本能だ。

「画面をよく見ていろ」大尉はくりかえした。

接敵まであと八時間三十分

クリスは急いで部屋に帰り、また艦内服に着替えた。礼装軍服は兵士たちへの演説用にはいいが、三G加速下では戦傷獅子章の先端が体に食いこむにきまっている。小さな不快が三Gの世界では大きな問題になるのだ。

最後にもう一度鏡を見た。これも自分だ。きらびやかな礼装ではなく、今日の仕事をこなすための服装だ。頼りは自分と乗組員と艦。立ちむかう相手は強力な六隻の戦艦。やりたい放題だと思っているだろう。クリスは鏡にむかってつぶやいた。

「自由な男女の戦士がそろっているのよ。好きにはさせない。ウォードヘブンの生き方を守る」

ホールジー号の艦内はあわただしかった。乗組員は出港準備に駆けまわっている。サンチャゴはあいかわらずCICにいた。クリスは声をかけた。

「なにか新しいことは？」

「なにも。ステーションのセンサー群は回復しました。しかし敵影に変化はない。小数点以下三桁まで精度が上がっただけです」

「今日は気を張っていきましょう、サンチャゴ。今回は戦史に正しく書かれるように」

「あなたもお気をつけて、ロングナイフ。戦史を書くのは歴史家です。彼らは安全な書斎から危険な現場に出ないと正しい歴史は書けない」

「この混成軍のどこかに歴史家くらいいるはずよ。なにしろ海賊から子どもまでいるんだから」

そのとき、脇から穏やかな声がした。

「失礼ですが、お呼びでしょうか」

「クリス、わたしが懇意にしているジャーナリストを紹介します。ウィンストン・スペンサーです。こちらはプリンセス・クリスティン。今日の指揮官よ」

「殿下」首だけで会釈した。「大尉、ですか――」眉をひそめ、サンチャゴを見る。「――中佐？　海軍基地の大佐は武装コンテナ船団を率いて出撃するはずですね。なのに指揮官はプリンセス・クリスティン。これは記事のネタになりそうだ」

サンチャゴは謎めかすように笑みを浮かべた。

「今日を生き延びられれば記事を書けるかもね。謎を解く頭も必要よ」

「ふうむ」

クリスはサンチャゴとそのジャーナリストをおいてホールジー号から離れた。

ＰＦ‐１０９のブリッジでは、コンソールの下からトムの脚が突き出ていた。フィンチもいっしょにもぐっている。ペニーが情報管制席から言っている。

「ちがう。それもちがう。それ！　ああ、ちがう、ちがう。そこ！　そこで押さえて！」

トムとフィンチが作業を終えるまでクリスは声をかけなかった。トムがコンソールの下から這い出してきて、クリスをみつけて笑顔になった。

「昨日、ベニがいじったあとに調子が悪くなったところがあってさ。あいつがなにか蹴飛ばしたのかな」

「あるいはだれかさんがただ蹴飛ばしたのかしらね」ペニーが脇から言った。

「とにかくなおりました。これで大丈夫」フィンチが笑顔で言ってから、はっとしてブリッジを見まわした。「だれか、気をつけの号令をかけないと」

「そういうことは当分なしでいいわ。戦艦から奪った戦利品をウォードヘブンの将校クラブの壁に飾るまでは」クリスは言った。

トムはニヤリとした。

「そうさ。戦利品とか平気で口にする海軍の女は、気をつけが時間の無駄だと知ってるんだ。それくらいおれたちはとっくにわかってるべきだろう」

「艦の準備はできてるの？」

「完璧にできてるぜ」トムは敬礼した。

「いえ、そのまえにおれの仕事場をつくらせてもらえませんかね」

新しい声がした。クリスが振り返ると、背の低い中年男がいた。大きめのポータブルコンピュータを持っている。背後に引き連れた三人の造船所作業員は、耐加速シートと、ワークステーションと、工具箱をそれぞれ運んでいた。

男はトムに握手の手を差しのべた。

「ムースです。あんたの電子技術者です」

「電子技術者？　ムース？　おれの？」

トムはわけがわからないという顔をしている。男は脇へ行った。

「そうです。この情報管制席の隣に席をつくらせてもらいますよ。そのほうが仕事をしやすいんでね。ヨットは全部PF艦のふりをしますけど、逆にPF艦はヨットのふりをしたほうがいい。民間船らしい音を出すのが効果的でしょう。静音化に大きな予算を投じる海軍の流れには反してますけどね」

「騒音を出しにきたってのか?」

「そうです。気にいりませんか? ぎりぎりになって呼ばれたんです。おれたち電子技術者が一隻に一人ずつ乗ることになったんですよ」

クリスは横から言った。

「その件は承知しているわ。トム、あとはあなたの判断よ」

造船所作業員たちはすでに床にしゃがみ、ドリルをかまえている。まだかまえているだけだ。一人が顔を上げて、クリスとトムとペニーを見まわした。

「ええと、どの人がここのボスだか知りませんが、床に穴あけていいですか?」

「ユニプレックスにドリルを使ってもいいの?」

クリスは訊いた。PF艦に使われているのはスマートメタルの簡易版のユニプレックスメタルで、二回しか形状変更できない。三回目には分解してしまう。海軍は安価なユニプレックスを採用するかわりに、一回しか形状変更しない方針にしていた。

「大丈夫ですよ。ドリルはききます」作業員は答えた。

「騒音を出すっていうのか」

トムは見知らぬ相手に言った。ムースはむっとしたように唇をゆがめた。

「みなさん、ここには立派なＡＮＧ‐47ＳＷステーションが設置されてますね。接続するのは大変だったと思います。敵の状態をとても詳細に教えてくれるはずです。そうでしょう？」

ペニーはうなずいた。

「そうやってわかった情報をどうするつもりですか？　分析プログラムを用意していますか？　高速に演算処理できますか？」

「わたしがやります」クリスの首からネリーが答えた。

「ああ、そういうデバイスがあるという話は聞いてました。まあ、どっちでもいい。既存のデバイスにまかせてもいいし、おれにやらせてくれてもいい。それなりの技術は用意してます。標準プログラムもあるし、おれたち電子技術者が長年かけて開発したやつもある。平和な時代が長かったですからね。戦争はひさしぶりだ。試させてもらいたいんです」

クリスはトムを見た。

「109はあなたの艦よ、トム」やや間をおいて続けた。「たしかに、出港まぎわに突然ブリッジに上がってきた男が、〝勝たせてやるからおれにまかせろ〟なんて言ったら不愉快だと思う。でも、一部のタグボートでもおなじことをやらせてるのよ。機能を追加して、すこしでも有利に戦うために。とにかく――」肩をすくめて、「――あなたが決めて」

「おれの電子装置は出番なしってわけか」トムはニヤリとした。「穴あけしていいぜ」

「ワークステーションはこの情報管制席につなぎこみます。入力も出力もたぶんそれだけでいい。他の接続はいらない」

ペニーが言った。

「ならいいわ。わたしの頭ごしにデータのやりとりをしたら、船外に放り出すわよ」

「うわ、怖えな」

クリスはトムに訊いた。

「艦の他の班のようすは？」

「もう最後の巡回をしていいぜ。同行しようか？」

「そうしてもらえるとありがたいわ、艦長」

トムは笑った。

「どこにもさわるなよ。参謀将校は現場に手を出すな」

「白手袋でなぞって埃の有無を見るだけよ」

ペニーが自分の席にすわって情報の確認をした。

「クリス、敵への最後通牒は聞きましたか？」

「それは初耳」

ペニーは録画を再生した。

「読み上げてる女はだれですか？」

「たぶん、パンドーリの娘よ」

「敵は身許を明かすつもりがあるのかな」

トムのつぶやきに、クリスは首を振った。電子技術者のムースが訊いた。

「麻薬捜査ってのはだれがやるんですか？」

「わたしたちよ。パルスレーザー砲で」

「そりゃいい」

トムは笑顔で通路に出た。クリスはついていった。

接敵まであと八時間十五分

「これで満足か？　最後通牒は流したぞ」

暫定首相モジャグ・パンドーリは、長時間の議論のあとで不愉快そうに言った。対して、前首相ウィリアム・ロングナイフは軽い調子で訊いた。

「期限が切れたら、防衛部隊に警戒態勢をとらせるのか？」

「防衛部隊はすでに準備している」パンドーリは言い返した。

ホノビは父親の膝に手をかけていたが、それを強く握った。父親が顔色を変えるのを見ながら、抑えた声で言った。

「それは初耳です」

「噂はずっとあっただろう」

「統合参謀本部議長に確認してもらえませんか？」

「その必要はないでしょう」

娘のクーサが父親をかばうように言った。ホノビは彼女のその態度を尊重していた。

「わたしたちはそろそろおいとまします」しかし立ち上がらずに、ホノビは続けた。「そのまえに一つくらいは希望を聞いてください」

結局電話をすることになった。現首相は尋ねた。

「ペニーパッカー大将、現在の防衛警戒レベルはいくつだ？」

「レベル1です。最低のままです」

「最低だと？」

「そうです。首相のご指示に従ったものです」

クーサがやりとりに割りこんだ。

「大将、ここにビリー・ロングナイフがみえています。星系への侵入者に対して最後通牒をいましがた発したことはご存じでしょう。防衛警戒レベルは最高に引き上げるのが賢明ではないでしょうか」

「首相のご命令とあれば」

暫定首相は、まるで腎結石の痛みをこらえているような顔で言った。

「そう命じる」

そのあとからクーサが言った。

「ハイウォードヘブンの海軍基地には打撃部隊が待機し、侵入者と交戦する準備を整えています。最後通牒の期限が切れたら、この打撃部隊に行動の自由と出撃許可をあたえる予定です」

クーサはそう言いながら、ホノビをまっすぐに見た。ホノビはうなずいた。

「打撃部隊というと……」

モジャグはさえぎった。

「そうだ、大将。最大限の防衛態勢をとり、出撃命令を出せ。よいな？」

「わかりました、首相閣下。戦う、ということですね」

「そうだ」

暫定首相は、本当に痛みをこらえているような顔で言った。大将への電話は切れた。

ホノビは立ち上がった。

「この建物から避難したほうがいいと思いますが、いかがでしょう？」

「避難？」クーサと、暫定首相と、前首相が声をそろえて言った。

「そうです。艦隊は、われわれが抵抗すれば惑星爆撃をすると脅しています。首相官邸はその目標リストの上位にあるでしょう。砲撃がはじまるまえに退去しておくべきです」

「文化的、歴史的にこれほど重要な施設を破壊することはあるまい」暫定首相と前首相は声をそろえて言った。

「そんなことはしないでしょう」クーサも同調した。

「クーサ、紳士のお二人、敵はウォードヘブンの存在そのものを消すつもりなのです。ヘンリー・ピーターウォルドの支配する世界では、中央政府が一つあるだけ。そこはウォードヘブンではありません。わたしたちが立っている場所は強力なレーザーで焼かれるでしょう。よそへ移ることを強くお勧めします」

ホノビはクリスから、父親の耳にいれないという約束で、トゥランティック星のサンドファイアがなにを狙っていたかを教えられていた。ロングナイフ家の末娘を裸にむいてヘンリー・ピーターウォルドのまえに引き出し、死に至る長い拷問にかけようとしていたのだ。そんな連中が古い建物をいくつか焼くことを躊躇するわけがない。この惑星の自治に使われそうな建物は真っ先に狙うだろう。

するとパンドーリが言った。

「わたしはウォードヘブンに最高度の防衛態勢を命じたばかりだ。この指揮所を離れるわけにはいかない」

多少の闘志は持っているようだ。ホノビは父親のほうをむいた。

「ではお父さま、ここは彼らにまかせましょう」

ビリー・ロングナイフは首相執務室から出て、ひとけのない待合室に退がるまで、顔をしかめて無言だった。

「おまえの妹からなにか聞かされているのか？　わたしに隠していることがあるのか？」

「クリスがピーターウォルドの危険性を訴えたときに、お父さまは相手になさいませんでした。でもわたしはその後の出来事を聞かされ、信じるに値すると判断しています。その流れで今回の艦隊の登場を見れば、やはり避難すべきだと考えます。ロングナイフ家の名前とも政府機能とも無関係な場所へ——妹のおかしな言い方にしたがえば——ハイキングに行きましょう」

「やはり八十年の平和で頭が固くなっているのかもしれんな」

「そうです。その殻を破れない者は、それゆえに死ぬでしょう」

ホノビは足を早めた。高級な板張りの床に足音を響かせ、肖像画が並ぶ首相官邸の廊下を抜けていく。他にはだれもいない。ビリー・ロングナイフは自分も足を早め、息子を追った。

接敵まであと七時間五十五分

艦隊司令官ラルフ・バハ中将は、剃刀を湯で洗いながら、当直大尉が左後ろで報告するのを聞いていた。参謀長のブッタ・セイリス少将はすでにシャワーと髭剃りを終え、青の礼装軍服に着替えて、右後ろに立っている。中将は若い大尉をさえぎって訊いた。

「つまり、海軍基地にロングナイフがいるのだな」

「はい」

バハ中将はゆっくりとつぶやいた。

「レイ王か。あれは問題になるかもしれん。ビリー・ロングナイフは票集めだけが目的だ」

セイリス少将も言った。

「若いプリンセス・クリスティン。社交界の有名人にして海軍経験も有する。例外的計画を何度かじゃましている」グリーンフェルド星の闇の経済活動をしめす婉曲表現だ。「そして驚くべき幸運の連続で生き延びている」

軍事情報レポートには、〝驚くべき幸運で……〟〝ありえないほどの幸運が……〟〝通常は期待できない幸運により……〟といった表現が並んでいる。指揮官参謀学校では、幸運は戦略要素にならないと教えている。しかしグリーンフェルド星のスパイ養成学校では、あらゆる幸運はロングナイフ家の属性とみなしているようだ。

当直大尉が言った。

「戦艦隊が大尉一人を恐れる必要があるでしょうか」

「最後通牒をもう一度読んでみろ」中将は聞きながら、顔の反対側の髭剃りを終えた。「つまり、われわれの身許を知りたいと言っているのか。そして立ち入り検査をしたいのか。鈍重な貨物船と勘ちがいしているようだ」

背後の二人が儀礼的に笑うのを聞きながら、中将は石鹸を洗い流した。タオルで拭くと、従兵が軍服の上着を持ってきた。勲章はすでについている。中将はそれを着ながら結論を述べた。

「最後通牒の期限以後はいかなるメッセージも発信するな。われわれは完全に沈黙する。これまで以上にな。むこうが返事を聞きたいなら、空電が返事だ。応答はこちらがしたいときにする」

「はい、中将」

当直大尉は答えて、通信機のマイクにむかってその指示を伝達した。

中将はコーヒーを飲み、運んできた給仕長に言った。

「うまいぞ。いつになく上出来だ。おまえも厨房もな。ほめていたと言え」

「そのように伝えます」給仕長は会釈して退室した。

「さて、旅客船が出発しているそうだな」参謀長がうなずくのを見て、中将は続けた。「いくらロングナイフでも、他惑星出身の女や子どもをふくむ避難民でいっぱいの旅客船をわれわれに突っこませると思うか？」

「イティーチ戦争でのレイ・ロングナイフはきわめて冷酷な戦法をとりました。油断はできません」

「しかし、無関係の惑星五、六星の民間人を乗せた旅客船をこちらが砲撃して開戦するというのは、好ましくない。各艦の艦長に伝えろ。旅客船が一万五千キロ以内に接近してきたら、その航行能力を奪え。どの艦もE砲を装備している。その高性能ぶりを見せてやれ。あれを使えば、反応炉を暴走させることなくエンジンを停止させられる。いいな。旅客船が戦艦に突っこんでくるのは許さない。しかし五千人の民間人の死体の映像がメディアに流れるのもよくない」

「わかりました」セイリスは答えた。

やがて彼らは作戦室にはいった。主任技術兵が持ち場から立ち上がった。

「艦長、これを見ていただきたいとの情報部長からの報告です。ウォードヘブンが最高度の防衛警戒態勢にはいっています」

「見せろ」中将は命じた。

当直大尉は仔犬のように走りまわり、ありとあらゆるものをいっぺんに表示しようとした。しかし中将は自分の見るべきものを瞬時に把握した。

宇宙ステーションは、普段はエレベータを経由して地上の電力網に送電している。しかしいまはその送電が停止していた。宇宙ステーションの防衛システムが電力を食っているのは、情報レポートがなくても瞭然だ。四日前は空だったレーザー砲のキャパシターが満充電になっている。たしかに最高度の警戒態勢だ。

中将はそこまでをすぐに理解した。他のソースからもさらにデータがはいってくるが、もはやよけいだ。当直大尉を退がらせた。

「わたしの睡眠をさまたげなかったのはいい判断だった。報告も的確だ。しかしわたしはこうして目覚め、目を開いている。あとはおとなしくして、質問されたときだけ答えろ」

若い大尉はほめられて紅潮した。うなずき、三人の技術兵の背後の位置にもどる。やれやれ、よかった。

中将は戦域ボードを見下ろした。敵の宇宙ステーションにはレーザー砲がある。戦艦は脆弱なエンジン側をそちらにむけて戦域に進入している。しかしこれは命令どおりだ。ヘンリー・ピーターウォルドからは、「まっすぐにはいれ。正面から叩け。トランプの家のようにウォードヘブンを潰せ」と指示されていた。

いま、そのトランプの家は反撃の準備をしているようだが。

「すこしおどかしてやりましょうか」セイリスが言った。

「いや、手の内を見せることはない。やつらには、われわれの出方をわかっているつもりにさせておけ。あと数時間はな。減速を一・〇Gから一・〇五Gに。しばらく減速噴射を止めなくてはならない場合にそなえてマージンをつくっておけ」

「旅客船をよけるとか、ステーションを砲撃するとかでしょうか」

「そんなところだ」

接敵まであと七時間四十五分

クリスにとっては勝手知ったる自艦だが、トムはそこをもう一度案内していた。二人は艦首部に来ていた。砲術助手の三等兵曹が担当するチャフ弾の発射管に、現在はAGM－944ミサイルも装填されている。クリスはその三等兵曹に声をかけた。

「筋トレはあいかわらずやってるの、カミー？」

四本の太い再装塡用キャニスターのあいだから、女が答えた。

「ええ、日に二回。大丈夫ですよ。こいつらが湿気って火がつかなかったら、蹴飛ばして発射してやりますから」

するど、隣の区画から声がした。

「助けがいるようだったら一声かけろ」

「あんたら大男がそっちの狭いレーザーベイで身動きできなくなったら、あたしを呼びな」

カミーは大声で言い返した。クリスが決めた兵装班の協力ルールはまだ生きているようだ。もともと狭い艦首部に、今回は大型の944が押しこまれている。四本の発射管の直後には再装塡用の四本のキャニスターが待機している。予備のキャニスターにおさまったチャフ弾は、一発目を送り出したあとに人力で装塡位置にいれなくてはならない。それがカミーの仕事だ。

そのうしろの区画がレーザーベイだ。PF-109の存在理由である四門のパルスレーザー砲がある。サテム少尉と二人の技術兵がここの担当で、艦が目標物をみつけたら確実に破壊できるようにしている。

「なにか問題があるか？」トムが訊いた。

「なんでもないです」サテムは答えた。二人の部下といっしょに三番レーザーを調べている。

「通常の点検です。いつもどおりですよ、殿下。目標の戦艦を見せてくれれば、どてっ腹に穴をあけます。やつらにうまい真空を吸わせてやりますから」

そのうしろはブリッジだ。ペニーとフィンチの二人しかいなかった。

「あの電子技術者のムースってやつは？」

フィンチは不愉快そうに親指を下にむけた。ペニーの情報管制席を見ると、画面はなにも映っていない。

トムとクリスは下のデッキに移動した。無線室は、すでに攻撃を受けたかのようにめちゃくちゃな状態になっていた。ここの主任はハン・トラン少尉、通称スパークスだ。ウォードヘブン工科大学時代になぜそのあだ名をつけられたのか、彼女は明かしていない。部下として四人の技術兵を持つが、そのだれよりもチビだ。

そのスパークスは、二つの電子装置の蓋をあけてのぞきこんでいた。

隣でムースが指示している。

「そのボードじゃない。隣のだ」

クリスは乱雑な室内を見まわした。無線、レーダー、磁気関連、ネットワーク関連、電波妨害、ノイズ発生の各装置群。艦体表面についている各種アンテナのコントロール装置もある。追加装備された筐体には真新しいステンシル文字で、マスク装置、デコイなどと書かれている。〝黒い大釜バージョン4・5〟というのがなんなのか不明だ。

「問題があるのか？」トムは訊いた。

「あります」スパークスは即答した。

「ありません」ムースは答えた。

「統一見解をしめせよ」とトム。

「そこの彼女、ハッチをあけて、むこうの彼女に、色が出てるかって訊いてくれませんかね」

　最初に言われた彼女とは自分のことらしいと判断したクリスは、ブリッジに通じるハッチを押しあけた。

「ペニー、映ってる?」

「いいえ……」沈黙のあと、「ああ、映りました。でも、だめだわ。チラチラ点滅するようじゃ困るんだけど」

「そりゃ困るな」とムース。「これだな。だれかガムテープとってくれ」

「ガムテープ?　おれの艦の装置をガムテで取り付けしてんのか」トムが言ったが、状況を考えるとずいぶん落ち着いた口調といえるだろう。

「ボードはしっかりついてますよ。ガムテは振れ止めです。ウレタンの緩衝材もあるから、両方ください」

「そんな固定で三Gに耐えられんのかよ」

「なにもしないではずれるよりましでしょう」中年の技術者はテープを貼りながら答えた。

「スパークス、おまえのやり方で固定できないのか?」トムは訊いた。

「いや、あたしがさわれるような代物じゃないですよ。これ、試作用の基盤ですよ。ちょっとさわったら部品がはずれそうな」

ムースが固定を終えて顔を上げた。

「たしかに試作品もまじってますよ。海軍さんが使ってる部品はなんでも立派で正式で、納入業者からの購入品で、ありとあらゆる書類付きですね。でもおれに言わせりゃ、どれもこれも故障してるか旧式かで使いものにならねえ。本当に必要なのはこういう部品だ。調達課の連中はなにもわかっちゃいない。高性能ってのはこういうもんです」

トムは指摘した。

「機動中にセンサーから入力しなくなったらどうするんだ？　センサーがなくなったら艦は目も耳も失うんだぞ。撃つべき戦艦をみつけられない。わかってんのか？」

「わかってます。もうセンサーが途切れることはありません。他のセンサーの入力も維持します」

トムは首を振り、クリスのほうをむいて言った。

「大丈夫かよ、こいつら」

「彼らに手伝いを依頼したのは、デコイ担当の予備役たちのアイデアなのよ。ぜひ呼んだほうがいいって。反論する根拠はなかったわ」

「おまえはどう思う、スパークス？」トムは訊いた。

「大学時代の担当教授のドック・マーリーはこんなことを言ってましたよ。どんなに仕事がよくできたように見えても、最後までできて確認して書類を書くまでは、本当にできたことにはならないって」鼻を鳴らして、「でも、さっきそのマーリー教授に電話したら、なんとチャンドラ・シンの105に乗ってるんですよ。なんであたしの109に乗ってくれないんですかって訊いたら、ムースのほうが優秀だからって。変人ですけどね。ああ、怒んないで。でも書類書いてる場合じゃない大騒動のときは、こいつが一番優秀だからって」スパークスは首を振った。

「どうやらそれが結論みたいだな」とトム。

ムースは言った。

「おれはこの部屋に常駐しますよ。話を聞くと、三Gかかる急ターンをやるつもりみたいですね」

「そんなところだ」

ムースは口をへの字にした。

「その条件は考慮しなかったなあ。まあ、おれとこの部屋の連中とでなんとかします」

「そうしてくれ」

トムはそう言って、クリスとともに後部へ出た。後甲板はだれもいなかった。

「彼をどう思う？」クリスは訊いた。

「まさに変人だな。でも、一ダースのちっぽけな高速艦とヨットハーバーから徴発してきた寄せ集めの船団で、六隻の戦艦に挑もうなんてのがそもそも正気の作戦じゃない」

「結婚しても退屈な常識人になるつもりはないってこと？」

「親父とお袋は退屈な連中じゃなかったぜ。まあいい。機関室を見にいこう」

そこでは、機関長のトノニと二人の機関員が反物質インジェクターを調べていた。スタン先任伍長がそばでじっと見ている。わきに立っているのは造船所の作業員。その手にあるのは工具箱と……交換用のインジェクターだ。

「その新品をこいつらに渡せ」先任伍長が言った。

そこへはいってきたトムは訊いた。

「問題が起きてるのか？」

「いいえ、もう大丈夫ですよ。なんせエンジン全体の百二十五パーセントくらいの部品を交換しましたからね」

先任伍長はこわばった笑みで答えた。造船所作業員は怒りで青ざめた。

「どれも検査ずみの部品ですよ、先任伍長」

「ああ、きっと猿が検査したんだろうよ」

トムは割ってはいった。

「部品がたりないのか」

「交換部品はカートに積んで桟橋に持ってきています」

「どうせもう空っぽだろ」と先任伍長。

「二便目のカートです」

トムが口を出して状況はよくなっているのか……むしろ悪化しているようだとクリスは思った。トムは陰気に言った。

「こんなんじゃ出港できるようになるまで一年かかるぞ」

「注文されればどんな部品でもすぐ持ってきます」

クリスはネリーに指示した。

「ネリー、ロイにメッセージを。PF艦の機関、レーザー砲、電子制御系の交換部品をタグボートに積むように。倉庫は空にしていい。いざというときに近くにないと役に立たないから」

「受信確認しました。ロイの最初の返事は悪態でしたが、そのあとタグボートの埠頭に全部運べと倉庫に指示を出しました」

「ありがとう、ネリー」

「メッセージを傍受される心配はしなくていいのか？」トムが訊いた。

「もうこのステーションではたくさんの通信が飛びかっていて、敵の傍受担当の無線員の処理能力を超えているはずよ。わたしのメッセージを探し出すころには、レーザー砲で吹き飛ばしているわ」

トムはニヤリと笑い、二人はブリッジにもどった。

帰ってきた二人をペニーが見た。

「ちょうどよかった。だれか呼びにいかせようとしていたところです。全員あてのメッセージが来ています」

「メインスクリーンに出して」

見知らぬ人物が映し出された。統合参謀本部議長のペニーパッカー大将とテロップが出る。

「ウォードヘブンの防衛警戒レベルは最高度に引き上げられた。まもなくハイウォードヘブンから打撃部隊を出撃させ、侵入者を迎撃する。こちらの最後通牒に対して、侵入者は沈黙し、減速噴射を強めた。それが協力的意図のあらわれであればよし。そうでない場合は、ウォードヘブンは全力で防衛にあたることを行動でしめす」

「いまいち血が騒がねえな」トムがアイルランド訛りで言った。

「そうね」ペニーが応じる。

「安全な有線接続でホールジー号につなげるかしら」クリスは訊いた。

「つなぎました」ペニーが答えた。

「サンディ、ペニーパッカーの声明を聞いてどう思った？　侵入者の行動に協力的なところはある？」

「ペニーパッカーの幻想でしょう。いま減速噴射を強めているのは、あとで必要に応じて早めに反転して、エンジン側を守るためです。無線封鎖どころか漏洩する電磁波さえ遮断している。観測上は宇宙空間にあいた六つの大きな穴のようです。自分たちについていっさい見せないようにしている。とても友好的な訪問者の態度ではない」

「全部隊に伝えて。狩猟許可が下りた。合法的にやれる。戦艦狩りは解禁。狩って狩りまくれ」

「伝えます。ルナとバンホーンもよろこぶはずです」

クリスは通信を切った。ポケットを探って、トムのほうをむく。

「109の指揮官、あなたに渡すものがあるわ。中尉の階級のまま、艦長としてこの戦いにおもむくのはふさわしくない。そこで代将はバンホーンに言って、あなたを昇進させる書類を書かせた。おめでとう、大尉。ペニー、階級章を授与してやって」

「彼を下役にしておくほうが愉快だったんですけど」

ペニーは口をとがらせたが、立ち上がって席をまわってきた。トムの肩章をはずし、クリスから受けとった新しい肩章をつけた。

授与式が終わったので、クリスは自分の席にすわった。画面には109の艦内レポートが表示されている。それを小艦隊全体のものに切り換えた。バブズの111は機関が原因でダウン中。ゲイツはキャパシターを新品と交換中……。

そろそろ編成を決めるべきだろう。

「フィル、あなたは101、102、103を配下として第一分艦隊を率いて。チャンドラ、あなたは第三分艦隊を。配下は104と……バブズ、111が桟橋を離れられないなら——

——」

「急げばまにあうわ」バブズから返事があった。

「——それとヘザーの110を。ヘザー、チャンドラについていって。第三分艦隊の蛇行プランはこちらで用意する」

「年寄りはよたよた歩くのがちょうどいいわ」

ヘザーは叩き上げのチャンドラに軽口を飛ばした。クリスは続けた。

「残りの艦は第二分艦隊として109の配下に。最初からコンパクトな編隊で飛ぶわよ。栈橋を離岸するときからなるべく小さな部隊に見えたほうがいいから」

「離岸はいつ？」

ヘザーがすぐに訊いてきた。それは全員の問いだろう。

「約二時間後」クリスは答えた。

「二時間……。そんなに待ったら白髪のおばあさんになっちゃう。孫ができるわ」

「二時間よ。気を抜かずに待機」

「機関の修理完了」バブズが報告した。

「キャパシターの交換完了」ゲイツも。

待機だといっているのに。

15

接敵まであと七時間三十分

「予定どおりにいく計画などない……」

クリスはつぶやいていた。父親が選挙運動でそう愚痴っているのを聞いたことがある。レイとトラブルおじいさまは戦闘中にそう言って笑っていたらしい。いまクリスは自分で体験していた。旅客船にまぎれて出発する……。言うは易く行なうは難しだ。

「もう一度言ってくれ、管制室。どうしろだって？」

「プライド・オブ・アンタレス号、桟橋からの離岸を許可する。ただしステーションの後方五十キロで待機するように」

「つまり船内はゼロGになってしまうが」

「そうだ」

「ゼロGには不慣れな子どもや女性の乗客がたくさんいるんだ。下級船員や客室係も十秒以上のゼロGは経験したことがない。その状態をいつまで続けろと」

「約一時間。たぶんそれ以上だ」

「一Gですぐジャンプポイント・アルファへむかうか、その一時間強を港内で待つか、どちらかでいいだろう」

「プライド・オブ・アンタレス号、当ステーションからはこれから一時間のうちに十二隻の旅客船が離岸する。こちらの表示によれば貴船は船体閉鎖を終えているようだ。係留装置を作動させる」

「もしすぐに一G噴射でステーションから離れようとしたら？」

「ここはウォードヘブン防衛一次管理圏であることを思い出してもらいたい。レーザー砲はすべて充電されている」

「冗談だろう」

「プライド・オブ・アンタレス号、今日のわたしは機嫌が悪いんだ。今夜妻に話すだろう職場での不愉快な話題の一つになりたいのか？」

「いったいここでなにが起きているのか、教えてくれないか」

「公開チャンネルでは無理だ」

有線接続を経由してサンチャゴが呼びかけてきた。

「クリス、そろそろ旅客船にあきらかにすべきではないでしょうか。指定位置にとどまってほしい理由と、そのほうが彼らの利益であることを」

「いい考えだと思うわ。こちらも待ちくたびれてきたし」

「では、全艦へ。最終ブリーフィングをおこなう。わたしは暗号名ホレイショ隊として一番艦から六番艦を率いる。クリス、あなたは軽騎兵旅団《ライトブリゲード》隊です」

「つまり〝軽騎兵旅団の突撃〟?」

「テニスンは読んでいらっしゃるようですね。一番艦から二十七番艦まで、桟橋から離れる順によりけりです」

クリスの司令ボードに数字があらわれた。PF艦隊は十二番までで、そのあとに種々雑多なヨットが続く。

「バンホーン大佐、あなたはカスター隊で、一番艦から八番艦までです」

「了解した」基地司令官はしばらくして続けた。「陸軍の友人から聞いたところでは、カスターという軍人は最後にひどいめにあったそうじゃないか。よってたかって虐殺されたとか。この命名はなにかの冗談か?」

「通信が解読されなければわかりはしません。ところでクリス、ベニの話によると、敵に読まれずに音声通話を維持するために、そちらのトムが同期伝送通信を準備しているそうですね。プログラムを送ってもらえるかな、トム?」

「送信中です」しばらくして、「完了」

「いつから戦闘ネットでかけるのだ? ベニから聞いて興味を持っているのだが」

「まあ、待ってくださいよ。まだ切迫した戦場じゃないんです」

「きみたちPF艦乗りは数週間前に切迫した試験をパスしたそうだな」バンホーンが皮肉っ

ぽく言った。

「そりゃもう、とんでもなく切迫してましたよ」トムは答えた。

「さて、そろそろわれわれも離岸開始しよう。ホレイショ隊、カスター隊、ライトブリゲード隊の順で。われわれ大型艦は旅客船よりステーション側に位置取りする。諸君の小型艦はわれわれよりさらにステーション側に」

「つまり、よりウォードヘブンに近いわけね」クリスは言った。

「そうです」

「では出撃開始する」サンチャゴが言った。

そこでネリーの声がした。

「クリス、わたしのバックアップデータをいまからトゥルーに送っていいでしょうか」

「そうね、ネリー。いまがいいタイミングね。でも、帰るまでファイルをあけないようにトゥルーおばさんに釘を刺しておいて」

「帰らなかったら？」

「人間はそのときまでそういうことは考えないの」

ルナ大佐は、ブリッジを見まわした。一週間前まで塵一つなかったのに、いまは仮設のケーブルがあちこち床を這ってテープで留められている。それでもこれはアーチー号で、彼女の命令で動く。船内通信をオンにした。

「さあ、船を出すよ。海軍さんはしっかりつかまってるか、さもなきゃ陸《おか》へ逃げな。揺れるからね」

ボードの表示はすべてグリーンだ。ハッチは閉鎖ずみ。動力は正常。二基の反応炉も正常稼働している。埠頭の係留装置が船を後方へ押しはじめた。最後のクリップがはずれて、船は虚空へ漂い出した。

「操舵、おいぼれクッシング号のケツにくっついていきな」

「了解っす、船長」若い操舵手が答えた。

ルナは船内通信に耳をすませた。海軍の予備役たちがゼロGで宇宙酔いするかどうか。書類上は全員が宇宙飛行資格を持っている。しかしルナは海軍の書類など紙飛行機の材料くらいにしか思っていない。

船内は静かなままだった。換気ダクトから流れてくる空気も昨夜の夕食の残り香しか感じない。ルナは船内通信ごしに呼びかけた。

「海軍さんたちは、多少はあぶく銭を持ってるかい？　この先が平穏ならポーカーをやる時間がたっぷりありそうだよ」

「ええと、プリンセス……じゃなくて、ライトブリゲード隊長、こっちはどうすればいいんでしょうか」

しまった。サンチャゴもクリスも、他の寄せ集め部隊に指示を出すのを忘れていた。

「捜索救難隊とサルベージ・タグボート隊は――」いまはそれだけではないが。「――ステーションに待機して、三時間後に軌道に展開しなさい。救難行動が必要になる直前にこちらから合図を送る。現時点では約六時間後の予定。ライトブリゲード隊に加わる武装ヨットと系内船は、分艦隊として組織する。割りふりはいま送信する」

ボードを操作した。隊の構成が各船に送られた。

「第一、二、三PF分艦隊のあとに、第四、五、六分艦隊が続く。第七分艦隊は、第六についていきなさい。戦列に空きができたらすぐに埋めるように。それ以外のことは逐次指示する」

最後の三隻はスキップクラブの艇で、最終段階で志願してきた。彼らからは、「大丈夫です！」と力強い声が返ってきた。

「これからウォードヘブンそばの軌道にとどまるあいだ、一時間強のゼロG状態がある。二時間でも耐えられると思うなら、ステーションから出て隊に加わりなさい。わたしたちは大型艦に続いて編隊を組む。ゼロGを一時間にとどめたいか、ぎりぎりまでステーションのトイレに駆けこめるようにしたい場合は、旅客船が離岸して整列するまで栈橋にとどまるように」

「そうします」という返事が軽く聞こえてきた。

小型艦のクリスは、大型艦が出て並んでいくあいだは栈橋で待機だ。おかげで次の旅客船が命令を受けるようすを通信チャンネルで耳にした。

「港湾管制室、ジャンプポイント・アルファへむけて加速したいというこちらの要求は拒否されたと考えていいのか?」

「そうだ、ソブリン・オブ・プレアデス号。ステーションの後方五十キロにいるプライド・オブ・アンタレス号に続け」

「船団を組んで連れていってくれるのか?」

「そのようなものだ」

「どうやって」

「通信内容に気をつけろ。これは公開チャンネルだ。星系内には敵がいる」

「黙らせたい理由がわかったよ。ウォードヘブンの人々はずいぶん勇敢だ。つまり——」

「不規則発言を理由にライセンスを剝奪してもいいんだぞ」管制室はそう言ってさえぎった。

「手続きしてる暇があるならな。まあいいさ、離岸する。おまえらの顔なんか二度と見たくないぜ」

109のブリッジでトムが言った。

「レーザーが暴発したふりをして撃ち抜いてやろうか」

「旅客船には市民がたくさん乗っているのよ」ペニーが指摘した。

隊内チャンネルでフィルが提案した。

「ビビらせようか。わざとニアミスしてやってさ」

邪悪な笑みが見えるようだ。クリスは言った。

「第八小艦隊はわたしの命令にしたがって出撃する。分艦隊ごとに編隊を組む。そのとき最後の旅客船に必要以上に接近しないように、フィル。べつの日ならそうしたいところだけど、今日は大きな魚をフライにしなくてはいけないのよ」

「クリスは菜食主義者？」ヘザーの声がした。

フィルは先頭で桟橋から離岸すると、二番目の旅客船と、いま出たばかりの三番目の旅客船のあいだを抜けていった。とても慎重なペースだ。

第八小艦隊は、ウォードヘブンと、ホレイショ隊およびカスター隊のあいだに位置をとった。ホールジー号は黒い氷装甲に星の光を反射させ、強そうに見える。クッシング号も艦齢のわりにいかめしい。

六隻のデコイ装着ヨットは、どこかの廃船場から引っぱり出して適当に黒いペンキを塗っただけに見える。コンテナ船にいたっては青、白、赤の派手な塗装をそのまま残し、緑のコンテナを抱えている。それでもバンホーン大佐の指揮する隊らしく、きっちり縦一列に並んでいる。先頭から四隻はコンテナ満載。しかし最後の二隻は半分しか積んでいない。編成まぎわに参加したこの二隻に大佐はどんな役割を指示したのか。それなりの考えがあるのだろう。

三、四分ごとにステーションから旅客船が離岸し、他の大型旅客船のうしろに整列していく。サンチャゴとバンホーンの隊から見て右手だ。

まだ見ていることしかできない。しかしクリスが士官学校の初日に教えられたとおり、急いで並んで、あとはひたすら待つのが海軍のやり方だ。

接敵まであと七時間十五分

ヌー・ハウスに近づきながら、ホノビは愕然とした。円形の車まわしに車両がいっぱいに駐まっている。

「いったいなんの騒ぎだ……」

「今日はおまえの母上が主催する毎週恒例のトランプ・パーティの日だ」父親が言った。

「戦艦が迫ってるのに」

「たとえ音楽が佳境でも、あいつもその友人たちも予定は変更しない。ただし今日はトランプはやっていないはずだ。社交界の友人たちはウォードヘブン中の博物館の収蔵物を隠す手配をしている。一時的にでも占領軍がやってきた場合にわれわれの宝物を盗まれたくないからな」

「母上とご友人がたがそんな計画をされていたとは」

「最近はあちこちで驚かされるものだ。とはいえ、ローズを呼んでそろそろお開きにしろと言え。クリス付きのあのメイドにも言えば助けになるはずだ。普段行かないような場所にハイキングに行くというのが本気なら、ちょうどいい機会かもしれん。集まった友人たちを介して噂はあっというまに広まるだろう。そのまま同行しようという者さえいるはずだ」

「時間が許せばいいのですが」

「クリスしだいだ。やれやれ、あいつはあんなふうにやみくもに飛び出していく癖をどうにかしないといかん。人を殺してしまうのがわかっておらんのではないか？　わが家のじいさんたちのような偏屈老人になるまで長生きできんぞ」

「それはわかっていると思います」

「この騒動が終わったら、どこかであいつをつかまえて、誤った行動を反省させねばならん」

ホノビは、停止する車の前方に目を移した。

「でもいまは……父上、クリスがその誤った行動を全力でやっていることに感謝すべきではないでしょうか」

父親は、「ふむ」と言っただけだった。

「会長、お急ぎください」

「わかっておる」

アル・ロングナイフは小さく言うと、自分の聖域に背をむけてエレベータにむかった。

ヌー・エンタープライズ会長はこれまでわが身を守るために何重にも防壁をめぐらし、どんな危険も寄せつけないできた。ところがこれだ。いまやすべての命運は孫娘一人にかかっている。遺棄船や借り物のヨットを集めたつぎはぎ船団で彼女がなにをやれるかに。

エレベータに乗りこみながらつぶやいた。

「最悪の計画だ」

「なにかおっしゃいましたか？」

そう言った下級副社長は、南部山脈に所有するハンティング用別荘をアルの隠れ家として提供したいと申し出ていた。

「なんでもない」

なにもないのが問題なのだ。アルの父親は九十の惑星をたばねる王になった。息子はこの星の首相をつとめた。それらが自分になにをもたらしたか。なにもない。迫りくる戦艦からビジネスや従業員や財産を守ってくれる盾にはならなかった。住み家にしてきた高層ビルが灰になるのを防いでくれない。命を守ってくれない。

車高の高い全地形型車両に、アルは苦労して乗りこんだ。行き先はこういう乗り物が必要な山間部だ。車両は並木道を走り出した。

振り返るとロングナイフ・タワーが遠ざかっていく。この高い円筒の建物は、世間に対する自分の回答だと思っていた。しかしいまは、だれがだれにむかって中指を突き立てているのかわからない。

長旅が待ち受ける前方にむきなおった。

ヘンリー・ピーターウォルドの考えも一理あるかもしれない。人類宇宙を安全にするには、その隅々まで自分の支配力をおよぼすしかないのかもしれない。

一考に値するだろう。

接敵まであと七時間

「中将、ハイウォードヘブンの港湾当局のおしゃべりを傍受しました」

当直大尉が報告した。中将は、三人の技術兵の肩ごしにのぞきこんでいる大尉のその肩ごしにのぞきこんだ。

「再生してみろ」

中将はやりとりを聞いた。たしかになにかある。乗客を満載した旅客船を単純にステーションから出発させているのではないようだ。

参謀長のセイリスがかたわらにやってきた。

「ジャンプポイント・アデルへ加速させていませんね」

「不思議はない。ウォードヘブンのむこうをスイングさせるコースをとるつもりだ」

「そしてこちらに自爆攻撃を?」当直大尉が言った。

「各艦長への指示は送ったか?」

セイリスは送信メッセージのログを見せた。内容は明確だ。エンジンを停止させろ。乗客は殺すな。

「どんな頭の固いバカでもわかるな。よろしい」

中将は戦域ボードの手前の自席に腰を下ろし、ウォードヘブン周辺宙域を眺めた。

「ハイウォードヘブンから惑星をまわってジャンプポイント・アデルへむかうコースをプロットしろ」

ボードは指示に従った。

「大尉、ステーションの状況を」

「迎撃レーザー砲は充電されています。十二隻の旅客船がエンジン出力を上げています。商船、個人用ヨットも同様です。ステーション全体が大きな磁場で包まれています」

「レーダー画像を出せ」

「妨害されています」

「光学観測やレーザー観測はどうした。なにも見えないのか？」

「見えません。ステーションから水が噴出しているのです。情報によると、下水システムからだと思われます。十二時間前から続いています」

「つまり最後通牒のまえからか」

「そうです。おそらく作業員まで避難したために、機器の故障が起きていても修理できないのだと思われます。それで噴出が続いているのです」

中将は首を振った。

「トイレを使う人間が避難しているのに、下水にトラブルが起きるわけがないだろう」

あきれて鼻を鳴らした。情報部はバカの集まりなのか。

とはいえ、あとから言うのは簡単なものだ。

「こちらも機関の発電量を上げておきますか？」セイリスが訊いてきた。

「敵の出方がわからん。なのに、こちらの手の内を見せる必要はないだろう。標準的なプレジデント級戦艦だと思わせておけ。正体を見せるのが利益になる段階まではな」

中将は戦域ボードを見つめた。そこからわかることは四日前からすこしも増えていない。

「こちらは準備して待機だ」

接敵まであと六時間四十五分

クリスは船団の列が伸びるのを見守っていた。すでに大型旅客船だけではない。急遽改造された汎用貨物船、人員の収容設備を積んだコンテナ船、そしてクリスが徴発したのではないヨットの多くが並んでいる。

何人かのオーナーがステーションに上がってきて、ヨットハーバーに自分の船がないのを見て辛辣なコメントをしているのを、ネットワーク上で聞いた。彼らはべつのヨットや、改造貨物船などに乗り組んだ。苦言の内容は最小限ですんでいた。そうであることをクリスは願っていた。自分のヨットが武装していることはだれも口に出していない。すくなくともネット上では。

残りの船を出す番だ。

「ライトブリゲード隊、第二ラウンドよ。これは五分前の通知だからよく聞きなさい。五分後にステーションから離岸し、列に並ぶこと」

さまざまな返事が聞こえてきた。「やっとか」「ちょっと待ってください、船長が上陸中で」というものから、「やべえ、女を紹介してもらう予定だったのにさ」「さあて、長いビデオでも見るかね」といったものまであった。

クリスは四分待って、一分前の通知をした。そして順番を指示しながら次々と離岸を命じていった。十四隻は無事に栈橋から離れて整列していった。軽い接触が一件あっただけだ。隊列のなかで一ヵ所空いているところを第七分艦隊に埋めさせようとしたときに、最後の船がステーションから飛び出してきた。

「遅刻してすんません」と謝罪は一言のみ。

「まにあってよかったわ」

ヨットと系内船は分艦隊ごとにまとまり、船のあいだを縫って飛んできた。貨物船を追い越し、海軍の艦船を追い越し、ようやく第八小艦隊に合流した。

「いいわね。作戦がスタートしたら、あなたたちは二Gになるまでついてくる。そのあとは退がりなさい。わたしたちが先に行って戦艦にお仕置きをする」

「そして残りの破片をこっちが拾う」彼らはいっせいに返事をした。

残りの破片が充分に小さくなっていることをクリスは願った。

接敵まであと六時間三十五分

サンディ・サンチャゴはホールジー号のＣＩＣを見まわした。全員が持ち場につき、準備を整えている。抑えた照明のなかに意欲的な顔が並んでいる。

なぜまた新たなサンチャゴがロングナイフに従い、危難の渦に身を投じようとしているのか。なぜなら、他に選択肢はなかったからだ。サンチャゴは自問にそう自答した。曾祖父でもおなじように答えたはずだ。

「まあ、わたしがやるのはブリーフケース爆弾を開くことではないからな」

艦長のつぶやきを耳にして、隣の副長が訊いた。

「なにか？」

サンチャゴは艦内通信のボタンを力をこめて押した。

「全員に告げる。こちらは艦長だ。ミッションの内容はもうわかっているはずだ。わたしたちは、砲火を小さな仲間たちからそらすためのデコイだ。その役割をはたす。しかしわたしは忘れていないし、諸君も忘れていないとおり、ホールジー号には自前の大口径レーザー砲が十門ある。作戦上の役割をはたし、敏捷な僚艦たちがタップダンスを終えたら、わたしたちもやるぞ。戦艦を血祭りに上げるんだ」

ＣＩＣに歓声があがり、遅れて艦内のあちこちからも声が響いた。

「旅客船団へ、こちらは船団指揮官だ。こちらの合図とともに減速噴射の開始を許可する。ウォードヘブン周回軌道を半分まわって再加速し、ジャンプポイント・アルファあるいはベータへむかってもらいたい」

旅客船の反応は、サンチャゴへの誠実な感謝の言葉から、「だれがベータなんか使うかよ、バカ」といった悪意に満ちた嫌みまでさまざまだった。

チャンネルが静かになってから、サンチャゴはすぐにカウントダウンにはいった。

「減速開始まで五秒、四、三、二、一、スタート」

ホールジー号の隣で旅客船団がエンジンを噴射させた。前方では海軍の各隊も噴射炎をひらめかせた。もちろんホールジー号も同様にしている。民間船、海軍、義勇兵たちの船はいっせいに軌道速度を殺し、ステーションから離れて低軌道へ遷移しはじめた。このあとウォードヘブン星の重力を利用してスイングし、惑星間空間へ飛び出していくことになる。

旅客船団が直線的な減速をしていくのに対して、海軍の軍艦はより複雑な機動をおこなった。減速しつつ、民間船に接近した。いまはなき人類協会の各種法令や保険会社が定める最低船間距離五キロメートルよりはるかに近い。しかしいまは戦時であり、リスクの考え方は平時と異なる。

船団の一部の行動に例外があった。カスター隊の最後の二隻で、コンテナを半分だけ積んだコンテナ船が、減速噴射の開始を遅らせた。旅客船団の後端に並んだところでようやく減速をはじめた。さらに列のなかで移動して後端についた。位置取りに忙しい他の艦船はこのことに気づかなかった。

サンチャゴの目が届かなかった例外が他にもあった。クリスが第七分艦隊に割りふった三隻の武装系内船は、減速噴射を開始したものの、二隻のコンテナ船が噴射しないことに気づいて、なにか問題があるのかと考えた。三隻を指揮するスキッフクラブのリーダーは、理由はともかくそのコンテナ船に同行してみることにした。船団の後端のヨットや系内船の集まりに、さらに三隻の系内船が加わったことはだれも気づかなかった。その三隻の船体にはミサイル発射装置が溶接されていた。

クリスは遠ざかるステーションを見た。エレベータを下りるときに何度も見た光景だ。しかし今回はようすが異なる。行き先は故郷ではない。今日の行き先は戦場だ。その結果しだいでウォードヘブン星は解放されるか、灰になるか、奴隷化されるかのいずれかになる。自分が死ぬかもしれないし、愛する人々の多くが死ぬかもしれない。

他に選択肢はなかったのだと、クリスは思った。選びたくて選んだのではない。今回を生き延びたら、選択肢のない状況に二度とならないようにあらゆる努力をしよう。かならず選択肢をつくる。そのなかで決断できるようにする。出口が一個しかない箱に閉じこめられるのではなく。

PF‐109はウォードヘブン星の重力に引かれていった。近点でスイングしたあとは、衛星ミルナへ弾き出されていくことになる。

接敵まであと五時間二十五分

「中将、旅客船団がウォードヘブンをまわりはじめています」

当直大尉が声をあげた。しかし中将は戦域ボードから顔を上げなかった。大尉は続けた。

「船団指揮官は、旅客船がジャンプポイントへむけて噴射開始することを許可しています。複数のジャンプポイントです」

「わかっている、大尉。その船団指揮官についてなにかわかることがあるか？　彼の位置はどこだ？」

「彼ではなく彼女のようです。ウォードヘブンは星系内に一隻だけ駆逐艦を残していて、そのホールジー号の艦長は女性です」

セイリスが不愉快そうに言った。

「女戦士の一人か。旅客船を星系の外まで護衛していくのだな。守ってやっているつもりらしい。ふん」

中将は当直大尉に言った。

「複数のジャンプポイントを使う可能性について教えろ。ジャンプポイント・バービーへむから旅客船があるのか？」

「まだ判別できません」

「わかったらすぐに教えろ」

中将は戦域ボードを指先で叩いた。六隻の戦艦隊はハイウォードヘブンと惑星のあいだを通過するコースをたどっている。いずれかの時点で減速を修正しなくてはならない。

そのウォードヘブンの表面を横切っていく電磁波の塊に注意を惹かれた。

「これの光学観測あるいはレーダー観測画像は出ないか」

「レーダーはジャミングされたままです」

「豪華客船団のせいでまだレーダーがきかないのか」

「情報部はそのように言っています」

「なんでもいいから一番はっきり見えるものをスクリーンに出せ。噴射をはじめているのか？　噴射炎は見えないのか？」

「彼らは進路方向に対して九十度真横に噴射しています」

「赤外画像を出せ」

「努力していますが、どうしてもぼやけた画像になってしまって」

「ぼやけているだと？　わたしの眼球で解析してやるからスクリーンに映せ。セイリス、データをよこせ」

数分後、中将は立ち上がって背中で両手を組み、二つのスクリーンのあいだを歩きまわりはじめた。

「わかりにくいですね」セイリスは言った。

「わかりにくい。赤外線はたしかにぼやけている。レーザー測距計による画像は混乱している。民間の旅客船の列らしい。先頭はソブリン級だろう。次は標準的なプライド・シリーズの船に見える。しかしその次の船の電磁波データがおかしい。レーザー観測では奇妙なエコーが返ってくる。赤外線では映らない」

当直大尉が言った。

「こちらへむかっていないのはたしかです。どの船もジャンプポイント・アデルへむかっています」

中将は列の後端にいる小さな塊を指さした。

「それからこれだ」

「ややコースからはずれているように見えます」

「コースを計算できたら教えろ」

当直大尉はうなずいた。しかし注意をはずして、通信機に耳を傾けはじめた。

「なんだと?」それから息を飲む。「ええと、中将。情報部の解析によると、はずれた船の集団はジャンプポイント・バービーにむかっているそうです」

「第七分艦隊はどこ？」

クリスは指揮官らしく落ち着いた低い声で言おうとした。しかし本心では叫びたかった。

トムが答えた。

「あそこだ、クリス。カスター隊の二隻のコンテナ船といっしょにいる。なにをしてるんだか。さっきまでついてきてたのに、突然一G噴射をやめた」

「どこへむかってるの？」

すぐに手もとの画面にコースが描画された。ジャンプポイント・ベータの方向だ。ネリーが言った。

「戦艦にむかっています」

「バンホーンはこれらのコンテナ船に特別な作戦をあたえていると言っていたわ。でも第七分艦隊がなぜ彼らにくっついてるの？」

トムも首をひねった。

「わからん。そんなことは指示してないだろう。やめろといまから命令するか？」

「彼らは最後の最後になって部隊に参加してきたから、海軍ネットに接続していない。そうよね？」

肩ごしにペニーとムースを見た。電子技術者はうなずいた。

「彼らに呼びかける方法は商用ネットしかない。つまり筒抜けですよ。ここが発信元であることも戦艦から丸見えだ。おれだったら新しい命令は出しませんね。最後にやつらに指示したのは、そばを離れないで注意を聞け、でしたね。ちょっと散歩に行ってるんでしょう」

そうなのだが、配下の艦がおかしな行動をとっているのはたしかで、放置できない。通信機のマイクを叩いた。

「ライトブリゲード隊、よく聞け。わたしのあとに続け。返答はするな」

命令したとおり、返答はひとつも聞こえなかった。後方に退がった分艦隊がこの小さな命令に従ってくれるといいのだが。

戦域ボードを見た。旅客船団は、乗客にとって快適な一G噴射にはいり、ジャンプポイント・アルファにむかっている。海軍の各隊はその陰に隠れつつ、ゆっくりと離れていく予定だ。行き先は月。ただし、いまはまだホレイショ隊とカスター隊は旅客船団の陰に隠れている。ライトブリゲード隊はその両方の陰に身をひそめている。

ところがそれをよそに、二隻のコンテナ船と三隻の系内船は一Gでジャンプポイント・ベータのほうへむかっている。しかし実際にそこまで行くつもりはないようだ。

中将は戦域ボードを見た。これでわかることは少ない。

「問題の五隻について わかることを話せ」

「二隻は標準的なコンテナ船です。光学観測からみて、通常のコンテナを半分だけ積んでいます。あとの三隻は小型の系内船で、星間ジャンプは許可されていません」

「ではなぜジャンプポイントへむかっているのだ？」

長い沈黙が流れた。当直大尉があえて口を開いた。

「切羽詰まっただれかが、どうにかすれば系内船でもジャンプできると考えたのかもしれません。ポーラ星系で燃料を買ってまたジャンプして、それを続けて、やがて受けいれてくれるどこかにたどり着くのではないかと。危険ですが。もし燃料が尽きたら……」

「それでも命からがら逃げているのであれば、な」セイリスがあとを引きとった。

「ああいう船を所有して、そこまでして逃げたいと思う者と話をしてみたいものだな」

作戦室に新たな声がした。断りなく入室してきたのは、将来のウォードヘブン総督、ハリソン・マスカリンだ。中将はそれに対して何度目かの指摘をした。

「だからこの艦隊に身軽なコルベット艦もふくめるべきだと申し上げたのですよ」

「今回は強力な鉄槌として偉容をしめすことが目的なのだ。弱いものをまじえるわけにはいかん」

マスカリンは言ったが、これもヘンリー・ピーターウォルドの主張の引き写しだ。ビジネスマンの視点では正しい交渉戦術だろう。しかし軍事的戦術としては穴だらけだ。中将は議論する気をなくした。

「まあ、われわれが持っている網でこれらの小魚は獲れないわけだ。たとえ危険でも」

「コンテナ船と系内船がわれわれに危険なわけがない！」総督は一笑に付した。

「通過するときにどこまで接近する？」

中将に訊かれた当直大尉は、レモンを吸ったような顔になった。

「じつはこれらの船は、コースの設定や維持に苦労しているようです。系内船はジャンプポイントの位置を把握できていないのではないかと思います」

恒星から見ると、ジャンプポイントの軌道はつねに変動している。接続する数カ所の恒星系との位置関係を適切に維持しようとする結果だ。恒星船はそんなジャンプポイントの位置を正確にとらえながら接近するために、高精度のセンサーを装備している。

参謀長のセイリスが言った。

「系内船はコンテナ船についていけばいいと思っているのだろう。しかし、肝心のコンテナ船の航海長がどうも自信を持てないようだな」セイリスは鼻を鳴らした。

中将はうなずいた。パニック状態ではありがちだ。栈橋に長く係留されすぎた船や、バーに長居しすぎた船員をいきなり使おうとすると……。しかし、偽装ということもありえる。

「最接近するのはいつだ？」

「約二時間半後です」

「では、二時間後にこれらの船に警告しろ。二万キロ以上離れろ。それより接近した場合は武力にて対応すると通告しろ」

「わかりました」参謀長が答えた。

そのとき、当直大尉は頭上を見ていた。まるで占星術師が未来を見通そうとしているようだ。

「中将、旅客船のあいだで活動しているものがあります。センサーで詳しく分析中です。旅客船のあいだに軍艦がまじっているようです」

中将は軽く笑った。

「予想どおりだ」

16

「こりゃまるでクリスマスツリーだ」ムースがつぶやいた。

クリスはストラップをはずして立ち上がり、ペニーとムースの席の画面を見にいった。あちこちで色分けされた棒グラフが伸縮し、円グラフがくるくるとまわり、意味不明の文字が並ぶリストが小さな窓のなかを流れていく。

「こちらをサーチしているんです。全力で」ペニーが説明した。

ムースも低く続けた。

「あらゆるセンサーを使ってる。それも出来のいいものを用意してる。これまで使ってるのは地球の中古屋でどこでも買えるようなありきたりの製品だった。役に立たない安物だったところが今度のはすごいぜ。高性能だ」

「かなわない？」クリスは小声で訊いた。

ムースは画面から顔を上げ、緊張した笑みを浮かべた。

「おれと仲間の電子技術者がかなわないってことはありませんよ。敵は自信過剰だ。本当の手練れなら、こういう奥の手はちょっとずつ使ってくるもんだ。つついて、反応を見て、じらす。腕のいいフライフィッシャーが賢いトラウトを攻めるときとおなじです。ちょっと泳がせ、引いて針をかける。泳がせて引き、泳がせてまた引く」ムースは首を振った。「ところがこいつは力ずくだ」

この戦いが力ずくだけで決まらなければいいのだが。

そのムースがトムに言った。

「若い艦長、戦闘ネットでかける曲を用意してるって話でしたね。おれたちを鼓舞すると同時に、通信を解読されにくくするために」

「すぐやるよ」トムはコンソール上を叩いた。「戦闘ネット起動。運用……開始」

ドラムの音がはじまった。バグパイプが遠くで鳴りだし、近づいてくる。ブリッジに女性ボーカルが響いた。自信に満ちたハスキーボイスだ。

戦斧が走り、剣が舞う
甲冑をつなぐリングが光る
輝く鎧の馬が走る
敵と戦い、屈服させろ
漆黒の牝馬と真っ赤な糟毛《かすげ》
土地を守るために戦え
角笛を吹け、鬨《とき》の声をあげろ

殺せるだけの敵を殺せ！

命令をよく聞いて従え
臆病者の血を流させろ
死んでも倒れても戦え
この軍勢は止まらない
痛みも苦しみも感じるな
正気をなくして戦い続けろ
弱い敵など一人も通すな

クリスはメインスクリーンに映る六つの点を見た。近づく敵を見ながら、歌詞のサビのところで〝殺せるだけの敵を殺せ！〟と声をあわせた。他の仲間たちもそうしていた。

女子どもをしっかり守れ
悪いやつらを地獄に落とせ
戦争のしかたを教えてやれ
二度と来る気をなくさせろ
盾を使え、頭を使え

一人残らず殺してしまえ
旗を立てろ、空高く
殺せるだけの敵を殺せ！

いまやブリッジの全員が歌詞に声をそろえていた。ボーカルがいったん退がり、間奏にはいる。ドラム、バグパイプ、他にもよくわからない楽器が鳴っている。クリスは音楽の勉強はあまりしなかった。しかし聞いていると自然に背筋が伸び、腹に力がはいり、拳を固めた。歌の内容をそのまま実行したくなる。ボーカルパートがもどってきた。

夜が明けた、時がきた
太鼓にあわせて行進しろ
戦争に勝て、敵を叩け
心と魂を一つにして戦え
漆黒の牝馬と真っ赤な糟毛
土地を守るために戦え
角笛を吹け、鬨の声をあげろ
殺せるだけの敵を殺せ！

戦斧が走り、剣が舞う
甲冑をつなぐリングが光る
輝く鎧の馬が走る
敵と戦い、屈服させろ
漆黒の牝馬と真っ赤な糟毛
土地を守るために戦え
角笛を吹け、鬨の声をあげろ
殺せるだけの敵を殺せ！

電子技術者がうなった。

「ちっ……くしょう。これのあいだに通信パケットをはさむのかよ」

クリスはトムに訊いた。

「サンタマリア星の平和主義者の若者がどこでこんな曲を手にいれたの？」

トムも頰を軽く紅潮させていた。

「オリンピア星から帰ったあとに、うちのばあさんに手紙を書いたんだ。相手が悪いやつだとわかってても、引き金を引くのはとても難しかったってな。そうしたらばあさんから、〈マーチ・オブ・キャンブレドス〉の歌を憶えてるかと訊かれた。もちろん憶えてると答えた。ガキのころから口ずさんでたからな。もちろん、ただの歌としてだ。

結婚式のときにそのばあさんに脇へ引っぱっていかれて、こう言われた。ばあさんもひいばあさんも孫を甘やかしすぎたかもしれない。サンタマリア星でその歌がうたわれてた時代の話を、孫たちにしてなかったって。

地球からやってきた科学者たちが遭難して、二度と故郷に帰れないとわかってからの百年間は、きびしい時代だった。コロニーの全員が餓え死に寸前の飢餓の時代だったと、おれたちは学校で教わった。でも学校で教わらなかったこともある。教科書には、当時の人々は空きっ腹を抱えて眠り、朝早くから苛酷な労働をする毎日を送ったと書いてある。でも全員がそうだったわけじゃないんだ。山へ逃げた連中もいた。その一部が山賊になってもどってきた。働いて育てるんじゃなく、盗んで食おうとした。戦いが起きた。子どもたちの食糧を守ろうとしてたくさんの男たちが死んだ。

おれは、そういう本当の歴史を子どもたちに教えないのはまちがいだと思う。べつの形で敵に立ちむかおうとしてるいまはとくにな。でもばあさんは、おれがガキのころの歌を思い出させてくれた。だからそれをおまえたちにも聞かせたいんだ」

トムの背後で、「〝女子どもをしっかり守れ〟」と歌詞がうたわれた。たしかに長い平和のうちに多くのことが忘れられた。あちこち軟弱になっている。

「ばあさんによると、この歌は地球から来た最初の科学者たちが持ちこんだもののなかにあって、二十世紀の歌らしい。戦斧や剣や、鎧や角笛なんて歌詞からすると、もっと古いかもな。でもこの歌のおかげでおれたちは飢餓の時代を生き延びたんだ」

クリスもトムもペニーもフィンチも声をあわせて、「〝殺せるだけの敵を殺せ！〟」とうたった。

「この意気で行けば今日は大丈夫だ」トムは言った。

「そうね」クリスは同意した。


〝命令をよく聞いて従え／臆病者の血を流させろ〟

「なんだこれは？」

中将は強い口調で当直大尉に訊いた。

「敵の戦闘ネットワークを傍受しています。全艦でこれを鳴らしています。情報部では、これの搬送波か、曲そのものか、どこかに通信パケットが埋めこまれていると考えて、いま調べているところです」

「とにかく、わかることを話せ」

「旅客船の列から十二隻ないしそれ以上の船が分かれてきているようです。一Gで月へむかっていると思われます。情報部の予想では、コースの中間点で反転して一G減速し、ミルナと呼ばれる月をまわって、こちらと交差するコースに乗ってくるとのことです。プロットされたコースがまもなく戦域ボードに転送されます」

戦域ボードの表示が更新され、コースが表示された。ちょうどそこで、「〝殺せるだけの敵を殺せ！〟」と、傍受しているネットワークから歌詞が流れた。

「やってくるのは何隻だ。種類は？　この歌の他に具体的な武装は？」

「お待ちください。データを見なおしているところです」

中将は作戦室内の情報コンソールへ大股に歩み寄り、技術兵たちの肩ごしに見た。色分けされた線が上下に踊り、あちこちで波打っている。これではなにもわからない。わかるのは女の歌声だけ――〝悪いやつらを地獄に落とせ／戦争のしかたを教えてやれ／二度と来る気をなくさせろ〟

「うるさいから消せ」

中将は怒鳴った。こんなものが艦隊中に流れるのはがまんならない。

「はい。ルイスター、音声を落とせ」

「落としました」

作戦室に静寂がもどってきた。セイリス参謀長が評した。

「おかしな民族音楽ですな。戦斧に馬。そんなものが脅しになるとでも思っているのか」

「笑い死にさせたいのかもしれんぞ」未来の総督であるマスカリンが笑った。

中将は言った。

「月へむかっている船の正体が多少でもわかったら笑ってやる。駆逐艦が一隻残っているはずだ。廃船寸前のがもう一隻くらいあるかもしれん。では残りの六隻、いや、十二隻はなんだ？」

中将の問いに対しては、張りつめた沈黙が流れるだけだった。

マスカリンがろくな軍事知識もないのに断言した。

「たいしたものではあるまい。たいしたものならボイントン星に行っているはずだ」

中将は上級技術兵の肩を叩いた。

「わかる情報を上げろ。なんでもいい。やってくる軍艦について」

「じつは、わかる情報がないのではありません。情報が変化しているのです。見え方がさだまりません」

「変化する？」中将は顔をしかめた。

「そうです。先頭の艦は、おっしゃるとおりのアドミラル級駆逐艦です。機関は健全。レーザーのキャパシターは満充電。パッシブセンサー群からのノイズも検知しています。レーザー観測で形状も確認。まちがいなくアドミラル級駆逐艦です」

「はっきりした話でいいな。あとはどうだ」

「二番目の艦は古いジョン・ポール・ジョーンズ級です。埠頭から誤って漂流したような老朽艦です。しかし反応炉は稼働していて、レーザーのキャパシターは八十四パーセントの充電能力を維持しています。最近整備されたらしく、オリジナルのGE製ではなく、ウェスティングハウス製の新型充電セルを積んでいます。またパッシブセンサー群もオリジナル装備とは異なるレベルのノイズを出しています。艦内のCICには建造時よりかなり多くの機器が増設されているはずです。ジェーン全惑星電子対策年鑑とは一致しない波形も見られます。情報部がレポートを上げるのに手間どっているのはそのためでしょう。年鑑から探してコピーするだけではすまないからです。前例のないものです」

「続けろ。不愉快な話だが、沈黙よりいい」

「その艦はホールジー号ですね？」

「そうだ、ホールジー号だ」

「ホールジー号は後続の艦をたんに隠しているのではありません。チャフや、化学物質や、金属片を放出しています。本艦のレーダー、レーザー、磁気の各センサーは、そのむこうをたまに観測できますが、たいていは攪乱されてしまいます。正体をつかめません。さらに、これは確信はありませんが、敵はこちらのレーダーやレーザーの送信波をとらえて、改変して送り返しているのではないかと思います。というのも、これらの艦の観測像は揺れ動いたり、波打ったり、伸縮したりと、さまざまな変化をしているのです」

「ありえない！」セイリスが声を強めた。

「はい、わかっています。しかしそう考えれば、情報部の中佐が明確なレポートをためらっている理由がわかります。わたしは一介の技術兵です。大佐になりたがっているわけではありません」

「しかし上級兵曹にとりたててやる。大尉、昇進を記録しろ」

「はい、中将」当直大尉は目を丸くして答えた。

マスカリンが声を荒らげた。

「中将、この男は、わからないと言っているだけだぞ」

「そうです。これからわかることを話してくれるでしょう。どうだ、上級兵曹。なにがわかる？　なにがわかるはずだと思う？　敵はどう思わせたいのだと思う？」

中将の背後でマスカリンが忍び笑いを漏らした。

昇進したばかりの上級兵曹は、コンソールのさまざまな計器や画面を見て、その一つを指さした。

「先頭の艦がホールジー号なら、すぐうしろの艦は老朽艦のクッシング号です。この点は命を賭けて断言します。妻子の命も賭けます」

「ずいぶんな自信だな」マスカリンが陰険な声になった。

「続けろ、上級兵曹」

「この二隻のうしろに、六隻が続いています。六隻であることはまちがいありません。やや間隔をあけて、さらに六隻が続きます。これら十二のターゲットは、数がわかるだけで、その他具体的な情報は得られません」

「搭載しているエンジンはどうだ」参謀長が割りこんだ。

「はい。先頭の両駆逐艦に続く二隻は、GE‐2700反応炉を二基搭載しているようです。他はウェスティングハウス3500か、トゥマンスキー3200のどちらかです。最初の二隻は旧式軽巡洋艦を改装したものと解釈するのが妥当です。あとの四隻はイティーチ戦争時代か、もしかしたら統一戦争時代までさかのぼる古い巡洋戦艦だと解釈できます。しかし、じつはこのデータには不審なところがあります。通常はないようなゆらぎが認められるのです。そこで疑念を持ったのですが、敵は反応炉が発する磁場シグネチャーを隠蔽ないし偽装しているかもしれません」

「本艦の反応炉は隠蔽などしていないぞ」中将は言った。

「はい。この艦の反応炉が出す磁場シグネチャーは強力すぎるからです。われわれの戦艦はいずれも稼働中の反応炉のシグネチャーを隠蔽したり改変をほどこす機能はそなえていませ ん」

上級兵曹は公式マニュアルを読んでいるようにすらすらと答えた。

「それでも、そう思うのか？」参謀長は問いただした。

上級兵曹は、爪を噛む癖があるらしい指で画面をしめした。

「この索敵画像の輪郭があいまいだからです。本来はもっと明瞭な輪郭であるはずなのに、そうなっていません。わたしたち技術兵のあいだでときどき議論するのですが、適切な装置を使えば、われわれの反応炉が発する磁場も隠蔽できるかもしれません。偏向させることもできる。うまくやれば実際より大出力に見せられるでしょう。まさにそれを敵がやっているのだと考えられます」

「輪郭がぼやけているからというのか」参謀長は言った。

中将はうなった。

「おまえのような上級技術兵に、適切な装置と……予算をあたえればおもしろいかもしれんな」

しかしそれには時間が必要だ。いまそんな暇はない。

「最後の六隻はどうだ」

「駆逐艦二隻と巡洋艦四隻に見えますが、これらも確信できません。ただ、輪郭は多少はっきりしています。反応炉の偽装の程度が小さいからだと考えられます」

中将は顎をかいた。

「ふむ。多くの話を聞かせてくれた。あるいは、すべてたわごとかもしれんがな。そのたわごとの羅列に、まだつけ加えることがあるか？」

「もう一つだけ。さらに雲をつかむような話ですが」

中将はうなずいてうながした。

「センサーがターゲットの画像を得ようとするときに、おかしな反射や影をとらえることがあります。まるで艦船以外のものが見えているようです。チャフの反射や、さきほどお話ししたデコイの信号かもしれません。しかしそうでないとすると、もっと多くのターゲットが隠れている可能性があります」

セイリスが怒りだした。

「さすがにそれは妄想だ。もういい。大尉、この男は解任しろ。妄言をしゃべるやつを作戦室においておけない」

参謀長はわずかに中将を振り返ったが、上級兵曹になったばかりの技術兵をこづいて席から立たせた。

「情報部の報告はまだか?」中将は訊いた。

当直大尉はうなずいて、艦内通信機を耳に押しあてた。

「いま報告を上げてきています。その分析によると、星系内にいる二隻の駆逐艦は月へむかっています。より大きな軍勢に見せるために標的デコイを曳航しています。恐れるにはあたらないという評価です。月を利用してこちらへ針路変更するのではなく、そのまま通過するだろうと述べています」

「では、まっすぐジャンプポイント・アデルへ行かない理由はなんだ?」中将はため息とともに訊いた。解任させられた上級兵曹は無言だ。中将はさらに言った。「反応炉のシグネチャーを偽装できる標的デコイをロングナイフが持っていて、われわれが持っていないのはどういうわけだ?」

昇進直後に解任された上級兵曹は、中将にむかって肩をすくめた。それは何世紀もまえの農民が領主にむかってするような、あきらめきった仕草だった。

中将は言った。

「だれの推測がより正しいか、興味深く見ているぞ、上級兵曹」

上級兵曹は振り返ると、直立不動で敬礼した。そして交代兵といれかわりに作戦室から出ていった。

「上級兵曹と呼ぶのはおやめください」セイリスが言った。

「解任するべきではなかったとわたしは思うがな」

中将は戦域ボードにもどって、ふたたび見つめはじめた。敵艦の位置は正確にわかる。それ以外はなにもわからない。


「そこで保持しろ」トムがフィンチに言った。

「保持します」操舵手は答えた。

109は第八小艦隊の列で五番目に位置していた。右舷には偽装した戦艦がいる。フィンチはそれとの距離をわずか五百メートルに維持していた。船間距離の計測に使っているのは、近所のスポーツ用品店で買ってきた近距離レーザー測距計だ。登山者が山で使うためのもので、有効距離は二キロメートルにとどまる。手もとで操作中に誤って目に照射しても安全な低出力レーザーなので、四十万キロ前後離れている敵艦隊に気づかれるおそれはない。

109の左舷にいる武装ヨットも、おなじように保険会社の社員が見たら卒倒しそうな船間距離にいる。乗っているのは、こういう安全規則の違反者にチケットを切るのが仕事の沿岸警備隊の予備役たちだ。自分が規則を破る立場になってどんな気持ちだろう。案外わくわくしているのではないだろうか。

「ペニー、ムース、敵の戦艦について新しくわかったことはある？」

中年の技術者は眉を上げてペニーを見た。ペニーは無言でうながした。ムースが話した。

「話せることはたいしてありませんね。敵はレーザーとレーダーを立ち上げてアクティブスキャンしはじめたので、予想どおりの相手だとはっきりしました。強力な攻撃力を持つウィルソン級戦艦です。所属は地球ではなくグリーンフェルド星。そのため標準仕様ではない可能性が高い。でもわかるのはそこまでです。星系内にあらわれたときから情報はたいして増えてません。とにかくデカい。攻撃力は大きい。分厚い氷装甲を持っている」

クリスはうなずいた。

右のほうでは、二隻のコンテナ船と隊列から離れた第七分艦隊の三隻の系内船が、ジャンプポイント・ベータと敵艦隊のほうへ進んでいる。これらのコンテナ船の目的をバンホーン大佐から聞いていないが、分隊に先制攻撃をかけさせるのはいいアイデアだ。敵艦隊の指揮官はこれまで手の内を見せていない。自分たちの最後通牒を放送さえしていない。ミサイルを何本か撃ちこめば、敵は動くだろう。多少なりとも。

しばらく音楽を聞いた。

痛みも苦しみも感じるな
正気をなくして戦い続けろ
弱い敵など一人も通すな
殺せるだけの敵を殺せ！

そのとおりだが、離れた第七分艦隊はどうしたものか。彼らはどういうつもりなのか。答えが得られないまま時間がすぎた。

やがて各船は反転をはじめた。月への一G加速から、月周回軌道にはいるための一G減速に移った。簡単ではない。サンチャゴはホールジー号から〝妖精の粉〟と称するチャフを散布しつづけていた。そのホールジー号が最初に反転した。そしてクッシング号、続いてルナ大佐の偽巡洋艦が続く。それらの陰に隠れて、PF艦とヨットと系内船も反転していった。そのときヨットの一隻がしくじって反転が遅れた。敵になんらかの手がかりをあたえたかもしれないが、いちいち悔やんでも無駄だ。コースは重力と物理の法則で決まる。接敵するときは熱力学と光の法則に支配される。すべては自然の法則だ。

しかし、戦いの結果はちがう。勝敗を決めるのはレーザーと運。そして人間の強力な意志だ。

クリスは手もちぶさただった。トムはブリッジを歩きまわり、ときどき他の持ち場を見てまわっている。109がこれから起きることにいつでも対処できるようにしている。クリスはすわって待っているしかない。

（ネリー、回避パターンの設定は完成してる？）

（完成して配布ずみです。二重三重にチェックしています。クリス、なにもやることがありません。なにかしたいです）

（みんななにかしたいわ。でも待つしかないの）

（待つのは嫌いです）

（みんなそうよ）

ミルナに接近しながらトムが通告した。

「全員、着席しろ。しばらくゼロGにはいるぞ」

クリスはストラップを確認した。すでにしっかり締めていた。

アドーラブル・ドーラは不満を並べていた。

「なぜこんなところなの？　現場……というのがどこだかわからないけど、とにかく全然近くないじゃないの。撮影できないわ。へんな歌が聞こえてくるだけ。いったいどうなってるのよ！」

「どうもなっていません」

ジャックは状況が許すかぎり冷静であろうとしていた。しかしその余地は少ない。クリスは遠くで原子レベルに分解されかねない危険を冒している。なのに警護官は苦情の多い女のお守りをしながら待つしかない。

宇宙の半分から命を狙われる場所でクリスを守って隣を歩くのが、この仕事の最悪の部分だと思っていた。しかしそうではなかった。クリスが楽観的すぎる少数の仲間といっしょに、とてつもない危険のなかでやりたい放題にやって、こちらはそれを離れた場所で見ているしかないというのが、じつは人生で最悪だった。

「ねえ、なにかやることはないの？」

「ありません。クリスは先へ進んで、わたしたちはここで待機。まもなく彼らは月の裏にはいります。そのあいだにウォードヘブンで動きがあったら、それを伝えるのがわれわれの仕事です。さあ、すわって落ち着いたらいかがですか」

「わたしは落ち着いたりしないのよ。機転のよさが持ち味だから。どんな評にもそう書いてあるわ」

そんなふうに書いてあるのをジャックは読んだことがなかった。しかしいまは教育的になっている場合ではないだろう。そもそも素直に教育を受けたようには見えない。

しかたなく、自分だけすわって落ち着いた。そしてハイウォードヘブンからのタイトビーム送信を受け、それをクリスの部隊に中継している搬送波のようすを見た。なにも変化はなかった。


ミルナが敵艦隊とのあいだにはいってきた。大きな衛星によって見通しがさえぎられてから行動開始だ。

「カスター隊は先へ出て。わたしたちより一万から一万五千キロ前へ。敵の弱点であるエンジン側へミサイルを撃ちこむのが役割よ。それぞれ意見があったら言って」

クリスは会議の開催をうながした。サンチャゴが言った。

「カスター隊を煙幕で隠せなくなります」

バンホーンが答えた。

「ここまで充分に隠してくれたと思う。四十八分後にはリノ分隊が作戦を開始する。それからあとは、わたしたちがミサイル庫であることは自明になるだろう。プリンセス・ロングナイフの命令は適切だ。エンジンを噴射して低軌道に移り、諸君より前に出よう」

クリスは指示した。

「チャンドラ、カスター隊についていって。回避パターンをスタートするときにすこし離れていてほしいの」

「わかった。カスター隊についていき、そこをわたしたちの開始ポイントにする。これはネリーのアプローチ計画の条件にはいっているのかしら」

（はいっています）ネリーは答えた。

「はいっていると言っているわ。もし離れすぎたら修正しましょう」

（距離十五万キロまではオプションの範囲です）

（ありがとう。そしてこれを内密の会話にとどめてくれて助かるわ）

（どういたしまして）

「ホレイショ隊はカスター隊の後方にとどまり、砲列のふりをできるだけ続ける。ライトブリゲード隊の突撃は、リノ分隊の攻撃から十分後に開始する。ただし第四、五、六分艦隊はホレイショ隊とともにスタートラインにとどまるように」

「どうして！」

いずれかの船から声があがった。しかし他の船もおなじ気持ちのはずだ。

「敵の戦艦についてはまだわからないことが多いのよ。もしリノ分隊の攻撃でなにかわかったら、ぎりぎりで作戦を変更するかもしれない。でも、とりあえずいまの段階では、敵がステーションに近づくまで最後の戦力としてとっておきたいの」

「ステーションの迎撃レーザー砲は敵味方区別なく撃ってしまうので、早めに決着をつけるんじゃなかったんですか？」

「いろいろ考えがあるのよ」

クリスは反論を封じた。戦闘ネットからは歌が流れてくる――〝命令をよく聞いて従え／臆病者の血を流させろ〟。

「この命令のどこが不満なの？　第七分艦隊は命令に従わなかった。その末路は悲惨だと思う。命令に従うか、それがいやなら戦列から離れて後方へ転進しなさい。言っておくけど、この戦いの司令官はわたしだから」

沈黙のあと、クリスはさらに続けた。

「ホレイショ隊、カスター隊、第八小艦隊は、一回目の攻撃を終えてからウォードヘブン周回軌道をまわる。それによって二回目は鋭角的に敵艦隊の針路と交差できる。このやり方に問題は？」

バンホーンが言った。

「タグボートはそのほうがランデブーしやすいでしょう。そして二回目の攻撃のあとは月周回軌道へ行けばいい。先に攻撃しているのでうまくいくはずです」

「いいわ」クリスは答えた。（ネリー、ウォードヘブン側のタグボート隊にあてた命令を作

成して、ジャックへタイトビーム送信して。それをハイウォードヘブンに中継したら確認をよこすように）

やや沈黙があった。

（ジャックから確認が返ってきました）さらに沈黙。（タグボート隊は受信し、了解したとのことです。ジャックから、気をつけてとメッセージです）

（なにいってるの。自分が気をつけろと言ってやって）

（彼の危険はメディアジャーナリストを一人殺すかどうかだけだそうです）

（それは危険ではなく、安全保障上の任務だと言いなさい）

（あなたはあなたの仕事を、わたしはわたしの仕事を、以上、とのことです）

クリスはシートに体を沈めて、各艦が命令に従って加速していくのを見守った。

わずかなデータに賭けていた。あとは勘だ。歯を食いしばらないように努力した。ブリッジでは泰然自若としてみせなくてはならない。

この作戦のためにウォードヘブン星のありとあらゆる船を集めた。小船にいたるまで一隻残らずだ。レイおじいさまでさえこんなめちゃくちゃなことはしなかったのではないか。ほんのわずかな可能性にウォードヘブンの全未来を賭けている。

ふいに、ブリーフケース爆弾だけを持ってウルム大統領と対峙した先祖の気持ちがわかった。四対一の劣勢にある防衛軍を率いて全イティーチ艦隊に立ちむかった先祖の気持ちがわかった。人類の存亡をかけた最終決戦の行方が、過去一週間の準備ともうすぐ下す決断にかかっていて、その結果にだれも確信を持てないという状況が理解できた。

曾祖父はこんな重圧を背負って正気でいられたのか。クリスにわかるのは、彼がそれに耐えたということだ。彼が耐えられたのなら、自分も耐えられるはずだ。

腹に力をこめた。まもなく月の裏から出て、エンジンに鞭をいれて加速する。敵艦隊はそこにいる。ボード上でもう一度確認した。

「なにか変化は？」

「なにも変わりません」ペニーが答えた。

「これまでとおなじノイズを出してるだけです」ムースも言う。

クリスは言った。

「驚かせてやりましょう」

中将は戦域ボードを見つめていた。敵は月の裏にはいったときとは異なる隊形で出てきた。

当直大尉が中将の視線を受けただけで話しはじめた。

「後端の六隻がいまは先頭に出ています。しかしこれらについてはまだ詳しくわかりません。後続の八隻はまだホールジー号に率いられているようです。彼らは月の裏にいるあいだに、後方に離れた系内船にむかってタイトビーム送信をおこない、それがハイウォードヘブンに中継されました。メッセージの内容はわかりませんが、直後に十二隻のタグボートが宇宙ステーションから出て軌道をまわりはじめました。情報部によればこれらは救難船とサルベージ船とのことです」

　マスカリン総督が楽しげに言った。

「よいことだ。わが商船団が到着するまでにウォードヘブン周辺宙域を掃除しておいてもらいたい。宇宙ゴミだらけでは困るからな」

　中将は戦域ボードを拳で叩いた。

「軌道の鉄くずなどどうでもいい。問題は近づいてくる部隊だ。なにかわからんのか？」

　当直大尉が不安げに唇をゆがめた。

「じつは、彼らが月への途上で反転したときに、通常とは異なるものが観測されました。情報部から報告はありませんが、ここの技術兵がみつけました。核融合炉を積んだ船です。ヨットくらいの小型船で、艦隊の陰に隠れていたようです」

「なぜいままで言わなかったのだ？」参謀長が詰問した。

　当直大尉は身をこわばらせた。

「情報部が報告してくるのを待っていたのです。ずっと……」

　中将は言った。

「しかし下は報告してこない。これまでの観測で描いた図に整合しないからだ。やつらはわかりやすい図を好むからな。矛盾を認めざるをえなくなるまで」

　戦域ボードに指をつきつけた。ジャンプポイント・バービーへむかいながら、こちらへ接近してくる二隻のコンテナ船だ。

「これについてはどうなんだ？」

しかしどこからも返事はない。中将は椅子に背中を倒した。

まもなく忙しい局面になるだろう。そのときいくつも決断しなくてはならない。正しい決断をしたいものだ。

17

クリスは青ざめていた。脳裏のフラッシュバックと戦っていた。

あの日の記憶。自分とエディの分のアイスクリームを買いにいく。途中で二人の男とすれちがう。二人はクリスに微笑む。彼らは首から看板をぶら下げている。そこには、〝誘拐犯〟と書かれている。

しかし十歳のクリスは笑顔だ。手を振ると、男たちも手を振る。クリスはそのままスキップしてアイスクリームの屋台へむかう。

アイスクリームを持ってアヒルの池にもどってみると、ナンナは死に、エディはいなくなっている……。

たいていそこで悲鳴とともに目を覚ました。毎晩それが続き、やがてクリスは夜中に母親のワイン棚や父親のバーをあさるようになった。トラブルおじいさまから断酒の手ほどきを受けはじめると、悪夢は再開した。心理学者のジュディスがやってきて、その導きでクリスはあの日にもどった。あの恐怖の一部始終を再体験した。そして……首から看板をぶら下げた男たちなどいなかったことを知ったのだ。弟を誘拐する男など見なかった。クリスの少女時代を踏みにじることになる男の姿は目撃していないのだ。

不思議だった。裁判を数回傍聴した。死刑執行にも立ち会った。父親は三人の犯人を絞首台に送るために、ウォードヘブン刑法から死刑を廃止する法案にぎりぎりまで抵抗した。アルの後継首相の座につくチャンスを危うくしてまでもそうした。

しかしクリスの悪夢からあの男たちのイメージを消してくれたのは、ジュディスだった。クリスの手を握っていっしょに記憶をさかのぼり、あの日の公園で犯人の姿は見ていないと理解させてくれたおかげだ。

エディを救うために自分ができたはずのことなど、なかったのだ。

クリスは唇を嚙み、過去の苦痛を押しやった。今日は無力感におちいる必要などない。ジュディスのおかげで、あの恐ろしい一日という個人史の最後のページを書くことができた。エディを救うために自分ができたことはなにもなかったと。

しかし今日が歴史家の手で記録されるとき、ありとあらゆる項目にクリスの行動が書かれるだろう。

クリスは肩をすくめた。それが十歳と二十三歳のちがいだ。首相のおてんば娘と、プリンセス・ロングナイフのちがいだ。

そして、弟の命をピーターウォルドに奪われた自分と、戦艦隊を自分に叩きつぶされるピーターウォルドのちがいでもある。そう思って、クリスはニヤリとした。

不安にさいなまれる時間は終わった。これからは行動の時間だ。

戦域ボード上で二隻のコンテナ船が最大加速を開始し、艦隊にむかって突撃をはじめていた。三隻の系内船も伴走している。

コンテナ船がミサイルの発射炎に包まれた。

「コンテナ船を撃て」中将は命じた。

「命令は出しました。実行中です」当直大尉は言った。

「ではなぜ撃たない？」

「ターゲットが多すぎるのです。大量のミサイルが飛んできているせいで、中央迎撃司令室が分類と優先順位付けをできずにいます」

中将は首を振った。艦隊の全レーザー砲は、旗艦の中央迎撃コンピュータの支配下におかれている。効率的な砲撃管制をおこない、ターゲットを二重に狙うような無駄を防ぐためだ。いい考えではあるが、今回のように突然の多数目標に対応できないのではしかたない。

中将は通信機のボタンを押した。

「全艦へ告げる。敵ミサイルに対して独自に対処せよ。リベンジ号はウォードヘブン側の最大の船。ラビッジャー号はジャンプポイント側の船を狙え。残りの艦は系内船だ。さあ、撃て」

了解の声がいくつも返ってきた。

敵を撃てと命じるのは簡単だが、実行するのは容易ではない。コンテナ船は見た目より小さかった。長い主骨とわずかな船体部分の他は、構造材があちこちに張り出しているだけなのだ。後部の機関区が最大の目標になるだろう。中将はそこを狙うようにリベンジ号の砲手に命じた。

しかしコンテナ船はじっとしていなかった。リベンジ号の三連砲塔で撃つのだが、コンテナ船はくるくると旋回しながら飛んでくる。鉄の雲のように撃ち出すミサイルも、まっすぐ飛ぶものもあれば、楕円軌道で飛ぶものもあり、また螺旋を描くものもある。螺旋は一周ごとに角度を変化させる。

「このミサイルはなんだ？」

「わかりません。海軍兵器のデータベースに載っていません」当直大尉が答えた。

「だったら陸軍の兵器を調べろ」

「はい、中将」短い沈黙ののちに、「やはり該当しないものがほとんどです」

コンテナ船にレーザーが命中した。しかし十八インチ砲のレーザーは、すかすかの船体を貫通し、コンテナ船は平気なようすだった。もう一隻のコンテナ船は片方のエンジンを撃ち抜かれた。しかし不規則な飛び方がさらに不規則になっただけだった。くるくると旋回しながら、ミサイルの連射はいっこうに止まらない。

一隻の系内船が四本のミサイルを撃ってきた。

当直大尉が報告した。

「これはウォードヘブン陸軍のＡＧＭ８３２だと、情報部が言っています。旧式で、軍事的価値はほとんどありません」

「他のミサイルはどうなんだ？」

「情報部からはなにも言ってきません。しかしこちらの技術兵によると、一部はさらに古い陸軍設計品ではないかと」

「ウォードヘブンの古い陸軍ミサイルの資料を詳しく調べれば、飛んできているのはどれも時代遅れで処分寸前の兵器だとわかるはずだ。有効な迎撃法もそこに書いてあるだろう」

「はい」

大尉は言って、通信機にむかってなにかしゃべった。

作戦室の照明が一瞬暗くなった。一番、二番レーザー砲が反応炉のエネルギーを大量に消費したのだ。

中将はシートのストラップを締めた。それを見たセイリス参謀長も同様にした。マスカリン総督はあいかわらず作戦室のなかを歩きまわっている。

発射されたミサイルの雲が広がり、近づいてきた。着弾までまもなくだ。

「中将、敵コンテナ船二隻から入信です。船を放棄するので迎撃をやめてほしいとのことです」

「ミサイルの発射をやめたのか？　衝突するコースではないか？」

「もう撃っていないようです。こちらにむかってきてはいません。リベンジ号艦長は命令を待っています。コンテナ船からは救命ポッドが射出されています。ただし、救難信号は出していません」

「当然だな」セイリスがつぶやいた。

「ポッドを撃ち落とせ」マスカリンが要求した。

中将は眉を上げてセイリスを見た。それを受けて参謀長は言った。

「総督殿、それはよくありません。電力はミサイルを迎撃するために節約すべきです。救命ポッドの乗組員を殺すためではなく」

「だったら反応炉の出力を上げろ」

総督はさらに要求した。しかし中将はすぐに命じた。

「リベンジ号とラビッジャー号の艦長へ。ミサイルの迎撃に集中し、救命ポッドは無視しろ。他の艦は系内船を狙え」

系内船の一隻がまたミサイルを連射してきた。

「全艦の乗組員を回避機動にそなえさせろ。こちらの合図と同時に前後反転。加速を十分の一Gに落として、回避機動プラン4を開始しろ」

「命令伝達しました」

「実行」

「実行しました」

マスカリン総督がその場で回転して中将のほうにむき、さらに回転して大尉の椅子にぶつかった。それから天井に飛んで頭をぶつける。

「どうなってるんだ！」

「ミサイルを回避しているのですよ、総督」

参謀長は教えて、総督の脚をつかまえてやろうとした。しかし失敗した。リベンジ号がまた動いたために、総督は左舷の隔壁に飛ばされ、下へ落ちた。中将は近くに来たその手をつかんでやった。

「さあ、椅子にすわってください」

「どうして警告してくれなかったのだ」

マスカリンは片手で頭を、反対の手で膝をさすりながらわめいた。戦術ボード脇の椅子にすわり、手伝ってもらってようやくストラップを締めた。

参謀長はつとめて落ち着いた声で説明した。

「総督、艦内は一時間前から戦闘状況ブラボーが発令されています。海軍軍人はつねに手すりのそばにいるか、耐加速シートでベルトを締めているように訓練されています。乗艦時にお渡ししたパンフレットにも書かれていたはずです」

「部屋においてあっただけのものにいちいち目を通すわけがないだろう！」

「このようなことになりたくなければ、目を通しておいてください。それから、中将が停止中の反応炉をただちに稼働させろと命じることはありません。反応炉を始動するには、稼働中の反応炉から大量のプラズマを分岐させ、冷えた反応材と混ぜてプラズマ温度まで加熱するプロセスが必要です。そのあいだ反応炉出力はむしろ低下します。反応炉始動のタイミングを判断するのは各艦長の仕事です。艦隊司令官は、戦闘中に艦長の操艦法に口出しするものではないと考えておいでです」

「しかし減速を命じたし、わたしを天井へ吹き飛ばすようなことを命じたではないか」

中将はみずから説明するために割りこんだ。

「それは敵の攻撃に対する戦闘法の指示です、総督。艦隊司令官は敵と争い、艦長の操艦とは争わない。海軍の基本です」

眉をひそめたマスカリンの顔からすると、区別がまだわからないようだ。マイクロマネジメントの害は海軍内にもあるが、基本的には民間に多い。

中将は戦域ボードに目を移した。まだ攻撃してくる系内船は二隻だけ。見たときには一隻は消滅していた。全艦の艦首をミサイル側へむけさせたのは、脆弱なエンジン側を守るためだ。艦長たちは司令官の意図をくんで、具体的な指示がなくてもエンジンを脅威軸からややそらしていた。それによるベクトルのずれは、障害を排除したあとで修正しなくてはならない。

「このミサイルはこちらの戦艦の装甲にどれだけ被害をおよぼすのだ？」

総督は低く言った。そのあとリベンジ号は軽く振動した。中将は答えた。

「わかりませんが、トロンゾム艦長がもうすぐ教えてくれるはずです」

ミサイルの雲が艦隊を通過するあいだ、軽い振動や音が続いた。最後の系内船は退却しようとしているところをレーザーで半分に切り裂かれた。

「アベンジャー号に送信。〝下手な射撃だ。次はもっとうまくやるか、あるいはE砲を照射しろ〟。ミサイルの雨は通過したのか？」

「はい」

「艦隊に命令。〝ふたたび反転。一・〇五Gで減速しながらハイウォードヘブンへむかう〟。大尉、旗艦航海長に修正コースをプロットさせてリベンジ号に伝達。それから、解任した上級兵曹を復職させろ。あの男にミサイルの対処法を出させろ。参謀長、艦隊の状態は？」

「損害は軽微です。報告途中ですが、一部のアンテナ程度です。ミサイルの弾頭は電波、赤外線、おおまかな形状などを追尾していたと思われます」

「どうだ大尉？」

「二、三十年前の旧式のミサイルです。ウォードヘブンの武器庫の残り物だと思われます。参謀長がおっしゃるとおり、数種類の誘導方式が使われていたようです。妨害電波、レーダー波、熱、動き、特定のイメージなどを追尾目標にしていたはずです。どれも宇宙空間での使用を意図していません。それが有効に作動し、これだけの距離を飛んだというのは……」

「わかっている、大尉。情報部はとても驚いているな」中将は戦域ボードを見た。「セイリス、こちらの放熱問題はどうだ」

「レーザーは多くの熱を出します。現在は一G減速中にすぎませんから、反応材はそれほど多く燃やしていません。ですからレーザーの熱を反応材の予熱工程で使いきるのは困難です。その燃料タンク内でできるだけ吸収させていますが、熱膨張による漏出がはじまっています。そろそろ曳航ラジエターを出さなくてはいけないかもしれません」

中将は戦域ボードを叩いて、〝敵1〟〝敵2〟と表記された点をしめした。

「これを見ると、そういうわけにいかんな、セイリス。ラジエターを吹き飛ばされるのはごめんだ」

クリスは怒りと無力感を飲みこんで、第七分艦隊の全滅を見守った。命令と異なる行動をとったからだ。

他の義勇兵たちはいまの殺戮をどう受けとめただろう。クリスは通信ボタンを押した。

「これでわかったでしょう。武装ヨットと系内船は、高速パトロール艦が敵を切り刻んだあとから来るように命じている理由が」

戦闘ネットではちょうど歌の〝盾を使え、頭を使え／一人残らず殺してしまえ〟という部分が流れている。

ネットワークから返事はなく、沈黙している。義勇兵たちは怖じ気づいただろうか。クリスは全員に聞こえるチャンネルで言った。

「ホレイショ隊、カスター隊、それぞれの評価を」

バンホーン大佐は冷酷なほど落ち着いて分析した。

「ミサイル発射装置は想定どおりに機能しました。敵は手の内をさらけだし、ミサイルは何発か命中しました。約十五発です。副砲の一部を損傷。外部センサーをいくつか破壊しました。リノ分隊は予定どおりの働きをしました。生存者の救命ポッドは数時間以内に救難船によって回収されるはずです」

　クリスの背後でペニーが言った。

「もっとやれたはずです。ターゲットの赤外線量が増えたことに気づきませんでしたか？」

　ホレイショ隊のサンチャゴが答えた。

「気づいたわ。敵のレーザー砲は熱効率が悪いらしい。かなり発熱している。その熱は処理する必要がある。燃料タンクの反応材に吸収させているはずだけど、指揮官が安心できるほど残量があるとは思えない。そろそろ曳航ラジエターを出したくなっているころよ」

　クリスの背後で咳払いが聞こえた。振り返るとムースだ。

「じつは反応炉シグナルがさっきまでより増えてるんですよ」

「反応炉をさらに積んでいるということ？」

　サンチャゴも同意した。

「こちらでも検知しています。技術兵が頭をひねっています。戦艦が二基以上の反応炉を積んでいるのかと」

「三基、あるいは四基搭載の設計かもしれない」ムースが言った。

「四基も？」

「敵がコンテナ船にむけて二度砲撃したときの主砲のようすをだれか詳細に観測しましたか？」

サンチャゴが答えた。

「こちらで観測したわ。観測ミスではないかという意見もあるのだけど」

「こっちの観測では、三門のレーザー砲が同時発射されていますね。二門ではない。そちらの観測結果は？」

「三門よ」サンチャゴは小声で答えた。

クリスは、人類宇宙で最大の戦艦であるプレジデント級の見取り図を呼び出した。イティーチ軍のノーブル級デスシップに対抗するために設計された艦で、艦体前部に十八インチ砲の砲塔を三基、中央バルジに三基、後部の細くなるところに三基そなえている。通常は数メートルの氷の下に隠れ、砲撃時に突出する。艦体外周円上での三基は等間隔だが、前部、中部、後部で位相をずらして配置されている。

それらはすべて二連砲塔だ。プレジデント級は計十八門の大口径レーザー砲を持っている。しかし砲塔がすべて三連装だとしたら、計二十七門だ。クリスは息を飲んだ。

「どれだけ電力を食うの」

「だから、あの戦艦どもは反応炉を四基ずつ持ってるんですよ」

ムースが言った。ペニーもうなずいた。

「クリス、旗艦からリノ分隊への砲撃を命じる通信を傍受しました。サンドファイアが使っていた暗号形式とよく似ていたので、思ったより早く解読できました。二艦をそれぞれリベンジ号、ラビッジャー号と呼んでいます。そのあとの通信ではアベンジャー号とも呼んでいます」

「ずいぶん友好的な連中だな」バンホーンが皮肉っぽく言った。

「ピーターウォルドの外交意図が瞭然だわ」サンチャゴも言った。

クリスは訊いた。

「大口径砲を二十七門、反応炉四基とすると、どんな艦になる？」

「リノ分隊がそれなりに接近したのをもとに計測してみました」

ムースが言って、クリスのコンソールに縮尺図を転送した。プレジデント級戦艦は鉄、氷、電子部品などで約十五万トンになる。ムースがその上に重ねた図はもっと大きかった。

「三十万トン近いですね」

クリスは軽く口笛を吹いた。

トムが、そばかすのまわりが少々青ざめた顔で言った。

「でかけりゃ、そのぶん沈みにくいんじゃないか？」

「人類《メン》のつくったもので女《ウィメン》に吹き飛ばせないものはないのよ」ペニーが笑顔で言った。

クリスは決断した。

「さあ、わたしたちの出番よ。カスター隊、敵にまたミサイルを撃って。最初は手加減して。反応を見るから。そこから徐々にペースを上げていって。熱が上がったところで第八小艦隊が大穴をあける。第八小艦隊、944ミサイルを熱源追尾でセット。カスター隊が副砲を過熱させてくれれば、わたしたちの攻撃はかならず成功するわ」

ネットワーク上から歓声が聞こえた。

「ネリー、ムースに協力しなさい。四基の反応炉の位置を正確に知りたい。ものは考えようよ。獲物が倍に増えたと思えばいい」

さらに歓声があがったあと、秘書コンピュータは答えた。

「はい、クリス」

バンホーンが命じた。

「カスター隊三番艦から六番艦まで。これが標的だ。プリンセスの話は聞こえただろう。敵を発熱させ、第八小艦隊が叩くという順番だ」

戦域ボード上でカスター隊がミサイルを発射した。背後ではムースがネリーとしゃべっている。ネリーの声はクリスの首からではなく、ムースのコンピュータから出ている。

クリスは戦況を見た。五分から十分後に、小艦隊は最初の試練に飛びこむ。作戦ではリンゴは二口までかじる予定だ。しかし一口目でできるだけ大きくかじりたかった。そして敵にすこしは痛い思いをさせたい。


呼びもどされた上級兵曹が作戦室の後部ハッチからはいってきたとき、ちょうど当直大尉が言った。

「攻撃です、中将。敵の先頭グループがミサイルを発射しました」

「詳しく話せ」

マスカリン総督が口を出した。

「ミサイルを撃ってくる敵艦そのものを狙えばいいではないか」

セイリス参謀長が中将のかわりに答えた。

「十八インチ・レーザー砲の射程である五千キロより外に敵はとどまっているのです」

「ではこちらが移動すればよい」民間人は簡単に言った。

セイリスは子どもに説明するように言葉を選んだ。

「総督、われわれは命令どおりに惑星爆撃を遂行するために、ウォードヘブン周回軌道にむけて減速中です。コースからはずれると軌道に乗れなくなる可能性が高くなります。それどころか、この段階でおかしなベクトルをあたえると惑星に激突するかもしれない」

「うむ……」マスカリンは小声になった。

中将は総督を安心させるために言った。

「大丈夫です。われわれの接近コースをそらせるのがむしろ敵の目的なのです。敵は三、四万トン級の小型艦。対するわが惑星爆撃艦は三十二万五千トンの巨艦です。分厚い氷装甲も持っている。敵の攻撃など軽くはね返してみせましょう」

中将はなるべく自信ある口調で言った。自信はある……いまのところは。

言及しなかったのは、艦隊のアキレス腱である発熱問題だ。造船所はリベンジ級艦に多数の兵器を追加艤装して、そこからの発熱については解決をあとまわしにしていた。今週できなくても来週できる。来週が無理でも再来週があると。

結局、問題は棚上げにして出港してきた。戦闘にはならないと踏んでいたからだ。ウォードヘブン艦隊はすべてポイントトン星へ行っている、と。

では、いまむかってきているのはなにか。アル・ロングナイフのプライベートヨットか。

上級兵曹が持ち場についた。交代で呼んだ下っ端の技術兵を帰らせていなかったことに中将は気づいた。若い技術兵は肩を叩かれてしぶしぶ立ち上がり、ハッチへむかいかけた。しかしそこで当直大尉が指揮官としての素質をしめした。予備のシートをしめしてすわらせたのだ。いいことだ。観察する目が増えればそれだけ好都合な場合もある。そして若者は、ウォードヘブンの戦いで自分は作戦室にいたと生涯の語り草にするだろう。

しかしそのウォードヘブンの戦いは、艦隊司令官として中将が予想していたような一方的なものではなくなりつつあった。

「意見を言え、上級兵曹」

「接近してくるミサイルはAGM832、ウォードヘブン陸軍の制式です。追尾装置は全種類を選択可能。汎用弾頭には、多弾頭散布ユニットから徹甲弾頭まで各種搭載できます。なにを積んでいるかは当たってみるまでわかりません。ところで、一部のセンサーがオフラインになっているようですが」

当直大尉が答えた。

「ジャンプポイント・バービーへむかっていたコンテナ船は、じつは旧式ミサイルを多数搭載していたのだ」

上級兵曹は答えず、自分の画面を見つめた。

「現在接近してくるミサイル群は密度が高く、奥行きもあります。中将、そのミサイルを発射した艦のむこうに、動くものがあります。四、六……九……十二個の小さな点が見えます。彼らの陰で減速しています。十二隻の系内船だと思われます。いや、一部は大型の反応炉を積んでいます。レーザー砲のキャパシターを積んでいるものもあるようです。偽装が厳重です。これらの艦についてまだ断定的なことは言えません」

「十二隻であることはまちがいないのか」中将は訊いた。

「確実に十二隻です」

「総督殿、ウォードヘブンの暫定政権が売りに出していたPF艦は何隻でしたかな」

「ええと……十二隻だ」

「それかもしれませんね」

「退役して武装解除されたはずだ」

「そういわれていますね、トーク番組では」参謀長は軽い咳払いをした。

「まずミサイルで花火を鳴らす。次に高速パトロール艦のレーザー砲で攻撃する。手傷を負わせたところで大型艦の砲列で叩く。悪い作戦ではないな」中将は歯をむいて笑った。「しかし敵にとっては残念なことに、こちらは普通の戦艦隊ではない。そして彼らは老朽艦の寄せ集めらしい。それでも、敵の作戦がわかったのはよかった。ようやくはっきりしたのだからな。大尉、艦隊に伝達。対ミサイル防御を準備。不要なセンサー類を保護位置へ格納。さらにパルスレーザー砲をそなえた高速攻撃艦に対する防御態勢をとれ。必要なら主砲を使え。ただし熱の蓄積に注意しろ。別命がないかぎり一G減速を継続」

「命令どおりに実行しました」

「よろしい。ミサイル防御がどのように進行しているか、報告を続けろ、上級兵曹」

「射撃をはじめています。こちらの五インチ砲がミサイル群の先頭を撃ち落としています」

「よろしい。これなら一日中でも続けられるぞ」

しかし中将は、目の隅で各艦の燃料タンク温度に注意していた。温度はどんどん上がっている。すべてのタンクで反応材の漏出がはじまっている。これ以上燃料を失うと、たとえウォードヘブン周回軌道に乗れても、二週間後に海兵隊といっしょに補給船団が来るまで身動きがとれなくなる。

すでに一部の艦長は、レーザー砲を冷却する第三の選択肢をとりはじめていた。冷却液の送出先をローカルの副ラジエターに切り換えている。つまり二連砲塔の側面から放熱している。これで熱は宇宙空間に放出されるが……砲塔周辺の氷装甲の強度が低下する。そして砲塔側面が発熱することにより、周囲の氷のなかであきらかな赤外線シグネチャーを発してしまう。

一日中は続けられないかもしれない。とはいえ、敵にも一日撃ちつづけるだけのミサイルがあるのか。

「ミサイルの在庫は？」クリスは訊いた。

「いつまでもはもちません」バンホーンは答えた。

「戦艦のようすはどう？」

ペニーが答えた。

「燃料タンクから漏出がはじまっています。後続艦のレーザー砲の射線上にブルーム光が出るはずです」

「そりゃいいな」とトム。

ムースも報告した。

「一部の戦艦は五インチ砲塔にホットスポットが見えます。予想以上の数だ。こいつら、本当にモンスターだぜ」

赤外画像がクリスの画面に送られてきた。氷装甲の表面にちらばるホットスポットを副砲塔と解釈すれば、たしかに通常の倍以上ある。

クリスは戦域ボードを見ながら、三次元での計算を試みた。バンホーン大佐の四隻のコンテナ船は戦艦の後方寄りからミサイルを撃っている。減速させながらターゲットに寄せている。PF小艦隊を敵艦隊にむけて飛ばすタイミングを誤ると、友軍のミサイルの雲にはいってしまう。

「ネリー、小艦隊を敵の主砲の射程外におきつつ、前方のミサイル群と後方のミサイル群のあいだにうまくはいるプランを計算して」

「どちらもおなじ空間にはいってはいけないのですね？」

ネリーの確認は、軽い笑いがふくまれているようだった。

「そういうことさ」トムが言った。

「計算結果が出ました。いまが展開のタイミングです」

「第一、第二、第三分艦隊、こちらの力を見せてやりなさい。フィル、あなたが率いて。第四、第五、第六分艦隊は戦列を組み、後方に待機。サンディ、わたしがもどるまで彼らをあずかって」

「連れていかないのですか？」サンチャゴが訊いた。

「作戦変更よ。このモンスターたちを近くから観察したいの。十二インチ・パルスレーザー砲でどこを狙うのが効果的か見きわめたい。そのあとに彼らを送りこむわ」

「つまり奇跡を探しに？」

「それがロングナイフ家の代々の仕事よ」

「よい狩りを」

「あれだけ大きな獲物を見逃すわけがないわ」

ＰＦ艦隊が適切なスタート位置に展開するのを待った。はためにはランダムな配置だ。もしダンスを予定のパターンどおりに踊れて、もし接近中に大きな損害を受けなければ……二隻ずつのペアで六隻の戦艦の懐に飛びこめる。

もしが多すぎるが。

画面が花火のようになった。カスター隊がミサイルを大量に撃ったのだ。その光が消えると、行く手が開けた。クリスは命じた。

「わたしたちの出番よ。迎撃軌道へ進行。回避パターン２」

ＰＦ１０９は一Ｇから二Ｇへ急加速しながら、反転して艦首を月へむけた。そして考えなおしたように再反転し、減速から加速に切り換える。強烈な二・二五Ｇだ。

「主砲射程にはいりました」ペニーが報告した。

同時に急激な方向転換。ムースがうめいた。

「くそっ、十八インチで撃ってきやがったぞ」

「そうなの？」クリスは訊いた。

「ええ。はずれましたけどね」

「ネリー、回避パターンの想定とあってる？」

「もちろんです、クリス」

秘書コンピュータは言わずもがなというようすで答えた。

「どうなってんだよ！　なんであいつらは行って、あたしらは居残りなんだよ！」

ネットワークから怒鳴り声が聞こえた。サンチャゴの予想どおりだ。まあ、黙って追いかけなかっただけ、ルナの行動はましだ。

「諸君はわたしたちとここで待機。これはわたしの命令だ」

「従わなかったら？」

「野良犬のように撃ち殺す。命令遵守を誓ったのはどこのだれだったかな」

「そりゃそうだけどさ。でも命令遵守と、臆病者になるのは話がべつだよ」

同意する声がネットワーク上であがった。サンチャゴは怒りを抑えて説明した。

「もうすぐわたしのあとに続いて、臆病者にはできない突撃をしてもらう。クリスたちが戦艦のはげしい弾幕にはいるころに、わたしたちは主砲の射程内にはいる。主砲の射程である十万キロのところから、十四インチ砲の射程になる八万キロ圏の手前まで進入する。度胸はそこで見せてもらいたい。いいわね？」

「あんたのケツに隠れていくんじゃないだろうね」

「ちがう。あなたたちは展開して回避機動モードではいる」

安堵の表現がいくつか聞こえた。サンチャゴは続けた。

「クリスたちがターゲットに高精度で照準できる距離に近づき、射撃を実行して、離脱を開始するまで、敵の砲撃管制を惹きつけるのがわたしたちの仕事だ。敵がどの程度損害を受けているかを見て、わたしたちも続いて突入するか、離脱するかを決める」

「海軍さんはどうしてそう悲観的なんだい？　あたしらはもちろん突っこんで、迷子の仔牛に焼き印を押してやるよ」

軍事を学んだことのない連中はどうしてそう楽観的なのかと、サンチャゴはつっこみたかったが、がまんした。

「副長、敵艦隊の八万キロ圏までのコースを設定。回避機動プログラムは十万千キロからスタート」

「了解」


１０９は下へ、さらに小さく左右へ、次に大きく左右へ振った。小さな動きがいくつか続いたとき、クリスのうなじの毛が強く逆立った。警告しようと口を開きかけたとき、１０９は急激に反転して左へ急旋回。さらに急降下した。

「またはずれたぞ」ムースがうれしそうに言った。

「だまして撃たせるための計算ずくの機動でした」

１０９はひらひらと舞い踊る。

「またはずれた」ムースが愉快そうに言った。

「敵艦の発熱は？」クリスは訊いた。

「十八インチ砲と五インチ砲を両方撃ってるので、急速に熱が上がってます。燃料タンクはすべて漏出中。副砲塔は全部丸見え。キャパシターは熱で効率が落ちているはずです。充電量が減り、所用時間は長くなる。好都合ですよ。やつらは狙い撃ちされる危険を冒して曳航ラジエターを出すか、さもなければこちらのレーザー砲で撃たれる覚悟をするか、どちらかだ」ムースは顔を上げた。「こうなると、気になるのは氷装甲の厚さですね」

「もうすぐわかるわ」

　クリスは戦艦の副砲とカスター隊のミサイルの戦いを見ていた。ほとんどのミサイルは五インチ砲塔の熱シグネチャーを追尾している。砲手も必死だ。ミサイルを撃ち落とせなければ、命中して自分が死ぬのだ。

　109ははげしい回避機動を続けていた。真っ二つにしようと撃ってくるのは十八インチ砲だ。しかし十八インチ砲塔は、くるくると旋回したり、二、三Gで横っ飛びするような標的に追従できる設計ではない。振りまわさず、PF艦が直進して見かけの位置が動かないときに撃とうとする。しかしネリーが計算した回避パターンとチャフによる撹乱が砲手の狙いを混乱させる。十八インチの死のレーザーが飛んできても、敏捷なPF艦はもうそこにいないのだ。

「うわっ」ネットワークから声が聞こえた。

「どうしたの？」

　ヘザーが報告した。

「かすめたわ。後甲板が与圧ゼロ。機関室は気密を維持している。ブリッジも健全。でも艦体に負荷をかけられなくなった」

　前後方向の強度が低下しているので、無理に強い旋回をさせるとPF-110は飴のように折れてしまいかねない。

「離脱する？」チャンドラが訊いた。

「どこへ？　ここまで来たら戦艦のむこうへ抜けるのが安全圏への近道でしょう。〝殺せるだけの敵を殺せ〟よ」

　110は減速し、105もいっしょに退がった。これから集中的な弾幕が予想されるのに、チャンドラは若い艦長を残していけないのだ。

　PF艦隊の後方で、ホレイショ隊が戦艦の主砲射程圏にはいった。十八インチ砲は新たな危険に焦点を移した。しかしクリスが安堵している暇はなかった。すでに五インチ砲塔の射程圏で、カスター隊の最後のミサイル群は撃ち落とされて残り少ない。しかしクリスたちはまだかなりの距離を残しているのだ。稼働中の五インチ砲塔が減ったのは助かるが、まだ数は多く、気は抜けない。

「第八小艦隊、五インチの砲手をあわてさせてやりましょう。944の弾頭が赤外線追尾になっているのを確認。いっせいに発射」

　109の艦首からミサイルの発射音が響いた。


新たな命中でリベンジ号は震動した。

中将は戦域ボードをタップして、艦隊の六隻のレポートを呼び出した。通信途絶の副砲がまた増えている。たんに通信機器の故障か、ロングナイフのミサイルで破壊されたのか。戦域ボードの情報ではわからない。

　ボードを見てわかるのは、まだ生きているらしい五インチ砲塔の表示色が黄色からオレンジへ変わりつつあるということだ。充電速度が遅くなり、充電可能量も減っている。兵器を多数搭載していても、発熱が効率を下げている。

いや、ラビッジャー号だけは冷えていた。どんな手を使っているのか。

なるほど、シュナイダー艦長は冷却液を氷装甲の冷凍コイルに送りこんでいるのだ。教科書にはない手順だ。五メートル厚の氷装甲のなかを通っている全長数キロメートルの冷凍コイルは、もちろん氷を冷やすのが役目だ。しかしシュナイダーはそれを逆に使っている。迎撃兵器群が発した熱を氷装甲に吸収させるという苦肉の策。しかし今日は窮余の一計が求められている。

「大尉、全艦に通達。〝反応材と各種冷却液を、中央装甲帯の冷凍コイルに通して冷やせ。発案したシュナイダー艦長とラビッジャー号を称賛する〟。大尉、ぽかんとあけた口を閉じて送信しろ」

「はい、中将」

「その方法では中央部の氷装甲が弱くなりますが」

参謀長がおそるおそる述べた。艦隊司令官の助言役という公式の立場からだ。

「中央帯を貫通しそうな命中がこれまであったか？」

「いいえ」

「これ以上副砲を失うわけにいかない。作動効率も落とせない。飛んでくる小型艦を撃ち落としたくないのか？　あのうちの一隻にプリンセス・ロングナイフが乗っているはずだ」

マスカリン総督が口を出した。

「あのロングナイフは艦長職を解任されたはずだ。指揮官にふさわしくない行動かなにかの理由で」

中将は参謀長を見て、接近してくる敵艦を見た。

「彼女はいる」

「反論するつもりはありません」参謀長は言った。

「各艦から報告です。冷却液を氷装甲に通しているそうです」当直大尉が言った。

中将が戦域ボードを一瞥すると、そのとおりだった。副砲塔の表示色は緑へもどりつつある。顕著なホットスポットは解消されている。そのかわり、艦全体がほのかなピンク色に暖まっている。しかしこの程度なら高速パトロール艦のパルスレーザー砲には耐えられる。

いや、これはなにか。またミサイルだ。ロングナイフの高速パトロール艦がミサイルを搭載しているとは情報部は言及していなかった。メディアのトーク番組で話題にならなかった新たな事実だ。中将はうめき声をあげたいのをがまんした。そしてベルトを締めなおした……何度目かの行動だ。

副砲塔の発熱が解消し、逆に氷装甲の温度が上がっている状況で、ミサイルの熱源追尾弾頭がどんな反応をするか、興味深い。

「おもしろい展開になりそうだ」中将はつぶやいた。

「こっちの分艦隊は二隻を正面にとらえてる」

フィルの声は低く、緊張している。彼が率いる四隻が先頭で、最初の攻撃をかける。

「発射は二万五千キロに接近するまで待つ」

パルスレーザー砲の最大射程は四万キロ。二万五千キロからならいい感じの穴があくだろう。

クリスは四隻が回避機動ではげしく踊りながら戦艦の列に近づくのを見つめた。戦域ボードの表示では、戦艦は全体がピンクに染まっている。頭を出して射撃していたときの五インチ砲塔は真っ赤になっていた。しかし氷装甲の下に隠れたいまは、赤外線シグネチャーはほとんど消えている。

944ミサイルは戦艦の凹凸やマストを頼りに砲塔の位置を知る機能を持っている。しかしいまの氷の表面は平坦だ。このような場合、弾頭はべつの熱源を探すか、他の誘導機能に切り換えるようにプログラムされている。とはいえ戦艦は他の電磁波もほぼ遮断している。ほとんどの弾頭は氷の表面にへこみをつくっただけで終わった。百キロ程度の弾頭で厚さ四メートルの氷にたいしたへこみはできない。

一部のミサイルは仕事をした。ところどころで五インチ砲塔が誤ったタイミングで顔を出し、ミサイルを撃ち落とそうとして、べつの角度からのミサイルにやられた。外部にいつまでも出ていた索敵レーダーアンテナが最後にミサイルに吹き飛ばされた。

一本のミサイルは完全に戦艦からはずれて、偶然にも、旗艦のむこうにいた三隻目の戦艦のエンジン付近にあたった。着弾したのは巨大な釣り鐘形のノズルスカートだ。ちょうどそこには超高温のプラズマを抑えこむための電磁コイルがあった。着弾直後、一億度のプラズマが噴き出した。噴出は短時間で止まったが、その強烈なエネルギーが隣のエンジンにも達し、電磁流体ジェネレータをいくつか損傷させた。

優秀なダメージコントロールのおかげで、破壊の連鎖はそこで止まった。戦艦は減速噴射を弱め、隊列から離れて、応射を中断した。

そこへフィルが指揮する四隻のPF艦が接近した。よろめく戦艦とその僚艦にむけて二隻ずつレーザー砲を同時発射した。

クリスは結果を観測した。レーザーは十五回撃って、命中は十四回。そのうち四回の同時命中が手負いの戦艦にあたった。

しかし戦艦は姿勢を立てなおし、応射を再開した。減速噴射も再開している。

フィルがうめいて歯ぎしりした。

「ちくしょう。二万五千キロからでも、雪つぶてを投げた程度か！」フィルの艦が強い旋回にはいるあいだ、声は途切れた。しかしもう彼への対空砲火はほとんどない。「このパルスレーザーでは敵の太った腹にほとんど効かないぞ」

クリスは答えた。

「わかったわ、フィル。第二分艦隊、次はわたしたちよ。もっと接近する。ネリー、最高にはげしいダンスは何番？」

「6Bです」

「では6Bを用意……スタート」

１０９のこれまでの動きがはげしかったとすれば、今度のは狂気だ。ひねり、回転し、ほとんどまっすぐに進まない。数秒ごとに方向転換がはいり、上下左右に振りまわされる。前部からミサイルとチャフ弾を発射しながら、戦艦の列のうしろから二番目の艦に接近していった。

「二万……一万八千……一万六千……さあ、一万五千よ。１０８、ついてきてる？」

「まだよ。もうすこし……いいわ」

「同時発射、撃て」

１０９が戦艦に放った攻撃の成果らしいものは見えなかった。すくなくともブリッジ付近には見えない。視野を動かしてみても、戦艦の長い艦体にも被害の兆候はない。いや……あった。後部の氷装甲に線状の亀裂がある。反応炉があるとムースが言っているあたりだ。二本の細い亀裂から蒸気が出ている。

しかし……貫通はしていない。煙は出ておらず、なにも壊れていない。

戦艦のそばを通過するときに、艦首部のカミーがミサイルを数発撃つ音が聞こえた。しかし観測できる成果は……ない。

「こちら第二分艦隊、一万五千キロから砲撃で氷装甲に亀裂ができた。でも貫通はしていない。くりかえす、一万五千キロからでは貫通できない」

チャンドラが答えた。

「了解。バブズ、あなたと104は一万キロまで接近してやってみなさい。ヘザーとわたしは四千キロくらい遅れてついていく。あなたがだめならもっと接近してみるわ」

「それだと最後はあなたたち二隻だけになるわ」クリスは指摘した。

「カスター隊のミサイルがうしろから迫っているから、敵はそちらに注意がそれるはずよ」チャンドラは答えたが、本気でそう思っているのか。

「第八小艦隊、944ミサイルに余裕があったら、第三分艦隊の掩護のために撃って」クリスは命じた。

このあと二回目の攻撃が控えているので撃ちつくすわけにはいかない。しかしいまはチャンドラを守るために必要だ。109の艦首部の発射筒からまたミサイルの射出される音が聞こえた。

104と111は切り返し、反転し、ひねりながら飛んでいく。旗艦への最終アプローチだ。

背後ではミサイル群が六隻の戦艦にむかって発射された。一部の砲撃はそちらへむいた。しかし大半は変わらずPF艦を狙っている。主砲は射程圏にはいってきたホレイショ隊の迎撃に集中している。

第八小艦隊で攻撃を終えた艦は無視されていた。遠ざかりながら撃ったミサイルに対しては、戦艦の応射がはじまった。第三分艦隊への掩護にはあまりなっていないが、やらないよりましだ。できることはこれしかない。

「一万五千……一万三千……合図したら撃てよ……一万。レーザー発射……だめだ、ちくしょう！　かすり傷にもならない！　この戦艦はどうなってるんだ？　芯まで氷か？」

　ヘザーは言った。

「本当はどうか、たしかめてみましょうよ、チャンドラ」

「しょうがないわね」叩き上げの士官は、まるで社交界にデビューするお金持ちの娘からショッピングに誘われたように答えた。

「五千くらいでどうかしら」ワンピースの値段のように気軽にヘザーは言う。

「いいんじゃない。ネリー、計算をお願い。五メートル厚の装甲に対して、パルスレーザー二本を近接位置に命中。近くにもう一回として」

「四メートルなら貫通できます。五メートルでは無理です」ネリーは答えた。

「ぴったり寄り添ったほうがいいかもしれないわね。ねえみんな、戦場への手紙をたくさん送って」

「そうよ。余ってるミサイルをどんどん撃って」

「みんな掩護を」クリスは命じた。

　しかしフィルは答えた。

「第二分艦隊に頼むしかないな。こっちは離れすぎてる。いまからミサイルを撃ってもまにあわない」

「第二、第三分艦隊、チャンドラとヘザーを掩護」

　クリスは命じた。隣のトムの表情がきびしい。１０９のミサイルも残り少ないのだ。

「やれ、カミー」トムは命じた。

「わかりました」うれしそうな声が返ってきた。

チャンドラが距離を読む。

「八千。どこで発射？」

みんな忘れているが、音声の背後では歌が流れつづけている。ちょうどサビのところにはいった。〝殺せるだけの敵を殺せ！〟

ヘザーはワゴンの掘り出し物をみつけたようにうれしそうに言った。

「これを合図にすればいいわ」

「じゃあ、〝殺せ〟で発射ね」

「距離六千」

「殺せるだけの敵を……殺せ！」

「最後の二隻を撃て！　ラビッジャー号に突っこむ気だぞ」中将は叫んだ。

当直士官は命令を復唱した。むこうからはさらにミサイル群が飛んでくる。はてしない戦いだ。

クリスは二G下でストラップを締めていて、シートから動けなかった。

突撃する二隻のPF艦のまわりにはレーザーが飛び、背後のミサイルを撃ち落としている。

チャフ弾が上下左右への針路変更を偽装する。レーザーはそこに飛ぶが、実際の二隻はべつの位置にいる。

彼らは艦隊の列の二隻目の戦艦に突進し、同時に射撃した。「殺せ！」というヘザーとチャンドラの叫びとともに発射されたレーザーは、氷と蒸気と鉄をつらぬき、戦艦の艦尾で反応炉があるあたりを切り裂いた。

ヘザーは前部二門のレーザー砲で一点を撃ち、後部二門でべつの一点を撃っていた。チャンドラも同様にした。氷装甲の一点に四本のパルスレーザーが集中し、そこからやや後部の一点にさらに四本が集中した。

なにも起きない。

しばらくはそう見えた。

次の瞬間、戦艦の五インチ・レーザーがヘザーの艦をとらえた。無装甲の艦体は一瞬にして切り裂かれ、四散した。さらに、後方からやってきたカスター隊のミサイルがチャンドラの１０５の艦尾に追突した。

「ああ」１０９のブリッジにうめき声があがった。

１０５は制御を失ってスピン状態にはいった。しかし回避パターンのスピンにくらべると遅すぎる。そこを戦艦の五本のレーザーが同時にとらえた。１０５はそのなかで星のように輝いて消滅した。

「なんてこと」

しかしムースが全員の注意を惹いた。

「戦艦に変化があるぞ」

クリスは、消えていく友人たちの痕跡から視線を引き剝がした。

戦艦は、エンジンではない位置にできた新しい穴からプラズマを噴き出していた。氷に閉じこめられたサイのようにゆっくりと回転しはじめる。メインエンジンがノズルを振って補正しようとしている。しかしノズルの一個があらぬ方向をむき、噴射も断続的だ。

最初の穴の前方にもうひとつ穴があいて、おなじく高温のプラズマを噴きはじめた。砕けた氷の塊が飛び散る。

巨大な戦艦は破片をまき散らしながらスピンとロール回転をはじめた。四方八方へ破片が飛んでいく。１０９の倍以上ある巨大な塊が旗艦の艦首に衝突した。その他にも多くの破片が後続の戦艦へ流れていく。

「反応炉が不安定になってやがる。もうすぐ爆発しますよ」ムースが言った。

まず一基の反応炉が爆発した。長い艦尾構造に大穴があく。続いてもう一基が。すると残る二基も間髪をいれずに誘爆した。まばゆい光球が艦全体を包む。光はすぐに拡散して火花になり、暗黒にもどった。

「神の……お慈悲を」トムが祈りをつぶやいた。

「彼らに」ペニーが続ける。

クリスは言った。

「気を抜くとわたしたちもそうなるわよ。ネリー、小艦隊はまだ回避機動を続けてる？」

「はい、クリス」

生き残った十隻のPF艦は戦艦の列から遠ざかっていた。突撃時に増えたベクトルとエネルギーによって、ウォードヘブン星にむかって急速に落ちている。周回軌道に乗るには大幅な修正が必要だ。しかしまず敵の十八インチ砲の射程外に出なくてはならない。

戦艦はもう彼らに注意をむけていなかった。カスター隊のミサイルの迎撃に集中している。ミサイルの大半は飛行中に撃墜され、着弾してもたいていは氷装甲の上だった。ごく一部が副砲に損傷をあたえた。一発が最後尾の戦艦のエンジンに命中して派手な成果をあげた。しかし敵のダメージコントロールのおかげでそれ以上の展開にはならなかった。

第八小艦隊の攻撃は効かなかった。

むしろ失敗だったと、クリスは暗澹たる気持ちで思った。

全力をつくした。仲間たち全員が全力をつくした。あらゆる方法を試みた。

なのに攻撃を成功させたのは二隻だけだった。

その成功はヘザーとチャンドラの命を犠牲にした。埠頭で帰りを待つゴランと子どもたちの姿が脳裏に浮かんだが、クリスは頭から振り払った。

PF艦はまだ十隻。戦艦もまだ五隻。

部下たちにどんな犠牲を払わせることになるのか。もっと少ない犠牲でこの巨大戦艦を破壊する方法はないのか。

静まりかえったブリッジの後方スクリーンに敵艦隊は遠ざかり、前方スクリーンにウォードヘブン星が大きくなってきた。


「やったぞ」

中将は立ち上がって戦域ボードを見下ろし、声をあげた。急速に遠ざかっていくパトロール艦を指さす。

「こいつらに勝ったぞ」

セイリス参謀長も立ち上がっていた。

「勝ちましたね。敵の全力の攻撃を受けとめ、かわした」

マスカリン総督はすわったまま、レーザーの射程外へ退却していく残りのウォードヘブン部隊を手でしめした。

「しかしあそこにとどまっている部隊はどうなのだ。危険ではないのか？　打ち破らなくていいのか？」

中将は軽く手を振った。

「あんなものは恐れるにたりません。コンテナ船はもうミサイルを撃っていない。そうだな、参謀長」

「さきほどの攻撃のあとは、なにも」

「撃つものがなくなったのか。そうではないが、さきほどのミサイル攻撃は、突撃するパトロール艦からわれわれの砲火をそらすのが目的だったのですよ。そしてあそこに残って高速パトロール艦のふりをしているのは、アル・ロングナイフのヨットと富豪仲間のレジャー船にすぎない。一カ月分の給料を賭けてもいい。一部は十二インチ・パルスレーザー砲を装備しているかもしれないが、高速パトロール艦の十八インチ砲が効かなかったのに、そんなものが役に立つわけない」

そして〝戦艦〟だ。参謀長、もう一度聞きたいが、あれらの船の反応炉はセンサー画像がぼやけるのだったな。いや、もういい。彼らが本物のレーザー砲を積んでいるのなら、高速パトロール艦が突撃しているときに、射程圏内に踏みこんで多少なりと掩護射撃をしたはずだ。いくら老朽艦で、乗組員が素人同然でも、そこで撃たねばいつ撃つのか。しかし撃たなかった。それは、撃つものがないからだ。

レイ王は仮面舞踏会にいりびたりすぎたようだな。あんな仮面とつまらぬ虚飾でわれわれをだませると思うとは。化けの皮はいつか剝がれる。飾りも落ちる。残るのは裸の王だ」

中将は射程外へ退避していく隊列に指先を突きつけた。

「これらは仮面と飾り羽根にすぎない。駆逐艦なら撃てるときに撃ってみろ。臆病者め」吐き捨てるように言った。「大尉、飛んでくる残りのミサイルを撃ち落とすように各艦に命じろ。片付いたら針路をハイウォードヘブンにむける。到着は予定どおりだ。ああ、それから全艦に曳航ラジエターを出させろ。艦内に蓄積した熱をいまのうちに放出しておけ。軌道に乗るまでに完全に冷やせ。これからウォードヘブンを高熱にする仕事が待っている。そのときこちらの装備が発熱で使えないなどという事態になってはつまらんからな」

「はい、中将」

艦隊司令官は笑みを浮かべて参謀長を見た。政治的支配者に約束した仕事を実際にはたすのは、気分がよかった。

18

「ＰＦ－１０９、こちらタグボート１０４０。じっとしていてくれ。これから接近する」

「じっとしてるしかないんだ、タグボート１０４０。もうタンクが空なんだよ」

トムはそう答えて、うんざりした顔で首を振った。

ＰＦ小艦隊は、戦艦の列すれすれを通過するために大きな速度とベクトルをみずからにあたえた。そして戦艦のレーザー砲の射程を出てからやっと周回軌道にむけて修正を試みた。サルベージ・タグボートが軌道をあわせてこられる範囲にするのに、残燃料のほとんどが必要だった。

使いきったのは燃料だけではない。ブリッジの乗組員たちの気力と体力もだ。艦隊に全力でぶつかったのに、はねかえされた。例外はヘザーとチャンドラ。彼女たちは戦艦をやっつけた。しかし大きな代償を支払った。

クリスは１０９のブリッジを見まわした。みんな意気消沈している。さきほどの突撃で疲れはてていた。艦内服は汗だく。三倍の体重になった体を振りまわされて、げっそりしている。目は疲労で濁り、肩は落ちている。もうどんな力も出てこないというようすだ。

軌道修正の途中で、トムは艦内放送を戦闘ネットワークからローカルに切り換えていた。アイルランド民謡をメドレーで流している。穏やかで、クリスの好みの感じだった。とくに気にいったのが若い吟遊詩人《ミンストレル・ボーイ》についての歌だ。最初は聞き流していたが、三回目でようやく、吟遊詩人の若者は戦争で死んだとうたわれているのに気づいた。乗組員だけでなく、クリスの頭もかなり鈍っているようだ。

「ＰＦ‐１０９、タグボート１０４０は軌道をあわせた。同乗しているジョンソン・ブラザーズ・サルベージ社の専門スタッフの協力で給電ケーブルの接続をおこなう。動くなよ」

「動けないよ、タグボート１０４０。もう針路変更したくてもできないんだ」

「了解した、１０９。反応材を補給しよう。反物質燃料も持ってきた。チャフ弾も何発か積んできた。９４４ミサイルをぶっ放して残り少ないなら、十二本ばかり補給できる」

クリスははっとした。

「どこで手にいれたの？」

「工場で製造する端からどんどんエレベータで送ってきてるんですよ。今回の一ダースは出発まぎわに届いたもんです。タグボートにそれぞれ十二本積んでます」

「タグボートは何隻？」

「十二隻です」タグボートの船長は低く答えた。

「とすると、二隻はランデブーする相手がいないわけね」

「そのようですね」

「でもその二隻が余分の944とチャフ弾を積んでいる。トム、ほしい?」

「残弾が減ってるのは104と111じゃねえかな。ヘザーとチャンドラの近くにいたから、掩護に撃ちまくってた」

「あなたもその次くらいにね」

「やつらに先にとらせていいよ」トムは言った。

タグボートの船長は続けた。

「連絡して、軌道をあわせるのが可能かどうか確認しよう。さて、こちらの画面では給電ケーブルはうまく接続できた。そっちではどうかな?」

トムは接続を確認した。しばらくすると反応材の供給管も接続が確認された。次は後甲板のドアを開放してタグボートの作業員が補給物資を積みこむ手順になる。

スタン先任伍長がストラップをはずしながら言った。

「喉が渇いたな。他にだれが飲み物をほしい?」

「スコッチをつくってきてくれ」とトム。

「わたしはマルガリータがいい」とペニー。

「おれはビールで」ムースが言った。

「わたしも」いつも明るい笑顔のフィンチだが、さすがに頬がこけている。

「おまえは未成年だ」先任伍長は怖い顔をした。

「この一週間でみんな十歳くらい老けこんだと言ってませんでしたか?」

フィンチはトムのアイルランド訛りを上手に真似て反論した。

先任伍長は操舵手の訴えを無視して後部へ行った。しばらくしてブリッジの下の食堂エリアから上がってくると、飲料容器を一人一人に放りはじめた。フィンチにこう言った。

「ほら、冷たいジュースだ」

「いじわるママみたい」

操舵手は口をとがらせたが、それでも飲んだ。

クリスは栄養添加された水に口をつけ……あっというまに飲みほして、おかわりを求めた。こんなに自分の喉が渇いているとは飲みはじめるまで気づかなかった。しかし考えてみれば艦内服は汗びっしょりだ。その水分はどこから来たのか。

「あんまり飲むとトイレに行きたくなるわよ」ペニーが警告した。

フィンチがため息をついた。

「このゼロGで。宇宙に出て三、四百年もたつのに、どうして男たちは使いやすい女性用ゼロGトイレを発明してくれないんでしょうか」

「女が発明すればいいじゃねえか」とトム。

「話をそらさないで、旦那さま」とペニー。

ムースが言った。

「若人に忠告しておこう。女が男に文句を言うのは天からあたえられた権利だ。口出ししないほうがいい」

「クリス、これからどうするんだ？」トムは訊いた。

「また話をそらしてるわよ」クリスはペニーに言った。

「それどころか仕事の話をしてる。こんなやつは船外投棄がふさわしいわ」

フィンチとクリスはやれやれと首を振った。トムが妻に言う。

「あのな、言っとくけどおれは艦長だからな。ここのプリンセスが盗んできたどこぞの民間船とちがって、おれの地位は主権惑星の正式な辞令で認められた正真正銘のものだぞ」

「わたしたちは私掠船の乗組員じゃなかったかしら。ねえ、これは私掠船よね」

ペニーはムースのほうをむいて訊いた。ムースは答えた。

「おれに訊かんでくれ。おれはただの民間人で、自分の仕事のために町を歩いてたら、いきなり拉致されて右も左もわからない任務を押しつけられたんだ」

ペニーは彼の腕を軽く叩いた。

「右も左もわからないというわりには、いい仕事をしてくれて感謝してるわ」

「そりゃどうも」

トムは艦長席でリラックスし、ほがらかな笑みで最愛の人を見つめている。クリスは、こんな時間をいつまでも続けたいと思った。乗組員たちが冗談を飛ばす時間を二、三時間とってやりたい。しかし画面上では、ウォードヘブンの裏側を抜けて加速する時刻が迫っている。その準備をしなくてはならない。

本当はベッドにもぐりこみたかった。だれかと当直を交代したかった。しかし代われる者などいない。自分と仲間たちがやらなければ、他にだれもいないのだ。

いや、正確には今回は自分たちだけではない。もう偽装する必要はないのだ。敵は砲撃してくる戦艦などいないことをすでに知っている。次の攻撃は総力戦になるだろう。もうあとはない。

「トム、戦闘ネットワークに切り換えて。全員につないで話したいことがある」

トムは名残惜しそうにペニーから目を離すと、深く吸った息をゆっくりと吐いて、コンソールの一角を叩いた。〝殺せるだけの敵を殺せ！〟というサビの部分がブリッジに流れた。下の後甲板からミサイルがラックに固定される音が聞こえてきた。ミルナ洞窟探検および腐食動物研究クラブのボランティアたちがやってくれている。

クリスは深呼吸してマイクのボタンを押した。

「ホレイショ隊、カスター隊、それぞれ状況報告を」

サンチャゴの落ち着いた声が答えた。

「こちらホレイショ隊。十数人の艦長たちが待機命令に苛立っています。今度もＰＦ艦だけ突撃して自分たちがおいてけぼりをくったら、反乱を起こすと脅しています」

「本気だよ、あたしらは」ルナが割りこんできた。

バンホーンがすました口調で言う。

「わがプリンセスのまわりでは反乱は日常茶飯事ではありませんかな」

「反乱軍を率いるのは好きだけど、自分がじゃまされるのは好きじゃないわ」

クリスはできるだけ軽い口調で言おうとした。ある程度うまくいったかもしれない。

「しっぺ返しの覚悟をしときな、次はね」ルナはドスのきいた声で警告した。

「カスター隊、そちらの状況は？」

「ミサイルの残数は、安心できるほどではないが、予想よりは多いですね。残り三十四パーセント。最後の大勝負をかけるくらいはありますよ」

そうなるだろう。最後の大勝負だ。ハイウォードヘブンに迫った戦艦との最終決戦。クリスは言葉を選びながらマイクのボタンを押した。

「みんな、いよいよこの時よ。次は全員で突撃する」

ネットワークのむこうから小さく歓声が聞こえた。クリスの隣ではフィンチがゆっくりと首を振っている。みんなどういう意味かわかっているのかと言いたげだ。

クリスは続けた。

「艦隊はステーションのそばで減速するはずよ。軌道に乗って、そこからウォードヘブンを破壊するつもりだから。放っておいたら、一隻あたり四基の反応炉の出力は巨大レーザーとなって、ウォードヘブンの地上を燃えさかる瓦礫に変えてしまうでしょう。家族をそんなめにあわせたい？」

いやだという叫びがネットワークから返ってきた。

しかしクリスの隣では、フィンチがつぶやいた。

「家族がいればね」

「調子をあわせろよ」トムが苦笑して声をかけた。

「ええ、わかってます。ただ、わたしにも守りたいものがあればいいなと」

クリスはマイクのボタンを放した。

「敵はハイウォードヘブンのヨットクラブを破壊するわよ。レーシングスキッフも一隻残らず」

若い操舵手はまなじりを決した。

「許せない！」

クリスはネットワークへの呼びかけにもどった。

「みんなよく聞いて。その時が来たら、カスター隊はありったけのミサイルを発射する。その直後にわたしたちは総攻撃をかける。高速パトロール艦も、駆逐艦も、武装ヨットも、系内船も。攻撃できる船と攻撃を引きつけられる船はすべて突撃する。そして、今回はスピードを抑えるわ。速度は出さない。今回は通過しないからよ。ネリーが配布する回避プログラムは一、二Gでレーザーをよけるだけ。ルナ、今度はぎりぎりまで接近を許すわ。敵が逃げようとしたら追いかけて、エンジンにむかってレーザーを撃ちこみなさい」

「ケツを狙えってわけね。気にいったわ」ルナはうれしそうに言った。

「敵の装甲は厚い。だから氷は狙わない。特定の目標を狙って。レーザー砲塔が出てきたら撃っていい。アンテナを出していたらそれも撃っていい。ところで、武装ヨットの十二インチ砲がわたしの使ったものと同様であれば、レーザーの設定は一種類しかないはずよ。出力最大だけ」

ルナが低い声で答えた。

「そのとおりよ。隠して積んでるうちの大砲の仕様をなぜ知ってるんだい？」

「おなじものを積んでたヨットを、こいつは昔盗んだことがあるんだよ」トムが割りこんだ。

「トム、国家機密を漏洩しないで」

クリスがなじると、ネットワークからはクスクスと笑い声が漏れてきた。

「事情はともかく、わたしが武装ヨットのレーザー砲を使う必要にせまられたときに、ネリーがソフトウェアにパッチをあてて、レーザーを十分の一出力で撃てるようにしたの。この設定オプションをほしい人はいる？」

「ああ、そうだね」「もらっとこうか」「送ってくれよ」という声が返ってきた。

ネリーがパッチのプログラムを送信し、各ヨットがインストールするのを待った。

やがてルナが言った。

「へえ、こりゃいいわね。じゃまっけな五インチ砲が出てきたらぶっ飛ばして、それでも戦艦のケツに撃ちこむ出力は残ってるわけだね。使えるよ！」

「でも注意して。あなたたちの十二インチ砲にもたぶん戦艦とおなじ発熱問題がある。何度も撃っているとオーバーヒートするわよ」

ルナは乱暴な口調で答えた。

「撃てりゃなんでもいいんだよ。敵が逃げも隠れもできねえ至近距離からどかんと一発くらわせてやるんだ。あいつらは戦闘にはならねえと思ってウォードヘブンに来てるんだろ。そんな弱虫どもが予想してなかった戦闘を見せてやろうじゃないの」

歓声があがった。１０９のブリッジからも聞こえた。クリスさえ小さく声を出していた。

「ルナ、あなたたちデコイ船はもう偽装の繭をはずしていいわ。みんな、ベルトを締めて気合いをいれなさい。第八分艦隊が敵の十万キロ圏に近づいたら、敵を挟み撃ちにするわよ。目にもの見せてやりましょう。ロングナイフ、通信終わり」

ネットでさらに歓声があがった。クリスはほっと息をついた。それなりに士気を鼓舞できたようだ。

コンソールを見ると、敵艦隊がハイウォードヘブンにやってきて軌道を同期させるのは一時間後。こちらの迎撃開始まであと四十五分だ。まだ待ち時間がある。

「１０９へ、こちらタグボート１０４０。後甲板に贈り物をいれた。与圧して自分たちで搬入するか？　それとも、作業員にミサイルを運ぶのを手伝わせようか？」

トムが答えた。

「申し出はありがたいが、作業員を帰すときにまた空気を抜きたくない。かといって乗せていくわけにもいかない。耐加速シートの空きはないからな」

「今回のGは低めだってプリンセスが言ってたようだが」

「二Gでもあれは充分きついはずだ」

「じゃあ、ネリーってやつに頼んで、回避機動のプログラムをこっちにもくれよ」

トムは眉を上げてクリスを見た。クリスはマイクのボタンを押した。

「そちらはタグボートよ、1040。任務は救難とサルベージでしょう」

「そうですけどね。でも的にはなれる。的が増えれば、撃たれたくない船が生き延びられる可能性が増えるでしょう」

「命令に違反したら反乱罪よ」

「プリンセス、いまブリッジを見まわして、与圧服を着た連中と話してる感じでは、おれが戦いに不参加を決めても、こいつらはおれを船外に放り出して突っこんでいきかねませんよ」

クリスはうめいた。この人々はどこまで忠誠心が篤いのか。ウォードヘブンは彼らにそれだけのことをしたのだろうか。お父さま、この支持者たちはわたしたちにもったいないほどよ。

「ありがとう、タグボート1040。あなたの気持ちだけで充分よ」

「おれだけじゃないです。今日出てきてる船はみんなあなたを応援してます」

「みんなに神の祝福を」

あまり言い慣れない祈りの言葉をトムから借用した。トムはそれを聞いて微笑み、ウィンクした。

「こっちの作業員は退避した。与圧してくれ」タグボートの船長は報告した。

トムは与圧操作をおこない、近くで手の空いている乗組員に物資の搬入を命じた。クリスも三十分いらいらして待ってもしかたないので、手伝いにいった。

反物質閉じ込め容器は二つもあった。反応材と混合して109のエンジンをまわせる。ケース入りの長い944ミサイル十二本はきちんと床に固定され、隣にはチャフ弾が四本ずつはいった箱もあった。

ミサイルとチャフ弾の箱はそれぞれ乗組員二人がかりで艦首部へ運んだ。無重力とはいえ、ミサイルは二百キロの質量がある。おかしなところにぶつけると乗組員や装備への被害が甚大だ。いまそんなことになっては困る。総攻撃を目前に控えているのだ。無線室を通るときに通信ユニットを壊したり、ブリッジのセンサー管制機器を狂わせたり、レーザーベイで充電したばかりのキャパシターにぶつけたりしてはいけない。ミサイルは箱入り娘のように大切に扱われた。これから戦艦とのデートが待っているのだ。

チャフ弾の装塡は簡単だ。装塡用キャニスターをあけて弾体をいれるだけでいい。944ははるかに長いので厄介だ。まずキャニスターを一本ずつ発射管からはずして、ぶつけないようにそっと中央通路に押し出し、空中に浮かべる。それから待機させておいたミサイルを輸送用ケースから慎重に出し、空のキャニスターにいれるのだ。

「どうしても一本ずつやるんですか？」

砲術担当の少尉が訊いた。長い沈黙のあと、トムが答えた。

「六本いっぺんにできればそれがいいさ。でも一本がひっかかったら、全部がぶつかって損傷する。ことわざにあるだろ。全部の卵を一つの籠にいれるなって」

少尉はうなずいた。

「訓練教官から言われましたね。手順を守れ。でも早くやれって」

カミーと砲兵助手が作業をはじめた。この三日ほどくりかえしている教科書どおりのやり方だ。

クリスは彼らにまかせることにした。肘をぶつけたり、よけいなプレッシャーをあたえたりしたくない。

ネリーは自分の仕事をこなしていた。ぶつける肘もない。

「回避機動のプログラムは希望者に配布した？」

「タグボート全船が希望しました」

「そう言ってたわね」

「サルベージ・タグボートは保安ネットワークに接続していません。そこで乱数表をコード化して送りました。その上でランダムに数字を選んで、それでパターンを設定するように指示しました。選ぶのは彼らです。これはわたしのデータベースにはいっているどの辞書でも、狂気の定義に該当します」

「そうね。でも崇高でもあるわ」

「崇高という定義はデータベースにありません」

「人間的な概念だからよ、ネリー」

「今回の状況を生き延びられたら、崇高がどんなものかすこし理解できるでしょう」

「みんなもね」

クリスは自分の席にすわってヘルメットをかぶり、マイクのボタンを押した。

「サンディ、準備はどう？　こちらは家事全般で忙しいわ」

「さっきまでこちらも時計のネジを巻いたり、猫を追い出したりしてましたよ。ところで、敵もだんだん知恵をつけてきたようです。五分前には曳航ラジエターを収納し、さらに被弾防御の艦体スピンをはじめました」

「いやなやつらね」

クリスはつぶやいて、ペニーのほうにむいた。


「アベンジャー号が、分速五回転は無理だと言っています」

当直大尉の報告を聞いて、中将は強い口調で言い返した。

「問題があるならそれをなおし、命令どおりにしろと言え」

戦域ボードの自分の席にすわった。リベンジ号のロール方向への回転で発生する遠心力に背をむけている。この防御機動でもなんら痛痒を感じない。情報コンソールの技術兵たちもおなじく背をむけているので楽だ。セイリス参謀長はスピンに対して横をむいている。苦労するのがマスカリン総督だ。中将のむかいの席なので、遠心力で前に押されてつんのめっている。

「こんなふうにぐるぐるまわす必要があるのか？」政治部の手先は訊いた。

「必要なのです、総督」参謀長が答えた。

「誤った推測はしたくありませんのでね」中将も言った。

「しかし、やつらを打ち破ったと言ったではないか。われわれは勝ったと」

「勝ち名乗りが早すぎたようです」中将は小声で答えた。

「相手にはもう戦う手段がないはずだ」

「一時間前はそう見えました。しかしいまはようすがちがう。ロングナイフをみくびるのは危険です、総督。戦域ボードを見てください。ジャッカルが追ってきている」

側方に待機している部隊をしめした。偽の戦艦は蛇のように脱皮して、小さく凶暴な姿をあらわしている。強くはないだろうが、意志は凶暴なはずだ。

「さらにこれです」

ウォードヘブン星の裏をまわってあらわれた二十数個の光点をしめした。

「これは？」

「二時間前にわれわれを攻撃したパトロール艦の生き残りのようですな」

総督は爪の手入れのいきとどいた手を振った。

「パトロール艦は一回しか攻撃できないはずだ。そのあとは港へもどって燃料補給や充電をしなくてはならない。わたしでも知っているぞ」

「トーク番組ではそのように言われていますな。上級兵曹、ウォードヘブンのむこうからあらわれた艦について詳細を話せ」

「高速パトロール艦十隻です。もう偽装はしていません。その他はサルベージ・タグボートです。曳航とサルベージ作業用の大型の反応炉を積んでいます。現在はパトロール艦と並んで加速しています」

「タグボートがパトロール艦に給電ケーブルをつないでキャパシターを充電したということがありえるか、上級兵曹？」

上級兵曹は魚の骨を飲みこんだように咳払いをした。

「自分の階級では言いにくい話であります、中将。しかしわが艦隊のタグボートでも、必要に迫られた艦船にかなりの電力を供給する能力を持っています」

「どう結論づける？」中将はセイリスに目をむけた。

「あのレイ・ロングナイフは、高速パトロール艦の一個小艦隊で二連続攻撃をする方法を編み出したとみるべきでしょう」

中将は低く言った。

「ロングナイフならやりかねないな。しかし、これ以上戦艦を失うつもりはない。こちらの氷装甲は五メートル厚。しかも艦体は毎分五回転させている。敵のパルスレーザーは氷を溶かすだけだ」

「あっちの船はどうなのだ？」総督は急に不安そうになった。

「二隻は駆逐艦なので警戒すべきでしょう。しかし二隻にすぎない。ヨットの半分が外板の下にパルスレーザー砲を隠しているとしても、口径はせいぜい十二インチ。いくらか本格的な戦闘になるかもしれませんが、ご安心ください、総督。ウォードヘブンの惑星爆撃は予定どおり――」

コンソールの片隅に目を走らせて、「――三十分後に開始します」

19

二十世紀ないしそれ以前の古い時代では、戦闘の開始はしばしば何時間も遅れることがあった。クリスは戦史を学んで知っていた。ビデオでは主役の俳優が走りまわり、考えの異なる将校と兵士をまとめる。将校は前進して戦うことを好み、兵士は前進して死ぬことを恐れるものなのだ。

しかしクリスと乗組員たちの場合は、それぞれの考えがどうでも、戦闘開始が遅れることはない。軌道力学によって敵艦隊はウォードヘブンに近づき、クリスの部隊もおなじ力学によってウォードヘブンの裏からはじき出される。ホレイショ隊は軽い制動噴射だけで戦場へ降下していく。

その時が近づいた。

「みんな、あと五分よ。先任伍長、さっきの飲み物がまだあったら全員に配って」

「すぐに」スタンは後部へむかった。

ペニーが言った。

「不思議だわ。二本飲んだのに全然トイレに駆けこみたくならない」

「全部汗になってるのよ」

クリスの艦内服は汗が乾いて黒ずんでいた。匂いを感じないのは、換気システムがフル稼働しているおかげか、それとも鼻が慣れてしまったのか。こんなときに気にするのもおかしいが。

先任伍長がもどってきて、一リットル容器を放り投げはじめた。笑顔で言う。

「最後の聖餐ですよ」

トムは最初の一本を受けとめ、感謝するようにかかげた。

「〝人を清めるためにイエスが死んだように、われらも自由を守るために戦おう〟」

クリスは栄養添加された水をゆっくりと味わいながら飲んだ。ブリッジの仲間たちとこの時間を共有できてよかった。最後の聖餐。スタンはうまいことを言ったものだ。先任伍長はブリッジをまわって空き容器を回収しはじめた。

トムはコンソールにむきなおり、これから突入する戦いを思い描いて……十字を切った。

「〝父よ、わたしの霊を御手にゆだねます〟」小声で祈る。

クリスのうしろではペニーが詩篇第二十三篇をつぶやいた。他よりやや声が大きい。

「〝……死の陰の谷を行くときも、わたしは災いを恐れない……〟」

隣のフィンチは天使祝詞をとても早口にくりかえし唱えている。

クリスは息を飲んだ。家族は毎週日曜日に父親に連れられて教会に通っていた。しかしそれは首相にとって欠かせないメディア露出の機会だったからだ。いまのクリスに安らぎをもたらす経験ではない。しかしブリッジの仲間たちは信仰によって安らぎを得ている。この戦いが終わったらトムとペニーから話を聞いてみようと思った。なぜ二人は神父と司祭による結婚式を望んだのか。祈るのはどんな気持ちなのか。

しかしいまの支配者は軌道力学だ。クリスは通信ボタンを押した。

「こちらはライトブリゲード隊。第八小艦隊は六十秒後に十万キロ圏に近づく。カスター隊、最後の大勝負の準備はできている？」

バンホーンの声が答えた。

「待ちくたびれて、レモネードの屋台を建てようとしていたところですよ」

「冗談言ってる場合じゃありませんよ」サンチャゴはちくりと言った。

ルナは訛りの強い口調で言った。

「あんたたちはよくそれで馘にならないね。まるで失業中のコメディアンだ。退役したらステージに立つといいよ」

「戦闘開始まであと三十秒。ミサイルは発射ずみ」バンホーンは報告した。

クリスは話しはじめた。

「全員よく聞いて。あなたたちはみんな志願兵ね。自分たちが小人同然のダビデで、相手の戦艦がドーピングしたゴリアテであることはわかっていると思う。それでもPF艦の二隻は戦艦を火だるまにできることを証明したわ。ただしその代償は大きかった。

今度は接近戦を試みる。至近距離から砲撃する。序盤は撃たずに近づいて、砲塔が出てきたらそれをレーザーで叩く。敵の弱点はエンジンよ。戦艦はむきを変えて撃たれまいとするはず。だから三、四隻でチームを組んでかこんでしまいなさい。艦尾をどちらに振ってもレーザー砲で狙えるように」

「そのとおりだね」ルナが言った。

「そして回避機動よ。まっすぐ飛ぶのは一、二秒まで。よけつづけなさい。カスター隊のミサイルで五インチ砲はかなり減っているはず。わたしたちもさらに減らすけど、それでもレーザーはたくさん飛んでくるはずだから」

「踊るんだよ、みんな。踊って踊りまくるんだ」ルナが応じた。

「自由のために、家族のために、ウォードヘブンのために、さあ出撃！」クリスは叫んだ。

「自由のために、家族のために、ウォードヘブンのために、そしてプリンセス・クリスのために、出撃だ！」

ルナが叫んだ。ネットワークには数秒間、おなじ叫びが反響した。

109と二十一隻の艦船は、十八インチ・レーザー砲の射程内にはいった。反対側ではホールジー号に率いられた十九隻以上の部隊も交戦圏にはいった。これまでとおなじように上下左右に位置を振る。加速したり減速したり、パターンを読まれないようにして生き延びるのだ。

口径十八インチのレーザーが飛んできた。

「中将、中央迎撃司令室より、目標の優先順位に変更はあるかとの問い合わせです」

当直大尉が報告した。

「当然の疑問だな」

中将は低くうめいた。原則として十八インチ砲はその射程内にいるすべての目標を狙わなくてはならない。しかしその原則をつくったのは、艦隊が搭載するウィスラー・アンド・ハードキャッスル社製レーザー砲の発熱量を身をもって知らないお気楽なバカ者だ。中将は発熱問題を重くとらえていた。

中将はリベンジ号のスピンの方向へ背中をもたれさせた。

十八インチ砲を使うと戦艦の熱吸収能力はすぐ満杯になってしまう。そのあと五インチ砲が連射しはじめると、あっというまに温度が上がって効率が低下する。

八万キロや九万キロの遠距離にいるすばしこい小鳥を、十八インチ砲で撃ち落とせたか？　敏捷に旋回できる五インチ砲で三万キロから四万キロ先の敵を撃った場合はどうだったか。すくなくとも前回の戦闘で主砲は高速パトロール艦にまったくついていけなかった。

「主砲は撃つな」

当直大尉は復唱した。

「主砲は撃つのをやめます。中央迎撃司令室は主砲の射撃を中止しました」

マスカリン提督がかん高い声で抗議した。

「なんだと！　姿が見えているではないか。叩き落とせ」

「この距離で無駄な発熱は好ましくないのです。総督、非武装の市民を搾取し、収奪し、だまし取る方法についてわたしが口出しする必要はないでしょう。それとおなじように、武装した敵と対峙しているときにあなたから指図を受けるつもりはありません」

「艦隊司令官を解任することもできるのだぞ」

「いまは適切なタイミングではないでしょうな」

当直大尉が報告した。

「中将、情報部がウォードヘブン部隊の通信の一部を解読しました。タグボートは暗号強度の低い通信しか持たず、そのチャンネルでしゃべっています」

「内容は？」

「プリンセス・クリスティン・ロングナイフを称賛しているようです。情報部によれば、先頭で突撃してくるうちの一隻に乗っているのではないかとのことです」

マスカリンはわめいた。

「ありえない。王女は指揮官から解任されたはずだ。不名誉な処分を受けたのだ」

「それほど不名誉な処分ではなかったようですね」参謀長がうつむいてつぶやいた。

中将は憂いをおびた調子になった。

「なるほど、相手はロングナイフ家の小娘か。悪くない。まったく悪くない。そうでしょう、総督。指揮官を解任され、不名誉な処分を受けて、家で編み物でもしていろと休職になったはずの娘が、なにをかき集めてきたか。駆逐艦と老朽艦。そして武装解除して売りに出されていたはずの小型艦十二隻……」

中将は戦域ボードを拳で叩いた。

「この娘は休職中にクッキーを焼いていたでしょうか？　いいえ、コンテナ船に大量のミサイルを積み、ヨットにもたぶんなにかを積んできた。そういうことです。ロングナイフ家の小娘が銃を持ってわたしに戦いを挑んでいる。最初の想定だった十四隻ではなく、四十隻の艦船がわが艦隊へ突進してきている。さらに情報部が予想しなかった陸軍製のミサイルが雨あられと飛んできている」

中将は首を振り、政治部の上位者を見た。マスカリンの口はぽかんとあいている。スピンの遠心力のせいか。いやおそらく、ロングナイフが敬意をもって語られていることにショックを覚えているのだろう。

「総督殿、わたしはこの小娘が持っているものを半分でも欲しいと思いますよ。ここに」自分の頭を指さす。「そして、ここに」胸を指さす。「ええ、この小娘を打ち破ります。これを使って」戦域ボード上の艦隊を指さす。「しかし、彼女の呼びかけに馳せ参じたような人々とともに、一度でいいから戦場に出てみたいものだ」

「中将、きみを艦隊司令官から解任すべきだろうな」総督はきびしい声で言った。

「しかしやらないでしょう。わたしはこれから戦って勝たねばならない。さて、しばらくその口を閉じておいてください。わたしは勝つ方法を探さねばならない」

作戦室は静まりかえった。ミサイルの第一波が着弾しはじめた。

「戦艦は主砲の射撃をやめました。キャパシターは充電されているのに、撃たないようです」ペニーが報告した。

「照準装置も格納してしまってるな」ムースも言った。

クリスは戦闘ネットワークごしに命じた。

「チャフ弾は近距離になるまで温存しなさい。撃ってこないなら撹乱する必要はない」

回避機動を続けながら五インチ砲の射程圏に近づいていく。しかし速度ははるかに遅い。１０９は上下左右へ針路を振るが、一回目の攻撃のときのはげしさにくらべると穏やかといえるほどだ。

一部の系内船が先走っているのを見て、クリスは警告した。

「戦艦から五千キロ圏でとどまることをわかってる？　いま速度エネルギーを獲得しても、結局捨てなくてはならないのよ」

だからゆっくりと突撃しているのだ。

それでも戦艦に最初に接近するのは第八小艦隊の役割だ。今回もフィルが先鋒だ。

「第一分艦隊は戦艦の列の二番目と三番目を狙う」

「第二分艦隊は最後の二隻をやるわ」クリスは命じた。

「とすると、わたしは旗艦ね」バブズが言った。

「手伝うわよ」サンチャゴが言った。「ホールジー号も暴れたい」

戦闘ネットワークは、チームを組む相手を探して目標を決める会話がしばらく続いた。敵戦艦一隻に対して、武装ヨット二隻と系内船数隻という配分になった。

クッシング号はそこに加われなかった。代将が言った。

「この老朽艦は一G以上出せない。回避機動もうまくできない。あとから追いかけて、できることをしよう」

「獲物は残しておきますよ」クリスは約束した。

しかしそこで五インチ砲の射程圏にはいった。とたんに戦艦は撃ってきた。クリスはしゃべる余裕がなくなった。腹に力をいれて、１０９の不規則な機動に耐える。

黙って撃たれてはいなかった。艦首部ではカミーが９４４を発射し、戦艦の列へむかうミサイル群のしんがりにつけさせた。ホールジー号はみずからの五インチ砲を撃ち、戦艦のアンテナや副砲塔を狙った。ミサイルや艦船を撃とうと氷装甲から顔を出したところを叩いていく。協力戦だ。

距離が四万キロ、三万キロと近づいていくのをクリスはじっと見つめた。

「被弾した！」１０３のアンディ・ゲイツが声をあげた。

「状況は？」分艦隊指揮官のフィルが訊いた。

「機関室だ。出力低下。離脱する。いや、ミサイルを全弾撃ってからだ」

「そうしろ、アンディ。気をつけてな」

「ついていけなくて申しわけない」

「いいから行け」

フィルは僚艦に命じた。アンディは幸運だ。手負いになっただけで戦列から離れられた。

系内船が一隻、また一隻とレーザーの直撃を受けて消滅するのを、クリスは恐怖の目で見た。通信マイクを叩く。

「系内船、あなたたちの姿勢制御スラスターでは充分な機動ができないわ。後退しなさい。減速してヨットのうしろにまわって。でないと全滅するわよ」

「行けるさ」

一人が反論した。しかしまた一隻が光になって消えると、残った系内船は次々と武装ヨットの後方へまわりはじめた。

クリスの後方ではタグボートの船長が、被弾して船内の与圧を失ったと報告してきた。しかし脱出はせず、サルベージ用の与圧服のまま操船を続けているという。しかしすぐあとに、二撃目を浴びて沈黙した。与圧服のグローブごしでは繊細な操舵ができなかったのだろう。同僚のタグボートは後退してアンディのそばについた。

テッド・ロックフェラーの102も被弾した。

「かすめただけだ。まだ行ける。それにぼくが離脱したら、三番目の戦艦を狙うのはルナの下品なヨット乗りだけになってしまうからね」

「聞こえてるわよ」ルナが応じた。

「名誉毀損で訴えてくれていいよ」

「ええ、訴えてやるわ。あの戦艦をやっつけたらね」

「やっつけるのはぼくの仕事。きみは残り物だ」

クリスは警告した。

「まだ撃たないで」

距離は二万キロまで縮まっている。味方はすでに二十パーセント以上が犠牲になっている。戦艦を叩くのはまだこれからなのだ。どれだけ犠牲を払わされるのか。

「敵、距離二万キロで、さらに接近中」当直大尉が単調な声で報告した。

中将は戦域ボードを見た。敵勢はまだ二十パーセントしか減っていない。副砲はミサイルの迎撃で手いっぱいだ。ミサイルにかまけていると、高速パトロール艦とヨットにやすやすと接近されてしまう。

アベンジャー号が戦列から離れていった。ミサイルがあたってエンジンを一部損傷し、プラズマを噴き出している。

戦艦はそもそも艦砲戦をやるために設計されている。艦砲戦では脆弱なエンジン側をレーザーや物理弾兵器とは反対方向にむけるのが原則だ。しかし原則はあくまで原則であり、生き延びられるかどうかは司令官の命令で決まる。机上の空論に頼った命令では軌道にたどり着けない。

これまでの命令を反故《ほご》にして、この戦闘をあるべき形に変えられるだろうか。しかし、あるべき形とはなにか。

護衛艦隊なしに戦艦だけを送るというのがそもそも原則に反していたのだ。巡洋艦の一個小艦隊と駆逐艦二隻が必要だった。しかしそれらはポイントン星での示威行動に出ていた。ウォードヘブン星周辺に防衛艦隊は残っていないと思われていたからだ。

実際に残っていなかったのかもしれない。いたのは小娘だけだ。ロングナイフめ。

一万八千キロ。

ミサイルを無視していると、センサーをやられてレーザーの照準能力を失う。だから迎撃しないわけにいかない。ミサイルと戦い、それから高速パトロール艦と戦う。

戦域ボードを見た。副砲塔は黄色表示になっている。すでに冷却液は中央帯のコイルに流して熱処理している。それでも副砲は射撃頻度の高い状態が続いていて、仕様以上の温度になっている。四基の反応炉の出力が副砲につぎこまれているのだから発熱は当然だ。しばらくがまんしなくてはならない。

戦艦には大きな優位性もある。パルスレーザー砲は一発撃てばキャパシターが空になる。一回の強力なパルスに全エネルギーを注ぎこむのだ。高速パトロール艦は一隻でパルス四発。武装ヨットは二発か一発。それで終わりだ。戦艦の氷装甲は数発分の直撃に耐えられる。堅牢だ。

「大尉、中央迎撃司令室に助言しろ。タグボートをあなどるな。彼らは高速パトロール艦を一度充電している。おなじことをやられないようにしろ」

「わかりました」

セイリス参謀長が訊いた。

「ミサイルは撃ちつづけるのですか？」

「無視はできない。放っておくと戦艦は目を奪われ、エンジンを鉄くずにされる。ミサイルの迎撃は続けなくてはならない。そのあとにむこうの艦船を迎撃する。順番だ。他に適切なやり方があるならそう言え。こちらにいらっしゃる政治部のお目付役が笑顔でわたしの首を切ってくださるだろう」

中将は歯をむいて笑みを浮かべ、マスカリン総督を見た。

参謀長は答えた。

「自分にも戦い方は他にないように思えます。本来は護衛が必要でした。駆逐艦や巡洋艦を伴ってくるべきだった。それがいない」

「同感だ」

中将は戦域ボードを見た。五インチ砲の表示は黄色からオレンジに変わりつつある。よくない状況だ。


一万五千キロの線をまたぎながらクリスは訊いた。

「ペニー、ムース、戦艦の状況はどう？」

「温度がどんどん上がっています」とペニー。

「ああ、安物のピストルみたいに熱くなってやがる」ムースも言った。「おれたちが近づくころには再充電しにくくなってるはずだ」

「そいつはいいな」とトム。

１０４の艦長の悲鳴が響いた。

「被弾した、被弾した。離脱する」

「どこへ逃げるってんだ」

トムはつぶやいた。その問いに答えるように、すぐに二発目が１０４を直撃し、高速パトロール艦は膨張するガスの雲に変わった。

「ここまで接近すると離脱しようがないわ」ペニーが言った。

「１０９はなにがあっても突っこむぞ。踊って踊りまくるんだ」

トムはうなるように言った。１０９は旋回し、反転した。チャフ弾を撃って、鉄片、アルミ片、煙幕を放出する。数百メートルにわたってそれらを散布し、その雲のなかにまだいると敵の砲撃管制システムに思わせておいて……さっと反転する。五インチ・レーザー砲が雲をつらぬいたときにはもうそこにはいない。

「一万キロ」

クリスは距離を読んだ。あと五千キロ耐えれば反撃を開始できる。

トムが切迫した低い声で言った。

「クリス、射撃の腕前はおまえのほうが上だ。１０９の兵器管制をやってくれないか。それとも眺めて指示を出してる必要があるのか？」

「悪魔の申し出はひっきりなしね。まあ、ここで手をこまぬいている気もないわ」

「兵器管制はクリスに。おれは操舵指揮をやる」トムが宣言した。

「全部ぶっ飛ばしちゃってください」フィンチが言った。

最終アプローチの状況を、クリスは部隊司令官と砲術士の目で観察した。第二分艦隊はこれまでのところ幸運だった。四隻そろって最後尾の二隻の戦艦を攻撃できる。他の分艦隊はどちらも数を減らしている。彼らは一対一で戦艦にいどまなくてはならない。これは不利だ。

武装ヨットは大挙して押し寄せている。戦艦一隻を二隻が狙う。一方で系内船はほとんど残っていない。彼らは大きな代償を払った。

ホールジー号は旗艦をめざして突進している。そのかわり、旗艦と前後の二隻から集中的に狙われている。これまでのところサンチャゴはうまくかわしていた。あるいは幸運なだけか。その幸運に続いてほしい。

「ネリー、目標は最後から二番目の戦艦。もうすぐ撃ってきそうなエンジン付近の五インチ砲塔を二基選んで。五千キロラインを越えたらそれぞれ十パーセント・パルスを発射」

「目標設定しました」

クリスは自分のやり方を他の艦に伝えた。「了解」「こっちもそれで」といった返事が聞こえた。

準備は整った。クリスは自分の席で身構えた。１０９はあいかわらず上下左右に機動している。シートとストラップに体が叩きつけられる感覚ももう慣れた。背景では音楽が鳴りつづけている。

痛みも苦しみも感じるな
正気をなくして戦い続けろ
弱い敵など一人も通すな

五千キロラインと歌のサビが同時に近づいてきた。ブリッジでも艦内でも全員が声をあわせた。

「〝殺せるだけの敵を殺せ！〟」

「発射」クリスは小さく言った。

二十隻以上の艦船がついに巨大な敵にむかってパルスレーザーを放った。五インチ砲塔を叩き、脆弱なエンジンを狙う。

五隻の戦艦はしばらく泰然自若として針路を維持していた。しかし一隻、また一隻と列を乱しはじめ、ついに五隻ともばらばらの方向をむいた。推進と操舵をになう巨大なノズルスカートにレーザーが命中して、艦長や航海長の命令とは異なるむきになっているのだ。

「やったぞ！」

隣で叫ぶトムを、クリスはけわしい声でたしなめた。

「よろこぶのはまだ早いわ。むしろターゲットを狙いにくくなった。厄介よ」

「でもあたったぞ」

「ええ、あたったわ」クリスは通信マイクのボタンを押して、部隊に呼びかけた。「もっと接近しなさい。間合いを詰めて、相手が混乱しているうちに叩くのよ」

「いったいどうなっているんだ！」

マスカリン総督はストラップをかけたシートのなかで振りまわされ、ころげ落ちそうになっている。

「被弾したな」中将はつぶやいた。

参謀長が報告した。

「パルスレーザーをいっせいに撃ってきました。しかし、かすめただけです。なんということはありません」

中将はリベンジ号の揺れにあわせて体を揺らしながら考えた。

「それにしても、なぜ五インチ砲塔にレーザーを浪費するのか」

「やけになっているのでは？」

「撃ったあともまだ近づいてきているぞ」

「接近しすぎて、すぐには針路変更できないのかもしれません」

参謀長は自説を述べたが、あまり自信はなさそうだ。

中将は眉をひそめた。どうもおかしい。知っているべきなのに、こちらが知らないことがあるようだ。ロングナイフの小娘が隠し球を持っているのか。

駆逐艦の艦長はサンチャゴという名だ。ロングナイフ家とサンチャゴ家には長い因縁がある。そのサンチャゴを殺したらどんな変化が起きるだろうか。

「駆逐艦は砲撃を中断している。リベンジ号、レトリビューション号、レタリエイション号に命令。十八インチ砲であれを撃て。姿勢が安定したらすぐにだ」

「了解しました」当直大尉が答えた。

「戦艦にぎりぎりまで近づいて。氷装甲には歯が立たない。フル出力のパルスを撃っても無駄になる。エンジンを撃てる位置に来るまで温存しなさい」

クリスの命令を、ルナが荒っぽい表現で言いなおした。

「キルトのスカートの奥に毛むくじゃらのタマが見えるまで撃つんじゃないよ。さあ、図体だけデカい氷の塊め。ジタバタするのやめて、スカートのなかを見せな」

ルナと二隻の武装ヨットは前から三番目の戦艦を追いまわしている。クリスが狙っているのは四番目で、トムがまわりこもうとしている。しかし回避機動プログラムを優先しているためになかなか難しかった。一歩前進しても、旋回や反転で二歩後退してしまう。とはいえ、回避機動のおかげで五インチ砲のレーザーをのがれている。射撃位置につくか、生き延びるかという選択だ。簡単ではない。

「クリス、戦艦が主砲を出しています」

「なにを狙っているの？」だれにともなく訊いた。

「一門発射。狙いはホールジー号です！」ペニーが報告した。

「ネリー、頭を出した十八インチ砲を探して、二十パーセント出力で撃ちなさい」

「わたしたちが狙っている戦艦は十八インチを使っていません。列の前方の戦艦です」

「目標変更」ネリーが言い終わらないうちに命じた。

「目標変更します。一番レーザーを発射。出力二十パーセント」

「結果はどう、ペニー、ムース？」

ムースが答えた。

「砲塔に命中したようです。あの戦艦のなかでなにか起きてる。なにかひどいことが」

ルナ船長はコガネムシのようにブンブン飛びまわるのにそろそろ飽きていた。こちらの踊りに、戦艦は完璧にあわせてくる。だれも爪先を踏まない。これでは退屈だ。

ふと隣の戦艦を見た。プリンセス・クリスが狙っているやつだ。その戦艦はこちらを見ていない。クリスとそのチームの動きには注意しているが、僚艦のまわりにいる武装ヨットまでは気がまわらないようだ。

「プリンセスだってうちの船に不法侵入したんだから、獲物の横取りくらいはいいわね」

ルナはつぶやくと、回避機動プログラムを強制中断し、ちょうどこちらへ艦尾をむけたその戦艦にむきなおった。発射ボタンを叩く。十二インチ砲の二本のレーザーが敵の艦尾に吸いこまれた。すぐにはなにも起きない。ルナは眉をひそめた。

そのとき、ヨットの船体がガクンと揺れた。五インチ・レーザーを被弾したのだ。

「ちくしょう」

ルナはうめいて、回避機動のレバーを引いた。しかし反応がない。

「やられたみたいだね。みんな、脱出だ」

ルナは命じて、耐加速シートのレバーに手を伸ばした。それを引けばシートは数時間の生命維持能力を持つ救命ポッドに変わる。

まだヨットの電源は落ちていなかった。ルナはスクリーンに展開されるすばらしい光景に気づいた。戦艦が内側からの圧力でふくらみはじめているのだ。まず艦尾、次に中央部。氷装甲に穴があいて、反応炉で閉じこめきれなくなったプラズマが噴き出している。

「やったよ」ルナは笑みを浮かべた。

その直後、五インチ・レーザーがブリッジを切り裂いた。


「撃沈だ。ルナの戦果だ」トムが言った。

「そのルナもやられたわ」ペニーが報告する。

「わたしたちはむこうの戦艦を」クリスは列の隣の戦艦に目標を移した。

トムが報告した。

「いまかすめたぞ。大きな被害はない。でも五インチ砲がうるさいな」

「ネリー、この戦艦の副砲をいくつかつぶして。十パーセント出力で、すきがあったら」

「わかりました」

「他にも主砲が起動したら教えなさい。ホールジー号のようすは？」

「あまりよくありません」ペニーが言った。


「機関、修復はどう？」サンチャゴは訊いた。

「難しいです、艦長。主燃料系をやられています。いまは予備配管から反応材を送っていますが、充分ではありません。十五パーセント出力が限度です」

「副長、操艦指揮を。あらゆる手段で回避機動を継続」

「はい、艦長」

「しばらくしたら、機動をやめて姿勢安定を命じるわよ。準備しておいて」

「とうとうあの怪物にパルスレーザーをぶちこみますか」副長はうれしそうに答えた。

「観測班、あの旗艦は主砲のキャパシターに充電してる？」

「もうすぐはじめるはずです」

「砲術班、目標をとらえてる？」

「とらえています、艦長。この機動のなかでできるかぎり、ですが」

「もうすこしがんばりなさい。姿勢安定に持ちこんでから撃たせる。絶対にはずさないように」

一騎討ちになるはずだ。ホールジー号はよくかまえてから撃つ。かまえているところを敵も撃てる。

「ウォードヘブンに来たことを後悔させてやりましょう、艦長。ホールジー号を簡単に片付けられると勘ちがいしたことも」

「誇りをかけた一撃よ」

「戦艦が充電しています、艦長」

「副長、もう一回横へ飛んだら、チャフ弾を撃って姿勢を止めなさい」

「機動中……姿勢安定です」

「発射」

「パルスレーザー全門発射しました」

直後に、ホールジー号のCICが停電した。

「艦尾に被弾。機関室がオフラインです。艦首も被弾。ブリッジがオフライン。レーザー室もです」

続いてCICをレーザーがつらぬいた。サンチャゴは救命ポッドの作動ハンドルになんとか手を伸ばすいとまがあった。

「ホールジー号が戦闘ネットワークから消えました、クリス」ペニーが抑えた声で言った。

「でも旗艦に深手を負わせたぞ。かなり熱が上がってる」トムは報告した。

ホールジー号を狙った十八インチ砲塔二基が、レーザーの直撃を受けて破壊された。109のかたわらの戦艦は火花をまき散らしていた。ルナが沈めた戦艦のほうから数隻のヨットが移ってきていて、その一隻が戦艦の二基のエンジンを切り裂いた。強烈なプラズマが噴き出してくる。戦艦の回避機動が弱まったところで、フィルの106が艦尾側に飛びこみ、うしろからエンジンを撃ち抜いた。しかし列の隣の戦艦がフィルを撃った。やられた106はコントロールを失い、救命ポッドを吐き出しながら後部からプラズマを噴出させはじめた。

ひどい混戦になっていった。小型艦が大型の戦艦にいどむさまは、犬が熊を襲っているようだ。熊は手負いだ。三隻の戦艦は怒り狂っているが、かこんだ犬の数も多い。

「トム、旗艦を狙うわよ」

「わかった。フィンチ、列の前へ行け」

中央の生き残った戦艦のまわりの戦闘域を横切っていく。五インチ砲の砲撃をよけ、撃ってきた砲塔をつぶした。そして旗艦をめぐる大混戦にはいった。

ちょうどそのとき、クリスの第二分艦隊の生き残りたちが最後尾の戦艦をついに爆発させた。しかし代償も払っていた。大きな損傷がないのは108だけだ。だが、レーザーは撃ちつくしている。クリスは指示した。

「近くにタグボートがいたらランデブーしなさい。そして再充電」

「そんなことしたら狙い撃ちされるぜ」とトム。

「わたしたちが他の戦艦を忙しくして、108のほうをむかせないようにすればいい」

戦闘にはいった。しかし一隻のヨットがすぐに撃たれ、最後の系内船もおなじく吹き飛ばされた。それでもみんな食らいついてゆく。流血する熊に咬みつく犬の群れだ。熊は死にかけている。しかし犬の多くも死にかけている。

クリスは通信を保護チャンネルに切り換えて呼びかけた。

「こちらはプリンセス・クリスティン・ロングナイフ。ウォードヘブン防衛軍の指揮官だ。わたしたちの軌道に侵入してきた勢力に降伏を要求する。そちらの負けだ。戦艦は二隻しか残っていない。降伏を受けいれる用意はあるか?」

「絶対にだめだ」

未来のウォードヘブン総督という地位があやうくなってきたマスカリンが言った。しかし中将は手を振ってそれを黙らせた。

「貴軍は攻撃をやめていない。停戦するつもりがあるのか?」

すぐに返事があった。

「そちらが反応材を船外投棄してからだ」

「それでは軌道から離脱できなくなってしまう」いったんマイクをオフにして、当直大尉に指示した。「発信源を追跡しろ」

「貴艦はもう軌道から離脱する必要はない。貴官と乗組員は旅客船に乗って帰ればいい。旅費は出身星が払ってくれるだろう」

「発信源をとらえました！」と大尉。

「撃て」


「クリス、それだけ長く話したら位置を特定されるわ」

「ネリー、回避機動。撃ってくる相手に応射」クリスは命じた。

１０９は急激な機動にはいり、全レーザー砲を発射した。しかし、なにかがおかしかった。ネットワーク上で歓声があがる。と同時に、１０９の艦体が釣り鐘のように鳴り、金属音とともに艦内照明がまたたいた。

「やばい！」

トムが叫んだ。クリスの頭上で天井が曲がって落ちてくる。トムは席から離れた。照明が次々と消えていくなかで、トムがペニーのシートストラップのバックルをはずし、むこうへ突き落とすのが見えた。つぶれてきた天井が床に接する。

電源が落ちた。予備系統も働かない。真っ暗闇に包まれた。

クリスの隣からフィンチのうめき声がする。どこかでだれかの悲鳴が聞こえる。頬に風を感じた。気密漏れだ。

（ネリー、耐圧殻の亀裂を閉鎖）

（クリス、この低機能メタルは一回しか変形できません。もし――）

（いいから閉鎖しなさい。でないと全員死ぬ）

（亀裂を閉鎖しました）

（明かりをつけられる？）

（ネットワークが落ちています。ユニプレックスメタルの分子には命令できますが、艦内の電子制御系とは通信できません）

クリスは周囲を手探りした。コンソールはまったく反応しない。フィンチのシートにさわると、横倒しになっている。フィンチの手を探りあてた。濡れている。血か。

「ネリー、緊急に明かりがいるの。ホログラムかなにか出して」

クリスのまえで小さなボールが踊りはじめた。その弱々しい光で、金属の瓦礫の下から血まみれの手が出ているのがわかった。

非常灯が設置してあった隔壁を見た。壁から外れてケーブルにつながったまま宙に浮いている。

自分の耐加速シートから出ようともがいた。リリースハンドルはくの字に折れ曲がっている。なんとか脱出して、ブリッジの瓦礫のあいだを這っていった。非常灯のユニットにたどり着く。スイッチはオンになっている。手にとっていったんオフにし、もう一度オンに。反応なし。反対の手でユニットの側面を強く叩いた。すると、照明が点灯した。

クリスはまばたきしながらブリッジを見まわした。１０９はなにかに衝突して、ブリッジと兵装ベイのあいだで折れ曲がったらしい。漂う装置類やケーブルのあいだに、人の姿を探した。

ペニーがいた。天井が曲がって落ちてきた場所のそばで、壁に背中を押しつけている。ペニーの座席があった場所を見ると……あれは！

クリスは壁を蹴って急いでトムのそばへ行った。いつもの片頰だけの笑み。しかし胸から下は、天井裏にあったはずの太い電源ケーブルや配管に押しつぶされている。

脈をとり、呼吸を調べた。生命の兆候を探した。

ない。

ペニーが震えて歯を鳴らし、泣き声でささやいている。

「なにも見えない……トムは大丈夫？」

瓦礫を見まわして、ムースの座席に気づいた。ムースの首から噴き出した血はすでに止まり、奇妙に芸術的な弧を描いて、本人と最近設置したばかりのコンソールの配線にかかっていた。

手当てが有効そうなただ一人のブリッジの乗組員のほうをむいた。

「脚が折れているようだわ。痛い？」

ペニーは答えた。

「折れているかもしれません。動かせない。どこも動かせないんです。トムの手を握れるように、そばへ連れていってくれませんか？　見えないんです。声も聞こえない。トムは痛がってませんか？」

クリスは、長年身につけたあたりさわりのない政治的話術の引き出しを探した。しかしこれしか言えなかった。

「トムはとくに痛がっていないわ」

「よかった」ペニーは小さく答えた。意外ではないようだ。それから続けた。「なぜまだ生きてるのかしら。敵は最後の一撃をいれてこないのかしら。動けなくなった標的にはいつもとどめを刺すのに」

「それは気づかなかったわ」

「わたしは情報管制ですから。見ていました」

「じゃあ、わたしたちは勝ったのかも」

「ずいぶん痛い勝利だわ」

クリスは大声で呼びかけた。

「だれかいない？　助けがほしいのよ」

返事はなかった。


永遠のように長い時間が流れ、空気が息苦しくなってきたころ、艦体の外からもの音が聞こえてきた。最初はひっかくような音で、続いてドリルで穿孔する音がしはじめた。そして新鮮な空気がはいってきた。声も聞こえた。

「ＰＦ‐１０９、タグボート１０４０がまた来たぞ。艦体を与圧バブルでおおってから耐圧殻を切り開く。それまで待ってくれ。五分ですむ。大丈夫だ、ジョンソン・ブラザーズ・サルベージ社は一流の技術を持ってる。すぐに救出してやるからな」

クリスは喉が渇ききっていて声を出せなかった。鉄の帯で締められたような胸は痛みを通りこしている。重傷を負ったペニーにできるだけ寄り添い、体温を分けてやることしかできなかった。

動かない笑みを浮かべたトムとは目をあわせないようにした。エディとおなじだ。尋ねても答えは返ってこない。

なぜあなたはそこにいて……死んでいるの？

なぜわたしはここにいて……生きているの？

ペニーはしばらくまえから震える以外の反応がなくなっていた。クリスはささやいた。

「がんばって、もうすこしよ。助けがすぐそこまで来ているのにあきらめたら、トムが許さないわ。がんばって、がんばって」

20

クリスはベッドでうつぶせになっていた。聞こえるのは自分の呼吸と、心臓の鼓動と、礼装軍服の衣ずれ。耳をすませて……じっとしていた。勲章の裏が胸にあたって痛い。しかしチクチクとしたその感触はむしろなじみがあった。

心を大きく食い荒らし、去ろうとしない渇いた苦痛よりはるかにましだ。

トムの葬儀はしめやかにおこなわれた。

カトリック教会の葬儀に出席するのは初めてだった。父親は、家族がメディアに出る機会にはふさわしくないと判断した。おかげで空虚で政治的な追悼演説を聞かずにすんだ。

サンタマリア星からはるばるトムの結婚式を司式するためにやってきた若い女性神父が、帰路につくまえにその葬儀のミサをやることになったのは残酷な物語だった。いや、神父はこれは葬儀ではなく、復活のミサだと主張した。トムの人生を祝福し、死後の幸福を願う儀式だと。

しかしペニーはその話にうなずかなかった。唇を固く結び、気丈な海軍の未亡人であろうとしていた。それでも女性神父が説く死後の世界や、この希望の儀式をペニーの司祭とともにやろうという提案は拒否した。

ペニーが視力を失ったままであればちがったかもしれない。しかし視力はもどった。そして当日は美しく晴れわたった春の日だった。空はおそろしいほど深い青で、天国が見通せそうなほど澄んでいた。天使が遊んでいそうな白い綿雲まで浮かんでいた。聖人たちもいるはずだと、女性神父はアイルランド訛りで語った。

どこかのバグパイプ吹きが、〈アメイジング・グレイス〉と〈帰らざる故郷〉を演奏した。軍のらっぱ手は葬送らっぱを吹いた。

みんな泣いた。クリス以外は。

涙ひとつこぼさずに最後まで立っていた。ロングナイフ家の伝説のために斃《たお》れた勇敢な兵士の一人を見送る、よき継承者の姿だ。レイおじいさまは何人こうやって見送ったのか？　トラブルは？　クリスが家族の伝統を継ぐとしたら、これから何人見送ることになるのだろう。その一人一人のために感情的になるわけにいかなかった。いちいち泣いてはいられない。そんなことをしていたら心が空っぽになる。泣くとしたら、一人きりになってからだ。

その一人きりに、いまようやくなっていた。なのに、目は砂漠のように乾いたままだ。なにも感じないわけではない。それどころか胸は張り裂けそうに苦しい。それでも涙は……

……流れない。

「いますか、クリス？」ドアのむこうからジャックの声がした。

「あっちへ行って」

「やっぱりここか。投票はすませましたか？」

「いいえ。行かない」

「お父上のご機嫌をそこねますよ」

「わたしの票がなくても勝つときは勝つし、負けるときは負ける。どうでもいいわ」

ドアノブをガチャガチャと鳴らす音がした。

「鍵がかかっていますね」

「かけてるわよ」

「ネリー、解錠してくれないか」

「だめよ、ネリー」

「はい、ジャック」

しかしそのときにはドアが開いてジャックは室内にはいっていた。

「すみません、クリス」ドアを施錠する音がした。

「いまさら鍵をかけてどうするの。馬を納屋にいれてから火をつけるようなものよ」

「すみません、クリス」

ネリーはふたたび謝ったが、あまり反省しているようすはない。トゥルーおばさんへの改善要求がまた一つ増えた。しかし、トゥルーもいまのネリーには手をつけられないのではないかという気がした。

ジャックが椅子をベッドの足下に運んできて腰かけた。

「食事はいつからとっていないんですか？」

「一、二年前から。関係ないでしょう」

「お父上が短期間で政権復活なされば、あなたの身体的健康がふたたびわたしの任務になる可能性は大です。あなたは投票なさらないようですが」

「党はべつの首相を指名するかも」

「お気づきかどうか、ロングナイフの名はこれまで以上に特別な地位を獲得しています。関係ないとおっしゃるかもしれませんが」

クリスは首を振った。

「関係ないわ」

ジャックは眉間に皺を寄せた。

「お聞きください。わたしがまたあなたの身辺の責任者になるという見通しと、そのお体が痩せ細って消えそうになっている事実から考えると、ぜひともなにか食べていただく必要があります。そこで、レディらしく自分の足で歩いて部屋から出られるならそれでよし。さもないならジャガイモの袋のように肩にかついで運びます。どちらがいいですか？」

「一階のキッチンまで？」

クリスはジャックの力強い腕を見て、その腕に持ち上げられるのはどんなだろうと想像した。たとえ短時間でも……。しかしこの警護官は肩にかつぐと言っている。姫抱きにしてくれるわけではない。おもしろくないし、みっともない。その想像は心のなかの秘密の箱……

とても小さな鍵のかかる箱にしまっておくことにした。

　そして、ベッドに起き上がった。

　ジャックは話した。

「いい店を知っていますよ。あなたやわたしのような働く男女がわいわいと飲んで食べる、気のおけない地下酒場です。高級ではないし特別でもない」

「着替えたほうがいい？」

「兵士はただで飲食できます」

「士官は？」

「うーん、士官は支払いを求められるかも。よくわかりません。まあ、行ってみましょう。安くて手軽な料理がなくならないうちに」

　うまくのせられてしまったと思いながら、クリスは部屋を出てジャックの車に乗った。

　地下酒場というのは言葉のあやではなかった。〈密輸業者の巣窟〉という看板のその店は、市街の工業地区にあった。古いシャトル港のそばで、軌道エレベータの産業用荷役ステーションに接している。

　ジャックは店のむかいに車を駐めた。なんともみすぼらしい。古い煉瓦造りの建物の地下にある。割れて不均一になった階段を下りる。厚板の床は労働者のブーツに何百年も踏まれて黒ずみ、すり減っている。壁には販売中のビールの種類をしめすネオンサイン。それに照らされる壁は漆喰がはげて煉瓦がむきだしになっている。クリスが大学時代に通っていたパブはこういう雰囲気を模した内装だった。ここは模しているのではない。本物だ。

空いているテーブルを探す。手前のテーブルはどれも厚手の作業服姿の男女でいっぱいだ。奥のブース席を見て……クリスはだまされたと気づいた。

くるりときびすを返す。しかしジャックとぶつかる。

「帰れませんよ」

「どいて」

しかしクリスの腕をつかむジャックの手は驚くほど強い。くるりと反対むきにされ、なかば押し出されるように前へ歩かされた。

「やあ、クリス」レイ王が言った。

「元気か、大尉」曾祖父のトラブルもいた。今日は陸軍の礼装軍服。レイの代理で葬式まわりをしたのだろう。

「ごきげんよう」サンディ・サンチャゴもいる。

クリスは抑揚のない声で答えた。

「元気そうでなにより」

「手こずったか？」レイが訊く。

「それなりに」

ジャックは答えて、クリスをブースに押しこんでトラブルの隣にすわらせた。自分用の椅子を引っぱってきてクリスの退路をふさぐ位置で腰かける。

王様はネルシャツとスラックス姿。サンチャゴは片足をギプスで固めているので膝丈のショートパンツ。腕にもギプスをしていてタンクトップだ。みんなこの店になじんでいる。

「おまえも葬儀に？」

トラブルの問いに、クリスは答えた。

「今日はトムの。先週の結婚式とおなじ神父が今日の葬式もやったわ」

老人二人は首を振り、ビールを大きくあおった。

「いたましいことだ」とトラブル。

「立派な葬儀でした」ジャックが言った。

「二十三歳の若者の葬儀が立派なわけがない」レイは小声で言った。

「そうよ」クリスは同意した。

チェックのシャツとジーンズ姿の年配の男が、注文をとりにきた。ごま塩のポニーテールを黒い革ベルトにむかって半分あたりまで垂らしている。

「この耄碌じいさんたちとおなじもんを飲むのかい、海軍さん？」

「ソーダ水を」クリスは答えた。

店主は片方の眉を上げたが、黙ってソーダ水とジャックのビールをオーダーシートに書いて去っていった。

トラブルが言った。

「クリス、十代のおまえが苦しんでいたのは、母上から大量に飲まされていた錠剤のせいだといまでも思っているのだがな」

「父のバーから盗んできたブランデーや母の棚から盗んできたワインのせいではない、と言いたいのね。でもおじいさま、これから一週間後に目が覚めて、アルコールで酩酊しながらいくつの葬儀をやりすごしたのだろうなんて思い返すのは不愉快よ」

そう言ってジャックのほうを見た。警護官は答えた。

「葬儀の予定はぎっしりと」

「チャンドラ・シンのご主人から今日電話があったの。妻の遺体はみつかったのかって。シーク教徒は葬儀における独特の習慣があるのよ。ご主人には、ＰＦ‐１０５の残骸はまだ捜索中で、今後も捜索を続けると話したわ」首を振って続ける。「わたしも上でなにが起きたのかよくわからない。１０９から救出されて、そのまま病院送りになったから」無意識に右目の眼帯に手をあて、「いったいなにがどうなったのか」

サンチャゴが言った。

「第八小艦隊の指揮官として確認すればいいでしょう。質問すればわかります」

「指揮官はわたしじゃない。マンダンティよ」

ジャックが抑揚をつけて言った。

「〝血統と、家名と、称号を根拠として、指揮権を掌握する〟。その場で聞きましたよ」

「ええ、そうやって彼の指揮権を盗んだわね」

「むしろ代将は、依頼を聞いてよろこんでバトンを渡したのでは。わたしも心から支持しました」

サンチャゴが言った。クリスは当惑した。

「他に選択肢がなかったからでしょう」

レイがビールのマグをのぞきこんだまま言った。

「あの混乱のなかで選択肢などだれにもなかったさ。わたしのところには、孫を首相の座から追い出したばかりの野蛮人が、今度は王にとりいろうとやってきた。公平な態度でいるのは苦労したぞ」

陰気に首を振り、続けた。

「おまえの兄のホノビが昨日来て、かなり長く話した。ウォードヘブンにおける暫定政府のあり方に制度上の手なおしをすることになるだろう。ああいう頭のいい子が家族にいると、まだ捨てたものではないと思う」

ビールを大きくあおってから、クリスをじっと見つめた。

「クリス、わたしのような立場の人間がなにか失敗して、難題がおまえたち若者にふりかかり、戦場でひどいめにあわせてしまうときがある。そのときは二つの道がある。嘆き悲しんで毎日心を削られていくか。それとも、そのとき正しいと思うことをやった……やるしかなかったのだと受けいれるか。わたしとおまえの父親はウォードヘブンをめちゃくちゃにしてしまう寸前だった。しかしおまえのおかげで助かった。おまえは優秀な人々をかき集め、不可能に近い仕事をなしとげた。最高の人々が本業を放り出して駆けつけた」レイはふいに口を閉ざし、クリスの頭のむこうをぼんやり見た。「なぜいつも最高の人々ばかり失うのだろうな……」

トラブルが咳払いした。レイははっとしたように二度まばたきをして、続けた。

「おまえと彼らはやるべきことをやった。そして、大きな危険をかいくぐって生き延びた人々がいる一方で、そうでない人々もいた。そこには正義も道理もない。おまえの友人のトムもじつは選択したそうだな。彼が選んだのは、妻を生かすことだった」

レイは椅子にすわりなおした。

「いま、おまえはわたしたちとおなじ場所にいる。生き残った側だ。いまのところな。明日は明日の揉め事がある。危機はひっきりなしだ。そんなときにどうするか。部屋の隅にもぐりこんで死ぬまで嘆き悲しむか。それとも料理を注文して、われわれ生者とともに歩んでいくか」

サンチャゴが言った。

「ひいおじいさまからのすばらしいお言葉ですね。まあ、前進する以外の道はないはずです」

トラブルがクリスの背中をぽんと叩いた。

「なにを食べたい?」

飲み物が運ばれてきたときに、クリスはハンバーガーを注文した。

店主は飲み物といっしょにビデオのリモコンをおいていった。

「あんたがたは世の中で起きてることを見たほうがいいよ」

「見ずにすむなら見たくないのだがな」

レイは言いながら、チャンネルボタンを押した。映されていたビールのロゴマークがニュースに変わった。

アドーラブル・ドーラがカメラにむかってしゃべっているところだった。

「……こうして、わたしがウォードヘブン部隊の旗艦に転送した重要な情報と、敵勢についてのわたしの的確な分析をもとに、部隊はこの正体不明の勢力への攻撃を開始したわけです」

ジャックがひどい悪態をつきはじめた。頭から湯気を立てながら話した。

「いったいなにを言ってるんだ。この女は系内船のバスルームに隠れていたんですよ。救命ポッドを二個かかえて。二個もどうするつもりだったのかわかりませんが、左右の腋の下にかかえていったんです」

「あれだけ後方に離れていたら危険はなかったはずだけど」クリスは言った。

「もちろんです。しかしアドーラブル・ドーラは言っても聞かない。もちろん戦闘なんかこれっぽっちも見ていない。バスルームにこもって内側から鍵をかけてたんですからね。あとのわれわれが使う必要に迫られなくてよかった」

レイがまたチャンネルボタンを押した。

「そんなやつが歴史書を書くのさ。さてクリス、ジャックを二歩後ろについてこさせたわけか。必要もないのに」

「わたしたちがミルナの裏にいるときになにが起きるかわからないので、通信の中継船が必要だったのよ。たまたま徴発したのがドーラのヨットで、本人がそれを知って乗っていくと言いはったの。ジャックは戦傷章くらいに値するんじゃないかしら」

クリスは冗談のつもりで言ってから、他の仲間たちがその勲章に値する働きのためにどれだけの犠牲を払ったかを思い出して、腹の底が苦しくなった。

トラブルが横から言った。

「戦傷章と勲功従軍十字章だな。そして戦闘状況のなかでたぐいまれな自制心をしめしたことも評価に値する。あの司会者を絞め殺さなかったのだから。レイ十字章でも創設したらどうだ？」

レイは友人にむかって拳を振った。

「正義十字章くらいにしておけ」

隣でサンディ・サンチャゴが言った。

「お静かに。ウィンストン・スペンサーが出演しています。わたしがかわいがっているAP社のジャーナリストです。彼の話を聞きましょう」

画面に映っている男は左腕をギプスで固定していた。

「この時点でホールジー号は敵の旗艦に五千キロまで迫っていました。被弾していましたが、戦闘を継続していました。十門のパルスレーザー砲は発射せずに温存し、サンディ・サンチャゴ艦長は砲撃の機会をうかがっていました。しかし戦艦も駆逐艦自身も回避機動をとっていて、なかなかチャンスがありませんでした」

画面が切り換わって、黒い宇宙を背景に不規則に動きまわる小さな船の図が表示された。

ジャーナリストは冷静に、ほとんど事務的に話しつづけた。

「わたしはCICと呼ばれる艦内の戦闘指揮所にいました。艦長は正確に照準をあわせるために、危険を承知で回避機動を中断しました。そして砲撃後、回避機動にもどるまえにホールジー号は被弾して、全電源を喪失しました。その後、ホールジー号の残骸のなかから生存者の一人として救出されたのですが――」

サンチャゴは自分のギプスをいじり、うつむいた。ジャーナリストは続けた。

「――わたしたちの被弾後の戦闘の流れを、他の情報源から再構成してみましょう。敵の旗艦はホールジー号やその他の船の集中攻撃を受けて、すでにかなり手負いの状態でした。その時点で、高速パトロール艦第八小艦隊の部隊指揮官であるプリンセス・クリス・ロングナイフが、侵入者に降伏の意思を尋ねました」

クリスは椅子にすわりなおした。トラブルがささやいた。

「歴史書はこのように書かれるのだ、クリス」

ジャーナリストは話しつづけた。

「敵は降伏交渉を続ける一方で、信号の発信源を追跡していたようです。そして話しながら、こちらの旗艦を撃ちました。プリンセス・クリスが乗っていたPF‐109の艦長トム・リェン大尉は、これに気づいて、操舵手のメアリー・フィンチ三等兵曹に回避を命じました。同時に応射もしました。

ちょうどこのころ、引退生活から復帰したマンダンティ代将の指揮する老朽艦クッシング号が、ようやく戦闘域に到着して、六門のパルスレーザー砲を発射しました。もしかしたら三門だったかもしれません。実際に何門が作動したのかは未確認ですが、撃てるものを撃ちました。敵の旗艦が爆発するのと、ＰＦ‐１０９が大破したのはほぼ同時でした。リェン大尉、フィンチ三等兵曹を初めとする多くの１０９乗組員は、このいわれのない攻撃からウォードヘブンを守るために最大限の犠牲を払った英雄です」

「そんな英雄たちを、わたしたちはどこでみつけたのかしら」

クリスはだれにともなくつぶやいた。レイ王がゆっくりと言った。

「わたしたちがみつけたのではない。彼らがわたしたちをみつけたのだ。切実に必要としているときにあらわれてくれた。彼らのためになにをしてやったのかわからぬのにな」しばし黙って、続けた。「助けが必要なときに彼らが出てきてくれる源泉を、絶対にせき止めてはならんのだ」

だれもそれにつけ加えることはなかった。

画面では、司会者のトッドからジャーナリストにむけて、だれもが考える最大の疑問がぶつけられていた。

「これらの戦艦はいったいどこから来たのでしょうか？」

「戦艦からは一人の生存者もみつかっていません。大きな残骸の内部を捜索してわかったのですが、彼らの救命ポッドは欠陥品だったようです。ポッド内からも遺体を回収しました。もぐりこんでも助からなかったわけです。トッド、ホールジー号のＣＩＣで数時間救助を待った体験者として言わせていただきますが、われわれの救命ポッドはとてもシンプルで簡単に操作できるものでした」

　司会者はうなずいた。

「海軍は入札で安物買いをしているとよく批判されますが、どうやらもっと安物買いの銭失いをしている組織があるようですね」

「まさにそうです。話をもどしますが、海軍は戦艦の出所をつきとめるために残骸を調べました。しかし解明できる可能性は低いようです。八十年におよぶ人類協会時代に軍艦の設計は汎用化されています。ある惑星で製造された部品が、べつの惑星の製品に組みこまれて、さらにべつの惑星の船に取り付けられることもめずらしくありません。今回の犯人は正体を隠す意図があったでしょうし、いまとなっては死人に口なしです」

「ふうむ。ともあれ、壮絶な航海の話をありがとうございました。ホールジー号にとっては最後の航海になってしまったようですが」

「優秀なたくさんの乗組員と出会った航海でした。最高の男女でしたよ、トッド。彼らのことを忘れてはいけないと思います」

「では、正時までの五分間は選挙の開票速報をお伝えしましょう」

「もういい、わかっとる」

レイはチャンネルを変えた。次々と十回くらい変えたところで、ビールのロゴマークにもどしてリモコンをおいた。

ふいにクリスの背後から声がした。

「なにを愚痴っておられるのですか？　その選挙結果しだいでわたしは休暇を切り上げるはめになるのですよ」

前統合参謀本部議長のマック・マクモリソン大将だった。レイの隣の席に滑りこんだ。

クリスは跳び上がって直立不動になろうとした。しかしテーブルのあるボックス席では困難だ。しかも店主がハンバーガーとフライドポテトの皿を彼女とジャックのまえに運んできていた。

「楽にしろ、部隊指揮官」

「その部隊指揮権について、申しわけありませんでした」クリスは言った。

「謝ることはない。だれかが兵を率いなくてはならなかった。わたしはできなかった。わたしは政権交代によって辞表を書かされ、除隊休暇中だった。ペニーパッカー大将はまえまえからわたしの後釜を狙っていたが、最悪の形で引き継いだようだ。わざわざ引退から復帰して、だれにもできないほどひどい仕事をした」

マックは首を振った。その陸軍大将にトラブルが言った。

「引退するのなら、わたしの持っている養鶏農場が北部山脈のふもとにある。最近はほとんど訪れていない。いいところだぞ。夫人もよろこばれるはずだ。ルースのようにな。わたしたちも引退後はそこでのんびり暮らすつもりだから、それまでどうだ？」

レイ王が口を出した。

「あの場所を急いで売るな。今回の騒動を教訓に、各惑星に領事をおこうと考えている。そのほうが目が行き届くだろうし、わたし一人よりいい仕事をするだろう。どうだ、ウォードヘブンのトラブル公爵になるつもりはないか？」

トラブルは思いきり下品に鼻を鳴らした。しかし、ノーとは言っていないことにクリスは気づいた。またしてもロングナイフが要請する厄介な仕事をトラブルは引き受けるつもりだろうか。レイは優秀な右腕を求めているのか。

マックが首を振った。

「老戦友のお二人に割りこむのは恐縮ですが、トラブル、わたしはまだ引退するわけにはいかないようです。この若い大尉の父上から三十分前に電話がありました。今回の選挙で彼の党は勝利をおさめ、官邸にもどるそうです。ついては、わたしにもう一度ウォードヘブン全軍を率いる職につけと。艦隊も拡大されるようですから」

「農業団体が黙っていないでしょう」最後の部分についてクリスは指摘した。

「じつは海軍増強を強く求めている組織のひとつが農業連合会だ。グリーンフェルド星の農業政策が回覧されたらしい。いいものではないからな。あらゆる農産物は全量を政府が買い上げ、価格は政府が決めるという」

「なぜグリーンフェルド星の農業政策が関係あるのですか？」サンチャゴが訊いた。

「今回の戦艦の出所は不明という公式見解しか聞いていないわけではあるまい。残骸からみつかった証拠の多くは明瞭にグリーンフェルド星の方角をしめしている。噂としてだれでも聞いているはずだ」

「ウィスラー・アンド・ハードキャッスル社製のレーザー砲がみつかったのだったな」レイが訊いた。

「ええ、大量に」

「父はそれについてなんらかの対応をしないのですか？」クリスは訊いた。

マックは唇をゆがめて懸念の表情になった。

「九十の惑星の海軍を率いて、八十の惑星と戦いたいか？」

クリスはソーダ水を飲んだ。勢力が拮抗する強力な連合が長期間の戦争をくりひろげる図は、考えるとぞっとした。

「それは好ましくありません。しかし、なにもしないというのは納得できません。放置すれば、ピーターウォルドはまたやってくるのでは？」

「下級将校の意見にも一理あるな」とトラブル。

「いい意見だ」マックもうなずいた。

「ボイントン星に圧力をかけていた艦隊は撤退したようだな」レイ王が言った。

マックはうなずいた。

「クリスが襲撃者をしとめると、まるで潮が引くように逃げていきました。ポイントン星はわが連合に正式に加盟申請をしました。手続きはすみやかに進んでいます。周辺の六つの惑星も同様の準備をしているようです」

レイはビールのマグを揺らして泡を眺めた。

「クリスのおかげでヒキラ星も加盟の方向だ。付近の三つの惑星も続こうとしている。ヘンリー・ピーターウォルドがウォードヘブン星の制圧を狙い……そして撃退された話が伝われば、さらに加盟希望が増えるだろう」

トラブルが言った。

「拡大するわけだな。グリーンフェルド同盟より早く。そしていつか、彼らの支配する惑星を切り崩していくことになる」

サンチャゴが左手でグラスをかかげた。他の者たちもならった。

しかしクリスは眉をひそめた。

「守るべき陣地が広すぎるのでは?」

マックが言った。

「ポイントン星は高速パトロール艦の資料を求めてきた。送るつもりだ」

クリスは驚いて口を開きかけた。マックは手を上げてそれを制した。

「設計は変更する。全体をスマートメタル製にする。スマートメタル製の耐圧殻と機能強化したコンピュータを持たせれば、戦闘で被弾し、損傷しても、自力で修復できる」

「それがあればわたしたちも……」

小声で言いかけたクリスを、マックはさえぎった。

「109のサルベージ報告の正式版をさきほど読んだ。わたしがこの老人たちと雑談するためにわざわざ来たと思うか？　大尉、きみの肩に乗っている高性能コンピュータが109の耐圧殻を閉じたおかげで、艦首部で三人、艦尾部ですくなくとも四人の命が救われた。彼らの救命ポッドは戦闘で損傷していた。きみが状況分析のために五秒待っていたら、彼らは真空にさらされていたはずだ。瞬時の決断が正しい決断だった。

ブリッジの三人は、照明が消えるまえに絶命していた。衝突によって109の艦体がくの字に折れ曲がったせいでな。きみに彼らを救う手だてはなかった。わたしの話をどう聞こうとかまわないが、結果は変わらん」

マックは首を振った。

「わたしが会計課の主張に負けてこの実験的小艦隊に簡易型スマートメタルを採用しなかったら……あるいはきみの高性能コンピュータが被弾直後からメタルに変形命令を出す準備をしなかったら……われわれは109の五人の優秀な男女を失っていたはずだ」ゆっくり噛みしめるように言う。「きみは優秀だ。しかしなんでもできるわけではない。そしてあの戦艦はバカでかい巨象だった」

「しかも大量のレーザー砲を積んでいた」サンチャゴがクリスの腕に手をかけた。

「わたしはトムを救えなかった……」クリスの目がうるんだ。

「救出されるときに見なかったのか？」マックが訊いた。

「なにをですか？」

「艦長席はまったく破壊されていなかったのだ」

「え？」

「もしトムが自席にとどまっていたら、無傷だったはずだ」

「なんてこと。じゃあ、本当はペニーが……」

クリスの目から涙があふれた。次々と頬をつたう。なにかに打たれたように震えた。

「彼女を守って死んだわけだ」トラブルが小声で言って、クリスに腕をまわした。

クリスは109を降りてから初めて泣いた。体の奥底から湧いてくる嗚咽に全身を揺さぶられ、体を二つ折りにしていた。サンチャゴがその肩に手をおいた。ジャックの手も加わった。悲嘆に身をまかせ、友人たちと共有した。その渦はしばし彼らを飲みこんで、やがて退いていった。

いくらか息をできるようになると、ジャックがハンカチを貸してくれた。

姿勢を起こしたクリスは、トラブルがむかいのレイに真剣なまなざしをむけているのに気づいた。伝説の人物はとても老いた表情で、その顔を伏せ気味にしていた。話しはじめると、声はかすれ、泣き声がまじっていた。

「あのとき、陽動部隊をわたしが率いると話すと、リタはわたしが本隊に残るべき理由を挙げて説得した。陽動部隊は自分にまかせろと言った。彼女の陽動作戦は見事だった。そして有効でもあった。なにしろ、イティーチ軍は予想を上まわる大軍だったからな」

レイは身震いして首を振った。ビールのマグに手を伸ばして大きくあおる。

「そしてわたしたちが勝利をおさめたとき、彼女の陽動部隊は消えていた。あとかたなく」

トラブルが小声で続けた。

「その日からこの男はビールの海で溺れはじめた。わたしが引き上げなければ二度と浮かんでこなかっただろう。レイ、今夜も引き上げてやらなくてはいけないか？」

「今夜は大丈夫だ。しかし、ペニーのそばにだれかいてやらねばならん。生き残った者の苦悩を受けいれようとしている彼女のそばに」

「わたしが行くわ」

クリスは宣言した。そしてそのとき、ロングナイフ家とサンチャゴ家がこれほど長く絆で結ばれてきた理由がわかった気がした。仲間を失うことで、生き残った仲間は生涯にわたって強く結ばれるのだ。

ペニーについて考えるクリスの目に理解の色が浮かんでいった。サンチャゴはうなずき、グラスをかかげてその新しい知識をたたえた。

クリスは息をついた。レイの言うとおりだった。自分の心を毎日すこしずつむしばんですか。やってくる毎日にむけて心を開くか。道を選ぶのはあとでもいいが……いま決めてしまえば多くの行動を無駄にせずにすむ。ここで負けるか、耐えて乗り越えるか。トムや多くの仲間の死というブラックホールに吸いこまれて分解されるか。それともそこから力を得るか。ペニーが必要とする力。多くの人々が必要とする力を。

今日やれと言われたことをやるのがロングナイフではない。明日のことや明後日のことをやるのがロングナイフだ。つねに一日先や二日先に足をおく。自分のために。率いている人々のために。習慣が目的になるまで。

そして……そうやって前進を続け、人々を率いていくには、仕事が必要だ。筋金いりの反乱者で、帰営拒否者で、指揮官を解任されたこともある下級士官に、いまさらどんな仕事があるだろう。クリスは頬がゆるむのを感じた。

「大将、高速パトロール艦は乗組員をもっと減らせると思います。そうすれば高速性能が向上し、かつ安価に建造できます。トーク番組が言う、戦艦に対抗する能力を維持したまま」

サンチャゴがつぶやいた。

「駆逐艦や巡洋艦の護衛もつけずに乗りこんでくる愚かな戦艦であれば、ですけどね。政治家がよほどバカな場合だ」

「それをトーク番組で話す必要はないだろう」マックが言った。

クリスは続けた。

「とにかく、最近になって多くの惑星が高速パトロール艦を周辺防衛目的で注文しはじめたとすると、その運用訓練が必要なはずです。そこでウォードヘブンが、艦だけでなく訓練プログラムまで提供すればどうでしょう。それを、元部隊指揮官代行のプリンセス・クリスティン・ロングナイフと、有名な第八小艦隊の出身者がつとめるとすれば。わたしの思いちがいでなければ、みんな飛びついてくると思います」

トラブルが意地悪い笑みを浮かべた。

「そして、あえて言及しない特定の人々は、そのことで彼らを実質以上に危険とみなすかもしれんな」

「巧妙な煙幕だ」レイがため息をついた。

「人々を守るための嘘です」サンチャゴも言った。

マックは答えた。

「通用すると思うならやってみればいい。まあとにかく、きみの処遇については困っていたところだ。もはや適当な配属先が思い浮かばない。呪われた女がみずから最後のワルツの曲目を選ぶというなら、それにこしたことはないさ」

「そのほうが、ウォードヘブンはわたしを厄介払いできるでしょう。父もわたしを厄介払いできるし、レイ王も厄介払いできる。それどころか、特定の人々もわたしを厄介払いした気になって、忘れてくれるかもしれない」

サンチャゴが首を振った。ジャックとトラブルも首を振り、声をそろえて言った。

「それはない」

訳者あとがき

〈海軍士官クリス・ロングナイフ〉シリーズもいよいよ第三巻。三部作の完結篇といっていいでしょう。一巻、二巻でややおさまりの悪かったエピソードが伏線として（全部とはいいませんが）回収されます。艱難辛苦《かんなんしんく》の新任少尉時代も、二巻での突然のプリンセスへの転身も、じつはこの巻のための前段だったといえます。三部作を通じた物語のテンションがすべて流れこむのが、この巻の中盤の決めゼリフ。これは燃えます。

シリーズ名に海軍士官と銘打っているのに、一巻はほとんどが地上戦。二巻は宇宙ステーションで暴れまわるものの、身分は軍人ではなくプリンセス。どうものたりないとお嘆きだった読者のみなさん。お待たせしました。本巻はフルスケールの艦隊戦です！

主人公のクリス・ロングナイフは、知性連合の主星ウォードヘブンの首相の娘で、大財閥ヌー・エンタープライズ会長の孫娘。そんな家の事情を嫌って海軍に入隊したわけですが、曾祖父が知性連合の王に即位したため、王女という肩書きまで背負っています。

この巻からクリスは大尉に昇進。二巻の最終章で統合参謀本部議長のマック・マクモリソン大将から命じられたとおり、海軍が新設計して配備をはじめた高速パトロール艦の艦長になっています。

ＰＦ艦と通称される高速パトロール艦は、軌道防衛のために開発された小型軽量艦です。機動性の高い艦体に、大型戦艦の主砲とおなじ口径十八インチのパルスレーザー砲を四門搭載します。この無茶な組み合わせにはもちろん代償があります。戦艦の主砲は何発でも撃てますが、ＰＦ艦の十八インチ砲は一発でキャパシターの電力を使い切って、再充電は不可。一撃必殺の戦法を迫られるわけです。

試験生産された十二隻が知性連合の主星ウォードヘブンの軌道上に初期配備され、クリスはこの小艦隊に所属するＰＦ－１０９の艦長に就任しています。ＰＦ艦はコンセプトから新しいため、運用法も演習をくりかえして積み上げていくしかありません。予算が少ないなか、老朽駆逐艦と旧式デコイを使ってクリスたちは戦闘訓練をおこなっています。

しかし、いつの世も政治と軍事は表裏一体。クリスの父親でウォードヘブン首相のウィリアム・ロングナイフは、野党が突然提出してきた内閣不信任案に抗しきれずに辞任します。代わって暫定首相に就任したモジャグ・パンドーリは、ＰＦ艦開発計画の打ち切りを決定。ＰＦ艦はすべて桟橋につながれてエンジンの火を落とされてしまいます。

さらにクリスは政府資金流用の濡れ衣を着せられて、営倉行きに。

いったいどんな政治的謀略が進められているのか。裏で糸を引いているのはだれなのか。

PF小艦隊は活躍の場をみいだせるのか。

海軍大尉にしてプリンセスでもあるクリスは、ロングナイフ家の伝統を引き継いで、やがて重大な決断を迫られることになります。

クリスが所属する第八高速パトロール小艦隊は、実際には第一や第二があるわけではなく、彼らの一隊だけです。作品中でおおまかに説明されていますが、部隊名に冠した〝第八〟は、太平洋戦争のミッドウェー海戦において日本の空母に果敢にいどんで全滅したアメリカ海軍の艦上雷撃機の飛行隊のエピソードにちなんでいます。ここでもうすこし詳しく解説しておきましょう。

ミッドウェー海戦は、日本軍がハワイ進撃の拠点として太平洋上のミッドウェー島攻略を試み、一方で暗号解読によってその動きを察知していたアメリカ海軍が迎え撃つ形で起きた海戦です。この戦いで日本の連合艦隊は主力空母四隻を失う大被害をこうむって敗北します。

しかしこの海戦でアメリカ軍が日本の空母を沈められたのは、ある面で偶然も作用したと言われています。じつは米軍もかなり混乱していたのです。

一九四二年六月五日（現地時間四日）未明、日本の空母部隊（南雲機動部隊）の所在をつかんだアメリカ海軍は、二隻の空母から爆撃機、雷撃機、戦闘機計百機以上を発艦させます。しかしこのとき、発艦した飛行隊に後続を待たせず順次目標方面へむかわせます。これは戦術のセオリーを守っていません。しかも指示した目標方位が実際とずれていたため、米艦載機群は日本艦隊を発見できず、バラバラになって目標を探しまわるはめになります。

このなかの一隊がジョン・ウォルドロン少佐率いる第八雷撃隊十五機でした。使用機体は当時すでに時代遅れになっていたTBDデバステーター。搭乗員たちは若く、多くがこのとき初陣だったとされています。

第八雷撃隊はやがて日本空母の艦影を発見します。彼らはすでに戦闘機隊とはぐれていて護衛なしの状態でしたが、かまわず攻撃を決断します。雷撃機というのは魚雷をかかえて海面すれすれを飛び、目標艦に接近しなくてはなりません。これを戦闘機の護衛なしにおこなうのは無謀といっていい行為です。

それでも第八雷撃隊は空母赤城に狙いをさだめ、攻撃をしかけます。そして案の定、鈍重なデバステーター十五機は魚雷を一発も当てられないまま、日本の直掩戦闘機である零戦にすべて撃墜されました。奇跡的に生還した少尉一名をのぞいて、二十九名が戦死しました。

このあとも他の雷撃隊が個別に日本空母を発見し、やはり戦闘機の護衛なしか、あってもわずかという状態で攻撃をしかけて、次々と撃ち落とされていきます。日本側にとっては楽勝の戦闘が続いたわけですが、じつはこのために直掩機はすべて低空に張りつき、見張り員の注意も低空にむけられていました。

上空の守りががら空きになっていたこのとき、遅れて到着したのが急降下爆撃機SBDドーントレスの飛行隊でした。彼らも長時間目標を探しまわって燃料切れ寸前でしたが、雲間から日本の空母部隊を発見して攻撃を開始します。空母の見張り員が気づいたときには、すでに真上から急降下してきていたとされています。広大な飛行甲板をさらす空母にとって頭上は急所。赤城、加賀、蒼龍の三空母がごく短時間のうちに直撃弾を数発ずつ浴びて炎上します。

急降下爆撃隊の襲撃が成功したのは、ある面で、多数の雷撃隊の犠牲のおかげだったといえるわけです。海軍の主戦力が戦艦から空母に移りつつあった時代に、主力空母の多くを一度に失ったのは日本にとって大きな痛手でした。そして戦局そのものもこれを境に日本の劣勢へと傾いていきます。

第八雷撃隊はこの戦いでなんら戦果を挙げていません。魚雷は一発も当たらなかったとアメリカ側の戦史にも記録されています。しかしもっとも早い段階で日本艦隊に接近し、果敢な攻撃を試みた一隊であること。そして若者たちの全滅という悲劇性などから、アメリカ海軍ではその敢闘精神の象徴として称えられ、語り継がれています。

訳者略歴　1964年生，1987年東京都立大学人文学部英米文学科卒，英米文学翻訳家　訳書『新任少尉、出撃！』シェパード，『啓示空間』レナルズ，『トランスフォーマー』フォスター（以上早川書房刊）他多数

HM=Hayakawa Mystery
SF=Science Fiction
JA=Japanese Author
NV=Novel
NF=Nonfiction
FT=Fantasy

海軍士官クリス・ロングナイフ
防衛戦隊《ぼうえいせんたい》、出陣《しゆつじん》！

〈SF1829〉

二〇一一年十月二十五日　発行
二〇一四年二月二十五日　二刷

（定価はカバーに表示してあります）

著者　マイク・シェパード
訳者　中《なか》原《はら》尚《なお》哉《や》
発行者　早川　浩
発行所　株式会社　早川書房

郵便番号　一〇一 - 〇〇四六
東京都千代田区神田多町二ノ二
電話　〇三 - 三二五二 - 三一一一（大代表）
振替　〇〇一六〇 - 三 - 四七七九九
http://www.hayakawa-online.co.jp

乱丁・落丁本は小社制作部宛お送り下さい。
送料小社負担にてお取りかえいたします。

印刷・株式会社精興社　製本・株式会社川島製本所
Printed and bound in Japan
ISBN978-4-15-011829-7 C0197

本書は活字が大きく読みやすい〈トールサイズ〉です。